大雅
为一种品格注脚

洛威尔系列

海豚信
1970—1979（下）

［美］罗伯特·洛威尔　伊丽莎白·哈德威克 / 著
［美］萨斯基娅·汉密尔顿 / 编

程　佳　余　榕 / 译

广西人民出版社

150. 阿德里安娜·里奇写给罗伯特·洛威尔

佛蒙特州，西巴纳特
［1971 年］6 月 17 日

亲爱的卡尔：

我觉得我们彼此渐渐疏离，快失去联系了，我可不想这样啊！也许一部分原因在于，我自己这过去四五年中经历的事情已经让我变得对浪漫十分反感，而从你最近的种种抉择中，我感觉到一种浪漫态度，一种对性的浪漫态度，对此我很难给予同情。我想我本可以在信里什么都不写或者只谈谈一些"理念"之类的东西，但是我觉得那样我们就会完全不联系了。再者，我喜欢伊丽莎白，很敬佩她，如此一来很难如谦谦君子一般对待某件事——这件事或许最终对她大有益处，但是现在却令她痛苦不已。

但是，我又何尝不关心你呢——我们都这么多年的老朋友了。虽然不乏有各种矛盾和难以解释的纷扰，可我又怎肯轻易放弃，让我们的友谊变得冷淡或是误会重重？对老友的深深关切，也是数年如一日啊。

我现在人在佛蒙特，和孩子们还有他们的两个朋友在一起，还有我之前在哥伦比亚大学的一个学生，他现在变成了我们家里的一分子了。佛蒙特的风景很美，植被郁郁葱葱，青山绿水，安宁僻静。因为是第一次回到这里，所以还吃了些苦头，不过现在好多了，我们对这儿的住处实在是太满意了。我是去年冬天的时候租下这处房子的，只租了 7 月、8 月两个月而已，当时我还以为自己不会愿意整个夏天都在这儿呢，现在想想真是后悔。不过我们准备 7 月去西海岸，待到 8 月吧。我已经租了旧金山的一处公寓，到时候就开车或是坐公共汽车，沿着西海岸一路去到洛杉矶，有些老朋友住在那里。

我的状态又回来了。从许多方面来看，虽然阿尔弗雷德已经离我而去，但我觉得这段婚姻仍然没有画上句点，还是有各种无法释怀的伤痛。但是，我喜欢做一个独立的女性——尽管我也希望一切可以是另一种模样。一个人过，你就可以让自己看清楚许多事情，那些都是你和另一个人绑在一起时不敢面对的。总的来说，这是一种个体与世界之间的完全不同的关系。我认为我再也无法像从前那样，与一个男人生活在一起了。

你现在过得如何，在做些什么，见了些什么人呢？你那位叫佩尔什么的挪威朋友给我写了封信，说他要来纽约，但是他来的那天我恰巧要动身去旧金山。

最近我只是打扫扫屋子、游游泳、晒晒日光浴，体会到的几乎都是感官上的疲劳，这种感觉在纽约是不会有的。晚安，祝好！

阿德里安娜

151. 罗伯特·洛威尔写给哈丽特·洛威尔

[伦敦西南第一邮区，红崖广场80号]
1970［1971］年6月23日

亲爱的宝贝：

我现在想起大概七八年前的一幕，当时你和妈妈之间好像发生了一些分歧，她吓唬你说要你去做饭、去商店采购、去回复学校的报告书，然后你突然间崩溃了，说："我只是个小孩子！"你现在不是了，可是我却不知道为你订购些什么礼物才合适。如果我送你珠宝首饰，你收货的时候还得付进口税，税款都可以再买一份还绰绰有余呢。如果我给你买衣服，又怕挑不好，怕选小了又怕选大了。要是送了些什么俗气的东西就更糟糕了。因此，我电汇给你25英镑，大概合60美元，也不是很多，权当是给你的零用钱，你可以拿去买些你喜欢的、中看不中用的东西。

墨西哥最近的疫情让我有些担心，不过我相信夏令营方面肯定会做好万全的准备。我之前在墨西哥的时候，从没有感觉胃有什么不适，只是发了两到三天的烧。我想起了墨西哥，想起了那些火山，古老的阿兹特克人的庙宇（胜过欧洲的教堂），那些花①，还有那难懂的西班牙语和那些印第安人友好的面庞。你会听不到妮可那带卡斯汀口音的话语。你会去找我们的朋友伊万·伊利奇吗？替我向他问个好可以吗？

明天，我的戏就要上演了，四年前你在耶鲁看过的那部，导演依旧还是乔纳森·米勒，主演也没有换，基本上都是原班人马。唯一不同的就是场地，这次我们选的是泰晤士河边上的美人鱼剧院，是由一个仓房改造而成的剧院，而且除了一个水桶和一块抹布，我们没有用其他道具。我们要呈现的是一个半人半神的被铁链禁锢在岩石上的普罗米修斯。上个月我看了一场非常恐怖的妇女解放运动的先锋戏，参加演出的全都是女性，我想应该更对你的胃口吧。你还记得三年前在卡斯汀见到的那个乔治·奥威尔太太吗？她是此次活动的主持人，但是演出结束之后的讨论会上，那些女人突然开始互相大声谩骂，她也束手无策②。你不该庆幸自己还是一位优雅的小姐吗？

宝贝儿，希望你在墨西哥度过一个平安的夏天，祝你永远平安顺

---

① 见洛威尔的诗句"阿兹特克人知道，若要这些星星升起｜就必须让我们的肉体腐烂，｜受难者的内脏呈瓦片状铺开，｜在鱼塘表面变幻成黄色的花朵"（见诗集《海豚》中的《牛津》[组诗《红崖广场》第4首]第6—9行）。
② 见卡洛琳·布莱克伍德的《妇女剧院》，刊于1971年6月3日的《倾听者》。

遂。我很想见你。我一会儿就给妈妈写信,不过还是请你代我向她问好。

爱你的,

爸爸

152. 罗伯特·洛威尔写给罗伯特·洛威尔太太

[伦敦西南第十邮区,红崖广场80号]
1970[1971]年6月23日

最亲爱的丽兹:

我刚刚给哈丽特电汇了一小笔钱,就当是给她的一份四平八稳的礼物吧。要是买礼物寄过去还要你们承担进口关税,或是迟迟没收到礼物,或是买了她不喜欢的东西,那才是真的可怕,我无法面对。至少现在这样不会得不到想要的结果。

明天《普罗米修斯》就要在美人鱼剧院上演了,乔纳森亲自坐镇,必将更加不同凡响。韦尼克夫妇(!)昨晚来看了预演,而且很喜欢。我只看过带妆彩排,完成得很不错,只不过奥逊临场发挥加了台词——也许是兴之所至吧,不过我还是希望按原定的台本走。艾奥这个角色不错,不过年轻一点的艾琳[1]要更出色一些,赫尔墨斯[2]和尕尔斯则表现得更好,还有肯尼斯。我读着剧本想做一些改变时,脑海里想的一直都是你建议的诸如"雹暴般的天赋"[3]这样的台词。我想要看到演员们按我改过的台词去演绎,那时候我就经常想起你的

---

[1] 由安吉拉·索恩饰演。
[2] 由大卫·霍罗维奇饰演。
[3] "你做得太多了。贫穷就像雹暴般的天赋"(《被缚的普罗米修斯》)。

话，非常感谢你的帮助。我是无法对这部戏做出任何评价的。我那时为何会如此沉迷于希腊神话？也许我还会把《俄瑞斯忒亚》三部曲编写完的。乔纳森说美人鱼剧院的老板伯纳德·迈尔斯先生很像天神克洛诺斯。跟鲍勃·布鲁斯坦那版真是有很大不同。

我对哈丽特的夏令营总有一种奇怪的感觉，脑海里总浮现出库埃纳瓦卡那壮丽的，也可能是干旱荒芜的风景。她可千万不要在那里染上什么病啊！我想他们应该会非常小心的吧。她在那儿会觉得迷茫孤单吗？她应该会乐在其中吧，毕竟女儿已经长大了。不过这次离家远行，对她来说应该也是有些挑战性的。

我也许会去俄罗斯拜访曼德尔施塔姆夫人，之前我在给她的信中谈到了她的著作，她给我的回信字字触动我心[①]。噢，那可恶的政府，有一堆难以忍受的条条框框，比如说，我只有到那儿了才能给她写信。我和了解俄罗斯的权威人士比如盖娅、魏登菲尔德还有玛丽商量过。大家也都同意我的想法，可是谁又能知道那政府打算如何处置曼德尔施塔姆夫人呢。

我还等着看你评论《红字》的文章呢。这本书我非常喜欢，基本上挑不出什么毛病，也许最多就是有些非虚构的历史阴影。我觉得我对清教徒的一切认识都是从霍桑那里学到的。我现在在读霍格的《仗

[①] 见娜杰日达·曼德尔施塔姆的"亲爱的罗伯特，你一定要来。我太想见你了。很快你就能赶不及了——我老了，活不了多久了。那本书不是小说（想象出来的！），是生活。活出自己的生活远比写出它来要困难得多。一定要来啊……至于你，我认为第二次婚姻总是比第一次好。我非常赞成离婚。我希望你很快就能渡过难关。［附］如果你想打电话，我的号码是 126‑67‑42。但我的耳朵相当聋了。请说慢一点"（[19]71年6月1日写给罗伯特·洛威尔的信，收藏于HRC；引用于迈克尔·沃奇特尔和克雷格·克雷文斯的《娜杰日达·曼德尔施塔姆：写给罗伯特·洛威尔的信和关于他的信》，刊于《俄罗斯评论》第61卷，[2002年10月4日] 第4期)。《反希望的希望：回忆录》，马克斯·海沃德译（1970年）。

义罪人》①，一本很有苏格兰特色的书，只是那里面的女性都是配角，而《红字》中的罗杰·奇林沃思却是英雄式恶魔。现在说我有多么思念你也无济于事。我的血压现在降下来了。

爱你的，

卡尔

你可以把伊万和哈丽特的地址寄给我吗？我想在月底之前把那些文稿转交给石溪，毕竟相对来说，他们给的条件更加优厚，他们会派人下周来我这里一趟。你愿意为我干点秘书的活吗？②

153. 罗伯特·洛威尔写给阿尔弗雷德·康拉德太太③

伦敦西南第十邮区，红崖广场80号

1970［1971］年6月23日

最亲爱的阿德里安娜：

不知道这封信寄到的时候你是不是已经去了加利福尼亚，不过我相信，它定然会循着你的足迹追踪到你的。啊，我想，今年夏天你应该会想换个地方待，等到明年凉爽的时候再回到佛特蒙吧。

我不能给你忠告④，或对你做任何评判，但是我从你信中的文字

---

① 指詹姆斯·霍格的《忤义罪人回忆录》(1824年)。
② 打在日期和地址上方的给哈德威克的附言。见哈德威克1970年5月27日写给洛威尔的信，她在信中写道，石溪分校"问我有没有兴趣去当这批书信文稿的收藏负责人，每周去一次即可，给的薪水也不低"。
③ 即阿德里安娜·里奇。
④ 原文"advize"应为"advise"。

读到一种如释重负的感觉，就好像沉疴顿愈一样，你事实上也是如此。一种全新的生活，孑然一身，但却自由。人生不可能重启，我们也并不想再走一遭，但这并不妨碍我们可以有新的开始，一段婚姻结束意味着整个人生都翻天覆地。看清了自己真实的模样，\那是什么模样？/我们固然会有一种新鲜感，也有几分恐惧，几分解脱。还有即兴创作和创造发明的种种剧痛呢。

我在你面前为自己辩护可能并不明智，但是你应该能够了解，我们同是天涯沦落人。虽然我们很熟，但你对我当下的情况一无所知。你选择从丽兹的角度来想问题，但却一叶障目，没看清整件事的来龙去脉，而且你也不完全了解丽兹真正的想法。我和丽兹的婚姻出现裂痕，实质的原因在于我们之间无休止的冲突，让彼此都陷入不安的境地，就像一头熊和一只猎犬结了婚①。我们也曾亲密无间，也曾共度一段幸福的时光，然而矛盾和争吵也紧紧相随，令我们烦恼不已。你在信里提到那种"云雨之欢的浪漫"，亲爱的，这话没有丝毫意义。我甚至怀疑你是不是真的亲身感受过这种所谓的浪漫，总之用在我身上不太适合，只说对了一部分吧。没有一个男人会对一个相处了一年以上的女人仍然保持着当初的浪漫与激情，或许你心里想的怕是桑德拉②那样的女人吧，但是这次和那次完全是两回事，毫无共同之处。过去我最后总是回到丽兹身边，都是有一定的原因的。你希望丽兹过得好，却希望我受到生活的诅咒，其实也难怪你会这样想，但却不至于真的这样不盼我好吧。我相信丽兹一定会过得比现在更幸福，虽然你不会觉得我是真心的。我也相信你会过得更幸福，一直幸福下去。把这些话说出口太难了，人生多

---

① 见洛威尔1970［1971］年1月6日写给哈丽特·洛威尔的信。
② 指桑德拉·霍奇曼，1961年洛威尔在躁狂发作期间与她有过一段婚外恋。

艰，可最后一切都是命中注定。

我见到了很多人，可能大部分你认识，少部分不认识。我在这里周末的生活和你差不多，晒着太阳，躺在草地上，孩子们在嬉闹。有时候我会出去钓鱼，但却没什么收获。希望你度过一个美好的夏天。要是我们离得不那么远就好了。

祝顺安！

卡尔

154. 伊丽莎白·哈德威克写给罗伯特·洛威尔

[纽约市，西67街15号]
1971年6月28日

亲爱的卡尔：

照你说的，我这就把哈丽特的地址附在信里，等我拿到了伊万的地址，到时也会给你寄过去。是的，我确实也担心墨西哥的痢疾，不过组织这次夏令营的团队（国际生活实验小组）是有着丰富经验的一流团队，而且哈丽特也一直坚持要去，从未动摇过。决定参加夏令营后，她整个人的感觉都不一样了，自尊自信，敢于冒险。我向参加过这项活动的孩子们了解情况，他们没有说它的一句不是，全是各种好处。祈祷她此行平安顺利，除了你说的那些疫病之外，千万不要有别的什么让人担心的了。她对你给的60美元很满意，还真是有些出乎意料，很好。我希望她这周会给你写信，不过如果没收到的话，你也不要难过，可能她只是觉得写信是一件很费劲的事，所以才拖着不肯动笔吧。去墨西哥之后她也一直没给我写信，我是软硬兼施了，唉，能怎么办呢，不习惯也得习惯。我是真想她啊！我一时还无法适应她不在我身边的日子,那么聪明、勇敢、坚定的一个可人儿,早晨阴郁,下午安静,到了晚饭时间,一下子变得健谈起来,无忧无虑、快乐迷人。她现在还有上法学院的想法!(但我不会提的,她并不想让父母同她讨论这件事,那样会令她很尴尬。毫无疑问这只是她一时的想法,会变的[。])她再也不是一个小孩子了,9月份就要上高中读九年级了。我想她过去一年的成绩单应该会挺好看的,不过似乎要到仲夏时才能收到呢……我们已经去过卡斯汀了,和丽莎·韦杰一起去的,那里气候温和,景色怡人。等你收到这封信的时候,我应该又在返回那里的路上了。不过等哈丽特8月24日从夏令营回来,我会带上她,然后一起去弗朗辛·格雷在康涅狄格的家小住一段时间,玩到9月7日——他家还有游泳池呢,奥尔加也在,那里是一个美丽的乡村。我想明年夏天我们应该是不会再去卡斯汀了,我得开始计划准备租房子住了……昨天我们从卡斯汀回来,就一如往常开始了邮件"冲浪",好多都是给你的邮件——来自每一个古老海岸的海浪,依然静静地涌进涌出。纽曼出版社(天主教)、和平组织、共同事业组织(麦卡锡)、波士顿大学(斯维尼神父),还收到了一封奇怪的虔诚的短信,像是在忏悔,写信人就是在《时尚先生》上发表那篇荒唐文章的人[①]。

《普罗米修斯》公演的那天,我心里有些触动,但是我还是让自己不要过于沉湎在回忆和怀旧的情绪中,毕竟这些\于我/已毫无意义,只会带来伤痛。我想发一封贺电,这样说:"宙斯是我们无与伦比的天神。"……玛丽随时都会来。我们大家都很关心丹尼尔·埃尔斯伯格,一个非常奇怪又很可爱的年轻人(从前是鹰派人物),他娶

[①] 指唐纳德·纽洛夫,他在1969年9月的《时尚先生》上发表了《洛威尔家的晚餐》。

的妻子竟然是帕特丽夏·马克斯(你还记得吗?),也就是约翰·西蒙的前女友,一只"鹰",跟海明威称泽尔达为一只鹰是一个意思①。可怜的丹尼尔撑不住了,今天早上已经自首,他承认自己泄露了五角大楼的机密文件②。他现在被逮了起来,但是他已做了决定,现在我也没有理由不相信,他有着足够的勇气和信心去面对这件事。让人觉得可怕的是,这类官司一直没停过,真是让人身心俱疲。报纸完全就是在迷惑视听,不讲道德、傲慢无礼、背信弃义,根本不把公众信任当回事。权势无疑会导致腐败,不合时宜的礼节也是如此,会纵容当权者胡作非为而不被曝出。我认为你与耶鲁的比利·邦迪断绝关系是对的③……你的旅行经历让我很感兴趣。埃丝特给我写信说你和卡洛琳去拜访过她,现在你俩准备去俄罗斯。我参加了美国笔会翻译委员会的评奖工作,我们把奖颁给了麦克斯·海沃德,表彰她翻译了曼德尔施塔姆的那本书——实至名归,至少在我看来是这样。我认为,5月份在去意大利之前匆匆来这里一趟实在是没有必要。好在我并未特地将此事讲给哈丽特听,因为我认为你也许是会改变主意,所以她并未

---

① 见海明威的"泽尔达和我分享的只是她的秘密,就像一只鹰可能会和一个男人分享一些东西一样。但鹰群是不会分享的"[《流动的盛宴》(1964年)]。哈德威克写道:"海明威自命不凡,在菲茨杰拉德面前摆出高人一等的姿态,他把菲茨杰拉德的弱点和痛苦都归在他妻子头上,以此敦促我们原谅他。海明威把泽尔达视为一只'鹰'"(见《凯撒那些事》,刊于1970年9月24日的《纽约书评》,以及《诱惑与背叛》)。

② 《纽约时报》和《华盛顿邮报》在1971年6月13日那一周开始刊登"五角大楼文件"(6月13日的《纽约时报》和6月18日的《华盛顿邮报》)。见保罗·L. 蒙哥马利的《埃尔斯伯格:从鹰派到鸽派,前五角大楼助手现公开谴责战争》,刊于1971年6月27日的《纽约时报》;罗伯特·莱茵霍尔德的《埃尔斯伯格屈服,被起诉;承认把数据交给媒体》,刊于1971年6月29日的《纽约时报》。

③ 1968年6月,洛威尔获得耶鲁大学荣誉学位;威廉·邦迪(洛威尔的远房表亲)当时是耶鲁大学管理机构的一名成员。

注意到此事。你要是来了，她当然是欢喜的，可是你决意和我们母女俩分开给我们的打击无疑是巨大的，足以让我们许久都缓不过神来。但不管怎么说，我们现在身体无恙，也都有自己的事情要忙。我已经完全接受现在的生活现状了，真是令人沮丧啊——我指的是美国的现状……我还没有给哈丽特写信，不过打算等到普林斯顿的讲座结束之后再写，那些讲座真是令我紧张得要命。我正在写评论西尔维娅·普拉斯的文章①。多么可怕的一个女孩啊！多么大的愤怒与憎恨啊——那种才思泉涌的天才完全是从纯粹的仇恨中迸发出来的！但经过一番研究调查，我觉得休斯家也有值得谴责之处。《钟形罩》出版之后卖得很火，那家人却在把她的作品一点一点撕碎，然后清理掉。她真应该割了休斯的喉管，而不是她自己的！这是多么大的一个讽刺啊！我问知情人："他们肯定会把所有财产交由信托给孩子是吧？"嗯……这就是我得到了的答复。洛伊丝·艾姆斯②与费伯出版社以及哈珀出版集团签了合同，要写一本西尔维娅的传记，而她根本没有这个本事也没有资格去写③。西尔维娅（如果知道）也会割了她的喉管的。虽然复仇的心理能够催生出不可思议的作品，但对于西尔维娅的暴力倾向我还是觉得迷惑不解。她是那么才华横溢的一位作家！然而这又是多

---

① 见哈德威克的《论西尔维娅·普拉斯》，刊于1971年8月12日的《纽约书评》。
② 见西尔维娅·普拉斯的《钟形罩》（1971年），内附洛伊丝·艾姆斯写的传记笔记。艾姆斯当时已与哈珀·罗出版社签订撰写完整传记的合同，但尚未完成［见道格·霍尔德的《洛伊丝·艾姆斯：西尔维娅·普拉斯与安妮·塞克斯顿的密友，访谈》（2005年），2009年11月13日］。
③ "普拉斯是否像她草率的传记作者洛伊丝·艾姆斯笔下那种似乎是拼凑出来的人物，我们永远无法知道。只要有一点蛛丝马迹，艾姆斯太太都绝不会错过，必会循着足印把它挖掘出来。因此，我们知道'她打网球，还是女子篮球队的队员，校报的联合编辑……'等等。"（见《论西尔维娅·普拉斯》，刊于1971年8月12日的《纽约书评》）

么奇怪的一种"职业"呀！

我希望那部剧能得到大家的认可……至于那些书信文稿——"阿斯彭"①，我从头至尾过了一遍之后就再没看过一眼。你觉得我还有这个力气吗？我痛恨它们，但又不想把它们送走，这些该死的东西也是我的生活。你给哈佛写信说了你打算把书信文稿卖给石溪的事情吗？哈佛的人对此事还一无所知，除非他们有兴趣去了解。也许哈佛会满是接受\那个报价/的吧，我也不是很清楚，亲爱的。有几位你在哈佛教过的学生，他们一直都在写你，如果你打算偶尔回来看看的话，不妨找找他们去为你整理那些东西。我和哈丽特在去缅因的路上，与弗兰克·比达特一起度过了一个愉快的夜晚。你会回到哈佛教书的是吧——尽管时机到了你很有可能想把那些东西封存起来——但你也可能会回哈佛，毕竟你所有的文稿，所有那些有助于"研究"你的东西都将由石溪保管。我不想再插手了，卢萨尔迪先生已经够绝望的了，你不要跟他提我说过什么，要不然我就更要疯了，一切就乱套了。我只是认为，如果你还没写信给哈佛的话，可以写一封，告诉他们石溪的报价，然后静观其变。今年就不要安排支付任何款项了，我们要承担的税款已经够多的了！我们得找个时间坐下来，把事情仔仔细细谈清楚，有些决定也该做了。

这段时间我们都很好，你可爱的女儿正在茁壮成长，也越来越瘦了。感谢上帝，让我有一个哈丽特，能够成为她的母亲是我这辈子做过的最伟大的事。……我们下个月5日出发去卡斯汀。

爱你！

丽兹

---

① 指亨利·詹姆斯的《阿斯彭文稿》（1888年发表；1908年修订）。

附：之前我猜想你可能没有写信给哈佛，所以我打电话给丹尼斯先生了，说有人给出了更优厚的报价。他得知哈佛将无法获得文稿所有权之后惊讶不已，他们觉得如果你想法有变是会提前知会他们的。我这样做的原因是帮你快点做出选择，你要按自己的想法来选。这很重要，我刚刚看了一眼那颤个不停的灰色锡制抽屉，心里五味杂陈。我仿佛看到也有一个洛伊丝·艾姆斯等在那里，这样写道："现在伊丽莎白正在华盛顿给哈丽特·温斯洛写信，信里写着'鲍比'——"，噢，去她的——！如果你让卢萨尔迪知道是我知会了哈佛，我非杀了你不可。但是我\知道哈佛是很重视的！/

155. 罗伯特·洛威尔写给哈丽特·洛威尔

［电报］

［1971年7月1日］

纽约市西 67 街 15 号公寓
哈丽特·洛威尔
亲爱的哈丽特希望墨西哥之行顺利

爸爸

156. 罗伯特·洛威尔写给罗伯特·洛威尔太太

［伦敦西南第十邮区，红崖广场80号］
1971年7月1日

最亲爱的丽兹：

匆匆写几句。一两个小时之后我就要出发去爱丁堡和奥克尼群岛

(所谓"斯彭斯式疏忽"的发源地),待六天①。虽然停留的时间很短,但有机会见到麦克迪亚尔米德,还能去看一看祖辈生活过的小岛,看一看爱丁堡。

"斯彭斯式疏忽"!我可不需要这种性情。我好像忘了哈佛那边联络人的名字,几周前我给比尔·阿尔弗雷德写信问他要名字来着,还没有收到回复。我和卢萨尔迪一起吃了顿饭,两人聊得也很尴尬,之后哈佛那边就给我来电话了。不到一分钟他们就把价格从9万美元加到了13万,两天之后卢萨尔迪又把价格加到了15万!我并不急于马上达成交易,至少我不想承认我迫不及待要卖掉它们。我这边的律师说,一切都要等到咱们把离婚手续办好,等到卡洛琳的孩子出生后再做决定。我知道,竞价无论如何都是在所难免的,不过我还是很感激你的随机应变,我想哈佛和石溪应该不会抬价②太多。我只不过是想

---

① 见费里斯·格林斯莱特和布鲁斯·罗杰斯的"1806年,查尔斯·洛威尔[罗伯特·洛威尔的曾曾祖父]娶了哈丽特·特雷尔·斯彭斯为妻,她是他的远房表亲,也是他儿时的心上人。她的父亲凯斯·斯宾塞和外祖父罗伯特·特雷尔都出生在奥克尼群岛,富有想象力的洛威尔夫人和她更富有想象力的儿子[詹姆斯·拉塞尔·洛威尔]喜欢追溯自己的血统,一直追溯至明娜·特罗尔和帕特里克·斯彭斯爵士。无论如何,洛威尔夫人具有生活在多风的北方岛屿上的人们那种野性之美,她的心灵无法抗拒那里的人们富有诗意的神秘学。结婚后,她会在丈夫的陪同下固定时间去奥克尼群岛,雷打不动。她一直是一个仙灵预言家,直到1842年,她紧张的大脑才变得神志不清,一些有先见之明的人认为[……]她的血液中一定有一种梦幻般的倦懒,奇怪地融进了洛威尔这一方特有的气质中。他(詹姆斯·拉塞尔·洛威尔)在早年只要没做成任何有益于自己学业或家庭健康的事情,这些都是他应该做成的,洛威尔这边的亲戚都会把原因归在这种深层次的品质属性上,他们将其误称为'斯彭斯式疏忽'"[《詹姆斯·拉塞尔·洛威尔传(1905年)》]。
② 讽刺。"to jew up"相对的是"to jew down"。《牛津英语词典》:"动词短语'to jew down',意为打压价格,杀价[……]这些用法现在被认为是无礼的。"在该词典收集到的1825年至1972年间媒体出版物中的例句中,有一例便是:"1970年,见罗伯特·洛威尔1969年版《笔记本》:This embankment,(转下页)

要每年有8000到12000美元的收入,而不是退休之后再享受什么基金,如果需要兼职教书也是可以接受的。我会继续回去教书的,不过在65岁后我就不想固定做一个教书先生了。现在我的血压似乎很正常,身体很好。但是啊,我们都已人生过半,到了知天命的年纪了。对此我和彼得·泰勒都很感叹,幽默自嘲。大多数的作家,如果禁不住疾病和衰老,都活不过57岁。

哈丽特想今后从事法律职业吗?这让我着实惊讶万分。你觉得美国法律和最高法院会允许用年轻人来取代艾尔德里奇·克利弗、披头士乐队甚至是基督耶稣吗?我刚给哈丽特发了一封电报。希望你今夏在缅因过得愉快。我觉得你和哈丽特去康涅狄格是个好主意,你们会带上玛丽吗?

爱你的,

卡尔

157. 伊丽莎白·哈德威克写给罗伯特·洛威尔

[纽约市,西67街15号]
1971年7月3日

亲爱的卡尔:

我此刻仍在纽约,哈丽特今早才出发。我手里有哈佛大学霍顿图书馆的丹尼斯先生写给你的代理人或是律师的一封信的复件,还有他

(接上页) jewed—| No, yankeed—by the highways down to a grassy lip [这条路堤,被高速公路打压——|不,是被拽成一瓣长满青草的唇]("Jew | jew,动词"《牛津英语在线词典》。2016年3月。摘自第二版[1989年])。见洛威尔1970年版《笔记本》中的《查尔斯河》[第7首]第4—5行。

给出的报价等。我已经尽我所能帮了你了，坦白说，这一切已经令我不堪其扰。最开始我就是在充当一个尽职尽责的代理人的角色，你也知道，我清楚所有文稿的价值与意义。清单中很大一部分材料其实都是我的，不仅仅是你写给我的那些信——我不愿意卖掉的信，还有其他人写给我的信，包括你父母、哈丽特表姨以及我们共同的朋友给我写的那几百封信。不过我现在只想把你写的那些信出手。我还有一本你的《异样的国度》，那是在我们相识之前买的，上面有我的娘家姓，我不会把它作为礼物送你，我打算把书留给哈丽特。一时之间内心的感受变得很复杂，而我真不知道如何用言语来形容。让石溪开出125000美元价格的是我，打电话到哈佛让他们去竞价的也是我……还有很多其他的事情，而我却连一句感谢的话都从未得到过。到现在我都还得为你承受这么多，这让我不胜其烦。你和卡洛琳却不惮以最大的恶意来对待我和哈丽特。话说回来，卡洛琳单靠自己又能做些什么呢？只不过是到处游荡生孩子，毫无责任感，对自己一手造成的后果置若罔闻，更加罔顾他人感受，而深受其苦的除了那些男人，还有他们身后的家庭。然而，对你来说，这又是另一回事。从前的你有着那样崇高的道德追求，那是我深爱着的你啊。令我不齿的是你现在的人生选择，你让珍视你关心你的人承受了那么多的痛苦。但我觉得这只是你受折磨和堕落的开始，你逃不开了，就让你葬身于那个浅薄狭隘的女人一手编织出的虚无世界里吧。

9月15日之前对这些文稿都做不了什么，之后需要对清单进行一次核对。只要里面有属于我的东西，我就有理由要求你返还其所得。我没有理由再给你什么了。你留给我们的那20000美元能顶什么用呢？公寓的租金就要6000美元，哈丽特上学要3000，仅是今年夏天的开支就要2000，再算上交的税，你给的钱就差不多用完了。

明知道你信里那句"我们之前对那些文稿的处理"不过是一句漫

不经心的话，但看到"我们"二字（你平时只会写"我"），我就还是心里一揪，不知怎的又开始为你忙活了，想要帮你达成你的意愿。虽然这些文稿是你的，但是是我一直守着它们，我必须要这么说，如果没有我去帮你回复和处理相关事务，你不知还要等多久才能搞定这所有的事情呢。我这是何苦呢？因为卡洛琳？因为我和你过往的回忆吗？我不知道，但我着实自觉愚蠢，很是苦恼。甚至对我自己和哈丽特我都没有这么上心过。我们俩都从未经思忖，就把一个年轻的生命置于理智与疯癫、稳定与动荡的边缘。卡洛琳身上有无"母性"我没有任何印象，她那所谓的"母性"没有考虑到我的孩子也需要父亲，没有考虑她的行为必须对另一个女人——我负责。只要是正人君子，都会顾及他人的感受。

我看到的那些剧评[1]，就像之前英国人对《笔记本》的评价一样，让我大为恼火。我是从一个评论家的角度来说的，《普罗米修斯》是怎样一部精妙而又罕见的剧作我再清楚不过了。

我很厌恶自己，我竟然不经大脑思考就写了那些信，作出自以为好的安排，我真的愚蠢至极。我极度讨厌卡洛琳以及愚蠢如格雷·高里那样的托利党小人，美国北方佬的宝贵天赋都被他们给毁了，他们永远也不会理解那种天赋。不论如何，我还是希望你开始懂得你父亲了，懂得他那空洞的微笑和"幸福"[2]。有时候也只有如此才能坦然

---

[1] 截至1971年7月3日的评论，包括班纳迪克·南丁格尔的《天佑》，刊于1971年7月2日的《新政治家》；肯尼思·胡伦的《天父上帝》，刊于1971年7月3日的《旁观者》。

[2] 见洛威尔的诗句"对所有人微笑，｜父亲曾经成功到足以迷失｜在波士顿统治阶级的暴民中"（《海军中校洛威尔》第62—64行，见《生活研究》），"他露出了椭圆形的洛威尔式微笑"；"一个早晨都面带焦虑的、反复的微笑，｜之后他对母亲说的最后一句话是：｜'我感觉糟透了'"（《贝弗利农场的临终日》第9行和第44—46行，见《生活研究》）。关于"微笑"，又见哈德威克1970年6月26日写给洛威尔的信。

面对被毁的人生。在我看来你是为了一锅糊糊把自己的人生给毁了——一锅糊糊①啊!

哈丽特已经把行李都打包好了,即将出发的她也没有表现得过于激动。前几天的晚上,我们还共用风力很弱的一台电扇,一边聊天,聊到凌晨一点半。我觉得她成了一个性格无比坚毅的孩子,至少那一刻我是这么感觉的。庆幸的是,尽管发生了这么多事,她却没有因此变得自私孤僻,而是越发坚强,摆正自己的思想,提升自己的境界。她有着越发坚定的人生志向,她自己也时不时会这样说。女儿还告诉我,她希望早日独立,去从事一些有意义的职业。她的成绩出来了,各科都得了B,很不错的成绩。明年真的很关键,因为她已踏进高中大门,一切刚刚开始,她似乎是突然之间就有了奋发苦读的决心,因为对自己的未来有了兴趣。我想,最主要的原因之一是我真的对她有信心,而不仅仅只是"表扬"她。她的体重减了12磅,现在我当然是希望她能为了一个目标放弃这些她新发现的对抗愉悦的动力啦。她总是对的,也总是表现得很棒。玛丽回来过,待了一周,我带哈丽特和玛丽吃了一顿午饭。她在这里的时候,基本上每晚都是和老朋友们一起用的餐,除了我,还有弗雷德②、威廉·菲利普斯、汉娜。和哈丽特吃午饭时,玛丽很了不起,突然间就变单纯了,简直难以置信。我们没有聊到你,这让我松了一口气。玛丽之前给我写了很多信,问我的状态有没有好转,大家也都觉得我比之前好些了,可事实真的如此吗?我知道大家真这么想,但我自己还不确定。随信附上了《时

---

① 见洛威尔的诗句"运气把硬币抛了出去,情节吞下了|打哈欠想吃一锅烂豆汤的怪物"(《献给约翰·贝里曼》第4—5行,见1969年第一版《笔记本》)。
② 指弗雷德·杜皮(1904—1979)。(美国著名文学批评家。——译注)

尚》杂志上我的照片还有文章①。我告诉大家我们已经分开了，因而听到他们提到你我除了心痛还是心痛，不过我倒不认为这些年来自己是"孤独的刘麦女"②。可能你看了这封信会很生气，可我今天着实是生气了，因为那些奇奇怪怪的小事或大事情——我亲力亲为去帮你处理文稿，把一切都安排妥当了——这时人怎么能不被突然的情绪所左右？好吧，我说完了，你要生气就生气吧，我也不在乎，我清楚自己在说些什么，字字所言非虚。你自以为摆脱了过去的自己，可事实却恰恰相反，你也将永远背负对婚姻不忠、忘恩负义的罪名。你所生的孩子再没有一个能比得上被你抛弃的这个出色的孩子。

丽兹

158. 伊丽莎白·哈德威克写给哈丽特·洛威尔

缅因，卡斯汀
1971年7月11日

宝贝：

虽然你才离开一周，妈妈却觉得已经过去了几个月之久。我太想你了。家里这边一切如常，没什么新鲜事，不过天气倒是晴朗得出奇，非常非常热。不用说，纽约已经是被热浪吞噬了，还好我现在是

---

① 指《女人不能撼动并拥有的关系》，刊于1971年6月的《时尚》。哈德威克的照片为塞西尔·比顿所拍摄。
② 见《时尚》上的作者简介"伊丽莎白·哈德威克和她的女儿哈丽特·洛威尔住在一个杂乱的两层单间公寓里……里面装满了她和诗人罗伯特·洛威尔在21年婚姻生活中收集的绘画和书籍"（《女人不能撼动并拥有的关系》，刊于1971年6月的《时尚》。见华兹华斯的诗句"看，她一个人在田野里，｜那孤独的高地姑娘！"（《孤独的刘麦女》第1—2行）。

在卡斯汀，这里虽然也是骄阳明媚，但还没热到让人难以忍受的地步。我们这里请来了一个剧团表演节目，都是一群年轻人，虽然演出不算特别惊艳，不过总体也还不错。我总觉得他们没什么朋友，所以昨晚把他们都请到仓房里来做客了。昨晚月色很好，气氛一下就上来了，我们播着唱片，他们载歌载舞，一直嗨到了凌晨三点！——那个热闹劲儿几乎把整个仓房的屋顶都掀翻了。最后，带团的一位女士终于说，够了，他们就像一群新兵蛋子一样匆匆收拾场地，把拆开的床板又拼合到一起，然后赶回去了。他们跳舞的配乐是艾克和蒂娜·特纳唱片专辑中的歌曲——因为那群人中也有几人是黑人，不过这张专辑我当初是拿来有别的用处的[1]。

妈妈真的很想知道你在夏令营的情况，希望这是一次愉快的体验，你能交到各种各样的朋友，也希望你平安无事。我就是会不自觉地想到一些墨西哥的疾病——比如因为水土不服而拉肚子什么的[2]。萨姆纳一切都好，今早我从仓房出来时听到微弱的叫声，然后就看到它在那儿，一副受到惊吓的样子。那时候它跑出来已经有一会儿了，又想回窝里去了，我看它更像是想扑进我的怀里睡觉，不过我没顺它的意。

妮可应该是今天就要出发了。宝贝，没什么特别的事，就是心里一直记挂着你。所以跟老妈讲讲你那边的情况吧。

爱你

妈妈

---

[1] 指《一起工作》(1971年)。（艾克和蒂娜·特纳是美国著名的摇滚歌手夫妇，但于1978年离婚。——译注）
[2] 见山姆·谢波德的《腹泻》，导读为伊丽莎白·哈德威克所写（1968年）。

159. 伊丽莎白·哈德威克写给罗伯特·洛威尔

[缅因，卡斯汀]
1971年7月13日

最亲爱的卡尔：

很抱歉上一封信对你用了那样一种愤怒的语气。我偶尔是会有一股怒火，现在常常感觉不到了。不过我确实有几件事要和你说。你的文稿在今年秋天之前或者10月之前我都处理不了，我自己想要做的事情还有很多；还有一个问题就是，到底其中有多少信是写给我的，有多少本该是我的所有物。它们全都扔在了一起。我现在在缅因，回去时就开学了，我要先忙讲座，所以你看，我个人感觉真的需要一些时间，也许等到10月吧。到时候不论你选择哪个大学来保管，一切都会尘埃落定，我们会把这件事圆满解决的。

还有一件事，去年春天的时候玛丽·贾雷尔给我打过电话，说是希望能把她丈夫兰德尔给你写的那些信复印一份给她，她想要编辑成一卷书。我说我认为她不该这样做——我是从一个评论家的视角来看的——再者说，我也不太相信书信集可以一小本一小本地出。这些东西往往会在未来相当长的一段时间内抢占该领域的先机。她可能会漫不经心地申明一句"噢，任何涉及隐私的内容我都会删掉"，我郑重地告诉她，删减内容大有学问，不是随随便便就行的——这不仅仅是伤没伤害到别人的感情之类的事情。我略看了几封兰德尔的信，虽然它们确实都没什么涉及个人隐私，但字里行间还是看得出确实像兰德尔说话的语气，比如："要是活成埃伯哈特或者奈莫洛夫那样，难道你就不会觉得厌恶吗？"总之，我和泰勒夫妇聊过了，他们也不想把信交给玛丽，更是反对她试图这样做。他们——话说回来——根本就没有回复她。最近迈克尔·迪卡普亚①也打电话来了——去年春天我拒绝玛丽时还对她说过，就连你都不一定能亲眼看到那些信。所以迈克尔的态度变得很粗鲁，说了"那些信又不是你的"诸如此类的话。我说，哦，那些信现在就在我的公寓里呢。但是有一天晚上他又打电话过来，我觉得他的话说得也有道理，这些东西都不真正属于我，于是我说会写信给你。我不知道你会打算怎么做，但我觉得你可以拖一拖，不要答复，或者等你有时间考虑这件事的时候再说。

哈丽特那边还是一点音信都没有。我听说墨西哥那边的邮件走得很慢。萨姆纳昨天一整晚都和一只白猫在外面鬼混，（找不到它）我都快吓死了，还好今早它自己回来了。我担心它再也回不到从前了……卡斯汀就像天堂，温暖和煦又晴朗明媚。我们现在准备出发去网球场了，晚上还要小酌几杯鸡尾酒。两天后我要去班戈见玛丽。科里夫妇②也在这，为了周日迎接亚历山大·施奈德的到来，他们正在准备一场盛大的音乐聚会呢。有朋友来访真是一件非常愉快的事儿。

写这封信就是想和你说清楚我现在的实际情况，我没办法立即处理那些书信文稿，还有就是，玛丽·兰德尔肯定还会来要那些信的，你到时候就照我那样说吧。

爱你！

丽兹

还记得那只灰头老鹰逛水街的情形！燕子们想念你了。

---

① 贾雷尔在 FSG 出版社的编辑。
② 指安妮·科里和卡尔·科里。

160. 伊丽莎白·哈德威克写给哈丽特·洛威尔小姐

美国，缅因州（04421），卡斯汀
1971年7月19日

亲爱的哈丽特，宝贝：

今早去邮局看到了你寄来的一封精美的航空邮件，心情真是好极了。不过更让我开心的还在后面。看到你用如此欢快、诙谐、真实的笔调讲述你在夏令营的所见所感，妈妈不知道有多高兴，我读得有滋有味！似乎那里很好玩，我都心动了，希望有一天能和你一起去墨西哥玩，说起来我还没去过那儿呢。

缅因的天气很好，堪称完美。不过我这段时间都忙着写作，周末也闲不下来，昨天我急急忙忙赶到班戈，终于把我的稿件送上了飞往纽约的班机①。不过，我也是忙并快乐着，很有成就感。要说有什么新鲜事，我倒是有些关于猫的好笑事说给你听，希望你不要觉得这个太幼稚。现在萨姆纳是越来越不安分了，它总是想尽办法往外跑，弄得我是束手无策了。不过事情很圆满，它和一只大白猫交上了朋友，进进出出，甚是小心谨慎。最近都在下雨，所以晚上我通常都不让它出去。最最让人摸不着头脑的是，它像是变了性格似的，现在根本不挑食了，什么罐头都吃，还总是咕噜咕噜地叫，老想扑到我腿上来趴着。你看，是不是很不像它啦！

这个夏天的时间过得真是飞快。玛丽·麦卡锡来缅因了。我的日常生活在这里基本上和平时一样——我想是你的话应该早就受不了

---

① 指哈德威克的《论西尔维娅·普拉斯》，刊于1971年8月12日的《纽约书评》。

了。不过这里的生活也有许多有意思之处，也许以后你来体验了或许会喜欢上这里，或许不会。

除了向《纽约书评》投递一些稿件，我基本和纽约那边断绝了联系，所以除了我的祝福也没什么有趣的消息要告诉你。你有时间的话一定要多跟我说说你那边的事。我真的好喜欢收到你的来信。知道你已经度过了适应期，身体也无恙，我就放心了。宝贝，祝你一切顺利。

妈妈

161. 罗伯特·洛威尔写给罗伯特·洛威尔太太

[肯特郡，梅德斯通，贝尔斯特德，米尔盖特庄园]
1971年7月25日

最亲爱的丽兹：

对于你那封"愤怒"的信，我什么都不想说，即使后面你又紧接着写了一封语气友善的信。不过我认为你在《时尚》发表的那篇评论足可说是一篇慷慨激昂的长篇檄文①，每一种情感，每一个抑扬顿挫的语调——对我都是那么鲜活、那么优美，我整个人都被深深地震撼到了。这篇文章投给《时尚》杂志太可惜了。美中不足之处就是塞西尔·比顿拍的那张照片，尽管如此，它还是在这间古老的、摆满了各

---

① 见洛威尔的诗句"无情的拉辛式的长篇申诉│像大西洋的海浪砸碎在我头上"（见《神圣的婚姻》第39—41行［《夫妻》草稿］；收藏于霍顿图书馆，bMS Am 1905, 2204号文件夹）；比较"你老式的长篇申诉，│充满爱意、急速、无情，│像整个大西洋砸碎在我头上"（《男人和妻子》第26—28行，见《生活研究》）。

式各样物品的房间里占据了一席之地，光彩照人。

我们准备搬到梅德斯通去长住了，但会将红崖广场的房子保留几间，以便回伦敦时还有一处地方逗留。那个乡村别墅过去只用来度过周末和英格兰短暂的夏日\假期/，现在要两地奔波和照料房子实在是太辛苦。我认为这就是我想要的生活方式——大部分时间都惬居乡间。不管怎么说，现在一下子就轻松了许多。

美国有那么多的老友，我甚是想念。请你代我向托马斯一家、布斯一家、斯加列主教、萨莉和海伦·奥斯汀问好，当然还有玛丽和吉姆。我们现在根本没什么邻居，这也许是好事吧，但我还是很怀念从前那种乡里乡亲的和谐氛围。以前那些法语读物你还留着吗？[1]（我最近刚读了《情感教育》[2]，很惭愧，读的是英文版［。］）最近网球还打得有长进吗？你们在仓房里喝酒闲聊吗？

我不知把你之前的那些信放哪儿了（没有丢），不知道我们对那些通信、文稿什么的达成了什么样的一致意见。我认为最早也要等到明年1月份，这些事情才会有进展。可能会选石溪吧，他们似乎愿意开出更优厚的条件，似乎更愿意在经济上给我更多的帮助。重要的不是把那些东西放在哪里，而是东西本身，这又不像人死后的坟墓，那倒是讲究个埋葬之地。啊哈，说到信件，我最近刚读了简·卡莱尔的书信集[3]，堪称英文小说中的翘楚，狄更斯说她比他认识的所有伟大的文学女性都要另类。维多利亚时期最唯美的婚姻，钟情于一人但也非常痛苦。

---

[1] 洛威尔在［1967年8月］给埃德里安娜·里奇的信中写道："我们的一个朋友在埃克塞特教法语，我们都会和他一起阅读古老的法语读物，每周一次。但是我们所取得的惊人进步，还是靠玛丽，她总是做家庭作业……而且懂这门语言。"（见《罗伯特·洛威尔书信集》第489—490页）

[2] 古斯塔夫·福楼拜著。

[3] 这本书于1883年首次出版，并不清楚洛威尔读的是哪一版。见哈德威克的《业余爱好者：简·卡莱尔》，刊于1972年12月14日的《纽约书评》。

爱你！

卡尔

我从来没有一部作品像《普罗米修斯》这样收到这么多差评、这么多肤浅的抨击。只有《泰晤士报·文学副刊》给了个好评①。不过，不像《班尼托·西兰诺》，这部剧可是足足在剧院排满了六周的档期呢。如果要说这部剧中的可圈可点之处的话，当属女祭司艾娥出场后的那一部分了。也许我会把这部分摘出来，用在诗集或是其他作品中。

162. 罗伯特·洛威尔写给哈丽特·洛威尔小姐

肯特郡，梅德斯通，贝尔斯特德，米尔盖特庄园
1967［1971］年7月25日

亲爱的哈丽特：

真是震惊，爸爸竟然已经有这么久没给你写过信了！（你有多久没给爸爸写信了？）现在写信到你的夏令营也许太晚了，等寄到的时候你都离开了。所以我希望你打开戈麦斯小姐家的门②（或 porta？）\ puerta？/时可以发现这封信。她是妮可的堂姐妹吗？

上次给你写过信之后，我们就一直在忙着搬家，从伦敦搬到乡下。现在我们已经住进来了，不过还没有完全安置好。你是知道的，我以前总是吵着要去卡斯汀过冬，现在倒是真的来到了一个这样的地

---

① 指《声音中的节奏：洛威尔的〈被缚的普罗米修斯〉》，刊于1971年7月9日的《泰晤士报·文学副刊》。
② 信件地址写着"墨西哥伊克斯塔拉瓦卡迪亚兹港　埃达·戈麦斯小姐转哈丽特·洛威尔小姐（收）"。

方，只是迈出这一步没有那么艰难，毕竟这里离伦敦也就55英里的距离，开车不用两个小时就到了。这栋房子，不是爸爸吹牛，比玛丽·麦卡锡家的房子要大得多，也更古老，不过更凌乱也是真的。我们这儿还有一条小溪，里面有鳟鱼，大概5英寸①那么深，也可以说是一个小湖吧？面积大概就跟卡斯汀我那个仓房一般大，现在里面的芦苇长得很粗壮。从我书房的窗户望出去，可以看到成群的牛羊（是住在隔壁的农夫养的，我可不想与科廷姨夫竞争）[,]还有成百上千的鸟儿，清晨的时候可以听到各种各样的叫声——鸽子、白嘴鸦还有麻雀，叫声尖锐，让人背脊发凉。然后每天都做一样的事情。我有一张可以在上面写作的床，我需要的书籍有半数都放在了这里，总是在同一时间坐通勤火车去我教书的地方，就跟以前往返于伦敦或纽约是一样的。这周，鲍勃·西尔维斯和麦卡锡参议员来了我们这里，不过不是一块儿来的，我们搬家之后他们是第一批到访的客人。

我一想到你离我那么远就觉得痛彻心扉，也许（我非常希望）你能在圣诞节假期的时候来我们这儿玩。你可以自己安排，不必一直待在乡下，也可以去伦敦看看。不知道这个夏天你过得开不开心。你还会说英语吗？或者只说英语，或者你现在是双语人士？希望你在那里已经交到好朋友了，有很多既要动脑子又好玩的事情可以做。爸爸已经埋头苦写很长时间了，现在我只是读读书，重读那些以前钟爱的作品。我想我也该停下来稍微休息一下了，再闷头写下去只会才思枯竭。我听说了很多关于你的精彩事情，可惜我看不到你全新的样子，甚至原来的样子我也没法见到，我泪眼婆娑了。

爱你！

爸爸

---

① 英美制长度单位，1英寸等于1英尺的1/12。——译注

附：你觉得爸爸住的一个叫贝尔斯特德的地方怎么样？啊，在我们分别的这段时间，我的那些熊都进入了冬眠状态。最后那句话看起来很乱，是因为打字机出故障了，我刚刚把缠在一起的色带分开，这种情况已经有两个月了，之后有可能更糟。

163. 伊丽莎白·哈德威克写给罗伯特·洛威尔

［缅因，卡斯汀］
1971年7月29日

亲爱的卡尔：

今早去了邮局，我可真幸运，同时收到了你和哈丽特的来信。这是女儿给我写的第二封信。她在夏令营玩得很开心，她在信里说得很详细也很有趣。因为邮件在墨西哥走得慢，她似乎不太可能收到我给她写的信了。我现在已经开始疯狂想念她了，她似乎也有相同的感受，在夏令营一天要学习6个小时，这一次她可以说是大有收获。等下个月24日她回来的时候，我们就即刻出发去弗朗辛家，在那儿一直待到9月7日。你的信——我本以为你不会再写信来了，那样也好……卡斯汀的夏天，绿草如茵，碧空如洗，到处都是一片明媚的景象，美得让人窒息。生活一切如常，有时打网球，有时小酌几杯，有时一起用晚餐、一起开篝火晚会、一起听唱片。上周我们度过了难忘的一晚，查克·特尔纳来了，当时玛丽和莎莉都在，突然狂风暴雨，电闪雷鸣，我们那时候已经燃起了篝火，放着伊丽莎白·雷斯伯格和费舍尔-迪斯考的曲子，之后就都跑到哈丽特表姨的旧雨伞下面去躲雨，然后让莎莉开车送玛丽女士回去。今年大家在一起学习蒙田的作品,不过我已经请了假,要为普林斯顿的讲座做些准备。我在研读夏洛蒂·勃朗特的《维莱特》①,这是一部很精彩的小说——我在哈珀酒馆认识了两个在那打工的年轻女孩,她们说希望我能够写一篇导读,放在奎妮·利维斯那篇 38 页的引言后面,利维斯的引言写得很好,不是让我怕得发抖的那种文章②。〔(她在给编辑的信中说:"我给哈德威克小姐留了那本书,但是如果她觉得我占用的篇幅太大,内容过多,请告知我一声,我是个很好讲话的人!")实际上,我们两个的想法没有任何冲突——这也让我有些担忧……这期的《纽约书评》有我那篇关于西尔维娅·普拉斯的文章——不知道你对它作何感想。汉娜也在这里,安顿在玛丽那个带车库的公寓里,似乎很感激,也觉得来这儿很开心。不过我认为过不久就会非常思念海因里希,只不过现在她自己还没意识到这点。她去了很多地方——比如芝加哥③等地——不过海因里希在她心里的位置是无可替代的。菲尔·布斯块头很大,肤色黝黑,内心涌动着某些新的渴望,但我无法说清楚它们是什么。对了,阿德里安娜还从旧金山给我寄了一封信呢,让我很惊喜。她把自己形容为一个"疯癫的"在高速公路上飙车的司机。她说旧金山充满"魅惑",对那儿极其鄙视,还说"魅惑是文明中心的蛀虫"。她对伯克利那些身强体健、皮肤晒得黝黑的教授也是能避则避。阿德里安娜这个人,说她脆弱吧,她又有着惊人的力量。面对她我总是想要闪躲,对她也不甚信任。但是我知道,她确实对我很上心,一直想着要"帮助"我变得强大、坚定,对于这点,我还是心存感激

---

① 1853 年出版。
② Q. D. 利维斯的引言首次出现在夏洛蒂·勃朗特的《维莱特》中(1971 年),后转载于利维斯的《论文集》第 1 卷,G. 辛格主编的《英国小说中的英国性》(剑桥:剑桥大学出版社,1983 年)。
③ 阿伦特于 1963 年至 1967 年在芝加哥大学社会思想委员会任职。

的。可有时候，她那棕色的眼睛闪烁着危险的光芒，我明白自己内心难以平复的矛盾、那深入骨髓的脆弱，都被她洞悉明了……我觉得自己应该多掌握一些消息。我们认识的那些朋友都没什么大的变化，我会替你向大家问好的。而我，只要一日存于这世间，就一日无法摆脱对你的思念。

爱你，祝安！

丽兹

以下摘自哈丽特的信。夏令营设在墨西哥瓦兹特佩克的一个大型公共度假胜地，会有工人们在那儿度假，也会举办一些国家级的运动赛事，还有很多其他的活动。国际生活实验小组确实有些影响力。

"今天刚到瓦兹特佩克，住的酒店很漂亮，不过游客也很多。这儿有13个游泳池。到处是垃圾……来到这里可是把我们累坏了。我们坐了5个小时的车才到新拉雷多，那是一个边境城市，然后顶着酷暑等了5个小时，然后又坐了27个小时的火车才到。不过我现在觉得很开心，翘了早餐跑去游泳了。我们是大约20个女孩子同住一间大宿舍。墨西哥景色很美，但是很穷。我的手酸痛酸痛的，都是拎包给勒的，但是夏令营的老师说，我们到这儿可不是为了被娇惯的。"

第二封信：

"我们一天上6个小时的课，第一堂课来了个很严厉的老师，但是下了课他又变得很平易近人。现在教我的那个老师人很好，只是我很不喜欢我们那个带队老师，也不是说人不好，就是有点蠢，看起来颇有些像一个救世军女兵。她指定我读一本书里的一些章节，还要写读书报告。想得美。今天可太开心了，伙伴们人也都很好，只不过有些墨守成规。瓦兹特佩克太大了！游客真的很多！之前来了一群运动员，现在又来了一批宗教人士。我觉得一切都很愉快，满怀期待地在学习西班牙语呢。墨西哥固然很美好，不过我还是觉得美国好，更自由，想穿什么就穿什么。我们在寄宿家庭里必须穿连衣裙，可能还要穿鞋子和尼龙袜。我还是想按自己的方式来生活，这有何不可呢？我在这里看不到太多美国报纸，所以人都大概忘了所有的坏事情了。再见①。"

（到你收到这封信时，她就已经住到寄宿家庭去了。希望他们不至于太"墨守成规"吧。）

我之前和你说过吗？哈丽特在漂漂亮亮出门之前丢了12英镑。我会在康涅狄格照些照片寄给你。

再一次祝你平安、万事如意！

伊

164. 罗伯特·洛威尔写给罗伯特·洛威尔太太

肯特郡，梅德斯通，贝尔斯特德，米尔盖特庄园
1971年8月3日

亲爱的丽兹：

真是难以相信，信件在19世纪那些古老的船上，横渡大西洋竟然需要数月，如今自是不用那么长的时间，但信息传递还是会不够及时，造成误会，让人板起面孔。或者是不是我觉得你没那么想了解我的日常生活细节？我们的生活也没戏剧那般精彩。我现在差不多已经

---

① 原文为西班牙语 Adios。——译注

安定下来了，如今远离媒体和伦敦那压抑的环境，心情还是蛮轻松的，很开心。这边去伦敦也很方便，但今年夏天电话的信号不是很好。这个夏天很反常，很凉爽，酷热的时候没几天。孩子们的学校7月6日放假，9月6日开学。搬到这里还有一个原因，就是不想被打扰，在伦敦住了差不多十个月，总是有很多分心的事。

大事件——今天早上有两只燕子从我窗户飞进来又飞走了……想起以前常常吓得我躲进仓房里的那些老朋友了。我养了一只兔子，成天跟我后面在家里转悠，而且不守规矩，总是随地大小便。我刚刚校对完一篇35页的采访稿，刊登它的是一本名叫《评论》的小杂志①，主要是放在商场销售的，但我们还是尽量注意在内容上不要与十年前赛德尔的那篇采访②有重复。时间似乎都过去了两个十年，我现在对自己的健康总是疑神疑鬼的，年龄大了智慧却不见增长。上周鲍勃·西尔维斯和玛丽·麦卡锡先后来过这里，吉恩似乎对政治斗争或是站队之类的事情很感兴趣，耳朵竖得直直的。鲍勃和我说了你收到了哈丽特的信。我简直不敢相信——女儿突然间就从爱玩闹的小屁孩长成大姑娘了。她以前还特别喜欢玩垃圾和报纸碎片呢。我收到一张很可爱的\卡片/③，她出发之前寄来的——语气温柔、幽默又得体。虽然我给她写信的时候并没有把她当成是一个孩子，我们彼此也并没有谈及什么严肃的涉及意识形态的话题。真有意思，就在昨天，我把《维莱特》从书架上取下——然后又放回去了。我正沉浸于董贝的世界中④，沉醉其中——像是又回到了四年前离开缅因的那个夏天。

---

① 见伊恩·汉密尔顿的《与罗伯特·洛威尔的谈话》，刊于《评论》第25期（1971年夏季刊）。
② 见罗伯特·洛威尔的《诗歌的艺术·第3期》，与弗雷德里克·赛德尔进行的访谈，刊于《巴黎评论》第25期（1961年冬春）。
③ 卡片现已遗失。
④ 指查尔斯·狄更斯著的《董贝父子》（1848年）。

哈丽特太让我骄傲了——她的花儿终于开始绽放了,我像她这般大时还得再等上五年才开窍呢。无论怎样,她都不会是个呆头淑女。

鲍勃把你那篇关于西尔维娅的评论文章带来了——一如既往地令人赞叹。在某种程度上我更希望看到它与你书中的其他女人形成对照——你对她们要么钟爱要么排斥\嫌恶/。我觉得《爹地》[①]写得有点过,个人色彩太重,太西尔维娅了,反而削弱了这首诗——噢,笔调很强硬!一些\她的/新诗(不是中间那本诗集)风格更像那本《爱丽尔》[②],写得很棒——有一首写的是不忠。记得艾斯勒医生说过弗洛伊德是怎样从仁慈的约瑟夫移向转变到更为危险的摩西的吗[③]?千万不要!

爱你,祝安。

卡尔

165. 伊丽莎白·哈德威克写给罗伯特·洛威尔

[缅因,卡斯汀]
1971年8月12日

亲爱的卡尔:

是啊,写信是件很奇怪的事。其实我们之间不存在给对方回信的

---

① 《爹地》,刊于《评论》(1963年10月)第9期。收录在《爱丽尔》(1965年)。
② 此处的"新诗"是指《冬树》(1971年),"中间那本诗集"是指《渡河》(1971年),《爱丽尔》指1965年版本。
③ 见西格蒙德·弗洛伊德《米开朗基罗的摩西》(1914年)和《摩西与一神论》(1939年)。比较洛威尔《海豚》手稿本中的《弗洛伊德》[组诗《伦敦与冬季与伦敦》第3\4\5/首],和诗集《海豚》中的《弗洛伊德》[组诗《冬季与伦敦》第5首]。

概念，因为不需要回复或提供信息，就只是写一种叫作信的文章而已。你说的没错，我之前确实不愿意听你讲自己的日常生活，但是现在很不这样想了。说实话，知道你现在很幸福，你过上了你想过的生活，我也终于为你感到欣慰。从你的描述里可以看出肯特郡真的是个宜居的好地方，相信那里全新的生活节奏能带给你们梦幻般的美好享受，而且你和卡洛琳又即将迎来自己的孩子，恬静的乡间是理想的住处。

我度过了一个非常美好的夏天，在许多方面很奇怪，在其他方面又完全一样。下午的时候，光会突然洒下，昼长夜短，每天都在重复做着同样的事情，难免落寞，恍惚中仿佛又回到了从前的某些时刻，或许那是很久以前别人度过的时光。大概一周后我就要去接回哈丽特，如果你想要给她或者给我们写信的话，就直接寄到67街的家里吧，等我见到心爱的女儿，我就尽快把她的一切都写信告诉你。终于要和我们的女儿团聚了，我内心的激动简直无可比拟，大概只有去机场接你时的那种心情才能与之相比吧。不过，亲爱的，我和哈丽特可不会去聊什么意识形态！你似乎时不时就会想到这方面的事情。我们闲聊逗笑的那些人啊事啊和政治半点关系都没有！完全不涉及政治话题，最近也没发生什么特别的事情。忘了告诉你了，哈丽特想把你上次给她的那25英镑捐给那些东孟加拉人。她最近在报纸上读到一些关于他们的报道，难过得流了不少眼泪。我跟她说："那笔钱只会像进了下水道被浪费。"那天晚些时候她又来和我说："是的，它会被浪费。但把钱花在布鲁明戴尔百货店里就不是浪费吗？"没办法，我只好把钱寄给她了。

我并没有以什么立法者的身份自居（你在信里提到弗洛伊德从"温和的约瑟夫"转变为"危险的摩西"，这个小小的告诫我也觉得有道理)①。你把我写的那篇关于西尔维娅·普拉斯的评论文章同这个联系起来就很有意思了。虽然我收到的多数来信都提到\我的/"同情心",实际上,我对她并没有这种同情心。我觉得她作为一个女人毫无魅力可言,不管是对自己还是对别人,都冷血无情。我十分讨厌《爹地》(我把它和《贝弗利农场的末日》做了比较),还有那首《拉撒路夫人》②。但是其他很多篇目还是写得极其优美,是不是……现在想到秋天的脚步将近,我就有种战栗的感觉,不是特别舒服。很多人邀请我去各地做讲座,我也收到了一些稿件的邀约,当然了,我是乐意去做这些事情的,只是觉得准备不足,时间也紧迫。就是这些"小"文章,竟然也要占用我这么长的时间。

哦对了,亲爱的汉娜昨天来了,我们一起喝了几杯,我还放了德国的浪漫曲,这次选的是你那张女高音施瓦茨科普夫的旧唱片,听着音乐仿佛能看到以前和你相处的点点滴滴。我还放了一些舒伯特的音乐作品,比如《致音乐》和《格雷琴》之类的③,汉娜也竟然激动了起来,真是不可思议。我想也许是德国音乐的魔力吧。突然间我对汉

---

① "多少次,我沿着被人冷落的科尔索加富尔那陡峭的石梯来到寂静的广场,被遗弃的教堂在那儿茕茕孑立,试图在那儿承受摩西这位英雄愤懑的目光……我为什么把这座雕像称之为令人费解的艺术品呢?毫无疑问,塑像表现的是摩西,犹太人的法规制定者,手里拿着刻有《十诫》的律法书"(弗洛伊德的《米开朗基罗的摩西》,詹姆斯·斯特雷奇译,见《西格蒙德·弗洛伊德心理学全集标准版》[(1955 年) 第 13 卷])。

② 刊于 (1963 年 10 月)《评论》第 9 期,收录在《爱丽尔》(1965 年)。

③ 指弗朗茨·舒伯特的《致音乐》(D 547) 和《纺车旁的格雷琴》(D 118 / Op. 2);很可能是 1952 年施瓦茨科普夫的录音 (哥伦比亚 33CX 1040)。哈德威克说:"我去医院探视他时 [⋯⋯] 他总是一本正经地下命令,要我们将维吉尔、但丁、荷马、伊丽莎白·施瓦茨科普夫的唱片带过去"(《工作即其他时候的卡尔》,摘自一封写给伊恩·汉密尔顿的信,日期未标)。又见洛威尔的《伊丽莎白·施瓦茨科普夫在纽约》(组诗《仲冬》第 5 首,见 1969 年版《笔记本》;《伊丽莎白·施瓦茨科普夫在纽约》(组诗《仲冬》第 7 首);见 1970 年版《笔记本》;《伊丽莎·施瓦茨科普夫在纽约》,见《历史》)。

娜有种从未有过的亲近感。她在这里也过得很开心，玛丽和吉姆也都很好。我把你的地址告诉汤米①了，他会写信给你的。比尔·阿尔弗雷德9月份会去爱尔兰，行程费用都是由美国笔会承担，我也会告诉他你搬去肯特的事，还有你的联系电话等……吉恩·麦卡锡——我认为他要重整旗鼓很困难。看之后形势怎么变化吧。你知道吗，萨拉·奥恩·杰维特太棒了。我这段时间在写一些以缅因为主题的文字②——虽然使用了我以前做的笔记，但是"不落俗套"。所以我现在开始看一些她的作品，真是好得让人惊叹。

"一个人应该利用其所得造福一方百姓。'公正的前提是为人慷慨'：B的抄写本上总是印着这句话。"

"'对于人而言，其命如草芥'，这是A的箴言——二者殊途同归……我的天呀，这不就是那个貌似饥饿的地方吗？一想到\她们/布雷家的漂亮女孩不得不在这样的地方忍饥挨饿，我就心疼得厉害。"③

不知为什么，"brook"（忍受）一词的用法令我印象极为深刻④。

今天，我本来一直在等哈丽特的来信，不过想到之前那两封信——也就是我引用过给你看的那两封，就觉得应该挺满足。我想墨西哥的人可能也会扔掉邮件，这种行为在南美比较常见。倒是收到了

---

① 指哈里斯·托马斯。
② 指伊丽莎白·哈德威克的《在缅因》，刊于1971年10月7日的《纽约书评》。
③ 摘自萨拉·奥恩·杰维特的《小镇穷人》，见《陌生人和流浪者》(1891年)。
④ 见《牛津英语词典》"to put up with, bear with, endure, tolerate ['to stomach'义项2的比喻用法]。现在只在否定或排除结构中使用"("Brook，动词"义项3，《牛津英语词典》第I卷)。

琼·瓦伦丁的一张卡片,希望这代表她现在一切都好吧。去年冬天的时候我才开始对她的情况有所了解,她的人生是那样艰难,可却还是那么坚决地拒绝接受旁人的帮助。即使我知道她肯定是在家的,打电话过去也没人接,有好几个礼拜都是这样,有时候傍晚六点给她打过去,孩子们说她在睡觉。事情也就这样过去了,这怎么不叫人担心呢,可是我能做的也只有让她知道一有需要我就在她身边,毕竟我们之间不过相隔几个街区而已。我们认识了一个不错的朋友,没错,是我们共同的朋友,是琼在巴纳德任教时带的一个学生,去年秋天她上了我的课,今年春天我们又成了朋友。试想,遇到这样一群聪慧睿智又正义友好的学生,哪个老师不会将其视若珍宝。这个学生名叫玛丽·戈登,哈丽特之前也十分喜欢她,现在这个姑娘要与斯诺德格拉斯一起去意大利的锡拉库扎学习了。她还告诉我,以前她常常和男友一起在我们住的那条街上散步,还一边感叹说:"这就是他住的地方呢!"说的肯定是你了……芭芭拉告诉我菲莉丝·赛德尔今年夏天似乎不太顺心。可奇怪的是,菲莉丝倒是经常打电话给我,还会邀请我参加晚餐聚会,有一次乔纳森来了,我也把她请来一起吃了顿晚餐。最近这些年来,她似乎还是那样美丽动人,总有事情让她忙活,凡事都要亲力亲为,不过很少提到弗雷德①。之后我才了解到她一个人承受了那么多,才意识到她内心其实一直五味杂陈,也一直没能从伤痛中走出来。不过现在她的状态好多了,等我回了纽约会给她打个电话问候一下。跟我的"年轻"朋友在一起时,我觉得自己就像那个胃口极好的莉莲·赫尔曼,但是我志不在此,只是顺其自然。从妇女解放运动中我可以得到的唯一结论是:女性似乎比男性更能够彼此依赖,也不排斥

---

① 菲莉丝·门罗·赛德尔(出生于弗格森)与弗雷德里克·赛德尔 1960 年结婚,1969 年离婚。

这样做。至于其他的也就只是那些糟糕的文字了,头脑简单,毫无内涵可言,或者也已经司空见惯了。我开始想回纽约,继续做回俗不可耐的城里人了,虽然边上紧挨着那座坟墓。23日我会见到鲍勃并一起吃个饭,他跟我说过好些你和卡洛琳的事情呢。他似乎又有一个新的"红颜知己"①,是之前就有还是最近才认识,我就不得而知了,除了工作还是工作的他,终于会暂时把工作放下,恋爱几个小时或者几分钟了。\再见,丽兹/

166. 罗伯特·洛威尔写给罗伯特·洛威尔太太

[肯特郡,梅德斯通,贝尔斯特德,
米尔盖特庄园,第67街15号 罗伯特·洛威尔]
1971年8月18日

亲爱的丽兹:

你知道吗?上封信是你写的最贴心的一封信了——只有一点美中不足。你怎么能把我为父亲写的那首福楼拜式的挽歌拿来和《爹地》相提并论呢?啊,我也想今年夏末的某个时候找个理由再回一趟纽约,希望能重温你到机场接我的情景。不过最早也要到圣诞节或者复活节那个时候才有可能回去啦。再过六周就是那孩子的预产期了(洛威尔与吉尼斯家族的孩子,这一点我一直没有和你坦白)。你说的没错,乡间确实\对/孩子的成长有好处,同样也有利于孕妇养胎。孩子们正是爱玩的年纪,这儿的乐趣可不少,就算到了冬天,也有很多吸引他们的东西:室内游泳池(在

---

① 指格蕾斯·达德利。

一家装潢富丽、名为"丹麦巨人"的乡村酒店里)、各式各样的骑马活动,还有芭蕾呢。大多数活动就在住的地方附近,室内室外都有。宠物越养越多,"水手长"是一只迷你长毛腊肠犬,很可能会被名叫"跳跳虎"和"基蒂"的两只猫给活吞了,还有戈尔迪和卡皮,谁都可能把它们两个给吃掉。哈哈,你是不是觉得很像在读哈丽特小时候写的信。

最近宾客盈门——很多朋友都来看我们,有燕卜荪夫妇,索尼娅,现在可能爱丽丝[①]也会来。我认为麦卡锡当下不会有太多动作——其他几场民调做完之后他就可以喘口气,到时又卷土重来吧。菲莉丝的事让我很难过。弗雷德去年秋天还来过我这儿——比在汉弗莱[②]家那晚聚会上见到的状态好很多,但他像个鱼雷一样在镇上横冲直撞。该称他是个势利者呢,还是说他是个聪明人\？/ 鲍勃有红颜知己的事大家都心知肚明,只不过是没有谁真的撞见他俩在一起而已。他上次来的时候,我们三个都吓了一跳,场面一度陷入尴尬,不过后来气氛变得逐渐融洽起来,时不时开起玩笑。他一直都是我的好朋友,这点没有变。听你说到琼的事情,我也觉得很难过,去年真是复杂的一年。也许我们不该想当然地以为她会有如此坚毅的内心,能够那么快从悲伤中走出来。请你代我向她问好吧。你的书看来不同凡响:风格更激越,更富个人色彩,还选了女性这样一个主题,要知道当代文学及评论界可还没有谁开过这个先例呢。[你]会不会使用你

---

① 指爱丽丝·米德。
② 指休伯特·汉弗莱,比较赛德尔的"我怀念鲍比·肯尼迪的干冰之火。| 我在你的客厅里认识了麦戈文。| 休伯特·汉弗莱只是缺乏兴致"[《加州前州长》第15—17行,见《我的东京》(1992年)]。

以前写的关于女性的文章？比如讲艾米莉·勃朗特的那篇[1]，又或是评《第二性》[2]的那篇？你好久都没有涉及那\这/这方面的话题了。我发现妇女解放运动有一点好处就是，我可以和任何一个女人展开一场或幽默或愤怒的辩论。去年冬天，一位称号为诺维奇女士的人不理我了，愤愤地抛下一句话："男人能开车我也一样行！"我说我一直都为这样的女性祈祷[3]。我现在的位置很低。我[4]
\怎么能/[5]

167. 罗伯特·洛威尔写给哈丽特·洛威尔小姐

肯特郡，梅德斯通，贝尔斯特德，米尔盖特庄园
1971年8月18日

亲爱的哈丽特：

你看，如果你多给爸爸写信，爸爸也会经常给你写信的。不过，

---

[1] 可能是指哈德威克撰写的艾米莉·勃朗特传记，收录在路易斯·克罗南伯格和艾米莉·莫里森·贝克编的《大西洋人物简传：艺术传记词典》（1971年）。哈德威克在1972年5月4日的《写作女孩：勃朗特姐妹》一文中进一步介绍了她，见1972年5月4日的《纽约书评》。

[2] 指西蒙娜·德·波伏娃的《第二性》（1949年）。见哈德威克的《女性的屈从》，刊于《党派评论》第20卷（1953年5月/6月）第3期，收录在《我自己的一个看法》（1962年）。哈德威克在《纽约时报书评》（1972年5月14日）发表了对波伏娃的《成年》进一步的评论。又见《小说的艺术》第87期达瑞尔·平克尼对波伏娃的访谈，刊于《巴黎评论》第96期（1985年夏季刊）。

[3] 可能是指安妮（出生于克利福德），维康特思·诺维奇。约翰·朱利叶斯·诺维奇说："这个维康很古怪。1971年，诺维奇女士有可能成为我的第一任妻子安妮。（我母亲从未使用过这个称号。）但她俩都没开过车。这种奇怪的防御性言论听起来也不像是真的。我想他把名字搞错了！"（2014年10月14日发给本书编者的邮件内容）

[4] 被撕页。

[5] 被撕页。

妈妈把你写给她的两封信的内容转告我了。我知道了那家酒店有"13个游泳池"还"到处是垃圾"，还知道因为你"最近读不到太多美国报纸"所以更喜欢美国而不是墨西哥了。好啦，现在你终于回家了，可以\随时/看报纸了。我们这里，报纸总是在早餐时送进来（除非我死了），共三份，一份《伦敦时报》，甚至比《纽约时报》还要单调乏味，一份读起来不那么费劲，但态度保守令人恼火，最后一份不仅更加保守，还宣传暴力思想，经常在社论中煽风点火，呼吁年轻人\和爱尔兰天主教徒/投身改革——这份报纸吧，每期无一例外都印着四个身材火辣的女孩半裸的照片。

希望你的西班牙语已经说得不错了。听说你已经开始很认真地考虑起人生和学习规划了，爸爸为你感到自豪。我这么不吝夸赞会不会把这一切给破坏了？其实没有谁能完全按照自己的意愿来行事，人生就是如此。希望渺茫时又有多少人能真正狠下心破釜沉舟去干呢？这次远行，是不是让你接触到了更多不明事理的人？这些人可能是成年人，或是与你年纪相仿的孩子。相比你，爸爸见识过更多这样的成年人，不过今后还依然会有见到更多。

我本是想写信和你聊聊我们养的宠物的。现在它们以每周一只的速度增加。最新的一只是迷你长毛腊肠犬，它把那只令田鼠闻风丧胆的天敌猫——跳跳虎——吓得差点跳窗而逃呢。现在，跳跳虎、基蒂，还有一只堪比爱尔兰恐怖分子的猫——凯里，在车道的碎石上画了一个狗的轮廓，然后跳上去咬它的喉管呢。

听说你把那25英镑捐给东巴基斯坦了，这让我很欣慰。那是一个像比夫拉一样为数不多的事件，只有一方右派势力。

再见，祝快乐！

爸爸

168. 罗伯特·洛威尔写给罗伯特·洛威尔太太

> 肯特郡，梅德斯通，贝尔斯特德，米尔盖特庄园
> 1971年9月2日

亲爱的丽兹：

过去的两周让我感觉像是回到了当年在卡斯汀度过的那个美好的夏天。漫步云端，等待分娩，现在是不出一个月了吧。没有什么问题，最多就是心里有些害怕。前几天我们去看了一部新电影《呼啸山庄》①，拍得很粗俗，情节都没记住。

爱丽丝刚离开，她只是短暂地住了一晚就走了。她给我看了你和哈丽特的照片，照片上你俩都笑得很灿烂。不过比起哈丽特，我倒是觉得你的变化更大。哈丽特的确瘦了不少。你觉得哈丽特会愿意来这里度过复活节的假期吗？到时候她可以在这里待几天，再去伦敦待几天，或者在伦敦待更长时间，毕竟她还年轻，不像我们快退休了只想清静。我希望她能见见其他几个孩子——最大的那个把哈丽特作为学习榜样，不过她对宠物比对政治更感兴趣。当然了，对即将出生的孩子也是\翘首以盼/。

爱丽丝或许是为了赶早班飞机才一早就离开的，分别那一刻我有些伤感。我四岁的时候就认识她了，但是不知为何，近几年总是想起她，却又一时想不起她的样子——以前会和埃弗拉德他们一起开车去荒漠山的湖边玩，去波士顿医院。我们都青春不再了，但你还是可以的吧。爱丽丝已经过了离婚时的情绪激动期，但她还是无法忘记埃弗拉德，对自己的前景有点悲观。不过她真的是一个好女人。

---

① 导演为罗伯特·福斯特（1970年）。

你看，我也没什么好写的，只是希望你能知道，在这个似曾相识的早晨，我思念着你们母女俩。我想比尔·阿尔弗雷德过几天会来。

爱你，祝安。

卡尔

（我确实希望你臀部的伤愈合了——我想要说这个的，可是信已封好了。）①

169. 伊丽莎白·哈德威克写给罗伯特·洛威尔

[纽约市，西67街15号]

1971年9月21日

亲爱的卡尔：

我见过我的律师芭芭拉·辛瑟太太了。关于我打算启动离婚程序的事她会写信告知你的。

我从不试图否认我的悲伤与痛苦，还有我对你的一往情深。对我来说，与你分开无异于截肢，我可能会永远被这种伤痛所裹挟，但是我也看淡了、认命了。旧伤未愈又添新伤，最近又发生了一些让我震惊的事情，怎么形容呢——忍无可忍，大概是吧。最悲哀的是，你计划做的事情根本没有任何必要。

说说哈丽特吧。她不是针对你，她给谁写信都觉得很困难。今年夏天我也就只收到她的两封信而已，而且她说她也给你写了一封。可是很多人都说，他们照你之前在伦敦的地址寄信，几个月之后信又被

---

① 这行字打在航空邮笺背面。

退了回来。毋庸置疑，哈丽特面对这一切怎么可能保持冷静，她只会把自己封闭起来。我希望你还是尽量像从前那样与她相处，在和你现在的生活不产生矛盾的情况下，时不时给她写写信，寄张明信片什么的，如果可以的话，一个月打一次电话。哈丽特还是个孩子，你们之间的关系不可能像我与你可以在互惠基础上再建立起一种新的关系。我们有时候也会聊起你，但语气都是轻松而友好的。几天前的一个晚上，我们还回忆起在西班牙的时候，早晨非常寒冷，有一次你生无可恋地大喊大叫，原来你要的是橙汁和煮鸡蛋，而得到却是一瓶微温的橙汁汽水，上面漂着一个生鸡蛋。其实，我自己关于你的记忆都是15年前的那些事。你和哈丽特现在只能靠你们自己了，你们自己去想办法好好相处吧。

至于其他，我相信，最好就是把我自己的生活安排得井井有条，保护好自己不再受更多痛苦，这也是为了哈丽特，甚至是为了你好。

爱你，祝安。

伊丽莎白

170. 罗伯特·洛威尔写给罗伯特·洛威尔太太

肯特郡，梅德斯通，贝尔斯特德，米尔盖特庄园
［1971年9月24日］

亲爱的丽兹：

你信里第二段说"最近又发生了一些让我震惊的事情"，我并不是完全理解，但我想其中之一你是指我的书[①]吧，我还没想好什么时

[①] 指《海豚》的手稿。

候出版，永远不出版也是可能的。它不是一部诽谤中伤之作，\它/和你的《笔记本》① 很像，很可能更张扬一些吧。我的故事既是一部作品，唉，又是一部相当折磨人的自传，讲述的是我的人生经历，其实我们没有必要去完全照实叙述。\诗总是有所虚构的。/ 如果你想看的话，我可以寄一本给你（等到我修改得差不多了），你应该不会觉得自己遭人背叛或是被利用，但我仍觉得，要走出伤痛的阴影对你来说不是一时半刻的事。

我不多写了。什么事都堆到这周发生——卡洛琳产前假阵痛，半夜赶到医院，结果发现是胎位不正，脚朝上\，必须要矫正才行。/ 我反复流鼻血②，流了一个多星期（因为高血压吗？），一位专科医生用纱布止住了血，现在好了。此外还有一件糟心的事，我们全家都似乎得了\疥疮/，被那只宠物\玩具/腊肠犬"水手长"给传染的。还真是时候！不过我想一切都会好起来的吧。

邮件的事真是很奇怪。我收到了几封信，但我想没收到的更多。哈丽特的信我就没收到。我会尽快给她写信的。玛丽和吉姆来过了，说起你的病情时很难过，对那位极端保守的罗素医生③的误诊可谓是幸灾乐祸。可怜的玛丽！我从来没读到过那么刻薄的评论，相比于她，我的《普罗米修斯》面对的那些差评简直不算什么，不过那些大放厥词的都不过是一些小报记者而已。她似乎因此伤了心；\一个/ 勇敢的灵魂，表面上总是风轻云淡的样子，但有时痛苦还是会不由自主地流露出来。

只能写到这里了，爱你和哈丽特，祝平安健康。

---

① 见哈德威克1970年6月26日写给洛威尔的信。
② 见洛威尔的诗句"今天撑着胳膊肘吃午饭时｜望见草地上我鼻子的血流成红漆；｜我在一切事物中都看到、闻到、尝到血"（诗集《海豚》中的《第九个月》[组诗《婚姻》第11首] 第4—6行）。
③ 卡斯汀的医生。

\ *所有东西都必须清洗\煮过/，我们每个人，还有\衣服，/兔子和树篱。你能不能给布莱尔一张证明，比如借书证之类的，证明我会出现并恢复我的/

卡尔

171. 伊丽莎白·哈德威克写给罗伯特·洛威尔

［纽约市，西 67 街 15 号］
1971 年 9 月 27 日

亲爱的卡尔：

得知你生病，我很是难过，确切地说是忧心如焚，祈愿疾病一去不复返。卡洛琳似乎这段时间受了很多苦，不过这只是暂时的，希望一切顺利。辛瑟太太的信应该就快寄到了。离婚是一件单调乏味、费时费力又费钱的事，极其复杂——付给我的钱有些可以从你的所得税中扣除，有些则不能\，诸如此类，/我也不是完全清楚所有细节。关于那本书稿我无法开口说什么，我只知道我们共同的朋友读过之后的反应，他们都很震惊。至于我的日记，去年 2 月开始我就没怎么动过笔了，最近我拿出来看了看，唉，也没写什么东西，就相当于一个受虐狂写的颂文，解释你为生存付出了怎样巨大的努力啦，你的写作生涯如何光辉卓著啦，还有你的幽默感，等等①。不过我还是掌握了

---

① 见哈德威克的话："奇怪哟，关于工作习惯，康复出院，我写出来的都不是什么新鲜事，都是我早先写在《笔记本》上又撕掉的东西，那时似乎还没有一个合适的情形来做这样的思考。原来，一个人到最后都不怎么去想这些事了，这些年来，我在给朋友们的信中或多或少写过相同的东西，也包括我对卡尔种种行为的苦恼。"（见《工作及其他时候的卡尔》，日期未标，写于 1981 年或 1982 年）

一个度的，这只是第一稿，实质上也就是一本日记而已。也许我会撕了它，它似乎不再那么切题了。不过里面倒是对梅里尔·摩尔有精彩的记述，写你的父母还有伯纳德医生、艾斯勒医生的那些也不错……就这么多了。

写这封信是想说我真的非常担心你，不过我相信你会很快康复的，如果你遇到什么问题，一定要想办法告诉我们，我会马上带哈丽特去看你的。

我得停笔了，不过为了让你振作起来，给你看看我和比尔·阿尔弗雷德上次通电话时的聊天记录吧。

我：你知道吗，约翰·贝里曼把他的新书唤作"阿古纳斯女神"①。

比尔：我不认识这个女人。

我：她人非常不错。

比尔：好吧，这也挺好，毕竟贝里曼一直以来过得实在是太艰难了。

我：是啊，阿古纳斯和庄严弥撒*一离婚就会马上和他贝里曼结婚，成为他的第五任妻子。

比尔：不错，那将是一段美满姻缘。

上一封信里不管你刮掉了什么，我推断你是出于某种原因需要某种文件纸吧。我会寄给你的，具体是要哪种？关于律师的事，你找个时间写信告诉我吧，或者告诉辛瑟太太也行。有时间你就考虑一下。

---

① 《侍奉天主》（由八首诗组成的一首组诗）收录在《错觉及其他》（1972年）中。（"阿古纳斯女神"原文为"Agnus Dei"，拉丁语意为"天主的羔羊"，也是天主教弥撒曲的歌名《羔羊颂》。——译注）

爱你，祝你健康！

伊丽莎白

*必须承认，我那个双关用得不好①！

172. 罗伯特·洛威尔写给布莱尔·克拉克

［电报］

［伦敦］

［1971年9月28日上午7时7分签收］

纽约市东48大街22号

布莱尔·克拉克先生

我儿罗伯特·谢里丹昨晚出生

爱你的卡尔

173. 哈丽特·洛威尔写给罗伯特·洛威尔先生

［电报］

［纽约］

［1971年9月29日签收］

梅德斯通，贝尔斯特德，米尔盖特庄园

罗伯特·洛威尔先生

---

① 指贝多芬的《D大调庄严弥撒》，作品123号（1819—1823）。

第二部分：1971—1972

亲爱的爸爸我尝试给你打电话道贺了

爱你的哈丽特

174. 罗伯特·洛威尔写给哈丽特·洛威尔小姐

英格兰肯特郡，梅德斯通，贝尔斯特德，米尔盖特庄园
1971年10月1日

亲爱的哈丽特：

我感觉……我的意思是，你发来的那封可爱的电报①让我开心得像是又得了一个新生儿。我记得妈妈写信给我，就我去年春天就告诉过你的这个孩子的存在，\出现，/它即将来到这个世上——说她不想我通过电报来告知你这个消息，她指的当然是第一时间存在得知这个消息；我给你发电报②的时候着实紧张得有点发抖。原谅我吧，如果我话说得不利索，我只是太疲倦了，疲倦到连话都说不好了。

罗伯特·谢里丹·洛威尔出生前的20天，我们吃了不少苦头。产前痛过两阵，都是真的，这让我们慌张得大半夜就叫了一辆救护车［赶到］附近的一家医院，然后最后一分钟又从梅德斯通医院转到了伦敦，因为在乡下，要等12个小时才能见到医生——这里的医疗资源不尽如人意。前不久我还断断续续流了8天的鼻血，因为梅德斯通的误诊，我还不得不临时去伦敦看病。看来好像我们（我和卡洛琳）都命悬一线。不过现在一切都过去了。

---

① 指哈丽特·洛威尔1971年9月29日发给罗伯特·洛威尔的恭贺电报。
② 现已遗失。

阵痛持续了12个小时,谢里丹出来却只用了30秒,都没来得及进产房。他全身红得跟龙虾似的,\僵硬的/样子像个姜饼人,裹着一层猩红色衁\淤泥/①。他喃喃的第一句话是(我之前一直夸你来着):"哈丽特不是个女孩吗?"

我们还有两个宝贝:一只太妃糖色的缅甸小猫"月光"和一只软绵绵、孩子气的迷你长毛腊肠犬"水手长"。两个都是任性的家伙,尤其是"水手长"。"月光"和他的萨姆纳大叔一样喵喵叫时声音很动人,不过他可不像萨姆纳那样喜欢一边讨好你一边又针锋相对,这孩子可讲面子啦,很像调酒师,自己酗酒还要卖酒。

爸爸希望你有时间尽早来英国。圣诞节不算太赶。德文郡有一家思想进步、氛围自由的乡村学校——达廷顿,名气还挺大的,我那个年龄最大的继女就在那儿上学。你上大学之前或许会愿意在这所学校待上一两年,比起道尔顿轻松得多,而且风景也不错。问问妈妈的意见〔。〕在英格兰这是一所几乎大家\人人/都喜欢的学校。我最可爱的女儿,来这里吧。

爱你的,

爸爸

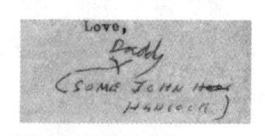

\(某个约翰·汉考克)/

---

① 见洛威尔的诗句"在血的洪流中游了不到三十秒;│小小姜饼人"(诗集《海豚》中的《罗伯特·谢里丹·洛威尔》第7—8行)。

175. 罗伯特·洛威尔写给罗伯特·洛威尔太太

[肯特郡，梅德斯通，贝尔斯特德，米尔盖特庄园]
1971年10月1日

亲爱的丽兹：

\那天午夜/我们不得不从梅德斯通赶到伦敦去，毕竟那儿的医疗资源更好，然后打了催产针，12个小时的分娩，就连当爹的都等得体力不支了。还好一切顺利。没空多写一点\信。/

你做什么都行，只是千万不要把你的《笔记本》给烧了。我还希望自己化成灰后能活在那里面呢。你展示给我看的是一些你最温柔、最洒脱的作品。我之前也在信里说过，我那部诗集永远都不必出版，也就是说不会公开出版，但我会留着。我也只会把其中几个\消极的/部分给删掉，所以你一定不要啊。也许等我们都更为冷静的时候，可以把这两部作品合在一起出版呢。我想，如果真有那时，而\我们/又还健在的话，你应该已经不会为我的这些诗如此介怀了。这也许是我人生中的最好/最后一部作品了——作者不总是最合适评价自己作品的那个人吗？尤其是一部新近完成的作品。

我的血液终是熬过了这紧张兮兮的两周，两次半夜叫救护车，等等。\不是为我！/我的高血压都成老毛病了，总是忽高忽低的。现在又开始服用甲基多巴①了，已经做了各种各样的检查，以后还要做。一切都好，心啊肝啊等都没毛病。只是血压时高时低——身上也不觉得难受，真是挺奇怪的。我猜想，我这种情况不算很糟糕吧。

嗯，你的意愿——我是指离婚协议——能不能请你那个挺友好的

---

① 降压药。

律师把她觉得正当的条款先列出来,我就不请律师了,到时自己看,有不同意见我直接提出来就好。我不是很想花钱去请律师。虽然我在这边支付的平摊生活费没那么多,不过为那个孩子我多了一大笔开销,将来也会是这样。还有,这半年(?)我的版税也就4000美元多一点——加上去年春天拿到的7000美元,总共也只有11000到12000美元左右。\下降了?/或者有什么猫腻?另外,我还有140000美元\信托/在哈佛那里。哦,我的经济状况不错嘛。至于那些普通财产,我想给谢里丹留几样家族的东西\标志物/;因为自然是要给他留一些东西的——也许是版税。我自己的话,就留一些书吧。我想要的好多都是平装书。谢谢你真心的挂念。

爱你,祝安。

卡尔

176. 罗伯特·洛威尔写给哈丽特·洛威尔小姐

英格兰肯特郡,梅德斯通,贝尔斯特德,米尔盖特庄园
11月感恩节前
[1971年11月20日]

亲爱的哈丽特:

爸爸非常想你,巴不得马上就可以见到你。我最近在看以前写的那些诗,在纽约和缅因写的,里面当然有很多是写你和妈妈的。我读着读着,就觉得你们正在向我走来,但现实\中/的人,那活生生的你们在哪里呀?我根本不忍想象你不在我身边。今天我看到路上积\雪/了,仿佛自己又回到了原来在马萨诸塞的\乡村/野外。你看我的字都打到边上去了,没写完整:雪、乡村。

第二部分：1971—1972

写信确实要费很大力气。我教书以来一切都挺顺利，我还准备把我上课提到的诗人的诗句润色一番呢。

我们都挺好的，并且享受着生活充满活力，只是（你的）爸爸还一时不太\适应/自己成了另一个孩子的父亲。爱你，也爱妈妈。这封信我不打算写太长而且，所以你也不必费太大的劲写回信。温馨提示。

爱你的，

爸爸

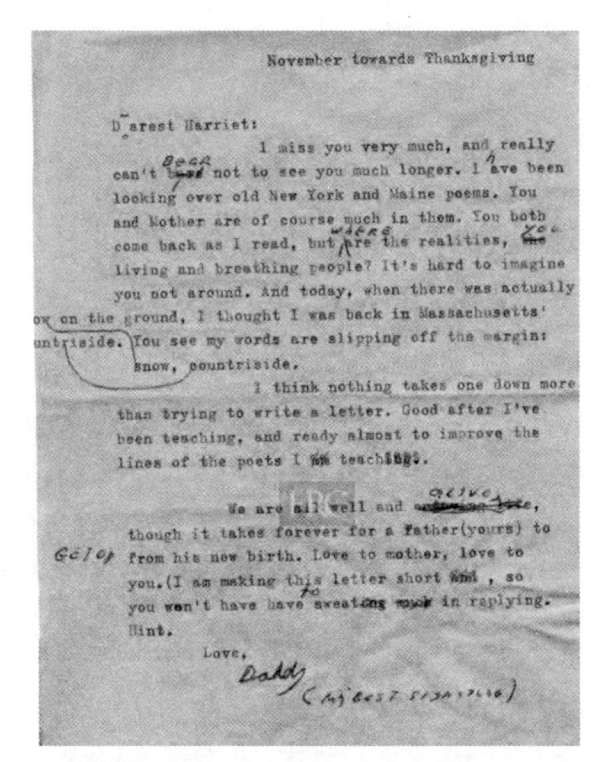

罗伯特·洛威尔1971年11月20日写给哈丽特·洛威尔的信

177. 罗伯特·洛威尔写给弗兰克·比达特

[肯特郡，梅德斯通，贝尔斯特德，米尔盖特庄园]
[1971年12月6日或8日？]

亲爱的弗兰克：

前不久我们遇到了一些麻烦，在我们家做事的人突然变得非常暴躁，有点精神失常，结果出了许多令人不快的乱子。我们只得自己照看两个小女孩、一个还在吃奶的婴儿和那栋有点偏僻的乡下大房子——差不多有一周时间吧，想想那时候都觉得毛骨悚然，不过现在一切都已经过去了。

我写信是想请你帮个忙。圣诞节后或者明年初你能来一趟吗？下面是待议事项，庞德会这么说的。我的新书《海豚》，大约80首诗的样子，比你之前看过的更短一些，添加了好多新诗（现在结束这本诗集的是一首写从怀孕到出生的篇幅很长的诗），每一处都经过无数次的修改，删去的诗约有40首，都是关于英国雕像和游行之类的内容，不是因为它们写得不好，而是因为它们与这段浪漫恋情的主题不符。2)[①] 想办法安置那些被删除的诗；它们算不上是叙事性的东西，但有可能找到一个不断增强的趋于相似的内驱力。3) 下面是我最需要你帮忙的地方：我已尝试把《笔记本》删减成一部个人叙事作品。主要是那些写历史、形而上思考、政治的诗都拿掉了，但还是保留了一点点，然后就是拿掉了一些个人化的诗歌，它们虽然很合适，但是过于浮夸，缺乏创意或者是多余。我算是勉勉强强改完了第一稿吧，还不确定效果如何（其中一半不至于是做无用功吧？诸如此类）。你看得

[①] 原文序号如此，没有"1)"。——译注

出来，我真的太需要你了，你的建议和关心对我是多么独特而又宝贵啊。自打我决定不出版《海豚》（出于道德原因吧），就觉得压力越来越大，我一直都在想办法摆脱，于是才有了这么一档子事。也确实，那本书得等时机。

现在我要向你忏悔了。我到现在都还没来得及看你那本书[①]，再等几天吧，到时候我会写信给你的。这一个月以来，除了上课备课还有一些自己的事，我基本上什么都没做——手头有这么多没完成的事有待完成，让我心神不宁。

不管怎样，我和卡洛琳希望你能来，路费自然是包在我身上，记得确认一下能不能来。伊丽莎白·毕肖普也真是很惨[②]，我认为得了哮喘，你就根本无法呼吸。我会写信问候她，但请代我向她问好。

一如既往地惦念你。

卡尔

178. 玛丽·麦卡锡写给伊丽莎白·哈德威克

巴黎，雷恩大街141号
1971年12月9日

亲爱的丽兹：

最新消息：我们准备去肯特与卡尔和卡洛琳一起过平安夜。回来

---

① 指比达特的《黄金国》（1973年）手稿。
② 1971年10月底，毕肖普哮喘病复发。"11月9日，她昏倒了，被大学保安送到哈佛大学的医院。随后立即被送至彼得本特布里格姆医院，因为缺氧昏迷了八天。"然后她"被送回到哈佛大学的斯蒂尔曼医院，在那里又住了三个星期的院，直到12月6日才出院"［见布雷特·C. 米勒著的《伊丽莎白·毕肖普：生活和记忆》（1993年）］。

以后我会给你写信的,把他们的情况、那孩子的情况告诉你。这是我们游览英国教堂的圣诞之旅中的一个环节,之后还要北上至达勒姆,再往西南去到威尔斯和温彻斯特,然后折向东南,很可能会去坎特伯雷。卡尔说,从梅德斯通到这些地方"只不过扔一块石头的距离",但从地图上可不是这样。挑个这么冷的时候去朝拜神圣的教堂,想法好奇怪是吧,尤其是有些教堂终年都是湿冷异常,即使在盛夏也是如此。不过这次的行程安排还是触动了我们共同的浪漫心弦,到时候我们肯定是要带上毛衣、羊毛袜这些东西的,最重要的是带上羊毛靴。

我想写一本哥特式小说,已经计划很多年了,希望这次旅行能成为它的序曲,我也该开始动笔了。与此同时,我还在为梅迪纳那件事艰难挣扎,怀疑自己是否能在圣诞期间走出那些战壕[1]。我是第一次遇到类似作家写作瓶颈的事,天知道究竟是什么原因。

埃尔默·沃德韦尔来信说汤米做了第二次手术,但是术后他在市区看到了老婆大人[2],不过一切都在向好发展。这些你知情吗?我会给她写信的。

鲍勃说你现在状态很好,很受欢迎,正在整理自己的文集。如此看来高斯讲座进行得挺顺利吧。哈丽特怎样?对我来说这真是个阴郁不堪的晚秋(我是指某些道德层面的事情),可能部分原因还在于写梅迪纳的那本书吧,另外,吉姆在阿拉巴马州也遇到些麻烦,具体情况信里三言两语也说不清。即使我不去想这桩桩件件,还是觉得自己被一片厚厚的乌云笼罩着,也许世界就是这个样子。但丁那句话在我

---

[1] 麦卡锡报道了欧内斯特·梅迪纳上尉在1968年美莱村大屠杀中所扮演的角色。见她的研究著作《梅迪纳》(1972年)。
[2] 指玛丽·托马斯。

脑海里挥之不去。但是我们的人生旅途早已过半了啊①。

亲爱的丽兹,我祝愿你和哈丽特,祝愿所有朋友圣诞快乐,也希望我们出现在卡尔的婴儿床和火炉边不会让你觉得痛苦。

祝安②。

179. 伊丽莎白·哈德威克写给玛丽·麦卡锡

["季节问候"明信片,"老鼠"(《亚当与夏娃》局部),阿尔布雷特·丢勒作,收藏于克里夫兰艺术博物馆]

[纽约]

[1971年12月]

这个似乎不太适合作为圣诞问候,是我在克里夫兰艺术博物馆买的。我和鲍勃还有格蕾斯·达德利周六飞到这儿来看卡拉瓦乔的画展③。克里夫兰艺术博物馆真的挺让人震撼的,面积很大,也很多重要的展览,馆内一路都是烟盒子和垃圾——我们甚至还去了托莱多和堪萨斯城的景点,这两个地方实际上也都被认为是很出色的博物馆。那真是美妙的一天,从早上八点鲍勃和格蕾斯从皮埃尔酒店④的套房出来开始算起!我认为自己把那些细节记得很清楚,不会忘的,所以还是等到下次见面的时候再跟你讲吧。跟富人在一起,有件事终于让

---

① 见但丁的诗句:"人生旅途过半,我才意识到自己身处一片幽暗的林中,笔直的道路已迷失。"(《地狱篇》第一章第1—3行)
② 未签名。
③ 《卡拉瓦乔和他的追随者们》,1971年10月22日至1972年1月2日于克里夫兰艺术博物馆展出。
④ 位于曼哈顿的一间酒店。

我感到十分惶恐——他们实在是太自恋了。若非如此，所谓的梦幻世界对他们而言就真的只是一个梦。我必须说鲍勃现在真的是乐在其中，有一个倾慕他、照顾他的格雷斯——对于这种关注，鲍勃有点不习惯，会眨眨眼，然后继续高谈阔论啦、发表文章啦、打电话啦、参加各种餐会啦。真是难以置信……现在纽约的形势还算正常，不过我一直觉得自己状态不怎么好，非常、非常累。真糟糕，我总是把累字挂在嘴边，但同时想表达的又是另一回事。会过去的——我吃药了，并确信一切都很正常。哈丽特似乎相当不错。过去我一直希望她离家去上学，觉得那样才能让她的生活更加有意义，为此我花了不少功夫——可她自己却不愿意。她如果去上学了，我肯定会想她想得发狂的，看着她在身边进进出出是多么有趣呀。对了，普林斯顿的讲座我觉得挺成功的吧，我很享受紧赶慢赶到那里去的过程。开春时我要去芝加哥和威斯康星大学——也没什么重要的事情，只要有利可图就不虚此行。祝你和吉姆在肯特度过一个快乐的圣诞节，这对卡尔来说是好事，所以是合我心意的。亲爱的人们，祝你们一切顺心。

丽兹

180. 罗伯特·洛威尔写给哈丽特·洛威尔小姐

肯特郡，梅德斯通，贝尔斯特德，米尔盖特庄园
1971 年 12 月 14 日

亲爱的哈丽特：

这个圣诞礼物有点抽象，但很坚挺，英镑的交换价值一直在涨。要是把这个礼物留到一百岁，谁知道它会值多少钱！要是能与你一起，那便是天堂！

祝你和妈妈开心快乐！

爸爸

181. 罗伯特·洛威尔写给罗伯特·洛威尔太太

［卡片来自伦敦骑士桥的苏格兰特色商店，邮编 S. W. 1X41PB］

　　　　　　　　［肯特郡，梅德斯通，贝尔斯特德，米尔盖特庄园］

1971年圣诞

亲爱的丽兹：

　　试着选了个朴实又醒目的东西① ［。］

　　祝开心。

卡尔

182. 罗伯特·洛威尔写给罗伯特·洛威尔太太/哈丽特小姐

［电报］

　　　　　　　　　　　［英国，肯特郡，梅德斯通］
　　　　　　　1971年12月23日下午3点51分 ［签收］

纽约西67街15号公寓

罗伯特·洛威尔太太/哈丽特小姐

爱你们，圣诞快乐，没办法打电话，再次祝好。

爸爸

---

① 见哈德威克1972年1月23日写的感谢信。

183. 哈丽特·洛威尔写给罗伯特·洛威尔

［卡片：基奥瓦人艺术家杰克·霍基亚的作品《佩奥特酋长》（1930年），收藏于美国印第安人博物馆："在佩奥特仪式上，一位身着亮丽服饰的首领跪在一张色彩斑斓的地毯上祷告，手里握着会发出响声的葫芦、珠串以及羽毛扇。杰克·霍基亚是'基奥瓦五画家'之一。"］

［纽约州，纽约，西67街15号］
［1972年1月2日？］

亲爱的爸爸：

 谢谢你给我的支票，我刚刚去把钱提现了，不过还没有决定要怎么用这笔钱。这个圣诞节过得很开心，我和布朗一家去了乡下。明天就开学了，一切又都回到原样。明天就要交那篇关于罗伯斯庇尔的论文了，我现在还在电动打字机上赶进度。之前租住在妈妈工作室的那几个姐姐已经搬走了，没有续租。好了，我现在要继续忙活了！道尔顿连假期最后一天也不让我好好过。再次感谢。

 爱你！

哈丽特

184. 罗伯特·洛威尔写给哈丽特·洛威尔小姐

肯特郡，梅德斯通，贝尔斯特德，米尔盖特庄园
［1972年1月10日］

亲爱的哈丽特：

 你要是之前和我聊过罗伯斯庇尔，道尔顿就会让你假期最后一天

好好过了。就这个话题我写过一首十四行诗的佳作呢，转抄给你看看吧。

作为舞台剧的罗伯斯庇尔与莫扎特①

罗伯斯庇尔若是活着会说，
"没有恐怖统治的美德共和国就是一场灾难；
洗劫贵族领地，放过圣安托万"，
或者向丹东信誓旦旦，"我对你的爱至死不渝——"
两人都发现，断头台不知疼痛为何物。
大革命，旧雅各宾，一遍遍重复：
"这出戏不要动，把戏留下，
上演她的\我的／传统的荒芜的观众—戏剧，
重演这场革命。"问一问那个窥淫癖
什么样的黄片值得坐在锁孔中观看。
甚至有人提词的路易十六也是一台生活剧，
受到那些评论家苛刻细致的评判，他们知道
纵然莫扎特的歌剧锋利如剑，也无法砍断
织就那幅令人窒息的幕布的金丝线。

你看，这是我一贯的风格，没什么古怪之处，很明晰，但是也许不加"脚注"加以解释说明的话，估计通篇理解起来都很困难。不过，你也算是对罗伯斯庇尔有所研究了，理解起来应该不会那么困

---

① 洛威尔的《作为舞台剧的罗伯斯庇尔和莫扎特》[组诗《强者》第14首]，见1970年版《笔记本》以及《历史》。

难。也够奇怪的,这个臭名昭著的罗伯斯庇尔,有关他的作品写得都很不错呢(甚至还有人同情他)[,]比如说卡莱尔、米舍莱、毕希纳这几位作家①。和拿破仑相比,罗伯斯庇尔杀的人并不算多,前者可是背负了上百万的人命,而罗伯斯庇尔只不过是杀了两三千而已,而且还都是对自己认识的人下手,是的,死在他手里的都是法国议会人士,都是他认识甚至尊敬的人。

我的假期就快结束了,还有最后一天。我的学生都很文静,要是在美国,他们许多人都不具备进入一所好高中的资质。过去一段时间我们大学也举行了几次小型的示威活动(为了吸大麻),结果县里拨给他们\我们/的钱能少就绝不多给,而且所以就没钱聘请新的老师、秘书这些了。所以啊,想到回去工作也挺窝囊的。

复活节如何?如果你愿意来,我就飞过去接你。你什么时候开始放复活节假呢?我们放假应该会早一点,不过道尔顿很可能不会放假。之前的校长,亚伯兰·斯特劳斯博士[,]还这么问过我,道尔顿为什么要庆祝一个阿拉伯神秘教义的背叛者的重生?说真的,爸爸非常渴望见到你。这儿可不只有你的同龄人呢,而且你来了我还可以辅导你做历史作业。向你妈妈问好,我猜她一定为那套公寓受到责备了吧。

爱你!祝开心。

爸爸

---

① 见托马斯·卡莱尔的《法国大革命》(1837年);朱尔斯·米舍莱的《法国大革命史》(1847—1953年);乔治·毕希纳的《丹东之死》(1835年)。

185. 哈丽特·洛威尔写给罗伯特·洛威尔

[纽约，西67街15号]

[1972年1月，日期不详]

亲爱的爸爸：

我早前是给你寄了一张卡片，可惜把地址写错了。不管怎样，我想感谢你送我这张支票，我得好好想想给自己置办点什么奢侈的玩意儿。不知道怎么形容大一岁的含义，但我现在也确实已经十五岁了[1]。我们现在正在学习本·琼森和约翰·邓恩的作品，今晚我还得写点学习心得出来呢。我也不知道自己是不是享受着现在的这种自由。之前去看了《麦克白》那部电影[2]，里面的女巫竟然是裸体的，这让人难以联想到是莎士比亚的作品。圣诞节的时候我和布朗一家住在了哈德逊河边的一家旅馆里，我们在家办了一个新年派对，不过也不算特别有意思。好吧，就写到这吧。

爱你的哈丽特

---

[1] 哈丽特·洛威尔的15岁生日是在1972年1月4日。
[2] 指罗曼·波兰斯基导演的《麦克白》（1971年）。

186. 罗伯特·洛威尔写给哈丽特·洛威尔

［电报］

［肯特郡，梅德斯通］
1972年1月18日下午2点18分［签收］

纽约西67街15号

哈丽特·洛威尔

可恶，我竟错过了你的生日，我向大家夸耀你15岁了，这个年纪对每个人来说都是人生中光辉灿烂的年华。我也教邓恩的诗。来英国吧。

爱你的爸爸

187. 伊丽莎白·哈德威克写给罗伯特·洛威尔

［纽约，西67街15号］
1972年1月23日

亲爱的卡尔：

多么奇妙的一个早晨！今天一进门就看到椅子上有个包裹，当时我就在想，很认真地想："谁会从英国给我寄礼物呢？"多萝西·理查兹吗？于是我把包裹打开，又吃了一惊，一件深绿色的开司米毛衣！非常合身，大气又典雅，我简直爱不释手，我自己是永远买不起的！收到礼物的我真是太开心了，非常、非常感谢你！

早上和这件毛衣一起来的，还有一个邮件，带来另一个沉寂了很长时间的声音。弗雷德·赛德尔，他寄来一首长诗，献给我和诺曼·

梅勒的！我认为写得非常、非常精彩，除了其中提到我和梅勒的那部分——不是处理为"一起"，而是具体的名字①。好不奇怪！我会给他写信让他把我的名字从诗中删掉，因为我认为，作为一首诗，这可能是他的一个败笔，我有很多年都没有见到他了。

啊，很多年！嗯，最近睡前一直 \ 在读 / 《高文爵士与绿衣骑士》，我很喜欢。今天上午是读文艺复兴时期的诗歌，要帮哈丽特准备一场哈利·莱文②都过不了的考试。但我还是默默对自己说："天哪，真是不错！"③仿佛它出自村野之笔，新意盎然，出口成诗。

哈丽特的状态棒极了。至于我，圣诞节前后就没有再写东西了，现在想再提笔又觉得很难开始，索性就去做家务了。不过，出于各种所需，我还是回到了写作。乔叟的《巴斯妇人》——难道不是有史以来最难得的佳作吗？这周我要做一个以性别为主题的演讲，准备援引

---

① 见赛德尔的"他上任时就像诺曼·梅勒一样。| 他娶了一个像丽兹·洛威尔一样的作家。| 他把胡子剃掉就更像了。是的。没错"（《人必须与之斗争的东西》的草稿第 24—26 行，题献给伊丽莎白·哈德威克，见"伊丽莎白·哈德威克书信文稿"，收藏于 HRC）。在《日出》（1979 年）一书的版本中，题献被删除了，这几行改成了"他上任时就像诺曼·梅勒一样。| 他一样也娶了一个作家——是的没错。| 他把胡子剃掉就更像了——诸如此类"。
② 哈利·莱文（Harry Levin, 1912—1994），美国著名的文学批评家。——译注。
③ 涉及兰德尔·贾雷尔的一桩趣事。见彼得·泰勒的"我记得有一次在肯庸学院，有个学生画了一幅风景画，并自豪地把它摆在自己的房间里。兰德尔进去看到了，惊呼：'天哪，真是不错！'他点出了画中所有的精彩之处。画家陶醉在赞美之中。他们又谈了一会儿别的事情，兰德尔起身准备离开的时候，给了他的屁股一拳，皱了皱眉头，说：'告诉你，我对那幅画已经改变看法了。画里面的明暗有点不对劲，很不对劲。你应该在这上面多下点功夫，或者也许你真的应该扔掉这个，改行做其他的事'"［见《兰德尔·贾雷尔》，收录在罗伯特·洛威尔、彼得·泰勒和罗伯特·潘恩·沃伦合编的《兰德尔·贾雷尔，1914—1965》（1967 年）］。

这本书,这个主题即使我之前听过也记不清别人是怎么讲的了①。

我这边一切正常,就是挺忙的。刚刚过去的这个周六,我去了威廉·菲利普斯家参加一个聚会——真是令人沮丧、让人心痛,从没见过那么多人的状态那么糟糕。德怀特②,一年多没碰面了吧,他整个人都是崩溃的,也可能只是我自己的感觉,总之他脸色很差,精神恍惚;还有威尔·巴雷特,脸胖得跟吹了气似的,他的太太朱莉——也是胖鼓鼓的,寡言少语。许是多年的痛苦煎熬、卡路里和酒精已经敲响了他们的丧钟。朱迪·费弗越发消瘦了,但不算太糟糕。唯一让我觉得欣慰的是,阿德里安娜和汉娜还依然如故,未见有任何损伤。

布莱尔结婚了③,但我一直没见过他。尼古拉·基亚蒙特罗去世了。约翰·贝里曼也走了④,他的死真是很可怕,即使有具体的细节,我也不记得了。就是绝望,无须做任何注解。这种情绪从何而来又为何挥之不去?个中原因我们无从得知。早在1945年我们两个就认识了,虽然我也会和别人说起他,不过有些事情我还从未跟别人提过。他是那样优雅,为人亲切,才华横溢,却又生性胆怯。

再次感谢你送我的这份令人惊喜的礼物,发自肺腑地感谢!

---

① 见哈德威克的"女人,无论怎样受委屈,天生就有那种令人难以抗拒的忍耐之美,有能力承受或高尚或卑微的痛苦,有能力吸收猛烈的情感并最终将其化为平静,能让谦卑散发出光芒,一声不吭、严守秘密、逆来顺受。因此,女主人公都是英雄;但这种英雄主义可能会变成一种指责,在某种程度上被视为弱者的力量,令人畏惧。那个巴斯妇人,粗俗、聪明、贪婪、好色,和任何男人一样,她讲述的是一个能让人产生无限心理共鸣的故事"(见《诱惑与背叛(一)》,刊于1973年5月31日的《纽约书评》)。哈德威克"1972年在瓦萨学院宣读"了这篇论文(《诱惑与背叛》)。见洛威尔的《谈及婚姻的烦恼》(见《生活研究》)。
② 指德怀特·麦克唐纳。[麦克唐纳(1906—1982),美国作家、编辑、批评家。——译注]
③ 与乔安娜·罗斯特罗波维奇结婚。
④ 贝里曼于1972年1月7日自杀身亡。

爱你！

丽兹

\我准备穿上这件绿色新毛衣，戴上那顶冬天戴的呆瓜帽出去寄这封信，还要去——你猜我要去干吗？——买份《纽约邮报》。好习惯使人心情愉悦。/

伊

188. 伊丽莎白·哈德威克写给罗伯特·洛威尔

［纽约，西67街15号］
1972年1月31日

亲爱的卡尔：

可惜我们的电话打到一半就被切断了，不过我觉得我们双方都把大部分想说的话说清楚了。虽然如此，我确实还有一些新的想法要写信告诉你。你不用跑一趟来接哈丽特了，她只想一个人去，态度很坚决。关于这件事我刚刚还和她聊了很久。此外，为了把行程问题搞清楚，我还打电话询问了英国海外航空公司。复活节那时候航班肯定很紧张。我想你是明白的吧，你得担负哈丽特的路费，电话里我不好直说。嗯，她可以买青少年往返机票，这样票价就是190美元，如果按正常票价就是452美元——差不多省下260美元\还多/啊！但是，每个航班分配的这种机票都是有限的，所以我就去联系预订了，只能选澳洲航空公司了，英国海外航空公司的票已经订满了。哈丽特觉得去英国一周时间比较合适，实际八天左右。我定的是3月25日的机票，返程是4月2日。她的实际放假时间和你们的一样，都是从3月

20 日到 4 月 4 日。其他的细节就不用多说了,写这封短信就是跟你说一声,你不用特意为了接哈丽特去英国飞一趟这里了。不过预订也只是暂定而已,但至少我做了预订。

伊万娜出了事我为她感到难过,人生所受的第一个打击的痛苦往往会一生相随①。不过从你的话中还有我所了解到的治疗新方法,我觉得还是挺鼓舞人的。

这封信写得很匆忙,我希望你下次回信的时候能对我说说你的想法,这样就可以进一步协调我们的计划了。

我和女儿都很惦念你。

丽兹

189. 罗伯特·洛威尔写给罗伯特·洛威尔太太

肯特郡,梅德斯通,贝尔斯特德,米尔盖特庄园

1972 年 2 月 5 日

亲爱的丽兹:

你的短信让我收获了好心情,让我知道哈丽特终于要来了。我把支票随信附上\(在另一封信里)/。如果我能亲自过去接她当然好了,只不过坐飞机会要了我的命的——两天内两趟飞行呀!而且,时间也很赶,要去看看纽约那些老友也来不及。所以,不去对我来说也

---

① 见伊恩·汉密尔顿的"1972 年 1 月,洛威尔的继女伊万娜(现 6 岁)打翻了一壶正在烧的水,被严重烫伤,住院治疗三个月"(见《罗伯特·洛威尔传》)。又见洛威尔诗集《海豚》中的《海豚们》和《伊万娜》[组诗《又一个夏天》第 2 首和第 3 首],以及卡洛琳·布莱克伍德的《烧伤单位》[《为了在那寻得的一切》(1973 年)]。关于苦主自己对事故的描述,也可以参见伊万娜·洛威尔的《为何不说出发生的一切?》(2010 年)。

是好事。到时候我就算好时间开车去希思克利夫机场①接她吧。

我只能写到这了。这噩梦般的一周，可算是要结束了。伊万娜的伤情还是很严重，医生们检查之后的说法也不一致，现在还不确定她是不是已经脱离了危险。我们开车去医院的时候还碰上英国有史以来最严重的暴风雪（虽然对我们没什么影响，不过却让人想起当年拿破仑被莫斯科的极寒天气逼退的情景）。去了医院之后先做了手术，去除损伤的皮肤，然后又是做整容手术。我想她现在应该已经脱离危险了（不过病情会怎么发展也难以预计），但是在医院待上两个多月是难免的了。那是英国最顶级的医院之一，有着像埃尔塞默尔小姐②这样专业的医护人员。

今天或者明天吧，我会给哈丽特写信的，我会告诉她，我现在最幸福的念头就是想着她要来。（我的语气很像华兹华斯是不是？[ )]③得知你和哈丽特都在读诗歌，我太激动了，又惊又叹。在我看来，诗歌指的是 1906 年以前的那些作品。

或者你有推荐的诗文吗？

爱你！

卡尔

---

① 应是希斯罗机场。
② 指 1957 年哈丽特出生后被洛威尔夫妇雇来照顾她的保姆。见《离开三个月后回家》（《生活研究》）和罗伯特·洛威尔的信。
③ 参见华兹华斯的诗句"[……]一个声音，｜似乎是幸福的念头正在发声"（《漫游者》第 734—735 行，摘自《远游》）。

190. 罗伯特·洛威尔写给哈丽特·洛威尔小姐

肯特郡，梅德斯通，贝尔斯特德，米尔盖特庄园
1972年2月6日

亲爱的哈丽特：

你要来简直就是世上最好的消息。我恨不得飞过去护送你到这边来，可是我发现，在我这个雄心依旧却已迟暮的年纪，这种豪侠之举着实会要了我的老命；尤其是飞过去之后紧接着又要飞回来，连喘口气的时间都没有。上一次坐飞机时我夹在一个加拿大籍\保险推销员/和一个来自纽瓦克的女人中间。大概聊了十五分钟吧，我发现他们是一个比一个有趣。然后他们就睡得跟死人似的。我排队上厕所足足排了一个小时，最后还是放弃了。飞机上的灯还坏了，到了睡觉的时候本来灯光应该暗下来，结果那灯反而亮得刺眼，亮如白昼，我都觉得自己晒伤了似的。不知道哪里出了问题，耳边还一直传来电工修理时说话的声音，就像摇滚乐一样嘈杂聒噪。至于那部机载电影就更不想多提了。亲爱的，千万不要坐那种超音速喷气式飞机，如果不幸还是坐上了，那就选靠窗或者过道的位置。你看，你来一趟得受多少罪啊。

到时候爸爸会在希斯罗机场等你，我保证你会在这儿度过充实快乐的八天，我不想把你每天的行程规划得太细致。六天在这边的乡下，和孩子们一起，还有很多可爱的动物（一天最多去一个教堂——或者干脆不去），然后在伦敦待一两天。孩子们都盼着你把吉他带来呢，她们比卡洛琳还要激动，那你就带上吧。把你读的诗集也带上，你现在学的那些是1900年以前的诗吧，妈妈也都读过的，不过除了我写的那些，我肯定在她非常专业的教学中我还能再增添一些东西。

伊万娜，我们六岁的那个小女儿，最近这一两天已有明显好转，不过她还是需要做整容手术，可能等到你来的时候她还在医院呢。现在已经不需要通过静脉注射血浆了，不用依赖那些塑胶管了，卡洛琳告诉伊万娜说那些是祈福的念珠。现在她已脱离生命危险了。我们足足担惊受怕了八天，现在也只是疲倦地坚守着。

心肝宝贝，爸爸迫不及待想要见到你。向妈妈问好，谢谢她做的一切。

爱你！

爸爸

191. 罗伯特·洛威尔写给伊丽莎白·毕肖普

肯特郡，梅德斯通，贝尔斯特德，米尔盖特庄园
1972年2月6日（？）

亲爱的伊丽莎白：

弗兰克来的时候，就像你也过来了一样，既有声音又有引文（若是你和卡洛琳见过面，你也会像我们一样住在这里的）。（我的字体和以前不一样是因为我把一卷奥林匹亚牌色带装在了一台爱马仕打字机上，真不该做这种糟糕的替换，现在每打五分钟滚筒就会停止滚动，要费很大力气才能将它换下来。）

太挂念你了，所以就去打电话跟你说玛丽安的事情[①]。病痛让她的人生走到了尽头。还记得35年前，第一次读迪克·布莱克穆尔的

---

① 玛丽安·摩尔于1972年2月5日去世。

文章①时，她就像是一颗启明星一样照亮了我。上周，我还在给我那些不开窍的穷学生讲她的诗来着，也讲了 E. E. 卡明斯的诗，他们当然是喜欢后者，而且理解得更透彻。对你来说，让你伤感的还是失去了这个人吧。我还能说些什么呢？也许你会写本小书，讲讲你的回忆和思考。我还从没有听任何人把她描述得那么好——除你之外。她的去世并没有引起多大的轰动，不像贝里曼，他离世的时候，几乎每一家英语周刊和艺术专栏都刊发了一篇拙劣的悼文。这也在情理之中，自从去年和他一起吃过饭，我就觉得一切都注定了，但是然后是喝酒的缘故，后来他一定是不喝酒了才殒命的吧。玛丽安让人大受启发——贝里曼的英雄主义就体现在他最后几年的纵情自我，很惊大\很勇敢/。

我和弗兰克应该是在一个月的时间里修订了 405 首诗。重写是不现实的，但是弗兰克竟然能把这些诗都编上号码，而且我的每一行诗句他都记得清清楚楚，真是令人称奇，甚至那些我写过废弃不用的版本他都还记得。这三本书称得上是我的代表作品了，是最优秀的作品或者更确切地说，它们会成为最优秀的作品。这么说不过分吧？你空闲的时候读一读《海豚》吧，其他两本我会尽快寄给你。我打算出版了，只想听听你的意见。丽兹不会喜欢最后这本的，我还能给她什么呢？活着的时候就特意为身后事写些东西有点诡异，让人毛骨悚然。

我不想提伊万娜受伤的事了，我们现在就像一艘沉船。

---

① 指 R. P. 布莱克穆尔和他的《玛丽安·摩尔的方法》，收录在《双重代理：工艺与阐明随笔》（1935 年）。

192. 罗伯特·洛威尔写给哈丽特·洛威尔小姐

肯特郡，梅德斯通，贝尔斯特德，米尔盖特庄园
1972年2月22日

亲爱的哈丽特：

煤炭工人的罢工终于结束了，我们刚刚从那黑暗的隧道中走出来[1]。你在纽约可能听不到太多关于这件事情的报道，但在这边它可是大家关心的头等大事。你可能正在煮鸡蛋，或者读莎士比亚，又或是在专心看一部关于罢工的有趣的新闻纪录片，忽然间整个世界就陷入一切黑暗之中。断电一个小时之后，感觉马上发冷，于是你得去找外套穿上。其他一切取暖的办法都试过了，用煤炭、木头烧火，点煤油灯，其实这样做存在很大的安全隐患，但有了火光的"壁炉架"可以让黑夜亮如白昼。新闻里每日都是厄运，如滚雪球一般，两百万人失业啦、武装警戒啦、水被污染了啦、有人困在电梯里闷死了啦、牙钻到一半没电了啦。对我来说最惨的一件事就是，时不时就得面对牛奶断供的威胁。我们就快要接近黑暗世纪了，这时一切戛然而止[2]。两天后，罢工的新闻就从头版消失了，甚至报纸后几个版面也没有半点这方面消息的影子。

下个月25日晚上10点，我会去到机场接你，当晚我们可能就待在伦敦，因为如果是要赶回乡下，得花上两倍的车程呢。我认为你妈妈是想给我准备一份旅游指南，一步步带着哈丽特——拖着她的手提

---

[1] 1972年1月9日，英国煤矿工人罢工。2月16日，英国广播公司报道，英国中央电力产业局（CGEB）宣布："从今天起，许多家庭和企业将断电长达9小时。"

[2] 煤矿工人于1972年2月19日结束罢工。

箱左转去行李柜台、带钱支付额外的费用、监督她刷牙[1]、每天花两个小时帮她学习新的数学、大声朗诵弥尔顿、不要虚构\想象的/弥尔顿生平,比如他喜欢脱脂乳[2]。

宝贝,你这次旅行相当于穿越漫漫黑暗来到一群火热的新面孔当中。我知道你一定会感受到我这颗心是温暖的。那个小女孩现在情况好多了,今天做了最后一场手术,再过三周就可以出院回家了。她现在甚至能拿那件事开玩笑了,但那件事当时可一点都不好玩。爱你和妈妈。

爸爸

193. 伊丽莎白·哈德威克写给罗伯特·洛威尔

[纽约,西67街15号]
1972年2月28日

亲爱的卡尔:

今天是美好、温暖的一天。萨姆纳趴在窗台上打着盹,躺在几年前从缅因带过来的秋海棠中间,那些花到现在竟然还在茁壮生长着……我写完了关于勃朗特姐妹的那篇文章[3],现在又在为《时代周

---

[1] 见洛威尔的诗句"她现在可是妈妈的朋友,不是敌人,除非我大喊大叫:可恶,刷牙去"(《海豚》手稿本中的《狐皮》第11—12行)。

[2] 哈丽特·洛威尔说:"一次[我妈妈]在训练我——我拼了bee,我想我拼错了'strange',[我父亲]会说:'好吧,本·琼森就是那样拼写的,所以她也可以。'她一听就很愤怒,因为,[正如她自己所说],'我们现在不需要这种拼写,我们希望她能通过考试!'"(哈丽特·洛威尔访谈,《关于罗伯特·洛威尔》,哈佛口述历史倡议项目,2016年8月)

[3] 指《写作女孩:勃朗特姐妹》,刊于1972年5月4日的《纽约书评》。

刊》杂志写一篇很赚钱的稿子[1]，不过我不希望自己的名字印出来，因为他们会把大部分的稿费付给我。圣诞节后我有很长一段时间都没正式开始工作，不过那是之前，现在忙的事情可多了。总是要去参加聚会，还有很多来往的朋友，电视上都是与外国领导人会面的新闻。让我想想和你闲聊些什么呢，但所有那些有趣的事都比较长，要真讲起来三天三夜都讲不完。所以并不是说我无话可说，而是能说的太多了。

关于哈丽特的行程我有一些新的想法，还有一些"建议"——你既然让我来安排，那我就不妨说说看！让她下个月23日周四出发，然后待到下个周五再回来，也就是31日。改到周四出发，这样我就能够有一个自己的周末了，到时候我就周五出去周日晚上再回家；然后让哈丽特过一个周四再回来，她也就可以有一个周末缓冲了，而不是回来以后马上就要回学校。她还和一个朋友约好了呢。我会把所有要叮嘱你的信息都写到一张卡片上，随信寄给你。

我最近也经常和哈丽特聊天，就在这里说说她的期待吧，要不要考虑都看你愿不愿意\喜不喜欢/。对她来说，这次去英国，是时隔足足一年半之后再次和你相见。当然了，她自己也非常期待去伦敦，去参观那些美术馆，去品尝那里的美食。她希望这趟旅行能够像上次去威尼斯那样开心，语气是那样的充满期待。她希望24日周五到27日周一和你们一家待在肯特，之后再单独和你去伦敦，希望你在她周五回来之前都能陪着她。到时候你会把安排告诉我的，是吗？红崖广场的房子是开放的吗，可能吗？

---

[1] 指《美国女性：时代特刊》，刊于《时代周刊》第99卷，1972年3月20日第12期，文章没有署名，这是《时代周刊》杂志的惯例。特别参看《1972年的新女性》。

经过这一年，你和哈丽特还有我都大不一样了。过的日子不一样，身边的人不一样，各自珍视的东西不一样——几乎所有的一切都变了。你在机场见到哈丽特的时候，应该会惊讶于她的改变——如果你还能一眼认出她来的话。不过，她还像以前那样脆弱、腼腆、深情，可能还有一些伤痛吧，我想。不过自尊心很强，有很清醒的自我认知。你去了解她，和她单独相处，我相信你们一定会度过一段愉快的时光，我也希望一切都很顺利，以后你们还可以去更远的地方看更美的风景，她也可以从你这个父亲身上学习到更多道理，你们可以像过去一样开心，要知道那些曾经是我多么珍视的回忆啊。如果你能够对她敞开心扉，我相信你们父女间的感情也会更深沉持久。今年我和哈丽特在一起度过的每一刻都是那么美妙，她是那样一个心地善良、美丽可爱又富有幽默感的孩子。真心希望她在你面前也能呈现出这样的一面，当然了，这也要看她自己。

我这段时间一直出门，似乎每个人的邀请名单上都有我①，就像狄更斯作品里的那个人②，像餐桌上的折叠板一样，一会儿叠起一会儿展开。出去应酬一般没多大意思，但是又有一些难以置信的怪事发生在你头上……知道你们那边的情况一切都在好转，我也为你们高兴。有什么想法就写信告诉我吧。

爱你。

伊丽莎白

---

① 在 1972 年纽约文学界的社交生活记述中，有罗伯特·克拉夫特记录的一段文字："2 月 21 日，我与林肯和菲德尔玛·克尔斯坦同桌共进晚餐［……］是兰登出版社和《纽约书评》共同为奥登举办的嘉奖晚宴，将生日聚会和最后的晚餐结合起来了［……］之后我送伊丽莎白·哈德威克回家。"[《不可能的生活》(2002 年)］

② 指查尔斯·狄更斯的小说《我们共同的朋友》(1865 年) 中的特姆洛。

你能告诉我接哈丽特的具体位置吗？还有，如果你们一下子找不到对方你准备怎么办？毕竟伦敦机场也太鱼龙混杂了！

［附有卡片］

这些是给哈丽特付折扣机票的钱，还有就是她的返程航班，需要在英国那边确认，要不然她就坐不上；她到达之后的那个周五，你给澳航打电话确认的时候，记得说她是享受青少年折扣的。

非常重要，爸爸谨记：

3月23日周四晚10点25分抵达伦敦，澳航530

3月31日晚12点15分伦敦出发，澳航531……尽早抵达机场

194. 罗伯特·洛威尔写给哈丽特·洛威尔小姐

肯特郡，梅德斯通，贝尔斯特德，米尔盖特庄园

1972年3月1日

亲爱的哈丽特：

我今天55岁了，原以为是昨天过生日，我都忘了今年是闰年。这是上天多给了我一日，多给一日不会怎么样吧？或者说如果你坐快速飞机过来，出发之前就到这了？你来得越快越好。我一直认为美国人都特别有意思，他们从骨子里就不是那种闷闷的或者蔫蔫的人。但是话说回来，谢里丹出生之后我倒是改变了这种看法，因为我遇着了四个这样的美国人。谢里丹倒是变得越发好动了，简直让人头疼，他能举起很重的钢管落地灯，驾着他那辆学步车在走廊里跑来跑去，嘴里咿咿呀呀叽里咕噜的，我们都听不懂，他还觉得自己说得很好呢。不过，他只冲我微笑，因为我从不把他举过自己的头，说："你真像

个男子汉,真强壮!"他前面可是还有好些个比他大的女士呢①。

我从布莱尔还有一个道尔顿学生的妈妈那里听说了,你写了一首好诗,里面还提到了我。这样看的话,咱们父女俩写作的风格可真是一模一样了,我也把你写进了\我的/诗里——而且你说过,每一首诗都需要一个足印才能看得懂。不必因为来英国的行程尚有很多不确定因素而伤心难过。任何事情都不可能是一成不变的,但是在这里你会觉得来到了第二个家,这里的人也是你的家人。尽管你可能会觉得这个家有些孩子气,但大家都会爱你的。

因为你的到来,天气也逐渐温暖明媚起来——番红花和雪花莲开了,鸟儿更多了,聒噪得很,隐隐的叶子就像谢里丹头上的头发。

爱你和妈妈!

爸爸

195. 罗伯特·洛威尔写给罗伯特·洛威尔太太

肯特郡,梅德斯通,贝尔斯特德,米尔盖特庄园
1972年3月4日

亲爱的丽兹:

真好啊,你还能记得旧日的时光,甚至还记得那次的观光旅行,我自己都不太清楚了:"梵蒂冈的种种恐怖"②,科尔多瓦的那家清真

---

① 见洛威尔的诗句"身为母亲,与多数父亲不同,必须要有男子气概"(诗集《海豚》中的《海豚们》[组诗《又一个夏天》第2首]第12行)。
② 哈丽特·洛威尔说:"我记得我母亲说[……]他想要一本名叫《梵蒂冈的种种恐怖》的艺术书[作为圣诞礼物],我母亲便到处找这本书,其实这只是一个玩笑。"(2016年7月5日编辑的采访)

寺，看上去并不像是一座教堂，还有卡尔帕乔那幅有龙的画，当时哈丽特还感触颇多呢①，诗人的盛宴，格蕾斯·斯通，还有我们当时想去但没去成的地方，走了很多冤枉路。你不用担心啦，我给哈丽特安排的行程可丰富了，就像一个 romero②。只是觉得她待的时间也太短了，等她来时，我会拟定一个不那么紧张的行程计划。我本来就不想让她和这群小孩子一起坐房车到处转悠。

海克·范·莱文读了一位名叫古格列尔莫·费列罗的意大利历史学家的一个理论，说拿破仑之所以出征意大利是听命于巴黎的执政内阁下达的急速派遣令③。不过他们肯定还是留给了身在意大利的拿破仑一些自行决断权的。我现在身在这边。计划不会出错。但真的不会出错吗？我们犯了太多的错误，而且岁月烙下的这些痕迹，几乎不可磨灭。愿上帝保佑我们大家吧，保佑像小蒂姆这样可怜的孩子吧④。

你得改变一下哈丽特出发的日期。我周四下午上课上到很晚，接着周五上午又有课。周五晚上没问题，虽说早先那个安排更好。我知道，哈丽特离开你来英国肯定会让你觉得"心里难受"，这点我不能多说什么。不过等她回去了，你就会意识到其实没必要那样的，你会觉得自己的一些担心害怕很可笑。等到事情松下来，我会尽量去一趟美国——"北美"，我文学课上的那些埃塞克斯学生都这么叫。

爱你们俩！

卡尔

---

① 见诗集《海豚》中的《威尼斯旧照（1952 年）》（组诗《住院 II》第 3 首）。
② 即 Pilgrims（朝圣者）；"Pilgrims"和"Romero"都曾是诗集《海豚》中的《结婚?》（组诗《卡洛琳》第 4 首）的标题草稿。
③ 指古格列尔莫·费列罗的著作《冒险——波拿巴在意大利：1796—1797》（1936 年）。
④ 见狄更斯的"所以，正如小蒂姆所说，上帝保佑我们，保佑每一个人"[《圣诞颂歌》（1843 年）的最后一句话]。

196. 罗伯特·洛威尔写给罗伯特·洛威尔太太

肯特郡，梅德斯通，贝尔斯特德，米尔盖特庄园
1972年3月9日

亲爱的丽兹：

我为之前在电话里的语气道歉。我其实已经按你和哈丽特希望的那样计划行程了，那些活动也就足够了：去伦敦看剧、逛展览馆、看伦敦塔以及摄政公园还有伦敦金融区，也不是每个地方都一定要去，很多我之前都自己去过了，所以我知道哪里不好玩。不过我当然会让哈丽特玩得开心的，这是必须的。

我之前想，或许在5月底或者6月初尽量回一趟纽约，赶在大学放假之前，那时大家都还留在学校没有走，跟从前一样，我就能见到你们所有人了，看望一下老朋友和几个心腹之交。不过我实在是经不起长途跋涉了，虽然每周还是要开车去埃塞克斯上课。谢里丹出生之后，我去伦敦的次数都没超过四次。现在的情况好多了。伊万娜今天出院回家，我想她在医院躺了有两个月了吧——也说不准，因为之前医生也不确定她到底什么时候能出院。现在她又在练习走路了，而且再过一个月就该回学校上课了。

对了，有个叫约翰尼·米尔福德的人给我寄来一封信，说是之前曾主动要求当我的助理兼学徒，不过被"我在纽约的秘书"给拒绝了。她只给出了自己的头衔和打字签名，不过我认得出那位拒绝老手[①]。那张明信片是信里附带的，还有一张侮辱人的一元美钞，上面写着"嘿，卡尔"。这钱到时候我会在纽约花掉——就当某人的寄生

[①] 即哈德威克本人。

虫了!

想看看你写的关于勃朗特姐妹的文章。我现在也做不了别的,只是读书,为备课做准备,还是不够充分,今后不会再教书了。感谢上帝,我的教期只剩三个月了,虽然教学任务不是很重,但我的精神压力却还是很大。主要是因为,我在课堂上问一个埃塞克斯的学生,问他是否认为《李尔王》的第四幕第二场不算是整部剧的高潮部分,然后整个班的学生鸦雀无声,都开始翻书找答案。学生们不完成你布置的课后作业,你怎么教?不止于此,在生活中,在所有事情上,都这样。

我躺着却睡不着,一直在满怀憧憬地想哈丽特(害怕自己让她觉得不值得来这一趟)。

爱你们俩!

卡尔

197. 伊丽莎白·哈德威克写给罗伯特·洛威尔[①]

[纽约,百老汇大街3009号,巴纳德学院会堂]
1972年3月9日,星期四

亲爱的卡尔:

我现在正坐在巴纳德的办公室等着卡罗琳·凯泽,她已经在学校待了一周了,现在准备来听我的课呢。你应该能想起她的模样,没怎么变——一头金发,高大丰满,口若悬河,精力过旺,富有掠夺性,喜欢把她那些"敢为人先"的履历挂在嘴上,比如第一个女权主义

---

① 手写书信。

者、西北第一女人之类的，所以……我还没有看到你那篇写贝里曼的文章[1]。鲍勃昨天来吃饭的时候本来要带过来的，后来忘了。现在只要是我把朋友请来聚会，哈丽特就光着脚坐在地板上，听我们聊天也参与讨论。马歇尔·科恩在那里大谈约翰·罗尔斯关于正义社会的理论，哈丽特竟然能坚持听完，怕是连斯图尔特·汉普什尔都不一定搞得懂吧[2]!

后续：

和卡罗琳·凯泽一起吃过午饭之后，我的心情变得不好了。她当时伏特加喝多了，又点了一大桌的中国菜，这样看来，一个小时之前还是低估了她，豪爽得不行，收都收不住！

哈丽特就快要出发了，我想一切会顺顺利利的，忙前忙后地工作、处理人际关系，还有各种大大小小的事情要赶进度，我真是筋疲力尽。

到家了，很累。得了膀胱炎（肾感染），安妮医生给我开了药，等你收到这封信的时候我应该已经没事了。我看到你为贝里曼写的那篇悼文了，写得很好，这也是你们之间友谊的见证吧。约翰——我认为吧——与你文章中所描述的那个人不太相符，就是说里面没有什么具体细节。他爱创作，也爱喝酒。不过这篇文章读起来还是挺不错的。

哈丽特有这样一个机会和你相处，我真的挺欣慰的。我也一直在和她说这事。你是她亲爱的爸爸啊。你说我会觉得"心里难受"，我

---

[1] 指《致约翰·贝里曼》，刊于1972年4月6日的《纽约书评》。
[2] 指约翰·罗尔斯的《正义论》（1971年）；斯图尔特·汉普什尔的《特别增刊：正义社会的新哲学》，刊于1972年2月24日的《纽约书评》。又见马歇尔·科恩的《约翰·罗尔斯的正义理论：社会契约释意和辩护》，刊于1972年7月16日的《纽约时报》书评。

确实因为一些事心里难受，但不是因为她要去英国这件事。我希望你在那边一切都好，也希望下一学年的教职不那么紧张，让你有休息的时间。爱你。

附：不要忘了跟澳航确认哈丽特的返程航班。

伊丽莎白

198. 伊丽莎白·哈德威克写给罗伯特·洛威尔

[纽约，西67街15号]
1972年3月17日

亲爱的卡尔：

今天收到机票了。返程票的确认通道已经开启，也公布了关于青少年折扣机票的规则，等返程你送哈丽特去机场的时候他们会把细则贴在机票上的。一定要记得跟澳航确认哈丽特的返程航班。哈丽特会把返程的航班号记下，到时候也会告知你。她到那里的时间对你来说会比较晚，这点真是很抱歉，但我可不想让她坐一整晚的飞机连觉都没得睡。不论坐哪趟飞机，都有不尽如人意的地方。要去英国了她似乎很开心，到时候过了海关，就会见到你了。鲍勃说那儿只有一扇门而已。她现在已经像个大人了，你见到她时应该会觉得很惊讶，因为她看起来突然就像一个二十出头的大姑娘了。

我们明天要去看《悲惨世界》[①]，是一部长达四个半小时的纪录片，主题是德国纳粹占领时期的法国，片子好评如潮。我之前一直在

[①] 导演是马塞尔·奥菲尔斯（1969年）。

和哈丽特解释门德斯·弗朗斯和贝当[1]是何许人。她出发的那天晚上我打算去大都会歌剧院看《奥赛罗》[2]。英国人突然就出现在城里——斯图亚特又来了，还有理查德·沃尔海姆。大选和初选的结果都很让人失望。

我总觉得自己和你有说不完的闲话，在写信这样"创造性"的活动中闲聊好像有点浪费。不过那些闲事也得非常精彩我才会在信中提起。那些事只要不过于八卦，又有点点有趣，我就很喜欢。

我现在又被邮件、账单、电话，还有各种各样的工作给压得喘不过气了。说真的，还好你不在这边！我是怎么处理的呢？我这就要去给波兰大使写一封礼节性的回信，回答他关于"古老的荣光"美国国旗使用权利的问题。我把很多写给你的信都扔到篮子里，感觉自己就像在篮球场投篮一样[3]，百发百中让我很开心。不过，一些需要回复的信我还是会回复的，那个波兰大使之所以这次写信过来，就是因为之前好几次都没有收到回复。好不容易才开始从工作中获得一点点乐趣，一堆任务又压在你身上，嘲笑你。记得玛丽安·摩尔说过："没有一个有同情心！"很挂念你，亲爱的，希望你和哈丽特会玩得开心。

---

[1] 门德斯·弗朗斯（1907—1982），法国政治家、经济学家，二战期间主张抵抗德国的侵略；贝当（1856—1951），法国陆军元帅、军事家、政治家，在德国占领期间主张对德投降。——译注
[2] 朱塞佩·威尔第作曲的《奥赛罗》（1887年），导演弗兰科·泽菲雷利，大都会歌剧院，1972年3月25日。
[3] 见洛威尔（用哈德威克的声音说）的诗句"我妹妹玛格丽特是一名出色的篮球运动员，篮板球高手，南方队的中锋队员，每晚回家都哭个不停，因为那个'快乐的'钱德勒，她的教练，后来的肯塔基州州长。｜我们这些伟大的高大的乡巴佬白痴｜让肯塔基州在篮球方面保持一贯的卓越"（《毕业生》[组诗《夏天》第12首] 第5—11行，见《笔记本》1969年版；又见《毕业生》[组诗《夏天》第20首]，《笔记本》1970年版，以及《毕业生》[组诗《晚夏》第7首]，《献给丽兹和哈丽特》）。

别不舍得放她回来，虽然我知道你一定是舍不得的。

丽兹

\她周六晚十点半就要见到你啦！/

199. 罗伯特·洛威尔写给罗伯特·洛威尔太太

肯特郡，梅德斯通，贝尔斯特德，米尔盖特庄园

[1972年] 3月9日，星期六

亲爱的丽兹：

可能你收到这封信的时候哈丽特已经出发了，不过今天下午我已经把信里要说的内容在电话里和你说了。谢谢你在信里说的那些话。可怜的卡罗琳·凯泽啊，还记得刚认识她那会儿，觉得她就像带刺的蓟花那样难以接近，现在发现她竟然是可以一起嬉戏打闹的人了。西雅图的索尼娅今天要来，大概免不了痛饮一番吧？

你说你肾脏感染了，这让我很担心。其实我也在吃药，同时吃两种药维持平衡。除了牙齿别的也没什么不舒服，我都觉得我满嘴的牙齿都快要被蛀成粉末了，可牙医却只找到一颗比较严重的蛀牙。

伊万娜现在能爬楼梯了，医生都很吃惊。因为她烫伤的部位是背部中央的位置，所以要想完全直立起来甚至直立行走是很困难的事情。下个月她就要回学校去了。六年内她还得再做一次整形手术（比这个要好点），因为长大后就不好做外科手术了。唉，一切都不过是半秒钟！

我等着哈丽特来，就像新郎在等他的新娘一样，你要说一个有罪之人在苦等牧师来救赎也行。近一周的天气都好极了，温暖

怡人，走进那间没有窗户的大厅，远离火炉的烘烤，简直就是一种解脱。我知道我们会玩得开心的。哈丽特带来时正是春天最美的时候。

我那篇贝里曼的悼文，说不上好还是不好。证据似乎有些致密，某种程度上说也确实有虚构的成分，但也不是完全违背事实。有关他本人的那些个逸事，全都是他和那些朋友还有学生之间的事情，千篇一律，没多大意思，就像狄兰·托马斯一样，因为即使是有什么恶作剧之类的桥段，也只是他们想象中的而已。我在伦敦为他做了一期节目，内容集中在一部电影采访片，采访人是阿尔瓦雷斯。特写镜头中的约翰，刚从醉态中清醒过来，举止彬彬有礼，声音低沉洪亮，俨然一副老派明星教授的模样。我又想起了年轻时候的他，那时候他还没留胡须，单纯，聪明，做什么都那么有热情……但是那个他也不知埋身何处了。

再见，亲爱的。这个季节似乎总让人忘记年龄——我的意思不是说我感觉自己才二十岁。

爱你！

卡尔

200. 罗伯特·洛威尔写给威廉·阿尔弗雷德先生

肯特郡，梅德斯通，贝尔斯特德，米尔盖特庄园

[1972年3月20日]

亲爱的比尔：

谢谢你的来信，让我又体会了一把没有你在身边的那种孤独。不

知道你是不是已经看懂了第47页的诗①。它们本是写我和卡洛琳的，属于田园诗那一类吧②。如果你理解为是写伊丽莎白的，它们也许会更好一些……调子更忧伤，意蕴更丰富。——等有时间，我会再想想。

至于奥登那个事，是我欠考虑了。他怎么会因为一本没看过的书就不和我说话了呢③。我想他不是那种喜欢冷落别人的人，除了鲁道夫·宾恩④，他和任何人都有的一谈呢。即使是那时候，我觉得他也只是不想和大都会歌剧院谈而已。他那样说在我看来确实是粗暴；在英国等他出现也没那么愉快了……会受伤的。所以，晚上10点半左右，可能是情绪容易激动的时间吧，我给他发了一封电报，说："亲爱的威斯坦，你竟然和威廉·阿尔弗雷德说出那种对我无礼的话。"我本无意把你卷进这件事，但是只有提了你的名字，我才足够理直气壮去指控他。好吧，现在看来他当时是因为喝了酒才那样说话，现在他自己都不记得了。也许我什么都不该做，就当没这回事，但是电报发出去了，

---

① "弗兰克把《海豚》拿给我了。做得很漂亮，每一行都得来不易；它是那么悲伤又那么令人欣慰。但是，第47页的第1首和第2首，会把伊丽莎白的形象颠覆的，虽然我同意这两首诗对整本书来说很重要。我不得不这么说"（见威廉·阿尔弗雷德1972年3月12日于得克萨斯写给洛威尔的信）。在《海豚》手稿本中，第47页的诗歌是《狐皮》和《弥赛亚》[组诗《飞往纽约》第1—2首]。

② 洛威尔弄错了页码（见上面的脚注），但他可能想到的是《海豚》手稿本中第46页的诗——《在女人的黎明之前》和《黎明》[组诗《女人出现之前》第1首和第2首]。参见《海豚：两个版本，1972—1973》。

③ 见威廉·阿尔弗雷德的"我第一次见到奥登是在克罗南伯格。他当时戴着男孩的假发，看起来像个脏兮兮的雪人。他让我不要跟你说话，因为那本书[《海豚》]。我说他听上去像天父一样，他给我一个极不自然的微笑。我可是写信给你提了醒了"（阿尔弗雷德1972年3月12日写给洛威尔的信；引自伊恩·汉密尔顿的《罗伯特·洛威尔传》）。又见罗伯特·克拉夫特的"[1972年] 1月11日，威斯坦·奥登，他那张皱巴巴的脸现在看起来像只沙皮狗，和切斯特·卡尔曼来吃晚餐。谈话就跟往常一样 [……] 奥登很愤慨，相当不满洛威尔在他最近的诗中那样对待伊丽莎白和哈丽特"（克拉夫特的《不可能的生命》）。

④ 鲁道夫·宾恩（1902—1997），奥地利歌剧经理人，大都会歌剧院资深总经理（1950—1972）。——译注

我的心情倒是好多了。我为此向你道歉。可怜的威斯坦，他现在写的东西依然不同凡响，笔调冷静。我想，伤到他的不是婚姻，而是离弃。不知怎的，曾经一些虽然算不上亲密但也还熟络的朋友，这四五年来都渐渐冷淡了。他冷淡了，但是我没有，是时候为挽救友情做些什么了。

我将尽一切努力不让我的书冒犯到丽兹。你提到的那些诗我应该会做很多删减，其他的就保持原样。

爱你依然。

卡尔

索尼娅·奥威尔还在几步之外等着我去野餐呢。哈丽特周六到。

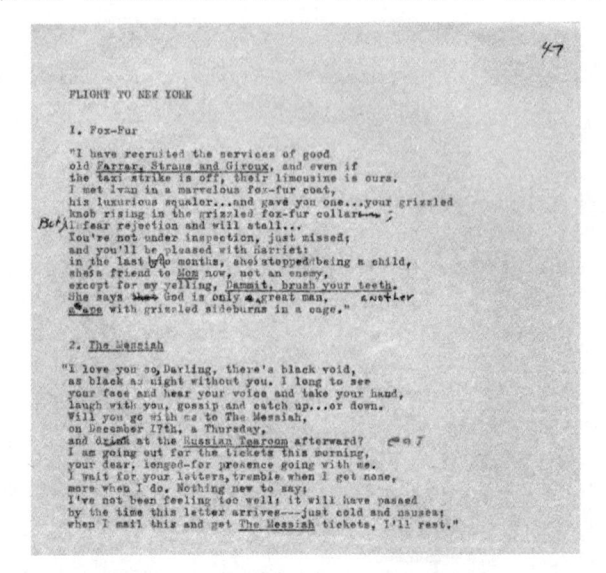

```
FLIGHT TO NEW YORK

1. Fox-Fur

   "I have recruited the services of good
    old Farrar, Straus and Giroux,
    the taxi strike is off, their limousine is ours.
    I met Ivan in a marvelous fox-fur coat,
    his luxurious squalor...and gave you one...your grizzled
    knob rising in the grizzled fox-fur collar——
    I fear rejection and will stall...
    You're not under inspection, just missed;
    and you'll be pleased with Harriet:
    in the last two months, she's stopped being a child,
    she's a friend to Mom now, not an enemy,
    except for my yelling, Dammit, brush your teeth.
    She says that God is only a great man,
    another ape with grizzled sideburns in a cage."

2. The Messiah

   "I love you so, Darling, there's a black void,
    as black as night without you. I long to see
    your face and hear your voice and take your hand,
    laugh with you, gossip and catch up...or down.
    Will you go with me to The Messiah,
    on December 17th, a Thursday,
    and drink at the Russian Tearoom afterward?
    I am going out for the tickets this morning,
    your dear, longed-for presence going with me.
    I wait for your letters, tremble when I get none,
    more when I do. Nothing new to say:
    I've not been feeling too well; it will have passed
    by the time this letter arrives——just cold and nausea;
    when I mail this and get The Messiah tickets, I'll rest."
```

《海豚》手稿本第 47 页《狐皮》和《弥赛亚》[《飞往纽约》组诗第 1—2 首]，创作并修改于 1971 年末到 1972 年 1 月。①

---

① 《弥赛亚》第 1—4 行可以和诗集《海豚》中的《在邮件里》第 8—10 行进行比较。

201. 罗伯特·洛威尔写给克里斯托弗·瑞克斯

肯特郡，梅德斯通，贝尔斯特德，米尔盖特庄园，电话服务员 38028

1972 年 3 月 21 日

亲爱的克里斯托弗：

我的书的事比较复杂，我想要听听你的建议。我的新书篇幅不大，大约 80 首诗，格律形式与《笔记本》相同，讲的是一个婚变故事，我完全没抱有什么恶意，语气也很平和，非常平和。不过，你知道依我特立独行的风格，这本书其实有很多私人化的内容。丽兹自然是很难接受它的。其实我在纠结，究竟是再等一年出版这本书好呢，还是干脆就不出版了，但是想到不能让它面世我又觉得受阻，无法前进。你看，我解释都解释得如此不明朗，可见我现在是真的相当苦恼。

我还有另外两本书正在重新编排和重写。一本是《笔记本》，大约有 300 首诗，现在取名为《历史》，时间跨度是从远古到 1970 年。百余篇后就写到《凡尔登》了，所以这本书虽名叫《历史》，其实写的是我人生这段时期的人和事，有的自传色彩很重——《三十年代》[①]那组诗其实就是我自己少年时期的写照。另外一本小书——《献给丽兹和哈丽特》，60 首诗，也是来自《笔记本》，主要是写我的婚姻生活。三本书没有按照严格的时间顺序划分，互有关联。那本新书——《海豚》，就单独设计出版，其他两本分开来，但采用一样的封皮。三本书同时推出。

[①] 原文是 The Twenties，是洛威尔记忆有误，《历史》一书中收录了 9 首《三十年代》。——译注

我知道，书出版之后还做这么多的修订是有些愚蠢，但是因为我的行文比较混乱，也在寻找自己的表达形式等原因，修订确实有必要。我还在对一本比较清晰的手稿做些小小的改动，因为我觉得，我应该将我的才华充分展现出来才是。之后就会写一些新的东西，不过先把我的大部头出版了再说。

能否商定4月底的某个时间面谈呢？我们希望你能来小住几日。你看，这一切都和你写的那篇文章有关，我可是读进去了[①]。

颂安！

卡尔

202. 伊丽莎白·毕肖普写给罗伯特·洛威尔

[马萨诸塞州，坎布里奇，布瑞托街60号]

1972年3月21日

亲爱的卡尔：

早在几周前我就想给你写这封信了。那时候弗兰克刚从英国回来，我们见了一面，花了一晚上的时间一起阅读并讨论《海豚》。那次碰面之后我又反复阅读了许多遍，而且和弗兰克展开了更多的讨论。请相信我的看法，诗集十分精彩。在我看来，它的成就远超《笔记本》。每一首诗都有一些奇妙的意象和惊艳的表达，而且语义更加清晰，我立刻被它们深深打动，而且我完全理解它们，这点我非常确信。（只有几行诗句可能要向你请教。）我刚刚才决定，这封信要分两

[①] 指《克里斯托弗·瑞克斯眼中的诗人罗伯特·洛威尔》，刊于《倾听者》（1973年6月21日）。

部分来写——那个困扰我的技术性大难题,我将另附纸页——它和一些不重要的细节,与我在这里要讲的内容无关。写这样一封信真是太困难了,所以首先请务必相信我的看法,《海豚》绝对称得上是一部辉煌之作。它也是一部坦诚之作——大体上是吧。你大概已经知道我是什么样的反应了吧。接下来我要说的就是一个十分令人难堪的"但是"。

假设这部诗集的作者不是你,换作是其他任何一个我能想到的诗人,我都绝不会去尝试发表任何评论。因为不值得。但是,因为是你,因为是一部"伟大的"诗作(印象之中我从未用过"伟大"这个形容词),并且我深爱你——我觉得我必须把自己真实的想法告诉你。这样做有这么几个原因——其中几个原因比较世俗一些,因而是次要的(而且说来也奇怪,我和比尔昨晚讨论的时候发现,这些似乎是他最为关心之处),但最主要的原因还是我对你的深情,正因如此,如果我容忍这样一部作品草率面世,不但我会觉得遗憾,你也终有一天会后悔。关乎世俗的原因在于,有那么一些人,一直在伺机打击你,而这部诗集中的一些内容,则可能正好提供了某种可乘之机,有心害你之人便会加以利用。也许这种担心是多余的,但也不应完全掉以轻心,以免正合他们的意。

(不用惊慌,我只是在说诗集的一个方面而已,并不是整部诗集。)

下面是一段引文,多年以前——早在《海豚》甚至是《笔记本》之前,我就在读可爱的哈代时摘抄了这段话,并且做过思考。它来自一封写于 1911 年的信,说的是"一种滥用行为,据说已经发生过——打着创作小说的旗号将一个刚刚去世的人的生活细节公之于众,还在报纸上信誓旦旦强调其真实性"(与·《海豚》的情况并不完全相同,但却十分相似)。

"在没有得到授权的情况下，不交代清楚何为事实何为虚构就去讲述故事，这种行径之中隐藏着无底线的恶作剧，人们对此理应坚决反对。任何披着虚构外衣的陈述，但凡被隐晦地暗示为事实，那么所有陈述都必须是事实，也只能是事实，理由显而易见。在人故去之后，通过这样一种方式（讲述他们的人生），其中真话寥寥可数，实则是向读者灌输谎言，简直细思极恐。"[1]

我知道我这样讲过于直接……丽兹还健在，还有其他各种原因——但确实存在"事实与虚构的混合"，而且你改动了丽兹的信。在我看来这就是"无底线的恶作剧"。第一处，第10页，简直让人震惊——唉，都不知道该说什么好了[2]。还有第47页[3]……后面还有几处。人自然可以把自己的生活作为写作素材——不管怎样，总会有人这样做——但是利用这些信，你不觉得是在毁掉某种信任吗？假如你事先得到了允许——假如你并不曾改动它们……如此等等。但艺术根本不值那么多。到现在我都还记得霍普金斯写给布里奇斯的那封了不起的信，信中讨论了何为"绅士"。霍普金斯认为"绅士"是有史以来最崇高的概念——甚至高于"基督徒"，更别提一介诗人了[4]。"绅

---

[1] 见托马斯·哈代1912年写给詹姆斯·道格拉斯的信，发表在《每日新闻报》（1912年11月15日）；转引在弗洛伦斯·艾米莉·哈代的《托马斯·哈代传，1840—1928》（1962年）。
[2] 见《海豚》手稿本中的《来自我妻子》［组诗《远岸》第1首］。比较诗集《海豚》中的《声音》［组诗《住院II》第1首］。
[3] 《海豚》手稿本中的《狐皮》和《弥赛亚》［组诗《飞往纽约》第1首和第2首］，正是威廉·阿尔弗雷德在1972年3月12日写给洛威尔的信中反对的诗。
[4] 见霍普金斯的"这就是思想圣洁，这种圣洁似乎就在心灵深处，是所有其他善的根源，是能立即看到至善，是能坚持至善，是不允许与之相反的任何其他东西被听到。基督的生命和人格极富魅力，吸引了全世界的想象力，但对于圣洁，圣保罗给了我们一个洞见，非常秘密，在我看来比其他任何东西都更感人，更有约束力［……］就是这种把握自己不嚣张，止于至真至善，至善是他的权利，不，是他从逝去的永恒中获得的另一种天性，是自身（转下页）

士"是不应该去这样对待那些充满个人幽怨情愫的私人信件的——未免太过无情。

我相当清楚我现在说的这些（重话）并不会让你有所动摇；你还会感到难过，因为我竟是这般感觉，但这并不会妨碍你的继续创作和出版。我想事情也许可以这么解决——你尽可以去利用这些信，去竭力呈现矛盾分歧，但是你要做到不改动原文分毫，否则这就是在对哈德威克落井下石。\但你毕竟是一个优秀的诗人，才华横溢，任何事都可以入诗——也可以绕开。/当然，这样做对你来说无疑工作量巨大，也许你觉得这是不可能的，觉得它们必须保持原样。说句实话——你的行为令我不适，这么说我其实心里很不舒服。我不希望你在任何人面前是这样的形象，不管是卡洛琳，还是我，或是你的读者大众！最重要的是，我不希望你在自己面前是这种样子。

我想在这里再引用另一段话——詹姆斯曾在给某人的信中谈到弗农·李的一篇影射小说——但如果不是对怀德纳做了比较深入的了解，恐怕我还不能发现这点……对于影射小说这个问题，詹姆斯的感

（接上页）的存在和自我，这点在我看来，是他所有神圣的根源，对这一点模仿也是其他人所有道德的根源。我同意，强烈同意，一个绅士，如果世上真有这样的东西，就应该居高在上，鄙视诗人，无论他是但丁还是莎士比亚，鄙视画家，无论他是安杰洛还是阿佩雷斯，因为他们身上的任何东西表明他们不是一个绅士［……］绅士的品质是非常宝贵的，因此我认为，一个人断不应该草率，妄下结论说自己拥有这种品质［……］渐渐地，即使英格兰这个民族不能给世界留下别的什么东西，单凭'绅士'这个概念，他们就足以造福人类。事实上诗人和艺术工作者，我很遗憾地说，并不一定是绅士，通常都不是"［见杰拉德·曼利·霍普金斯1883年2月3日写给罗伯特·布里奇斯的信，收录在克劳德·科勒·阿伯特编的《杰拉德·曼利·霍普金斯致罗伯特·布里奇斯》（1935年）。转引于毕肖普去世后出版的文章《爱的努力：忆玛丽安·摩尔》，收录在罗伯特·吉鲁克斯编的《毕肖普文集》（1984年）中。

触比我要深得多①。总之，我强烈反对这种形式的"自白"——但是，也许是在你创作《生活研究》的时候，"自白"就成了一种必要的创作运动了，而且它令诗歌更为情真意切，让人耳目一新。但是现在——我的上帝啊——什么都能写成诗，读到那些学生写父母的种种，甚至还有性生活的诗时，我真是感到恶心。一切固然都能成诗——但与此同时，我们肯定要有这样一种感觉，即创作者是可以信赖的——不会歪曲事实、不会说谎，等等。

那些信，因为你使用了它们，就引发许多诸如此类的问题：何为真，何为假；读者凭什么要付出自己的真情实感，他们目睹的那些痛苦，有多少根本无须面对，有多少是"杜撰的"。

像梅勒那样的人是怎么写历任妻子和数次婚姻的，我根本不在乎[——]我只是讨厌我们目前似乎生活、思考和感受的这个层次——但我确实在乎你写了什么！（同样在乎的或许还有迪基或者玛丽……！）从长远来看，它们无足轻重。现在这点很重要，我不能忍受读到你写的任何东西告诉我——也许——我们在1972年的真实境况……也许就这么简单。但是我们确实如此吗？好了——我真的不应该再喋喋不休

---

① 见亨利·詹姆斯的"关于弗农·李，请接受我（关于非凡女性的）一句忠告。我希望你们不要投入她的怀抱——很遗憾你们（在她给你们写信之前）先主动提出去看她。我的理由有好几个，有些太复杂了，不能一一道来；但其中一个理由是，她最近，正如我得知的那样（在一卷名为《名利场》的故事集中，我还没读过），公然对我进行骇人听闻的'无礼'讽刺（!!）——跟她对别人做的事一模一样（她那些书——小说——写的都是一系列名流韵事，属于那种令人厌恶的"有彩故事"），尤其是对一个像我这样对她如此体贴的朋友，她竟然做出这等轻佻无礼的邪恶之事"[亨利·詹姆斯1893年1月20日写给威廉·詹姆斯的信；亨利·詹姆斯的《书信集·第三卷·1883年—1895年》，莱昂·埃德尔编（1980年）]。参看莱昂·埃德尔编的《亨利·詹姆斯：中期，1882年—1895年》(1962年)，其中引用了这封信中的内容，很可能是毕肖普对这一事件的了解来源。

了。我已经绞尽脑汁，恐怕还是不能得出任何清晰的结论。

现在说件可笑的事。帮我一个大忙好吗？能否告诉我你离开哈佛那会儿，半个任教期的薪资是多少？又或是按一个任教期算的？他们曾请我回去，开出的薪资是 10000 美元，但那时恰逢我身体不适，所以就没有认真考虑这件事。去年，去年秋天，我接受了聘书，薪资"略涨了点"（我从布兰姆菲尔德先生[①]那里听说的，可能涨了 500 美元吧）。当时真应该坚持跟他们签订一份明确的合同，事后我才想到这一点。我在这个地方租住了一年，现在又加了一年——但是我必须未雨绸缪。现在我越发害怕，老之将至，我不得不去思考接下来的年岁里我应该去做些什么，租期满后又应该在哪里安顿自己，诸如此类，都要计划好。现如今我没有医疗保障，连伤风感冒都不敢，还好原来生病的时候是有的，感谢上帝。"女人"那套思想——不管这边是什么样的——也一直在我身后——问我现在拿的工资是不是和你当时拿的一样多——我不知道。这有些粗俗无礼——但事实确实是我在其他地方可以挣得更多——如果能成，我更愿意在这里……当然，必须要签订一份明确的合同。请原谅我的重利之心（就像玛丽安说的那样）。

圣帕特里克节那天我请比尔来吃了一顿大餐——几天之后——又请了奥克塔维奥·帕斯等人——非常愉快。我们就在那张乒乓球桌旁用餐……现在我得去看牙医了。我要不假思索把这封信给寄出去，否则就永远都不会寄出了。

毋庸置疑的是，《海豚》绝对是一部了不起的诗集，有时间我会写信跟你讲讲所有我喜欢之处！——希望你、卡洛琳、小女儿们和襁褓里的小儿子，一切安好！

[①] 应该是"布卢姆菲尔德先生"。

此致！

              伊丽莎白

［随信附］
（再见——这一切好愚蠢。唯一值得称道的点在第2页）

  1. 这都是些很琐碎的评语，但都是我阅读时有点卡壳的地方，或者可能是一两个小错误——我和弗兰克就其中的大部分都争论了很久。

  第6页："雄纠纠（machismo）"用来形容"孔雀"固然准确①，可现如今这个词被用得太滥……至少用在此处是个时髦词。20年前在巴西刚认识这个词那会儿，我还觉得它很好用。但是现在，我忍受不了它。

  第10页第2行：我觉得"狮子"（还有托切罗。我也记得）所指不清，容易与卡尔帕乔的画《威尼斯》里的那只狮子狗（那只小白狗？）混淆，我无法判断快照里的（可能）是哪一只。"茶叶色"几乎等于黑色，我认为这个词并不能表达出你的意思②——或者只是想表达"浓茶色"？我知道我这是在鸡蛋里挑骨头，有些吹毛求疵——但是我太喜欢这首诗中的意象了，所以才

---

① 见洛威尔的诗句"这儿只有湿地的粪堆，哞叫的奶牛，｜雄赳赳的孔雀"（《海豚》手稿本中的《牛津》[组诗《红崖广场》第3首] 第3—4行）。后修改为"这儿只有柔软的湿地，哞叫的奶牛｜和那只打鸣的雄孔雀"（诗集《海豚》中的《牛津》[组诗《红崖广场》第4首] 第3—4行）。

② 见洛威尔的诗句"圣人和狮子｜还泡在卡尔帕乔的茶叶色中"（《海豚》手稿本中的《旧照和卡尔帕乔》[组诗《远岸》第2首] 第9—10行）。后修改为"那些妓女和狮子｜还泡在卡尔帕乔那种发酵的茶叶色中"（诗集《海豚》中的《威尼斯旧照（1952年）》[组诗《住院II》第3首] 第9—10行）。

不愿意看到任何不妥的地方——

第12页第1首:"count"一定是"实现"的意思吗?又或是"值得"的意思?——不,是"实现",又或是两者兼有?(弗兰克就可能会这样觉得,因为他就喜欢一词多义。)①

第13页第3首:"没有朋友可以写信交流"② 这里,哦,亲爱的卡尔!这首诗之所以不同凡响,就在于其情感之细腻以及抒写的勇气等——我看不明白这话的意思——

第13页第4首:"砰"(thump),我好奇是不是因为卡洛琳喜欢你才用这个词……但考虑到"铺着地毯/carpeted",也许用"砰砰"(thumps)合适些……③

第14页:——"精力十足"(vibrance),我想你是言过其实了——就算用在这里也说得过去吧——④

---

① 见洛威尔的诗句"但它砍掉的通行费肯定比男人计算的要多——"(《海豚》手稿本中的《闪回1966年的华盛顿广场》〔组诗《卡洛琳》第1首〕第12行)。后修订为"我们挣得的信用没有烧掉的多"(诗集《海豚》中的《闪回1966年的华盛顿广场》〔组诗《卡洛琳》第1首〕第12行)。

② 见洛威尔的诗句"我没有朋友可以写信交流……我爱你"(《海豚》手稿本中的《七月八月》〔组诗《卡洛琳》第3首〕第13行)。后修改为"无人需要我的信盖上邮戳……我爱你"(诗集《海豚》中的《七月八月》〔组诗《卡洛琳》第3首〕第13行)。比较哈德威克1970年7月1日写给玛丽·麦卡锡信中的话:"而他却委屈地说:'我是要写信给你和哈丽特的,但自从离开牛津后就找不到邮票了。'"

③ 见洛威尔的诗句"踏上铺着地毯的楼道,你的鞋砰"(《海豚》手稿本中的《蓝色晨曦》〔组诗《卡洛琳》第4首〕第9行)。后修改为"踏上铺着地毯的楼道,你的鞋子咔嗒"(诗集《海豚》中的《蓝色晨曦》〔组诗《卡洛琳》第5首〕第9行)。

④ 见洛威尔的诗句"活力就在我腿部的肌腱与脂肪中"(《海豚》手稿本中的《学期间的夏天》第7行)。这一行后被删除了;比较诗集《海豚》中的组诗《学期间的夏天》第2首。《牛津英语词典》:1933年版中没有"vibrance"这个词条,但是1993年版的补编中有"vibrance 名词 = vibrancy 名词",并且给出了两个1972年以前的出版物中的例子,包括"1934年版《韦伯斯特词典》中的词条"。("vibrance,名词",《牛津英语在线词典》,2016年3月)

第 15 页第 1 首：我想"母牛"后面应该加一个逗号——因为我往往看成是"一群"母牛和树叶——树叶是一堆的吧——但也许我理应在头脑里浮现这样的画面①？而不是仅仅看到那棵树或那些树的秋叶下的母牛？

第 17 页最后一行的"他的"……读者在读到这里的时候，很可能想破了脑袋还是搞不清楚你说的到底是男是女……②

第 23 页第 5 首：(《美人鱼》)"在你的肉冻里搏斗"③ 让我无法接受，对于这个表达，弗兰克和我仔细讨论过……这里的感情基调应该是血脉贲张的，况且嫉妒也是一种令人厌恶的情感——但是"肉冻"指的是冰冷的胶状物——就算可以接受吧——但是"在……里"，这也太恐怖了吧。但弗兰克已经完全被这个词迷住了，甚至为了一词多义还争辩说——"肉冻"也可以指埃及艳后的口头禅，意思是"毒蛇"。噢，我向他指出这是不可能的——如果要采用"一词多义"，那么就应该做到两种含义相得益彰，要么就各得其所……你不可能在一条小小的黑蛇肚

---

① 见洛威尔的诗句"\此处／一群发抖的母牛和极度兴奋的树叶∥\在埋葬着旧木材，没有休战／"(《海豚》手稿本中的组诗《秋天周末在米尔盖特》第 1 首第 11—12 行)。后修改为"我望着，极度兴奋的一群母牛在发抖；｜你坐着，用一片栗树叶子做出鱼的脊骨"(诗集《海豚》中的组诗《秋天周末在米尔盖特》第 1 首第 11—12 行)。
② 见洛威尔的诗句"爱，被他的谜之粗心彻底击败"(《海豚》手稿本中的《"我在播放唱片"》第 14 行；比较诗集《海豚》中的《唱片》第 14 行)。
③ 见洛威尔的诗句"我好奇过谁下一个与你见面、约会，｜在你的肉冻里搏斗"(《海豚》手稿本中的组诗《美人鱼》第 5 首第 1—1 行)。后修改为"有人曾好奇谁下一个与你见面、约会｜拼死也要夺过你那手中的危险"(诗集《海豚》中的组诗《美人鱼》第 5 首第 1—2 行)。

子里"搏斗",但是我却无法说服他①。也许我只是从女性的视角来看问题,有失公允,在肉冻里挑骨头吧,如此等等——我确信你永远不会在这里做改动的,但不得不承认它确实让我觉得很不舒服。

第31页:我十分确定这是指欧尼斯特·汤普森·西顿——他曾经是我最喜欢的作家。(我在Coop看到过《林中的罗尔夫》——所以我会再去查一下。)②

第33页:"三万"——(弗兰克说起初是四万……)③我记得这是菲茨杰拉德每年的开销④。但是,亲爱的,这又让我想起了几年前玛丽在一个采访中的不当言论,她说:"当然我们大家

---

① 比较洛威尔的诗句"你这藏身危险洞穴的难缠的蛇妖"(《海豚》手稿本中的组诗《美人鱼》第5首第10行。在比达特的耳中,"蛇妖"(Rough Slitherer)听起来可能就是"肉冻"(aspic)这个词中所包含的"asp"(毒蛇角蝰)。
② 见洛威尔的诗句"何谓那头金刚狼的教训,即欧内斯特·西顿·汤普森的加拿大"(《海豚》手稿本中的《金刚狼》[组诗《冬季与伦敦》第1首]第1—2行)。这首诗后从诗集《海豚》中删除,添加到诗集《历史》中,标题为《金刚狼,1927年》。又见欧内斯特·汤普森·西顿的《林中的罗尔夫》(1911年)。
③ 见洛威尔的诗句"'靠不到三万美元的收入我们不可能在纽约逍遥度日'"(《海豚》手稿本中的《越洋电话》第1行)。后修改为"靠杜鲁门时期的收入,我们不可能在纽约逍遥度日——"(诗集《海豚》中的《越洋通话期间》第1行)。哈德威克1970年6月23日写信对洛威尔说:"明年,如果我们两个不在一起了,那么我就还需要2万美元,这已经是最少的预算了,再少我可能就没办法生活,甚至连税都付不起。"[1970年6月的2万美元,相当于2019年的130296美元(消费者物价指数)]
④ 指F.斯科特·菲茨杰拉德的《如何靠每年3.6万美元过生活》,刊于1924年4月5日星期六的《晚间邮报》。托马斯·卡尔德科特·丘布说:"在一个短暂的职业生涯中,甚至到现在也只有五年,斯科特·菲茨杰拉德已经抽时间做了很多事情[……]他讲述了——大概是基于他自己的亲身经历——如何一年靠3万美元过生活。"(《地铁上的巴格达》,刊于《论坛》第74期[1925年8月])菲茨杰拉德在1924年的收入为36000美元,按消费者物价指数计算在2019年约为532160美元;洛威尔在1972年写下的数字是30000美元,在2019年大约是184508美元。

如今都比从前富足得多。"① 好吧，其实我们中大多数人并非如此，而且我认为诸如此类的金额表述不仅对写信者没什么好处，更有可能祸及你自身。——当然，以后你会觉得这个数额微不足道，可是现在并非如此——但也许这是要**故意**损一损那个通信之人……不管怎样，我确实是被气到了。但是它是让这首十四行诗有了一种伊丽莎白·泰勒式的哀怨，要不然它还是十分感人的。

第 39 页：是真的指**上颚**吗？② 我过去一直认为它指的是垂在喉咙后部的那一小块肉——《牛津英语词典》上说这个可以指"口腔的顶部"，所以也许这样表述是没问题的吧③。

某个地方——我现在一时找不到了——你写了"和我的娇妻"——这么说似乎太过分了——"娇"（fresh）这个词，我又要说了，略有几分好莱坞又或是基思·博茨的感觉，我相信你不

---

① 见玛丽·麦卡锡的"但是，说到我对［20 世纪］30 年代激进主义的怀疑，我们取得了什么成就吗？我几乎看不到任何东西……我们中的一些人（包括你和我）觉得［参议员约瑟夫·］麦卡锡还行，但历史再次抹杀了这一点，我不想妄言与［西德尼·］胡克和其他人的争议对很多事情都有影响。与此同时，像大多数美国作家、教授和编辑一样，我们变得越来越富裕了。革命劲头却越来越小。这不仅仅是因为我们有钱了，还因为我们越来越老了，还因为，据我们的分析，是没有'革命形势'"［菲利普·拉尔夫的《编辑采访玛丽·麦卡锡》，刊于《现代场合》第 I 期（1970 年秋季刊）］。
② 见洛威尔的诗句"'我母亲真的学会了讨厌婴儿，｜她喜欢舔她的京巴的上颚，｜仿佛她的舌头在试尝利口酒……｜我在说的\说的/应该写进你的《笔记本》：｜我宁愿让我的孩子服用吗啡，而不是宗教'"（见《海豚》手稿本中的《画家的模特》第 3 首第 1—5 行）。后修改为"'我表妹真的学会了讨厌婴儿，｜她喜欢舔她的京巴的上颚，｜仿佛她的舌头正在试尝利口酒——｜我说的应该写进你的《笔记本》……｜我宁愿给孩子们服用吗啡，也不愿带她们上教堂'"（诗集《海豚》中的《画家的模特》第 2 首第 1—5 行）。
③ 见《牛津英语词典》"Palate 1.（人类和脊椎动物口中的）上颚"（"palate，名词及形容词"，见《牛津英语词典》第七卷）。

是有意的——你几乎完全避开了这个词①。

2. 好啦，我当然还能继续说。刚才提到的那几处大多都是微不足道的细节问题，而且有些我在阅读的时候还忘了做标记——现在忘性比较大。不过我对细节非常挑剔，这点你是清楚的……但它们似乎还没让我不满到那种程度。我现在很纠结，不知道如何划分这封信，但我还是把我所做的技术性评论写在这几页纸上吧。下面就是我要提出的一个严正批评：

从故事情节走向来说——毫无疑问，你没有完全尊重事实，又或许是你根本不必如此。但是从第44页开始，我觉得事情有点混乱了。第44页的标题是《离开美国前往英国》——很显然，这是该部分的主题。而在之后的第47页，又是《飞往纽约》。（我想知道，"飞往"这个词放在这里是正确的吗？即使你确实坐的是飞机。然后写了纽约和圣诞节。"（游着）一条真正的鲨鱼，离别的影子。"② 大概就是讲这些。（这些写纽约的诗歌就它们本身而言写得非常精彩……）（这句"关于日本倒台的戏剧"真的确有其事？!）③ 但是在"离别的影子"之后，紧接着就是《重负》

---

① 见洛威尔的诗句"我与娇妻、孩子、屋子和天空坐在一起——"（见《海豚》手稿本中的《米尔盖特的后半周》［组诗《重负》第7首］第12行）。后修改为"与凝视的妻子、孩子们坐在一起……肯特阴沉的天空"（诗集《海豚》中的《米尔盖特的晚夏》［组诗《婚姻》第10首］第12行）。比较洛威尔在《海豚》手稿本中的《我对来信不抱希望……》［组诗《重负》第6首］第13行中使用的"unfresh"和在诗集《海豚》中的《信》［组诗《婚姻》第8首］第13行中的"unfresh"一词。

② 摘自《海豚》手稿本中的《1970年圣诞节》［组诗《飞往纽约》第10首］第14行；比较诗集《海豚》中的《圣诞节》［组诗《飞往纽约》第12首］第14行。

③ 见洛威尔的诗句："一本厚厚的\沉沉的／书，日出红，有题字，｜丽兹写给我的：ّ你为何没有迷失自己｜去写一部关于日本倒台的戏剧？'"（见《海豚》手稿本中的《1970年圣诞节》［组诗《飞往纽约》第10首］第5—7行）比较诗集《海豚》中的《圣诞节》［组诗《飞往纽约》第12首］第5—7行。

这部分——讲孩子就要出生了。我认为这太过突兀——你并没有把情境转回到英国——而且"重负"这个词合适吗,还有"我们有孩子了?"这个问题,听上去略有些维多利亚时期的味道——也就是有些浮夸①。这是唯一一处让我对"情节"无所适从的地方,诗中的我当然把这句塞进去——我想大多数读者读到此处还是会感到困惑的吧——

那个改变、决定,或者说从第51到52页发生的任何事情,似乎都显得太突兀——因为前面的部分太拖沓,字里行间充斥着犹疑不决的痛苦,各种原因——(还有拖延的生活方式所营造出的美好气氛……)②

你是不是漏写了哈德威克的伦敦之行?——也许这并不是构设情节所必需的——但或许能使得你的整体叙述不那么生硬?——但是我真的觉得,讲孩子快出生的部分来得突兀,你有必要在那之前把情境转回到英国。(弗兰克异常反感"野种"这个词,我不知道是为什么——在我看来,这个古老的词放在这里很合适,我甚至想用"引人入胜""令人动容"这样的词来形容它带给我的感受。但弗兰克不像我,他一定是因为这个词联想到了一些糟糕的事情吧。)

---

① 见洛威尔的诗句:"我们有孩子了,│我们的野种,生下容易,名字难取?"(见《海豚》手稿本中的《尽在不言中》[组诗《重负》第1首]第6—7行)后修改为"我们有了孩子,│我们的野种,生下容易,名字难取……"(诗集《海豚》中的《尽在不言中》[组诗《婚姻》第5首]第6—7行)。

② 在《海豚》手稿本中,主人公从纽约回来后得知卡洛琳怀孕了,于是他决定为了卡洛琳而离开丽兹。在正式出版的《海豚》中,洛威尔修改了诗歌的顺序,使之与事情的真实时序有所偏差,虚构了它们。他把那首写谢里丹从受孕到出生的诗搬到了题为《婚姻》的组诗中,并把这组诗放在了组诗《飞往纽约》之前。但这次纽约之行实际发生在谢里丹出生之后的一年,也就是主人公和卡洛琳结婚之后。

```
THE FARTHER SHORE
 1. From my Wife

 "What a record year, even for us----
 last March, we hoped you'd manage by yourself,
 you were the true you; now finally
 your clowning makes us want to vomit----you bore,     WISHED TO SAVE
 bore, bore the friends who want to keep your image
 from your genteel, disgraceful hospital.      THIS
 You tease the sick as if they were your friends;      IS
 your suit lazies to grease. And that new woman----
 when I hear her name, I have to laugh.
 You have left two houses, two thousand books,
 a workbarn by the ocean, and a woman  SLAVE
TO who kneels and waits on you hand and foot----   open (5767)
 tell us why in the name of Jesus. Why
 are you clinging here so foolishly from us?"       + here

 2. Old Family Snapshot and Carpaccio

 From the salt age, yes from the salt age,
 courtesans, Christians fill the barnyard close;
 that silly swelled tree is a spook with a skull for a cap.
 Carpaccio's Venice was as wide as the world,     WAS
 Jerome and his lion scout to work unfeared...    LOPED
 In Torcello, the lion snapped behind you,          Keeps his poodle
 venti anni fa, still poodles his hair----
 wherever you moved your snapshot, he has moved,   I
 ∧ twenty years. The saint and animal        FOR
 swim Carpaccio's tealeaf color. Was he                  [3 dots after
 the first in the trade of painting to tell tales?!..       question mark]
 You are making Boston in the early A.M.,
 dropping Harriet at camp, old love,
 eternity, us you, mothbitten time.
            You groove,
            YOU AND US,
```

《妻子的来信》和《旧照与卡尔帕乔》[《远岸》组诗第 1 首及第 2 首]，摘自《海豚》手稿本第 10 页；创作并修改于 1970 年至 1972 年 1 月之间[1]。

---

[1] 至于洛威尔在《来自我妻子》[组诗《远岸》第 1 首] 中将"女人"替换为"奴隶"，可比较哈德威克的这句话："我们和男人一样优秀、有用。平等是不证自明的。我们不想成为奴隶，或一结婚就成了奴隶——无奈这就是这个苦难世界的状况。当这种情况发生时，人类只能紧紧依偎在一起，蜷缩在那张毯子下面。"(《女人不能撼动并拥有的关系》，刊于 1971 年 6 月 1 日的《时尚》)

203. 罗伯特·洛威尔写给伊丽莎白·毕肖普

[肯特郡，梅德斯通，贝尔斯特德，米尔盖特庄园]

1972年3月28日

亲爱的伊丽莎白：

我立即回信给你吧……未经思考、很随意，都是我读信时最初的一些零碎想法——还有我的感谢。那些都是小事。你提出的大部分问题\保留意见/，看来可能都有道理而且有用。我还没来得及细看，也没把你的评语和我的诗行进行核对，所以一时也说不清，但我认为会有帮助的，而且这样的评语多多益善。现在我根据你对某些字句的简短意见来谈谈吧。2)[1] 回到伦敦的那个转折或许是个棘手的问题。我打算用两首十四行诗来概述［它］，如果一首能完成那就更好。怀孕那节不是特意安排在\纽约/之后的，虽然也只是一个月后的事情。把情节串联起来是［一个］需要找灵感动脑筋的问题，我想我能够。

现在来说说丽兹的信？我确实\没有/将它们视为毁谤，反而认为它们是共情的，但她要是读到的话，感觉一定很不好。她是这本书的一个痛点，现在也很难改写得对她更友好一些。我承认我删减、窜改了原信，加进了一些虚构成分。\我/是经过思考的（事情都要归功于我杜撰了一个丽兹，又或是那些话是另一个人说的。在这个过程中我摒弃了一些粗俗谩骂、歇斯底里的语句，也避免了一些重复。［）］问题恰恰在于，我认为正是这些书信诗成就了这本书，至少通过这些书信诗的衬托，丽兹更像是一个真实的人物，并非我凭空臆造。为了给自己留点面子，让自己显得没那么自怜，我还把那些对我

---

[1] 原文序号如此。——译注

毫不客气的骂词都拎了出来。也可能是我不想让那些词出自我的笔下吧。尽管你的反对意见\想法/是那么尖锐，我向你保证，我仍会尽我所能一一作答。其实多年以来我一直在思考这些问题，你完全可以将其看作是一个技术问题，当然也可以当作一个绅士需要思考的问题。如果没有这些书信诗，这个故事也就不成其为一个完整的故事。我会尽我全部心力去完成的。《海豚》面世时必须是最好的形态，否则我是不能容忍的，我不急于这一时，如若灵感能相伴左右，我乐意花一整个夏天的时间来慢慢打磨。

薪酬的事情比较复杂。我最后是拿到了 9500 美元，我想应该是我最高的收入了。任教三年之后，他们把昆西堂的房间给我一周免费住两到三天［,］还有通勤费用。我想，现如今大家的薪水应该都比以前要高一些吧。每两年会涨一次薪，小 500 美元吧。我刚开始拿的薪资是 8500 美元。还有，我那时候教书完全是个新手，没啥经验。我相信你会拿到更高的薪水的。也许最好能找到一个有经验又有影响力的人来帮帮你，但是，像我们这种小羊羔若是忍无可忍，也是能踢\翻水桶/的。

哈丽特现在和我们在一起，虽然气温骤降，但仍如沐春风。

我感觉自己就像布里奇斯收到杰拉尔德·曼利·霍普金斯的来信一样，不知所措却又心怀感激。

哦，我忘了。如果你能从弗兰克那要来修订过的《笔记本》，请你好好看看，特别是《献给丽兹和哈丽特》这个部分，还有后半部分的《历史》，这样也许你对《海豚》的看法会略有变化。这三本书是合在一起的，就是说装帧都是一样的，但不是做成一本书。

颂安！

卡尔

204. 罗伯特·洛威尔写给哈丽特·洛威尔小姐

肯特郡，梅德斯通，贝尔斯特德，米尔盖特庄园

[1972年4月2日]

复活节下午五点

亲爱的哈丽特：

本想一回到家就给你写信，可我现在是手不灵活，脑子就更不灵光了。虽然米尔盖特灰沉沉，但草地绿油油的。你离开后的这四天，更多东西长出叶子来了。有两块地竟然把自己给修整好了，好神奇！

我今天一直在睡觉，如果你也和我一样睡饱了，晚上应该是睡不着了。

你这次来英国，我们，我，不知有多么欢喜，我都无法用文字来表达。在我看来，你虽然长大了（算是吧），但你还是以前的那个你，没有变。你就是我曾经所求的一切啊。难道父亲们甚至那些聪明绝顶的母亲都眼瞎了吗？你不必把那些家长的话当真。我要开始胡言乱语了哈…（这四个点是弗兰克·比达特标的）［。］你在寻找复活节巧克力彩蛋时，可以把耳朵贴在地上听，听到像鸡一样咯咯叫的声音就准能找到。

我心里很欢喜，因为你的父亲和母亲你都喜欢——（还是弗兰克·比达特加的标点）这\就是／为什么他们能如此超乎寻常地正常、健康而又谦逊的原因[①]——（比达特的标点）他们从没有过多的话可

[①] 见洛威尔的诗句"她正常又善良，因为她曾经拥有正常又善良的｜父母"（诗集《海豚》中的《在邮件里》第6—7行）。见弗兰克·比达特1970年6月4日写给洛威尔的信；哈德威克［1970年］10月16日下午5：13，以及哈德威克［1972年夏，具体日期不详］写给洛威尔的信。

谈，除了女人和政治，尤其是你那些关于社会主义的理论。

想念我们在一起的时光。

爸爸

205. 罗伯特·洛威尔写给罗伯特·洛威尔太太

肯特郡，梅德斯通，贝尔斯特德，米尔盖特庄园

[1972年4月3日] 复活节，星期一

亲爱的丽兹：

女儿就这样回去了，真是怪舍不得的。不过，看到哈丽特那青春洋溢的样子，我别提多开心了，这不就是我们多年来所说的吗，不就是我所希望的吗。奇怪的是，虽然她算是长成大姑娘了，可看着她时我还总想起她四五年前或是更早以前的样子。因为瘦吗？还是性格里的东西？她开朗、有趣，有敬畏心和自尊心。

我打算5月底过来住一个星期，6月的气温跟热带差不多，所以我会避开那个时候。我是一年比一年更怕热了。说起天气，哈丽特来的那几天天公可一点都不作美。今天倒是挺明媚，就像她来英国的前一天一样，都是好天气。有很多客人要来，明天是彼得和埃莉诺①，下周是布鲁克斯一家。

谢谢你如此\善解人意/同意让哈丽特来这一趟。

爱你！

卡尔

---

① 指埃莉诺·罗斯·泰勒。[泰勒（1920—2011），美国诗人。——译注]

206. 罗伯特·洛威尔写给伊丽莎白·毕肖普

[肯特郡，梅德斯通，贝尔斯特德，米尔盖特庄园]
1972年[4月4日]复活节，星期二

亲爱的伊丽莎白：

哈丽特来了又走了，我却还沉浸在她带给我的惊讶之中，我原以为我和丽兹的事对她来说是很难跨过去的坎，可没想到她竟然能够调整得这么好。我们交谈的时候甚至比以前还要放得开（也许有年龄的因素吧\）/也没聊很多，遇到需要站边表态的问题时，都是幽默带过。卡洛琳产后恢复得不错，哈丽特的小弟弟以及其他几个孩子也都很好。这样的时刻不会再拥有了，因为永远不会再有这样的时刻了，好在它承诺的是未来幸福。

对于你那些道义上的指责，我从自己的立场\再/跟你解释解释吧。那首诗（以文件形式？）披露的是一个妻子不希望丈夫离她而去，而丈夫\又确实/离开了她。这是一个困境，不是对真实与虚构的混合。如果\我/说丽兹当时是穿着一件紫红相间的连衣裙，大家都深信不疑，即使裙子实际上是黄色的——这才是虚构。实际上，虽然我对她的信件进行了大刀阔斧的删减，但我保证使用的内容都足够真实，只不过对语调做了些调整，使其读来不那么尖锐。原信件不仅冗长不堪，而且语气十分伤人。

我有想过这样来处理。这只是个草案，因为我昨天才算是把《海豚》通读了一遍，匆匆简述如下。第一，《重负》这组诗应该放在《生病日》之后，而《重负》之后应该是《离开美国》和《丢失的鱼》，然后是《去纽约》（新取的标题）[①]。这样安排虽有瑕疵，篡改了真实的时间顺序，但去掉了那个让人心寒的幸福结局，也让丽兹的角色在纽约组诗当中变得柔和起来——对于我在谢里丹出生之后回纽约的探亲之举，她似乎波澜不惊，表现得很豁达（我有些夸张）。我可以这样来处理，但不管怎样，在纽约那组诗里我不会写任何关于那个孩子的事情。第二，我就当你那些道义上的指责只是在说我引用了那些信件，而不是针对全部的诗。有几首是可以处理和改进的，也许一些诗行可以改成斜体，余下的诗行则稍加改动，成为我的视角。《妻子的来信》这个标题可以改为《声音》[②]。其他的诗也许就不用改了。当读者假定孩子已经出生了，《狐皮》和《弥赛亚》读起来语调会更柔和一些。

我只是大致说说，也不是一定会这样去做。想让这部诗集做到不伤人感情，这个问题是无法解决的，不过，我认为可以在不失去诗歌生命力的前提下尽量使它明显更加柔和一些。这样效果可能会好一些，毕竟谁都不想野蛮对待一切。难道我是抱着一种要伤害谁的态度吗？难道我会想伤害丽兹和哈丽特，去破坏她们美好的记忆吗？不管怎么说，我会努力打磨这部诗集，它是一定要出版的，即使\我/没有正式出版，也会让它以其他形式面世——某种程度上说，我也是不得不这么做。

那么你又有什么计划呢？我想下个月底回一趟纽约，希望到时候

[①] 组诗《重负》（共10首）中的诗歌（《海豚》手稿本中倒数第二首组诗）经修订并添加到（诗集《海豚》）重新取名为《婚姻》（共16首）的组诗中；《生病日》[组诗《离开美国前往英国》第3首] 被改为《病了》[组诗《离开美国前往英国》第5首]。将《海豚》手稿本中的《飞往纽约》（共10首）改名为《去纽约》的想法没有持续多久；洛威尔在出版诗集《海豚》时又用回了原标题《飞往纽约》（共12首）。
[②] 《海豚》手稿本中的《来自我妻子》[组诗《远岸》第1首] 在正式出版的诗集《海豚》中改为《声音》[组诗《住院II》第1首]。

我们可以就这本书当面聊一聊，也可以无话不谈。冬日的阴云似乎已经散开了。

　　祝好！

卡尔

207. 伊丽莎白·哈德威克写给罗伯特·洛威尔

［纽约，西 67 街 15 号］
1972 年 4 月 9 日

亲爱的卡尔：

　　哈丽特在你那儿玩得很开心，回到家中安然无恙，就是补了几天的觉，现已经返回学校。纽约生意盎然，今天天晴，但寒意明显；明天有雨，气温回升。上周，我们的心情都很沉重，彼得，也就是约翰·汤普桑（杰克）的儿子，因为车祸去世了[①]。杰克这一生也真是坎坷，自小便失去了母亲，而今又要承受这样的丧子之痛。我知道他能走出来，但还是不免为他担心。他好一段时间都没有喝闷酒了，所以这次也算是借酒消愁——或者说我希望如此吧。

　　有件事想跟你讲——挺难开口，但还是试一试吧。你的朋友们似乎又在议论你那本书了，他们的反应还挺大的。我还没有看到任何一首根据我的信写成的诗，我对那本书一无所知[②]，但我对这样积极表

[①] 见约翰·汤普森［1972 年］5 月 24 日写给罗伯特·洛威尔的信，"罗伯特·洛威尔书信文稿"，收藏于 HRC。

[②] 在 1973 年《海豚》出版之前，哈德威克写信给伊恩·汉密尔顿说："我所知道的就是，这是从所有到过米尔盖特的人那里得知的，他在使用我的信件。"（"伊丽莎白·哈德威克书信文稿"，藏 HRC）；又见哈德威克的评论（洛威尔 1973 年 7 月 26 日写给吉鲁克斯的信）。

态为自己辩护感到有点悲哀，甚至对我所理解的诗的概念都有些糊涂了。你应该做什么，不该做什么，我是不清楚的。在我看来，你写作、出书也不是一两年了，而是近三十年之久。你自己的作品当然只是你自己的事情，我并不觉得你有那个本事，几首诗就能"伤害"得到我，这取决于我自己吧，感受是我自己能控制的事，可能我那些朋友把我的感受想得太简单了。我的意思是，我还看不出你写的诗能对我造成什么伤害。我又何须去介怀？你凭此收获荣光也好，承受骂名也罢，那都是你自己的事，从今以后与我何干？我说这些不过是想"亮明观点"而已。目前这也确实是一件令人厌烦的事，不过我强烈感觉，你应该做你想做的事。上周我去了普林斯顿，和汉娜一起去听娜塔丽·萨洛特的讲座。她，娜塔丽·萨洛特，给我的印象很深刻，是最能令人振奋起来的那种人。外表俊秀、英语文雅，对那本小说提出的观点也十分新奇。"您看，我不相信这些人设。守财奴①？他不可能是！不是吗？"昨晚我和艾莉尔特·卡特和查尔斯·罗森在一个朋友家吃晚饭，我们对卢梭的《忏悔录》进行了热烈的讨论，还聊到了一个法国作家的观点，他认为整个故事根本就是卢梭杜撰的，别说什么把五个孩子全部送去孤儿院，就连他是不是真的有过这几个孩子都要打个问号②。今天早上我一起床就翻箱倒柜找《忏悔录》，结果找到了一本旧的。

就像我们从美国去英国找你一样，现在也有很多英国人要来美国

---

① 指巴尔扎克的《欧也妮·葛朗台》（1833年）。
② 比较哈德威克的"关于卢梭有一些争议。说他也许并没有把孩子丢到弃婴医院。那是多么卑劣的一个谎言。没有抛弃孩子，总共五个孩子。怎么可能？他当然是把孩子都送给了弃婴医院。我们所知道的关于他与特蕾莎·莱瓦瑟的一切，都证明那就是'作品'。前提是真的有孩子出生，这个前提一直都在"［见《跨—城》（1980年），收录在《伊丽莎白·哈德威克的纽约故事》（2010年）中］。

啦。阿尔瓦雷斯要来了，也可能已经来了。我想我会去参加为他举行的出版晚宴①，这头奇怪的小鲨鱼，一直以来我都挺欣赏他的，不过我想，有人无论如何都必须做好不喜欢他的心理准备。

还有一件事——现在看来我5月会非常忙，不方便。6月嘛，就像你担心的那样，又太热，我想你还是待在家里比较好。我也不知道来美国对你到底有多大的意义，或者说，你来对我自己原本的计划有多大影响——我的意思是，你来肯定是要去见很多朋友还有出版商之类的。但我不确定的是，5月底能不能把我的工作室腾出来。我们可以找个时间进一步讨论此事，反正还有时间。

只能写到这了，爱你。

丽兹

208. 伊丽莎白·哈德威克写给玛丽·麦卡锡

[纽约，西67街15号]
1972年4月9日

亲爱的玛丽：

收到你自己打字的信，就知道你已经没事了，我真是非常开心②。

---

① 指阿尔瓦雷斯的《野蛮之神》在美国出版（1972年）（1971年已在英国版）。哈德威克说："阿尔瓦雷斯确实让我们觉得她是活生生的、真实的，在他写自杀的那本书中，西尔维娅·普拉斯那一章非常感人。阿尔瓦雷斯很克制，但他成功暗示了很多自杀时的个人痛苦。"（《论西尔维娅·普拉斯》，刊于1971年8月12日的《纽约评论》）

② 见卡罗尔·布莱曼：《当韦斯特夫妇从罗马参加完[尼克拉·]乔洛蒙提的葬礼回到巴黎时，玛丽发现自己右眼里面有一块黑斑[……]结果诊断出来是视网膜破裂，于是住进了纳伊的美国医院做激光手术。在家休养时，她的眼睛缠着绷带，头部几个星期都无法移动"[《危险的写作：玛丽·麦卡锡和她的世界》(1992年)]。

谢天谢地，一切都结束了。其实我知道你一直都很勇敢，这次的事对你根本不算什么，但我还是挺佩服你的。

纽约今天的天气很好，晴朗凉爽，可谁又知道明天会是什么样呢？普林斯顿之行让我心潮澎湃，我和汉娜去听了娜塔丽·萨洛特的讲座。开车载我们去的是一个油头粉面的年轻人，是汉娜在新学院的秘书，叫什么来着，布兰德先生[1]。"他是我和乔纳斯[2]两个人的秘书！"见到娜塔丽·萨洛特的第一眼我就深深被她打动了，那副眼镜很适合她，眼镜框上那黑褐色的稍稍翘起的发尾很迷人，那一口漂亮的英语，那松弛有度的优雅姿态，翻阅讲稿时的淡定，还有抬眼时的那种狡黠，都让我为之痴迷。讲座的时候我听得津津有味，全神贯注。到提问环节时，汉娜说："但是当你把无形的东西用文字表达出来时，那它就属于'外观'范畴了，不是吗？"娜塔丽回答说："不见得。"这时候汉娜步步紧逼，又是绕圈子，又是缩小范围……最后娜塔丽说："啊，你一向比我聪明，把我问倒了。"——说着又狡黠一笑……我们准备下周四回去，到时候还是那个狂放不羁的布兰德开车载我们。虽然我要讲一整天的课，9点从家里出发，半夜才能回，但机会难得，又很有乐趣，不容错过啊。

我也认为还是待在卡斯汀为好。主要是因为你，再就是那个地方本身我也很喜欢。但是，要我一个人住在那里，还是不方便，开销大，困难也多。我在5月下旬就要开始做准备——订高价的机票，还有租车的费用——其实哈丽特几个假期还有暑假去那也没什么收获。我还没什么计划。等8月份我的房客一退租，我就不住在奥尔加的家里，马上去卡斯汀，然后等哈丽特开学再走。我不知道她们具体什么

---

[1] 指罗伯特·布兰德。
[2] 指汉斯·乔纳斯。

时候退房，但是应该不会住满整个8月吧，希望不会。我确实有计划等吉姆带你去华盛顿还有康涅狄格玩时来看看我。（我之前说我对房子没有计划时，我的意思是要不要卖掉它。哎呀，有机会见你和吉姆，其他任何事就都不重要了。）

噢，卡尔的书①。是的，我猜朋友们又被这事激怒了吧。那些书信诗，我一首也没读过，不过我也一点都不在乎。玛丽，这整件事给我的感觉就是愚蠢可笑——一年多来，卡尔对着他那些朋友张口闭口就是说这件事，基本上大家都读过那些"诗"了，奥尔文·休斯更是可笑至极，竟然还给这本书做了版面校样。我无法想象，除了卡尔，还有哪一个有天赋、有着三十年写作和出版经验的人，会收到那些针对他的作品而发的电报或请求信。（比尔·阿尔弗雷德和埃丝特·布鲁克斯就非常激动。）讲真的，我觉得卡尔现在处于一种半疯癫状态，我太了解了，我认为他永远都会是这种状态。你可以正常发挥（是的，我也觉得他那篇为贝里曼写的悼文写得很不错②），但是又会做出很多十分愚蠢而又自恋的事情，而这正是轻度躁狂导致的自以为是。

---

① 见麦卡锡的："关于他把手稿交给费伯出版社这件事，他知道我并不会因此对他表示赞赏。我想他可能是暂时献祭出那些诗的。但卡尔不是一个乐于牺牲的人，我想，他最不愿意做的就是牺牲他的诗歌，诗歌对他来说比任何人都重要。人其实是为诗歌而献身的，为的就是让火焰一直燃烧下去。我想这是一个詹姆士式的主题——摩洛克般的艺术家。我刚收到盖娅的一封短信，信上说，罗杰·施特劳斯告诉她卡尔给了罗杰两份手稿，他和吉鲁克斯都不知道该怎么办。我想，这意思就是要么出版，要么不出版；盖娅说话总是有些让人捉摸不定。也许那些诗写得还不错；我是说，从你的角度来看，可以这么说，你是合著者。我不知道。很久以前，他还住在庞特街的时候，我只看过一两首。当然，辨认出你的声音并不难。你见过那些诗吗？感觉如何？"（1972年4月5日写给伊丽莎白·哈德威克的信）

② 见麦卡锡的："顺便说一句，我认为他那篇悼念贝里曼的文章写得相当好。感觉高高在上，但他并不想掩饰。不过，在我看来，贝里曼被高估了；我觉得他比不上卡尔，但人们却越来越喜欢拿他和卡尔做比较。"（1972年4月5日写给伊丽莎白·哈德威克的信）

这整件事完全就是他半躁狂的胡闹行为，其实也已经司空见惯了。他这样做并不是要"伤害"谁，更没有想到会被谁伤害——现在还不至于到那种程度。他可能只是觉得，有人，比如说读者，需要了解那些写卡洛琳的诗的背景；没有写我，他就觉得——我认为很愚蠢——那是"不完整的"。我强烈认为他得为自己把握住时机。我看不出自己会那么脆弱，会被他伤害到。总有一天他会出版那些东西的。那次比尔·阿尔弗雷德在电话里念了一首给我听，简直是糟得不能再糟了，那哪算是诗嘛，而且我承认我当时是有某种要去主动报复的奇怪念头，但是现在，我真的觉得这一切都无所谓。管他凭此收获荣光也好，承受骂名也罢，那都是他自己的事。我已经写信和他说了，我完全不在意。还记得几个月前你说过，如果事情是真的，那么比起任何"背叛"，他极力掩饰的那种道貌岸然才是最为恶劣的品质，这一点我也赞同。我还想起盖娅提起的另一本书……等一下……说是什么改写过的《笔记本》，重新编排了一番，现在改叫《历史》！现在你能理解我说他的精神状态有问题了吧，可怜又可嫌的老莽夫。想到他似乎每天起床都要给自己注射那种类似"快乐灰尘"①的东西，我就为他感到悲哀，要知道，曾经的他是多么风华绝代，是多么有趣的一个灵魂啊！也许从他的信里还有电话里感受不到这么多，但是他现在似乎反反复复，有点缺乏真正的道德关切，有点像堕落的天使。

哈丽特之前去\卡尔那里/玩了一周，一切都很顺利。我没有过多去问她什么，因为我明白这么做是"不应该"的。

很挂念你。一定要想办法夏天聚一次，我都等不及了。我想好了，下次计划出游的时候我就去巴黎。关于大选，我觉得还是有一线

---

① 比喻《牛津英语词典》"快乐灰尘，名词，俚语〔源于美国〕＝可卡因"（"happy，形容词及名词"）。

生机的，我们有理由相信，乔治·麦戈文有赢得选举的"个人魅力"和其他一切特质。无论如何，只要能让尼克松下台，要我做什么都可以，我们必当尽力而为，因为还是充满希望的。

祝你和吉姆都好！

丽兹

209. 伊丽莎白·毕肖普写给罗伯特·洛威尔

[马萨诸塞州，坎布里奇]
[1972年] 4月10日（星期一）？

亲爱的卡尔：

现在我收到了你的两封信——尤其第一封，让我觉得舒了一口气，我之前还很担心自己太过莽撞无礼了……你看——我确实知道你是在怎么样的情境下创作了——一个人创作了——这么一部精妙绝伦或者说相当满意的诗作——简直无可挑剔……不过，我觉得你还是没有完全明白我要表达的意思。

我一字不差地引用哈代的话，就是想说清楚，事实和虚构决不能混为一谈。——我反对你使用那些信件的原因是我认为你改动了它们——你没有权利这么做（？）

4月12日

嗯，上次写信时被打断了，而且一隔就是两天，很显然……当时就是——而今依然是——就像我当时说的——真实与虚构的混合，这点让我感到很不安。当然了，我不清楚你是不是在经过丽兹的同意之后才这样做的……所以我也许太夸张了——

总谈这个话题伤感情，还是谈谈别的吧——你想要重新调整诗集的结构，我觉得这样一来，后半部分会好很多——但是我也清楚，这样一来你的工作量会很大。用斜体标出，你说将一些诗行用斜体标出——这个想法不错。

得知哈丽特的英国之行非常顺利，我也很开心。毕竟她的父母都是睿智开明之人，所以她必然也遗传到你们的聪明才智啦！

我准备动身去纽约了，为了那本巴西诗选①，准确来说是诗选的第一卷。我推断明天应该会举行一个盛大的发布会，我必须在场，其实我不是很想去，但是没有办法。这个并不是真正回复你的两封来信——谢谢你那么坦诚地和我谈论那些诗——

刚看到一则广告，是一本关于你的书，书名叫什么《要隐忍的一切》②……

我只想在动身之前先给你一个回复。我大概会在17日或18日回来，到时候再给你写信。如果你能忍受的话，其实我还想啰唆更多的东西，还是关于诗行的评论。我怀着沉痛的心情读了你那篇写贝里曼的悼文——这篇文章你能在这么短的时间里写出来，我很是惊讶。我拿到他那本新书了，不过还没来得及仔细研读③。这是一本令人敬畏的身后之作，但总的来说，他那种过度的宗教热忱并未完全说服我——也许他自己心里也不是那么坚定吧……书里讲述了很多有趣的小事，都是回忆——什么闪闪发光的碎玻璃啦，被砸碎的博物馆陈列柜啦，诸如此类。

---

① 《二十世纪巴西诗歌选集》（1972年），伊丽莎白·毕肖普和伊曼纽尔·布雷西尔主编。
② R. K. 迈纳斯的《要隐忍的一切：关于罗伯特·洛威尔和现代诗歌的随笔》（1970年）。
③ 指约翰·贝里曼的《错觉及其他》（1972年）。

我还在努力把对玛丽安·摩尔的所有回忆都写下来①。我已经写好了几首诗——其中一首篇幅很长，还在润色当中——也是这一系列的第一首，或许我会随信寄给你看看②。其实那首诗风格也没什么很特别的新意，一大段一大段的——不过也算是我这段时间的收获，写一篇至少都要花上我两三天的时间呢。弗兰克说让我为他写一份推荐语③，但是我又不知道该用些什么形容词，才能描述它的与众不同之处。真是太难了。他的诗④个人色彩很浓，结论性太强——限定性太强，几乎可以这样说吧（从弗兰克的角度来看）——我不知道这之后他还能往哪走，真的。我希望他能尝试一些更容易的东西，他对别人的诗歌有着惊人的鉴赏力和感受力……我希望他做个更快乐的年轻人。不过，我确实认为我俩已经成了非常要好的朋友。帕斯一家也很友好，我们还举办了——我举办了——一个复活节早餐聚会——我认为非常成功，弗兰克大显身手给鸡蛋染色，奥克塔维奥则在我的卧室和浴室里疯狂寻找彩蛋——这一切对他来说可能很新奇吧。\——这些复活节传统仪式——/

春天来了——这么多年我可是头一回看见这样的春天。上周末我去斯托小镇滑雪了，非常开心——那里满山遍野都是雪——然后回到这里，就觉得这里一切都是光秃秃的，还全是褐色的——那砖铺的步行走道倒是被化雪的盐漂成白色的啦。

我保证一回来就给你写信，伊丽莎白·卡德瓦拉德马上就要来帮我打扫屋子了，谢天谢地——祝你们都好，也希望小谢里丹能够坐稳

---

① 《爱的努力：忆玛丽安·摩尔》，收录于《毕肖普文集》（1984年）。
② 可能是指《诗》，毕肖普将其与《在候诊室》一同附在信中（见洛威尔1972年4月24日写给伊丽莎白·毕肖普的信）。
③ 指为诗集《黄金国》写推荐语。
④ 指诗集《黄金国》（1973年）中的标题诗《黄金国》。

了，注意力更好了……

祝安！

伊丽莎白

210. 罗伯特·洛威尔写给弗兰克·比达特

肯特郡，梅德斯通，贝尔斯特德，米尔盖特庄园

［1972年］4月10日

亲爱的弗兰克：

这段时间先是哈丽特来了，然后是泰勒他们一家，忙乱中我就把你的信放错地方了——落在了伦敦。所以我现在只能又重新写一份[①]。既然我把你当朋友，那么我就有必要向你郑重地阐明这件事。推荐语这种东西现在都成了荣誉学位嘉奖词那样的套话，只是一种形式，即使千真万确，也没人听、没人信。我认为它们存在的目的就是为了让评论者显得聪明和、有天赋、才华横溢。

我就这么写了：

三四年了，我还一直记得弗兰克·比达特在那组加利福尼亚的诗中所描述的故事和氛围，非常痛苦，被打上一束枯燥、阴森森的强光，快枪手成为化石之时，一幅幅现代"西部"画面闪回，紧张加剧——也许这是我对加州的偏见。比达特的诗别开生面，没有扭曲、粉饰或挡在读者和主题之间。

---

① 比达特的来信现已遗失。1972年3月25日，洛威尔在给比达特的一封信中，为比达特的《黄金国》写了一份较早的宣传推荐草稿。

我看了伊丽莎白给我的信，思考良久。它堪称一篇批评杰作，虽然她对这种披露表现得极度神经质（上帝呀我错了，只说这一次）。其实大多数人或多或少都会有像她这样的质疑，问题的关键不在于什么事实与虚构的混合，而是那个祈求丈夫回家的妻子——这是"有据可依"的。目前为止我做了这些改动：1）最重要的一点，我把《重负》移到了《离开美国前往英国》和《飞往纽约》之前。这样一来就有些奇怪，会让丽兹对《启程》表现得更为平静与豁达。我一字未改就有了这种效果，但是读者会认为她知道孩子出生了。《重负》现在以《生病日》开篇，而且孩子的出生不再是全诗的高潮部分，我认为这样得到的东西更多。2）更早的几首诗，《来自我妻子》，现在剪辑成了《声音》（经常使用这样的标题），\不过改了很多人称代词/，这样一来，就像是我在说话，在解释或重复丽兹说的话。而后面大多数的信我都没改动太多或是全部都改。3）我意愿和风格上的各种改变，与此事无关。

现在看来，这本诗集还是必定会让丽兹觉得痛苦，也无法得到伊丽莎白的认可。用卡洛琳的话来说，就凭这本书的主题，它一定是这样的，注定无法让各方满意。然而，哪怕是稍稍做些改动，丽兹在书信诗里的形象就没那么突出。这是一个独特的，甚至是有些异类的声音，完全不同于某个几乎被固定在非虚构证据之中的人，你可以与她用电话交流。她略微变暗淡了，而我和卡洛琳则篇幅有点拉长。我知道这样做意义不大，但却是我通读完整本诗集之后得到的一种印象。这样，谢里丹就不再是一个那么强迫的高潮式的完满结局，伊丽莎白所说的关于回英国和怀孕的时间顺序问题就解决了，《飞往纽约》的最末，鲨鱼那句，则没有了韦伯斯特式的多变和爱伦·坡式的怪诞了。

见到哈丽特之前，我心里还紧张得要命，但是这次我们两个聊天是史无前例的轻松自在。相隔一个时代，让人吃惊的是，她不仅知道蓝仙姑酒、爱尔兰咖啡和香槟，这些还竟然是她的心头好。她还能和卡洛琳站一边，跟我辩论关于社会主义和女性的话题，不过她们两个都辩不过我，尤其是卡洛琳，不过我也乐于应和她们的观点①。我要准备出发了，所以只能写到这了。相信你6月能找个时间来看我。

颂安！

卡尔

代我向伊丽莎白和比尔问好［。］

211. 伊丽莎白·哈德威克写给罗伯特·洛威尔

［纽约，西67街15号］
1972年4月21日

亲爱的卡尔：

上一封信听起来像是有情绪或故作某种姿态，可要命的是，事实并非如此。我查过我5月的日程安排。除去赶工作进度、有人来访以

---

① 洛威尔的书信文稿中有他自己打字的记录："与哈丽特一起出错｜粗略列表：｜1. 在梅德斯通待得太久，带C去伦敦｜2. 与格雷和内迪共进晚餐｜3. 金戒指｜4. 上议院？｜5. 滑铁卢和原始？｜6. 深夜，蓝仙姑酒和爱尔兰咖啡？｜7. C和H. 激烈争论妇女和社会主义，反对哈丽特的父亲｜8. 达克沃斯的斯旺利学院｜9. 总是让伊万娜和根尼娅待在身边，伊万娜和根尼娅在身边的时间不多｜10. 没买到衣服｜11. 给哈丽特一张俗气的支票｜12. 未能领取两封挂号信｜13. 没有带H. 去拜会《纽约书评》的前辈｜14. 卡尔给H. 和E. 的临时小礼物｜15. 英国天气｜16. 和达弗林女士见面｜17. 以幽默的方式将伊兹雷尔、社会规范引入谈话。｜18. 卡洛琳·洛威尔夫人"（来自HRC）。（"伊兹雷尔"可能是指伊兹雷尔·契考维茨。

及参加各种活动的时间，就只剩一周有空，从5月21日那个星期天开始。要是你那时候来的话，还可以住在你自己的旧工作室里，一周后它就要交付给租客了。这样对我来说也比较好，因为我在自己的工作室工作，那里的电话和我公寓里的主机是连着的，这是我仅剩的隐私了。还有，上次提到你那本书。我说那话的时候是真心实意的，没有在生气，也不是在讽刺。所有人都看过你那些诗了，有一两本手稿一定是在周围流传开了。我也说过，我真的看不懂这到底能对我有多大影响。我们总认为自己是在写自传，但生活不会愿意向我们讲述保证哪一时期占比最重、哪个行为能反映真实的想法、它要表达什么。所以我才会觉得，你把自己的生活看作一本书真是荒唐——而且给聪明人留下了线索，他们紧紧尾随，试图刺破我们的防线，将脓液放出。我要就这个主题写点东西——6月写！所以你看我不得不把一切都计划好——到时还要写罗伯特·克拉夫特和斯特拉文斯基[①]。

当然啦，我也有点害怕见到你，怕见到你后引起旧伤复发，我好不容易才从那巨大的创伤中平复，感谢上帝啊！我想，你如果见到我，也会觉得我的状态比之前好很多——希望如此。如果21日那个周日不合适这位大人的话，那就等到9月吧。不过我看过日历了，9月的第一周已经开学了，我们两个都要开始上班了。而且也要避免炎热的天气吧！

爱你！

伊丽莎白

[①]《纽约书评》中刊载的关于罗伯特·克拉夫特撰写伊戈尔·斯特拉文斯基生平的文章，参看《摘自生平的几页》(1971年2月25日)，《斯特拉文斯基：生平的终结》(1971年7月1日)，以及《威尼斯：日记中的段落》(1972年10月5日)。若是哈德威克真的写过关于克拉夫特和斯特拉文斯基的文章，她也没有公开发表。

212. 罗伯特·洛威尔写给伊丽莎白·毕肖普

[肯特郡，梅德斯通，贝尔斯特德，米尔盖特庄园]

1972年4月24日

亲爱的伊丽莎白：

我好像把你的上一封信还有那首诗（看了很多遍）落在伦敦了，（我差点把伦敦写成纽约）放在一件外套口袋里面，等找人去取吧。我做不到我希望的那般精确。写画的诗和关于牙医的诗是最为清晰的叙事类诗歌，也不亚于最好的短篇小说……在一页纸上就能写出一个很长的故事[①]！那幅画更加神秘——当"皇家艺术院院士"突然出现时，我惊讶得跳了起来——你那个亲戚看来并不窝囊啊——然后你发现那幅画足够好，这首诗是讲人生，你的人生，他的人生，逐渐老去的人生[②]。我想要读到更多这样的诗。我相信它们会连成一幅画卷，成为一个恢宏的故事，也许就像《在村庄》一样，因为是诗歌，所以获得了可以把握住的东西，获得了理解的可能性[③]。

库尼茨对《海豚》持与你类似的质疑态度。但不说这个了，所有问题好像又说回到丽兹那儿了。一定要大改了。但是彼得·泰勒倒是个贴心人，他看了《海豚》修改之后的版本，觉得没什么不妥的地

---

① 指伊丽莎白·毕肖普的《诗》和《在等候室》[《地理学III》（1976年）]。
② 见毕肖普的诗句"你的乔治叔叔，不，是我的，我的乔治叔叔，│他是你的叔祖父，他回英国时│把它们都留给了母亲。│你知道，他相当有名，是个R.A.……"[《诗》第40—43行，《地理学III》（1976年）]。R.A.是皇家科学院院士的缩写。
③ 伊丽莎白·毕肖普的《在村庄》，刊于《纽约客》（1953年12月19日）；后收录在诗集《旅行问题》（1965年）。比较洛威尔的诗作《呐喊》，收录在《献给联邦烈士》。

方,认为只不过需要与之前写丽兹和哈丽特的那些诗放在一起读。我想我终于让这件事翻篇了,只是还有一些分类归档的工作要做。

下个月我会去纽约待一周,从 21 日开始。那时候你还在北美吗?

你信里的字力透纸背,你还提到去滑雪了,看来你现在状态相当不错。保持住就可以了!我很想回去和你一起打网球,滑雪就算了——上一次我尝试这项运动还是十八[①]年前,那时还是越战时期。当时我没能在一个小土丘上停下来,可是滑雪板又动不了,结果栽了一个跟头,一块滑雪板还压住了大拇指——骨折了。你信奉女权主义吗?我是信的,那是历史尽头的阴影。但是我儿子恰恰相反,他弄坏了厨房里的一把椅子,逮着什么(小盖毯啦、毛毯啦、银质玩具啦、小腊肠犬啦,甚至还有卡洛琳和我的手指)都往他那只有两颗牙的嘴里塞。要不是我们家的女性能独当一面,还真不知道该拿他怎么办才好。

亲爱的,真的很希望能在坎布里奇见到你!

颂安!

卡尔

213. 罗伯特·洛威尔写给斯坦利·库尼茨

[肯特郡,梅德斯通,贝尔斯特德,米尔盖特庄园]
1972 年 4 月 24 日

亲爱的斯坦利:

我早就打算为你那本书写点什么,但在我印象中,《见证(糟糕

[①] 原文 eighty(八十),估计是写信人的笔误。——译注

的笔误）测试树》① 已经给了费伯出版社了。话说回来，我的编辑查尔斯·蒙塔斯了解你的情况，但他并不知道自己收到了《测试树》。我准备今天上午就把书还有我的评语寄给你。其实我早该行动起来，只是冬天真是让人抑郁，麻烦不断。好在现在万物复苏了，伊万娜也回学校了，谢里丹呢，见到啥都往嘴里塞，毛毯啦，盖毯啦，小狗啦，还有我们的手指——简直就微缩版的詹姆斯·迪基，但是是马车上的那个。好可爱！

现在回应你对《海豚》的批评②。我预计5月21日回纽约待约一周时间，希望到时候与你喝酒时好好聊一聊。在毕肖普的帮助下，《海豚》有了一些改动。那首篇幅较长、写出生的组诗移到了前面，现在用《飞往纽约》来做结尾，这个结尾更为有力，能为我的离开找到一个正当的理由，而不是我有了\新/欢才如此为之，可奇怪的是效果却被弱化了。大部分书信诗毕肖普都持反对意见，因为她认为我把虚构的内容作为事实呈现——现在这些诗我都听取了你之前的建议，把我的声音和我头脑中另一种声音相混合，一部分是我，一部分是丽兹，\或用斜体标注，/或转述，听起来不够完美，但却萦绕在

---

① 指斯坦利·库尼茨的《测试树》（1971年）。比较罗伯特·弗罗斯特的诗集标题《见证树》（1942年），以及他的诗句"一棵树，因为伤痕累累，|成了印象中的'见证树'，|使我铭心刻骨地谨记|我的证明——一切并非没有边界"（《山毛榉》第6—9行）。
② 见库尼茨的"至于《海豚》这部诗集，它既令我着迷，又令我感到厌恶，如果我不告诉你这点，那就太不诚实了。有些细节在我看来很残酷很无情。我承认它的某些部分写得确实是不可思议——野性不羁、活色生香，令人血脉贲张。（还有谁有胆量去记录这样一份充满魔力又十分愚蠢的文件？）但有些段落简直不忍读：太丑陋了，太残忍了，亲密得太残忍了。你必须知道，一旦浓情退去，温柔也会犹如刀，刺痛你的心。我还需要对你说什么呢，亲爱的卡尔，我不是作为你的裁判——上帝保佑我！而是作为你的朋友。无论如何，这些事情我都没有和别人讨论过"（见斯坦利·库尼茨1972年4月19日写给洛威尔的信，引用于汉密尔顿的《罗伯特·洛威尔传》）。

耳边,挥之不去。我想,让你反感的地方大概就是这些。我把新的版本给了彼得·泰勒看,\他/倒是不认为可以对《海豚》做出任何道德上的批评。\唉,/也不是说这部诗集从主题上讲就不会伤人。《献给丽兹和哈丽特》与《历史》不是姊妹篇,写于《海豚》之前。我过去觉得这本书的感情表达过于夸张,坦白说,不合适把它和《海豚》放在一起出。不过,我觉得你说得对,我也会想办法的。某种程度上,《历史》关系就是一种\回声/,与其他的书无关。你觉得我能从中清理出足够多的赘生物,把诗集修改得更好吗?反复回炉重炼的金属寿命都不长,文学创作也是一个道理吧。也许你可以具体指出几首写得最糟糕的。那样就真是太好了,我能\会/尽力改好的。

你和埃里丝最近如何?从你的信中我感觉到,这个冬天你们的身体比之前更健康了。你肯定想象不出我们家的情况现在是多么复杂。我们最近才发现,千万不能请男佣,他们总是越俎代庖、盛气凌人。

祝你和埃里丝好!

卡尔

谢谢你对我的事总是愿意花那么多时间,那样有耐心。

214. 弗兰克·比达特写给罗伯特·洛威尔

[马萨诸塞州,坎布里奇,器皿街2号508房]
1972年4月30日

亲爱的卡尔:

我刚刚按照新的排序把书稿重读了一遍。关于这个新排序,以防我误解，我需要和你再确认一下：先是《生病日》，然后是《重负》组诗的全部（从《尽在不言中》到《谢里丹·洛威尔》），再就是《离开美国前往英国》《女人之前》《飞往纽约》（从《狐皮》到《1970年的圣诞节》），最后是《海豚》。

让我极度郁闷的是，我觉得这样改是行不通的。当然，从"情节"层面来看是有所改善的——但是，也把很多诗原本的意思和意蕴改得面目全非了，甚至整本书的意思都变了。

举个例子，丽兹就不可能会在谢里丹出生之后写一封像《弥赛亚》那样的信。得知谢里丹出生后，还说"我渴望见到｜你的脸庞，听到你的声音，牵起你的手"，她这样岂不是更凄惨？她不可能表现得"平静、豁达"，她应该比你之前塑造的形象表现得更加绝望才正常。同样的道理，如果她一开始就知道你极有可能回英国，后面她也不可能说："我不能告诉你｜这个圣诞我们为你计划好的事。"（即使有计划她也会放弃的。）

还有一点更重要，就是读者的理解完全被推翻了，你在这个故事中所扮演的角色，那么多诗句的情感意思和意蕴，全部不一样了。其实也很难明确指出到底是哪些诗句（不过我会试着找出来的）。《重负》这组诗整体上语气比较果决，似乎在说你是已经做出了艰难的抉择，而且从其意蕴和修辞角度上看，感觉下面这几行诗句似乎更适合作为诗的结尾：

> 终于发现与你相爱，很开心，
> 现在死亡成了我生命的一种配料；
> 血块和出血，今天，明天，
> 就像父亲与母亲，他们的青春在六十岁时中风而死；

我已保存他们的血,并将其延续下去……①

如果这一段前面没有《飞往纽约》做铺垫,这种果决感就会显得很突兀。而在原来的排序中,它则是给人一种你历尽千辛万苦才抵达这里的感觉。更令人沮丧的是,按照你新排的顺序,在《重负》之后,人们又回到《飞往纽约》中那种相对困惑、感情表露不鲜明的状态(这是在说与卡洛琳的关系):

感觉
已获重生,但不完全幸福。②

当然,巨大的喜悦
既让我们自责,又让我们渴望犯错。③

这些诗句本身并无不妥,但是它们被安排在《重负》之后,经历了那样强烈而又复杂的情感洗礼之后,就显得感情不够充沛,甚至是欠缺的。我感觉你肯定是不会按照这个顺序来创作的。

在我看来,结尾的那部分简直让人摸不着头脑。谢里丹出生之后,你还会有什么样的理由再回纽约去呢?在原稿中,是因为这个时

---

① 见《海豚》手稿本中的《离开你的早晨》[组诗《重负》第9首]第8—12行。后修订为"我鼻子流血了,我感觉到了。|很高兴你救了我,让这生命延续,|现在死亡成了我生命的一种配料——|我父母去世得早,六十岁",见诗集《海豚》中的《离开你的早晨》[组诗《婚姻》第16首]第7至11行。
② 见《海豚》手稿本中的《机票》[组诗《飞往纽约》第3首]第13—14行,比较诗集《海豚》中的《机票》[组诗《飞往纽约》第1首]第13—14行。
③ 见《海豚》手稿本中的《候机室别离》[组诗《飞往纽约》第4首]第13—14行;比较诗集《海豚》中的《与卡洛琳在候机室》[组诗《飞往纽约》第2首]第12—13行。

候你和卡洛琳的关系还没有确定下来，所以你有理由不得不回纽约去看看还有什么可留恋的。(而且卡洛琳也感受到了威胁，比如说那首《候机室别离》。)但是改变顺序之后完全就没有这层意思了，甚至丽兹也是这样认为。(她那时已经告诉卡洛琳，哈丽特"知道自己将很少见到他")[①]。这整个回纽约的过程，含蓄地向读者透露你是要回去找寻什么却没有找到(特别是在《没有救世主》和《无眠》这两首诗中)，改动之后让人觉得感情力度不够，感伤的基调也淡了许多。

其实，你之前在信里说的也没错，如果按原来的排序，谢里丹的出生会给读者一种非常强烈的象征意味，人们可能会觉得好奇，是否任何一个孩子都可以意味着贯穿全书的"死亡之战"结束了呢？但是出于我一直试图给出的各种理由——尤其像是在《离开你的早晨》这首诗中，那种果决的态度和幸福的情感总会让人同时联想到你自己死亡的"配料"——谢里丹的出生没必要把所有的事情都解决了。就算这里有问题(我不觉得是个大问题)，我认为新的排序也无法解决得令人满意。

此外，季节的顺序也很混乱。书中"夏天"这个部分比较靠前，在那之后谢里丹就出生了；那么"圣诞"这部分怎么可能是在你去英国之后的第一个圣诞呢？在新版中，读者还是会觉得你指的是第一个圣诞节，但是《重负》中包含的所有情感、挣扎和决绝，都是应该在"夏天"之后的那个秋天才会有的。你现在这样安排，读者就会觉得那些情绪很突兀，也很琐碎。"圣诞"这部分若是与"夏天"部分相隔一年半的时间，又让人觉得隔得太远了。当然，也没几个人会真的在读诗的时候掰着手指头计算月份，我只是想说，季节交替的过程似

[①] 见《海豚》手稿本中的《青色的疮》[组诗《重负》第5首]第11行。比较诗集《海豚》中的《青色的疮》[组诗《婚姻》第7首]第11行。

乎有些脱节。我还是喜欢之前在经历犹豫彷徨、秋天的痛苦之后到圣诞节的那种令人窒息的不确定性和紧张感，之后才是九个月的怀胎孕育，在这里又可以慢慢找到一种秩序和安宁。

《飞往纽约》之后立即接上《重负》的那种突兀（正如伊丽莎白所担心的），我倒觉得没什么不好。也许你可以在这部分的标题上做些文章，讲清楚你已经回到英国（虽然这首诗很明显是写给"卡洛琳"的）。实际上，我倒是喜欢这种突兀——这部诗作又不是一部编年史，而且在离开纽约之后紧接着就是至关重要的事，通过这件事，你所有的情感矛盾都开始得到解决，所以这部诗作是在讲述一个事实[①]。

215. 罗伯特·洛威尔写给罗伯特·洛威尔太太

肯特郡，梅德斯通，贝尔斯特德，米尔盖特庄园
1972年5月6日

亲爱的丽兹：

我怕是这个春天难以成行了。伊万娜近期可能还要再做一次手术。有一块植皮变得很紧绷，硬得像木头似的，她每次走路都不得不弯着腰，还痛得不行。我们本想一年之后再做手术的，但现在看来应该等不了那么久了。虽然算不上是什么大手术，但还是挺紧张挺疼的。

前几天我们坐出租车去梅德斯通，当时在我们前方20英尺的地方，一辆反向行驶的汽车没注意到我们这边还有个加油站，突然转

[①] 信的第三页现已遗失。

向，我们反应过来的时候已经晚了，结果可想而知，撞上了。不过还好，都没什么大碍，就是我的小腿上撞肿了一大块。可能要到夏天才好得了吧，不过不严重，也不痛。我现在想起来还是有些后怕。

我和斯蒂芬·斯彭德聊过了，他带来了你还有哈丽特要去法国的好消息。哈丽特的法国之行准备顺利吗？我在想，她去或回的时候能不能在英国中转，并做短暂停留？我是真的希望尽早回纽约一趟。我相信自己有\说"不"的/勇气。我的教学日程安排将有所改变（工时少了，钱也少了），以后我一个月只须一下子\连续/上四天课，到时候整个秋天我就有大把的时间了，想飞去哪就飞去哪，避开9月的热浪与繁忙。

迈克尔·亨肖负责处理我的税款等事情，他很快会到纽约来，到时候会电话联系你，谈一谈关于哈佛购买文稿的事情。只要条件正当，我都能接受。我确实希望此后能过上经济独立的日子。我认为亨肖虽然行事不拘小节，但还是有"自己的金刚钻"的。

同布鲁克斯一家和泰勒一家在一起的时光很开心，聊了观光等话题。泰勒一家已经看得差不多了，他们累得不行\吸收的知识量太大/，随时都可能累趴下，但也不知道是哪位家庭成员让他们不停地开啊开。我差点没被这两个彼得害死，该向右看的时候却向左看。要是让我在英国开车，我一天都撑不住。

感谢你对《自传》的夸赞。其实最上乘的艺术，就像生命，它的条条血管都通向心脏。

祝好！

卡尔

附：《勃朗特姐妹》①是你最优秀的肖像描写之一。远超我之前在梅德斯通看的新版《呼啸山庄》②，读到你的整本书非常兴奋。

216. 罗伯特·洛威尔写给哈丽特·洛威尔小姐

肯特郡，梅德斯通，贝尔斯特德，米尔盖特庄园
1972年5月6日

亲爱的哈丽特：

我刚给你妈妈写了一封信，因为这个春天我恐怕去不了纽约了。伊万娜马上又要做一次手术，虽然不危险，但也够紧张够折磨人的。有一块植皮已经快要崩开了，她现在走路都只能弯着腰。

我跟妈妈说了我们遭遇车祸的事，我和你再详细说说吧。一个周日下午，我们得闲溜出来去\梅德斯通/看一场少儿不宜的犯罪电影。因为之前两次差点把命丢在彼得·泰勒和彼得·布鲁克斯手上，他们根本不懂在英国是要靠左驾驶的，所以我们选择坐出租车去，觉得这是最安全的出行方式。没想到就在我们前面，大概你公寓客厅那么宽的位置，一辆车（司机绝不是美国人！）本来是反方向行驶的，突然在前方掉头。那十五秒（?）我永远都忘不了，即将撞车的场景就像是慢动作画面。我却什么都做不了。都没来得及胡思乱想——什么寓意深刻的临终遗言啊、什么鲜血四溅的惨烈画面啊，都没有——我就只是伸出双臂挡在卡洛琳前面，以防她摔下座位。两辆车都停了下来，保险杠都撞变形了，这时候我感觉小腿有些痛，看到有一点擦

---

① 哈德威克的《写作女孩：勃朗特姐妹》，刊于1972年5月4日的《纽约书评》。
② 见洛威尔1971年9月2日写给哈德威克的信。

伤。电影（里面好多跟我们差不多的事故）看到四分之三处，我感觉腿上的皮肤绷得越来越紧，用手一摸，发现大腿一侧肿了一大块，就像又长了一个膝盖似的。这个肿块一时半会是消不下去了，好在不怎么痛，也不危险。这样一来，我倒是可以随便使唤人帮我递东西了，比如打火机之类的。

照现在的情形来看，今年秋天我是肯定得待在家了。我在想——我们恳求你——能不能考虑在欧洲旅行的时候在这边中转，然后待上几天。谢里丹刚刚和根尼娅还有她的朋友凯一起洗了个澡，简直是令人崩溃的半个小时啊，两个小女孩都说"你太男子汉了"。几天前，他还把"水手长"的耳朵错当成（？）毛毯了，差点把它给吃了——"水手长"是这样说的。我想谢里丹需要你这个成熟的姐姐来管管才行。

爱你！

爸爸

217. 罗伯特·洛威尔写给弗兰克·比达特

肯特郡，梅德斯通，贝尔斯特德，米尔盖特庄园
1972年5月15日

亲爱的弗兰克：

之前没顾上给你回信，因为我还在等你给《历史》做的编注，还有一个原因就是，我以为自己很快就会在美国了。但是，过几周伊万娜还得再做一次手术，而且在离婚计划定下来之前，丽兹的时间似乎也安排不开。

你对《海豚》的评语极为深刻，极为细致，我写一封信都不够回

应你的。此外，你应该先看一看改写之后的内容，这样我们才能脚踏实地，有针对性地去解决问题。问题在于，我必须对结构有所改动，必须想办法把那些书信诗做或模糊或突出的处理，这个新的结构，再加上对几行诗句稍稍做的一些修改，在我看来似乎是一大进步。我原本就是想要以《飞往纽约》组诗结束全书的，甚至在怀上谢里丹出生之后也是这么考虑的，但是又害怕读者觉得我这是在撒谎。现在"别离"那部分是真实的，虽然结尾并没有严格按时间顺序走。现在我改变排序，就把它放在最后了，这样结尾似乎既能保证它的真实性，又是按时间顺序走的——不是单凭我说什么就是什么。诡辩？不，完全不是！这就是故事的真相，而且在某种意义上还在重演。我并不是想着为了提高质量而去改动原信的——其实我最不愿的就是删减信的任何内容……真是有失就有得啊。我想，虽然伊丽莎白对于泄露个人隐私表现得极其敏感（甚至有些不可理喻），但她确实是有道理的。这次她写给我的信是我收到的最有力的批评——平时她都是针对这个词那个短语什么的。

此致。

卡尔

附：对于这场战争我们还能说些什么呢！知道你生病了我很难过。刚刚过去的这个冬天真是太难熬了，现在好多了。

218. 伊丽莎白·哈德威克写给罗伯特·洛威尔

[纽约，西67街15号]
1972年6月1日

亲爱的卡尔：

我试图打电话给你是因为这件事十万火急而又十分棘手。事情是这样的，从2月说起。我给迈克尔·亨肖写信说，我们需要一份去年缴纳所得税的简单材料，证明是缴纳到1971年12月31日为止的。他一直没有回我信，于是我又写信过去，他就说5月份会来纽约，5月上旬吧。我回信说我们必须在4月15日提交申请；他回信说要延期到6月15日。我回信说那样做有点冒险——过了4月15日就月月都要交利息，与会计师见面的次数会越来越多，得花更多钱呢，还很有可能要做账目审计，我现在的状况是经不起查账的，最近这些年来，我已经"临时杜撰"了很多所谓的开支项。但是我们还是申请了延期。然后亨肖就没消息了，给他发了两封电报，一点回音都没有。今天都已经6月1日了，周末一过，15日我就要走了。面对这一切，我真是非常非常苦恼，也很害怕。

我跟亨肖说过，我需要的不是钱，一年前你已经给过我了。我真正需要的是你的工资收入、减免的税额，还有去年一整年你交给埃塞克斯的税款，以及一张其他各项收入的明细表，什么朗诵会啦，阿什利人才中介①啦。\很简单！/

说到今年，那是另一回事。我希望在今年12月底之前能够正式离婚，这样的话你就可以自己处理在美国的收入和所得税——版税，

---

① 代理洛威尔戏剧的经纪公司。

我想你应该\也/会留一些给哈丽特和我，不过我自己会付清税款的。但是在那之前我应该已经缴纳了，或是一得到通知就会去缴纳我们两个人1972年度预估的所得税，关于这一数额我们之后可以再商量调整。要不然，你就必须每季度向三个不同的地方汇缴税款。其实你也可以在美国请一个税务员来帮你处理的。

不过，我当下最需要的是去年一整年的缴税记录。卡尔，如果你没办法和亨肖取得联系的话，那就务必告知埃塞克斯，让他们用邮件——航空邮件——寄一份1971年1月到12月的缴税记录，此外还需要一些其他的统计数据，比如几场朗诵会的酬金。如果我代替你签名，会惹上大麻烦的，我会面临罚款，接受几个月的调查，等等。我必须在6月12日之前拿到这份材料，所以必须立即把这事给办了。

哈丽特表现很棒，她现在正在考试，下周也有考试。我们两个准备去康涅狄格，去华盛顿，7月份再去乔特学校①参加一个夏季项目——男生女生在一起生活，一起学习感兴趣的东西。哈丽特选了"乔特电影学院"，也可能会学一些其他的东西，比如说历史。只是好玩而已。哈丽特去欧洲旅行的费用我们怕是负担不起了，而且我们都疯狂关注着大选动态，所以无论如何这个夏天都不想出去了。我现在过得很开心，心情很愉悦。马上我就要去哈佛暑期学校做一个讲座。（这可没有让我觉得"愉悦"，但我想我能挺过去。）埃丝特和迪克西②来过，而且还会来。我认识的每一个人都身体健康。你的工作室终于拆除得差不多了，书今天都搬了出来，我一起床就把积灰的阁楼清理干净，把地方腾出来放你那些书。上周我去了缅因，有租客要来看房子。那儿真是阳光明媚、碧空如洗、绿草如茵，我可喜欢那儿的房子

---

① 指位于康涅狄格州沃林福德的私立寄宿学校。
② 指布鲁克斯夫妇。

和谷仓了。托马斯一家人也很好。虽说我也不介意往那跑，但那儿还有康涅狄格，还是太远了，经常往返于这个城市、晒太阳、写作、友人来访，这便是我的快乐所在。

祝安！

丽兹

6月15日之后——康涅狄格州华盛顿06793 电话203 UN 8－2545

219. 罗伯特·洛威尔写给哈丽特·洛威尔

肯特郡，梅德斯通，贝尔斯特德，米尔盖特庄园
1972年6月28日

亲爱的哈丽特：

爸爸今天特意起了个大早来给你写信。最近这个月爸爸一直都在工作，像台蒸汽铲一样——如果蒸汽铲能像爸爸这样工作的话。我太懒惰了，加之分身乏术或者说执着于自我之事，无暇顾及其他，比如说写信，给你写信。德维①昨天来了，今早才走。看到她，我就想到你了，思念之苦锥心，我知道自己有多么想念你。如果你很想去欧洲，旅费就由爸爸来出吧。

最近的政治形势如何？以前支持尤金·麦卡锡的人不太可能去大肆吹捧乔治·麦戈文——这个充满柔情的爱尔兰人输掉了选举，我们所有人都难掩心中激愤。我想，如今也只能让麦戈文去代表我们参选总统了，而且胜选就更加不可能了。我很好奇迈阿密今后的形势会如

---

① 指德维·米德，洛威尔表亲爱丽丝·温斯洛·米德的女儿。

何发展。上次开民主党全国代表大会时,我一直都躲在芝加哥的酒店里没出门,警方和示威者们就在我们周围。这次应该不会发生那样的事了。

今天我们要去诺里奇,去领受一个博士学位[①]。去\坐火车/到那里真是麻烦,而且这个学位也不值钱,自然也不算是什么荣誉——但却让远在这偏僻乡村的我备受感动。

德维觉得你的脑子超厉害——我在想你是从哪继承来的这颗超强大脑,肯定不会是娜塔莉表姐或是你奶奶娘家那里。但谢里丹到底是像谁呢?他现在的眼光越来越像个北欧人了,把威利·勃兰特弄得看起来就像是杰森·爱泼斯坦。他真的太好动了,令人担忧,几秒钟就能爬过几间宽敞的房间和长长的大厅,而且破坏力极强——他搞起破坏来是乐此不疲,越是不可收拾他就越开心——搁在窗边座位上的一封可爱的来信,还没来得及回复就被他撕得粉碎。他长得很帅。昨天他一整天都伸着舌头,脸上还一副若有所思或傻乎乎的表情。现在头发变成金红色的了,眉毛像德维那样,颜色很深,喜欢拧在一起。我写到这页的末尾了,好了,就写到这,再见。卡洛琳向你问好,也替我问候妈妈。

爱你!

爸爸

[①] 东安格利亚大学授予洛威尔荣誉文学博士学位。

220. 罗伯特·洛威尔写给伊丽莎白·毕肖普

[肯特郡，梅德斯通，贝尔斯特德，米尔盖特庄园]

1972年7月8日

亲爱的伊丽莎白：

我们一直像蒸汽机那样工作着；不，很辛苦，但这才像人类。原谅我没有及时给你回信。我每天都有想到你，是的，因为弗兰克在我身边，他让我时刻想起你。

这项工作真是匪夷所思，听起来①简直就是疯了。我们已经对《笔记本》中近400首诗进行了修订，我估计平均每首至少有4处修改，不过更多的情况是为了把那些拖沓无意义的东西删减掉，我甚至会把整首诗拆开。我把这些变动说给弗兰克听，让他记录下来。他时常会有很多备选方案给我，而且我说他写的时候，会给出更多的方案。他什么都记得，多亏有他，我才没有把银汤匙也给扔掉，保住了一些好词句。《笔记本》可真像一片荒野呀，现在我想你会更[欣赏]它。库尼茨也认为它大有改观。为什么要自夸呢？不过，我的确认为弗兰克还要再待一段时间，15号之前我们不可能完工。这也就是我要和你详细解释我的做法的原因。弗兰克不打算去巴西了，我的确心有愧疚，不过又觉得他是迫切想要做完这项已基本完成的工作吧。

最近也没太多新闻。卡洛琳陪伊万娜去参加学校办的野餐会了，得去一整天。伊万娜就是那个被烫伤的小女孩。我想8月份我们会去爱尔兰待两周左右。你打算什么时候来欧洲呢？我估摸着会是8月初

---

① 毕肖普用星号标记了这个词，余下的段落画了线。在该页底部，她写了一句话，这句话在她给爱丽丝·梅法赛尔的信中也出现了："可怜的傻瓜！你可以看到什么是第一位的！请保存——"

吧。我们非常期待你途中能来一趟我们这儿,那样的话我就调整在爱尔兰的行程安排,在这儿等你。只有你和库尼茨才算是我们的美国密友吧。我想让你同卡洛琳见上一面,她最近也和我差不多,成天坐在床上,面对长长的大页稿纸。去年冬天她差不多完成了一本短篇小说集——还要一边顾着三个孩子,假期的时候还要加上一个呢①。安格斯·威尔逊是我新认识的朋友中最友好的一个,是在诺里奇我领受荣誉学位时认识的。诺里奇简直和巴西的欧鲁普雷图一样美不胜收,至少从远处看,在悠长的英国暮色中看,风景优美。

你的诗我都很喜欢,最喜欢的是那首《夜航》②,又是一首绝佳之作,我之前看到的时候还不知道是出自你手,只不过基调还是过于冷淡了。《驼鹿》③有几处很动人,不过其他部分更像是打油诗。那首什么叫半夜十二点的散文诗④很怪异,不好和其他的诗相比较,因为这首原本就不应该以诗的形式呈现。然后就是那首写皇家学院院士画作的诗⑤。你是在扬帆远航了!我现在什么都还没完成,所以没有什么寄给你看的。我在试图变得简单、感性、优鸦⑥\打错字了/。我的新

---

① 指谢里丹、伊万娜和叶夫根尼娅,再加上从寄宿学校回来的娜塔莉娅。
② 指《(从飞机上看到的)夜城》,刊于《纽约客》(1972年9月16日)。见毕肖普1972年7月12日写给洛威尔的信,《空中的话语》。
③ 《驼鹿》,刊于《纽约客》(1972年7月14日)。
④ 指《12点新闻》,刊于《纽约客》(1972年3月24日)。
⑤ 指《诗》("尺寸相当于一张旧式美钞那么大"),刊于《纽约客》(1972年11月11日)。
⑥ "优雅",洛威尔已手写改正。弥尔顿:"最后便是和他们一起阅读有机艺术的时候,这些艺术能够使人在交谈和写作中变得逻辑清晰、语言得体,根据情况或高尚,或刻薄,或卑微。因此,逻辑学即使有用,也当连同它所有的思想和论题,在适当的地方加以讨论,直到它张开收缩的手掌,写出柏拉图、亚里士多德、法莱勒斯、西塞罗、埃尔摩奇尼斯和朗吉纳斯的法则所教出来的优美华丽的辞藻为止。后来的诗歌,或者更确切地说,是史无前例的,它没有那么细腻和精致,而是更加简单、感性、富有激情。"[弥尔顿《论教育》(1644年)]比较《罗伯特·洛威尔书信集》。

诗，大约有四首是对那几首长诗的补充。我相信你会\发现/《海豚》修改之后没那么让人难以忍受了，但恐怕也不能把这个问题完全解决。新的排序还多亏了你，它对一切都有帮助。

祝安！

卡尔

附：我还没怎么读你那本巴西诗选①，但我认真拜读了德拉蒙德的诗集，发现他是在世的优秀诗人之一，一个更为安静的蒙塔莱。

221. 伊丽莎白·哈德威克写给罗伯特·洛威尔

[康涅狄格州，华盛顿]
1972年7月25日

亲爱的卡尔：

亨肖先生离开后不久我给他写了一封信，还抄送了一份寄给你，你收到了吗？要处理的事务真是太多了，有些还非常紧急，所以我希望写信给一个可以代表你的人来一同处理。亨肖先生可以吗？你在英国有没有委托律师，把你的情况都告知他？也许你还需要在美国请一个会计，这个人要对你的事务相当了解，那样你的代理人就可以出具那份我们一直在使用的材料。我之前也和亨肖说过，我只付了我自己应缴的税款，你1972年度的税款我没有替你\按季度/缴付。

我希望离婚手续能尽快办好。等我一回纽约就立刻着手开始跟进，希望一切\顺利/。在钱的方面，情况将不似从前那般宽裕。很

---

① 指《二十世纪巴西诗歌选集》，毕肖普与布雷西尔合编。

高兴没有马上办理离婚，现在我能够这么说的唯一理由就是，我有两年的时间来把事情理顺，在这两年里我一直都在工作。我现在入不敷出，哈丽特下个学期的学费都要付不起了。但这些事我又不想通过邮件的方式来交涉，这样做不好。还有关于哈佛和你那些文稿的事情，也足够让我头痛的。其实这些文稿本身的内容，不管对你还是对我，都是不利的，我是指所有我写的信，除了你给我写的那些之外，尤其是我和玛丽之间的那些通信，当然，还有很多除了书信之外的材料。我本来是应该自己出面去和哈佛谈这件事的，但是买卖达成得太快，东西转眼间就都被送走了，而且我觉得滑稽的是，我竟然没能够为自己争取一下权利，而且恐怕当时还有些过于感伤。但是，我说过，我只是没办法在书信中亲自和你谈这些事。拜托你告诉我，我可以和谁来沟通这些事，这个人必须能够及时有效地代替你做出答复。我需要马上支付1600美元，因为哈丽特\下学年/上半期的学费得交了。所有这些也都会写进我们的离婚协议里面。还有一点我要提醒你，你得支付全部的律师费——这是惯例——而且这个案子也并不简单。谢天谢地，你现在的财务状况是出奇的好，根本用不着受苦，否则我会怨恨的——的确，我也看不出你有什么理由为这些事而烦恼。我想确定的只有一点，你得对即将发生的事情有所准备。关于手稿，你需要给我10000美元，毕竟我付出了那么多，又是整理、又是谈交易、又是照看，这所有的一切，都应该有所回报。其实我现在还在联系霍顿图书馆那边，我想他们应该也会\认同/我所做的工作。

很抱歉必须在信里讲这些，但是我非常渴望朝前走，我知道这会让你和卡洛琳开心的。我不希望有任何分歧或怨恨。这样对哈丽特没有一点好处，而且我也从以往的情绪中恢复过来了，只不过希望你能公平对待我和女儿，我们真的很脆弱，再也经不起任何伤害了。要不然我就会说，我们活得很好，谁也不必背负愧疚。

这个夏天过得开心，但也很忙碌。现在我知道了，自己不太喜欢康涅狄格。其实也没有一直都待在这里，根本没待几天。8月底我会去一趟缅因，住10天左右。我很喜欢那里的社区，但是，为了避免让自己穷得响叮当，我做了一个资产重组计划，其中就包括要把那里的房子卖掉，只留下仓房，简单修整一下，夏天的时候来了也能当个住处。很可能再不会一住就住一整个夏天了。不过，我很想念和大家一起打网球的时光，想念托马斯一家、玛丽、肯家的市场，还有菲尔·布斯。

哈丽特很好。乔特学校那个为期三周的夏季项目就快结束了，还有四天她就回到我身边了。我上周在哈佛，见到了比尔·阿尔弗雷德和鲍勃·加德纳，还去了曼彻斯特小镇①几天，重温了贝弗利农场②的灰色"临终日"，聊到了洛克、丹巴顿、外祖父③。恍若隔世，对不对。在某种程度上，我觉得自己仿佛回到了肯塔基，但那份失去故土的乡愁和感伤却没子\突然淡薄了/，又不免为此感到哀伤。可悲的是，到最后，许多事情早已无迹可寻，仿佛从来不曾发生过。当然啦，若不是这样，我们大概也无法活下去。爱你，亲爱的，愿你身心无恙。

丽兹

---

① 去看望洛威尔的姨妈萨拉和姨夫查尔斯·科廷，他们在马萨诸塞州的曼彻斯特海滨小镇有一栋房子。
② 见《贝弗利农场的临终日子》(《生活研究》)。
③ 见洛威尔的"'摇滚'是我为外祖父温斯洛在马萨诸塞州洛克镇的一处乡村地产取的名字"(《洛威尔文集》)。又见《我与德弗罗·温斯洛舅舅的最后一个下午》《丹巴顿》和《外祖父母》(《生活研究》)。

222. 罗伯特·洛威尔写给伊丽莎白·哈德威克·洛威尔太太

［肯特郡，梅德斯通，贝尔斯特德，米尔盖特庄园］
［1972年7月28日］

卡尔帕乔的生灵：分离[①]

致伊丽莎白

从有盐时代，是的，从有盐时代开始，
高级妓女、基督徒，他们填满了仓院。
那棵有着可戴帽的骷髅头的树是一棵愚蠢的膨胀的树；
卡尔帕乔的威尼斯更宽广，这个世界，\变味的圣人/
~~超过杰罗姆将\能/品尝并且要经过的生命。~~
\和甜言蜜语的、默默去工作毫无畏惧的狮子。/
在托切罗，*venti anni fa*[②]，
那只狮子，啪的一声蹿到你身后，留着蓬乱的鬃毛，
你何地时移动，他紧跟着移动。
狮子长着大理石胡须。圣人和野兽
在卡尔帕乔的茶叶色里快速移动。难道他
是那个想要说书讲故事的人？……
你一大清早就独自去往波士顿，

离开了哈丽特

[①] 比较《海豚》手稿本中的《旧照与卡尔帕乔》［组诗《远岸》第2首］，以及诗集《海豚》中的《威尼斯旧照（1952年）》［组诗《住院 II》第3首］。
[②] 意大利语，意为"二十年前"。

把哈丽特丢在了夏令营……旧爱啊，
永恒啊，汝……被虫蛀的时光！

亲爱的丽兹：

我本来真的是要给你好好写封信的，而且在考虑为了充实要随信寄点什么，但是吃了药之后我实在是\太/困倦了，只能简单说几句了。你会喜欢这首诗吗？哦，我换了这台糟糕的捷克产的打字机，每［次］打字我的指尖都会被夹住。我是说这首诗你喜欢吗？当笔触逐渐深入现实，当年岁逐渐增长，我的写作风格似乎在向马拉美式的简约靠拢。我真的是不记得具体是几月几［日］了。生日快乐，周年纪念日快乐。[1] 让我印象最深刻的是在信里说\我/的那些话[2]，等等。我认为\一直都知道/那是你最擅长的事之一。为什么不考虑发表呢？我还想看看印刷版的呢，不过不出版我也能看到。衷心祝愿二位顺心顺意，平安健康。

祝好！

卡尔

---

[1] 洛威尔与哈德威克于1949年7月28日结婚，第二天便是哈德威克33岁生日。
[2] 见哈德威克1970年6月26日写给洛威尔的信。

223. 罗伯特·洛威尔写给哈丽特·洛威尔小姐

肯特郡，梅德斯通，贝尔斯特德，米尔盖特庄园

1972 年 8 月 2 日（？）[1]

年份不确定，日期确定

亲爱的哈丽特：

我猜，你应该要开始你的假期了吧，希望你能过得愉快。我真是羡慕你啊，作家其实很像家庭主妇，从早到晚忙个不停，总有写不完的作品。昨晚我在半梦半醒间，灵光乍现，两句话出现在了我的脑海里：

那自说自话者努力去得出什么结论，
说话间，也许想的是好事情，然而一无所获。

也够奇怪的，竟是在写我自己。

最近的日子真是一团乱麻。谢里丹想方设法要做点什么把灯的电线串联起来，结果我们屋子里三分之一的线路都短路了。让我欣慰的是，弗兰克·比达特来了，不过前几天吧，他浑身颤抖地冲进我的书房，手上举着一只黑色厚袜子，那本来是我的，可是不知怎么就进了他的抽屉里——而且他也不见了一只袜子。对我这近视眼来说，瞧不出有什么不同的，但是对他来说，这简直就是一场灾难。而且他体重增加了 12 磅，因为每天要喝四热水瓶的黑咖啡，吃两个冰淇淋和软皮水果馅饼。我们的车又被偷了，不过现在已经找回来了。根尼娅和

---

[1] 邮戳日期为 1972 年 8 月 4 日。

娜塔莉娅刚刚去了夏令营，虽然很舍不得，不过她们走的时候我总有种军队终于撤走的轻松感。我们养了两只娇嫩的小狗狗，分别叫商籁和涅尔瓦。我去伦敦参加了一个聚会，竟然遇到了一个也认识凯·梅雷迪斯的人，不过他不认识苏西·科斯特或比尔·梅雷迪斯[①]。

老天啊，爸爸真的好想念你。你上次来过之后，我们之间似乎变得更加亲密了，我也可以大声和你聊天了，即使你不回应我也没关系。哦，我又开始讲些无聊琐事了。上周，我买了一套很酷的蓝色牛仔套装，还有四双皮拖鞋，头一回在英国买到这么结实耐脏的衣服。

德维·米德怎么样？她应该还会来英国吧？谢里丹的眉毛和她的一模一样。谢里丹的爬行技术可以和小狗仔媲美了，牢牢地跟着你，他终于说出一个我们能听得懂的词：爸爸。不算彼得·泰勒和弗兰克·比达特，我是他唯一见过的男人，卡洛琳把他像一条鱼一样来对待。

希望妈妈和你过得好，你们都是我至亲至爱的人。

爸爸

224. 罗伯特·洛威尔写给伊丽莎白·哈德威克·洛威尔太太

肯特郡，梅德斯通，贝尔斯特德，米尔盖特庄园

[1972年8月11日]

亲爱的丽兹：

信里是支票。前几天和你聊天很开心，之后我会再给你写信的。

[①] 指凯瑟琳·梅雷迪斯·科斯特（威廉·梅雷迪斯的妹妹）和她的女儿苏珊·梅雷迪斯·科斯特。苏珊是哈丽特·洛威尔儿时的朋友。

祝好！

卡尔

我已经取消了和哈佛的协议，［我］等到了10月再和你谈吧。有点像立遗嘱把自己软韧的尸骨留给子孙后代。

225. 伊丽莎白·哈德威克写给罗伯特·洛威尔

［卡片：《身着狗舞裙的战士》，来自威德·纽威德著的《北美洲腹地游记》，1843—1844年出版于伦敦，现收藏于纽约公共图书馆珍本部］

［康涅狄格州，华盛顿］

［1972年夏］

就要离开康涅狄格了。会断断续续在纽约待到8月24日，然后去缅因，待到9月4日。我希望我们能在卡斯汀住久一点——迫不及待想见到玛丽，等［我们］到了，她一定在给我们准备晚餐，还有四点钟的网球，鸡尾酒和音乐。哈丽特去长岛看一个朋友了，我把乔特电影学院的成绩报告附在信里，且当个有趣的笑话看看吧[1]。她准备和我一起去观摩共和党代表大会[2]，也可以这么说吧——只是去迈阿密海滩玩一玩。民主党人倒是相当快活，因为你在这世上认识的所有作家几乎成天泡在多拉酒吧，那儿的女招待都穿着性感的黑色短皮裤和塑料靴，后面看都像是二十来岁，但是当她们端着血腥玛丽朝你转过脸，那黝黑又布满皱纹的笑脸，分明都是古稀之年的人了。枫丹白

---

[1] 附件现已遗失。
[2] 1972年共和党和民主党的初选都在佛罗里达州的迈阿密海滩举行。共和党是8月21日至23日，民主党是7月10日至13日。

露酒店，就是幻想中的犹太妓院，对于华莱士，开出租的都是健壮如牛的古巴人。我希望那些毛头小子——戴夫·德林格！——不要再和尼克松对着干了，但恐怕他们还会那么做。整个夏天我都在忙着当"自由撰稿人"，写各种各样的可有可无的文章①，不过钱已经赚得差不多了，暂时不用什么文字活都接了……我现在正盯着一只脏兮兮、海豹色的土拨鼠呢，他在啃食杂草，然后抬起贪吃的嘴，倾听着，然后又低头迅速吃着。他重达一吨，啊哈，他那狼吞虎咽的样子和人类倒有几分相似②。在读克莱夫·贝尔的《伍尔夫传》③，已经快读完一半了。但是他们为什么一定要对人物幼年或者早期的故事进行再创造

---

① 1972年，哈德威克在《时代周刊》（1972年3月20日）的《美国女性：时代特刊》上发表了一篇未署名的文章《1972年的新女性》，或许还有其他文章；为《时尚》杂志写了七篇文章，包括《"平等的"女性更脆弱？》（1972年7月1日）；1972年8月15日至11月1日发表的《1972年选举倒计时：妇女的选票》，分六个部分连载；为《纽约书评》写了四篇文章：《写作女孩：勃朗特姐妹》（1972年5月4日）、《论选举》（1972年11月2日）、《业余爱好者：多萝西·华兹华斯和简·卡莱尔》（1972年11月30日）、《业余爱好者：简·卡莱尔》（1972年12月15日）；还发表了《自传场景》（刊于1972年《散文》第4期）。

② 洛威尔的诗句"你的学生写信给我，说如果他乘飞机｜经过哈佛，在任何角度，任何高度，｜都会看见一个失踪的人，**罗伯特·洛威尔先生**。｜你坚持这样对待哈丽特，好像她｜三十岁了或者是个摔跤手——她才十三岁呀。｜她正常又善良，因为她曾经拥有正常又善良的｜父母。她的人生如今遭受必然的威胁……｜我爱你，亲爱的，这里只剩一个黑漆漆的空洞。｜漆黑如没有你的夜。我渴望见到｜你的脸庞，听到你的声音，握住你的手——｜我正看着一只邋遢的海豹色土拨鼠啃食｜杂草，然后抬起它贪婪的鼻子，倾听，｜然后又回头快速地吃着。它重达一吨，｜用力咀嚼的样子就像你那熟悉的模样"（见诗集《海豚》中的《在邮件里》）。比较弗兰克·比达特1970年6月4日写给洛威尔的信；哈德威克［1970年］10月16日下午5:13写给洛威尔的信；洛威尔［1972年4月2日］写给哈丽特的信。第8—10行可比较《海豚》手稿本中《弥赛亚》［组诗《飞往纽约》第2首］第1—4行。

③ 昆汀·贝尔的《弗吉尼亚·伍尔夫传》（1972年）。昆汀是克莱夫·贝尔和凡妮莎·斯蒂芬的儿子。

呢，那些内容看起来就很假，罕见之人的童年怎会是那个样子的呢？现在的传记创作都陷入了这样的怪圈。你要是也像我一样整个夏天都在看卢梭的作品，也没办法接受这点的。这方面的当代作品中，我觉得鲍勃·克拉夫特写得最好。他那种不可多得的天赋异禀，那种胆识——正是把一个生命呈现在纸页上所必需的东西。布卢姆茨伯里派的自我主义也得有一点。但不知为何，它会让你自豪地回想起那种不屈不挠的边疆精神，乡巴佬的古怪特性，正因为如此，兰德尔那种审美观的势利才会如此热情可贵。

就写这么多了！这个夏天我过得很开心，尤其是可以不用一直在纽约，纽约都没什么老朋友了。意识到自己不愿意住在康涅狄格，我大舒一口气。看不出那对我有什么重要的，无事可做，虽然身边有很多朋友。当下，我最喜欢的还是卡斯汀，不过不想搞得太复杂，不想有那么强烈的依赖感，想去就去就行了。再见，就像法利太太以前常说的那样。

记得看我下面说的话[1]。祝好！

伊丽莎白

\请你写信叫他把材料寄给我，或者你我的律师，要不然他们是不会主动寄的。

马萨诸塞州（02101），波士顿，
美国道富银行，
克赖顿·盖切尔（收）/

---

[1] 附笔为手写。

226. 伊丽莎白·哈德威克写给罗伯特·洛威尔

[纽约，西67街15号]
1972年9月16日

亲爱的卡尔：

我本想在普林斯顿找找布莱尔，他现在住在那里，想见到他，让他告知你关于离婚手续的一些进展，但是这段时间他一直在华盛顿为麦戈文奔走，我想他一时半会是脱不开身了。我请了一位律师，是本·奥沙利文先生，我们也已经长谈过了，眼下正在收集所有相关材料。下一步就是我们两个之间得谈一谈了，然后你得把我们谈的结果告诉你的律师，再让两位律师去谈，然后我的律师就会拟出一份分居离婚协议，双方一来一去进行修改。这些都非易事，律师又都很忙的，不过我会尽全力去盯着他们把所有手续办妥。希望布莱尔能帮你找个做事妥帖低调的律师，否则真的会耽误事。我不会提出什么过分的要求，不过我也不会轻易让步。不管怎么说吧，如果你们都来美国了，记得给我打电话，我们要把所有事情都理一理，到时候我就全都在心里记清楚了。

我现在被各种各样的工作压得喘不过气来，不过还是得先把律师要我为他起草的一些枯燥的东西准备好才行。我怕如果我让他等上一个星期的话，他就觉得我并没有那么着急了。其他方面，我再想想。哈丽特下周就要开学了，不过，她每天的课表都是满的，要上六门学术课，还有必修的美术和舞蹈（练习），周五那天更是连吃午饭的时间都没有。也不能怪学校，其实高中和大学差不多，每个孩子的课程时间安排都不一样。哈丽特的科学、数学的学分快达到要求了，两门语言课、语文（现在也是选修课了，她选的是"希腊悲剧与喜剧

["])和历史也快修完了。唉！累死我的小宝贝了。

埃丝特·布鲁克斯的兄弟因为溺水而意外身亡了，她回来美国了——在我这里住了几天①。

227. 查尔斯·蒙塔斯写给罗伯特·吉鲁克斯

[伦敦 WC1N 3AU，女王广场 3 号，费伯出版社]

1972 年 9 月 21 日

亲爱的鲍勃：

上周我去了梅德斯通探望卡尔和卡洛琳，在他们家住了一晚。卡尔把那三本新书——《历史》《献给丽兹与哈丽特》以及《海豚》交给了我，他乐观地称其为"最终版"，看他的样子是觉得不用再继续修改了。

你也知道，《笔记本》现在分成了两本书，一本是《历史》，目前的打字稿共有 155 页，包括之前《笔记本》中没有的 80 首新诗。此外，当然了，卡尔还对相当多的原有诗歌做了很大的修订。

另一本是《献给丽兹与哈丽特》，其实书如其名，也就不用我再解释什么了。这本书很薄，总共只有 34 页打字稿，而且这里面所有的诗都是《笔记本》原先就有的。

至于《海豚》，总共有 61 页打字稿——写给卡洛琳的一组情诗，这些是之前没有以任何形式发表过的。

这三份书稿我已经移交给我们出版社的编辑部了，目前对于编辑工作的具体时间安排如下：

---

① 信件第二页现已遗失。

长条校样：12月初

版面校样：2月初

清样：4月初

出版日期：希望最早在6月中下旬出版，如果能提前出版则更好。如果临近约定日期你联系我们修改出版日期，并告知我们新的时间，我们也会相应地对时间作出调整。

我要格外强调的是，这个时间表只是一个大概。彼得·莫尔登先生——我们制作部的这三本书由他负责——确定了这些时间节点后会和你保持联系的。

版式。经过卡尔的允许，这次的三本书就按照我们出版社最初出版《笔记本》的版式来做。

校对。等长条校样和版面校样都完成以后我们会给你寄一份，不过这些也只是仅供参考而已。卡尔还提前和我打了招呼说，他可能会针对长条校样做出一些其他的改动。说实话，他不改我才觉得不正常呢，不过他也和我承诺了，会放版面校样一马，那就看到时候他怎么说吧！当然了，到时候肯定是要让卡尔亲自来一趟确认一下这些校样，而且也得经过我们出版社的校对才行。

如果你和卡尔还没有见面的话，我希望你们能简短地碰个面。他准备回美国了，待六周左右，我觉得主要是去处理离婚事宜。

他的儿子，罗伯特·谢里丹·洛威尔，我只见了一次，长得不错。他现在走路了——而且走得很稳，有模有样的——他还不满一周岁啊。

此致，颂安！

你永远的查尔斯·蒙塔斯

附：我觉得《献给丽兹与哈丽特》的合同应该和其他两本书分开。还是说，我们就按之前商定的《海豚》的条款来执行？之前是说，销量2500本按12.5%的比例支付版税，超过2500本的部分按15%支付版税，然后在图书出版前要提前支付200英镑。

上述如有异议的话，希望你能告诉杰拉德·波林格，让他基于此拟定一份合同寄给我。

228. 罗伯特·洛威尔写给哈丽特·洛威尔小姐

肯特郡，梅德斯通，贝尔斯特德，米尔盖特庄园

1972年9月28日

亲爱的哈丽特：

你很快就要见到爸爸了，10月9日。从来没觉得时间过得这么快。整个夏天我都在埋头写作，现在抬起头来，竟然发现树梢都染上了秋天的金黄，早晨寒气重了，早起已不是易事。谢里丹现在一周岁啦，他在自己的生日派对上超常发挥，把那个只插了一支蜡烛的蛋糕极不明智地掀翻在地，然后还硬要推着他那台会唱歌的割草机玩具往上压，弄得那台机器上[①]黏糊糊的全是蛋糕，也不会唱歌了。接着又拿起递给他的一个大球用力丢到房间的一个角落里，然后突然从他妈妈和姐姐们的眼皮子底下，把那个球扔到蛋糕的中间。不过这还不算最糟糕的呢，最后，他的第一位女友兼客人——八个月大的奥莉薇娅·皮尔逊来了，谢里丹就轻轻地拍她的头发（他自己的头发现在还是乱糟糟的，不过比之前好多了），那孩子的脸马上

[①] 原文如此。（"mawner"是错别字，或许是洛威尔故意造词。——译注）

就红了，开始抽抽搭搭地哭起来。看来太健康也是个问题，等你见到他就明白了。

我竟然要回到纽约了，真是难以置信，不过以前从缅因回到纽约那才是真的不可思议呢。也许几个小时后我就觉得自己从未离开过。会这样吗？

卡洛琳向你问好，我也问你妈妈好。可能此行会比较难受，但也是没办法的事。

爱你！

爸爸

229. 罗伯特·洛威尔写给伊丽莎白·毕肖普

[肯特郡，梅德斯通，贝尔斯特德，米尔盖特庄园]
[1972年10月31日]

亲爱的伊丽莎白：

你的来信让我多么开心呀，因为我觉得我们分别时并不是很愉快——所以都不知道该怎么提笔跟你说。这次旅行把我们折腾得骨头都快散架了，心累身更累——都可以用梅勒①一个烦人的比喻来形容了——一个被暴揍了十轮的拳击手。

关于离婚赡养费，虽然我也能接受，而且早在两年半之前我自己就已经心里有数了，但现在还是有些心疼。我自己的所得还是归我所有——薪水呀、出售手稿的收入呀、版税呀，但是，我失去了我继承

---

① 见美国作家诺曼·梅勒（1923—2007）的一篇短文《本尼·帕雷特之死》。——译注

得来的一切，所有的信托收益、纽约的公寓①、缅因的房子和仓房——我觉得按哈丽特表姨的遗嘱这两处都是留给丽兹的，但是我却忘了，依据缅因州的法律，它们有一半是属于我的——好吧，这一切我都可以接受，但是，那些小东西我也很难拿回来了，我的个人或家庭物品，我的那些书、银勺子等。虽然我并不需要家具，但是我们家的那些家具都是我出钱买的，而且还有一些家具从我5岁，也许是7岁或8岁的时候就在我父母家放着了。唉，给我一点书总可以吧，我也不求多了。赡养费协议上有一条说道，双方应该对丈夫享有的财产达成一致，等彼此都冷静下来时，我们应该把这个问题确定一下，毕竟，少说也有几千美元呢。但真正困扰我的问题是，哈丽特并不能从这份协议中直接受益——虽然她的赡养费足以支付到她大学毕业甚至以后的学费，但这笔钱是由丽兹来支配的。我觉得哈丽特就像是我的一把银汤匙，现在却被人偷走了。不过，对于哈丽特今后的生活以及教育问题，我和丽兹之间也是有协商的，但照我们现在在剑拔弩张的样子，显然无法执行，只有等到彼此都冷静下来再说了——这样对每个人都好。上帝保佑，会好的——这不，我现在就在享受宣泄情绪的奢侈呢。

---

① 见哈德威克的"我的律师与卡尔的律师协商后起草了这份和解协议。但因为要为哈丽特等一些事情做安排，情况变得复杂起来。说那笔钱是'给'我的，这是不对的，因为哈丽特当时只有13岁。那笔钱是给我俩的，来自信托基金的收入，总计大约2万美元，我得用这笔钱交税、送哈丽特上学、维护房子等。这在当时就相当于卡尔从版税、戏剧等方面所得的收入。还有为死亡、疾病和通常的法律要求所做的安排。［……］我认为，卡洛琳很有钱，这个事实让卡尔希望假装成一个如果不是'净身出户'也会很富有的人。其实他一点都不富有，根据我们之前在一起时的收入情况，离婚在经济上对我们两个来说都很困难"（哈德威克写给伊恩·汉密尔顿的信，摘自"伊丽莎白·哈德威克书信文稿"，收藏于HRC）。

给弗兰克的题赠①——是这么回事（不是当事人又怎么能把一件如此简单的事情编得跟故事一样呢）。我想我是去年冬天和弗兰克说了，《历史》这本书我应该题赠给他，但这么做似乎挺奇怪，因为这本书是在他的协助下完成的。总之，我完全忘记了这回事，然后把书题赠给了库尼茨，他之前还给我写了一封信②，字里行间饱含深意，其实我想把他当作题赠人也不是出于一时兴起。而且他最近在鬼门关走了一回。这样一来，弗兰克情绪就很低落，所以为了挽救，我就做了双重题赠，这就有点像是把波林根奖③一分为二，两边都不讨好，但却是我唯一能想出的办法。我甚至都不敢告诉库尼茨这件事，打算下次有机会见到他再告诉他，还是不要干巴巴地就事论事了。这整个修改的过程中弗兰克真的帮了我很多，而且，对于我的那些诗，他都给予了冷静中肯的评价。我真的想不到还有哪本书能够题赠给他了，而《献给丽兹与哈丽特》这本书本身就是要献给她们母女的，《海豚》也自然是献给卡洛琳的。你真心喜欢卡洛琳——我是这么猜测的——让我感到很欣慰，我想弗兰克手上也许有几册她写的东西吧④。他肯定有。我们真的挺烦打包和邮寄东西的，而且很多时候自己手上也只

---

① 《历史》题赠给了斯坦利·库尼茨和弗兰克·比达特二人。
② 见库尼茨的"《历史》中的错误我可以列出好几页来——过度修辞、暗示虚荣、杂乱无章、毛举细故等——但愿心做这样的事不过是一个愚蠢之举，因为《历史》是一首不朽的诗，是你的纪念碑，是一代人的岁月之书，它足够伟大，因此瑕不掩瑜。你在《笔记本》的重新编排和修订上取得了巨大的进步，一些新添的十四行诗也属于你的最佳诗作。但是，如果你打算以《献给丽兹和哈丽特》来完成这本书的话，我希望你三思而后行。它自成一体，不适合与那些诗放在一起。若不然，主作品那种宏大壮丽将因这种并置而逊色：整体退化为悲怆、家庭生活和反高潮"（1972年4月19日写给罗伯特·洛威尔的信）。
③ 即美国的波林根诗歌奖，自1948年起，耶鲁大学贝内克珍本和手稿图书馆每两年颁发一次。——译注
④ 即布莱克伍德的作品。

有一册而已。

上帝啊，亲爱的人儿，我真心觉得你一定要有安全感。我认为你的工作不会因为我而受到影响，我都忘了把回去的事情解释清楚了——布卢姆菲尔德不知怎么回事，以为我辞职了，其实我没有[1]。

如果我精神再好一点的话，我还会继续和你聊聊圣多明戈的故事呢——我会把心窝子都掏给你，我们（我和你）的情谊天长地久。

祝安！

卡尔

230. 罗伯特·洛威尔写给哈丽特·洛威尔

英国，肯特郡，梅德斯通，贝尔斯特德，米尔盖特庄园
1972年11月3\6/日

最亲爱的哈丽特：

这封信的日期写错了，因为我之前一直觉得大选日是11月4日而不是7日。这些天读新闻只能用痛苦煎熬来形容，要等一切都尘埃落定才好[2]。麦戈文现在一定觉得自己在被无休止的噩梦折磨着，永

---

[1] 莫顿·布卢姆菲尔德1968年至1972年担任哈佛大学英语系主任。毕肖普担心洛威尔回到哈佛，会取代她当时的位置。参见《空中的话语》中洛威尔和毕肖普之间的通信。

[2] 关于1972年美国总统的选举，英国报纸做了大量的报道，见亚当·拉斐尔的"在盖洛普民意测验中领先23个百分点的尼克松总统，到此（芝加哥）巩固他的助手们现在所预测的美国政治历史上最具压倒性优势的胜选"（《尼克松提前吹响胜利的号角》，刊于1972年11月4日的《卫报》；又见《圣乔治与教父会晤：尼克松总统如何扭转不受欢迎之势》，刊于1972年11月6日的《泰晤士报》(伦敦)。

无宁日。和你写信说这些事情好奇怪，我记得我以前的信讲的都是些笑话。还是那样好一些。

昨天我们地里闯进来20头奶牛，样子虽然高大俊俏，但傻呆呆的。与豚鼠①相比，我觉得它们更粗笨、更愚蠢，没什么破坏力。我把它们从垃圾桶边赶走，它们拖着步子慢慢走开，结果把旁边依然盛开的玫瑰花给踩了。最糟糕的是，它们越过带刺铁丝做成的栅栏时，那牛蹄把最上面的铁丝给踩塌了。过了好一会儿，我耐着性子慢慢把它们毫发无损地赶回牧场去了。其实奶牛和小动物也是一样的，只是不那么灵光。这些庞然大物，如果不是被压在它们身下，倒也没什么可怕的。

我们按计划走完了离婚和结婚的程序——出了一些小岔子，比如站在离婚法官面前时没有护照或任何身份证明。我们是在圣多明戈办完这些事的，那里的景致和波多黎各很像，不过说西班牙语的人至少半数以上是黑人，美国的优缺点都不能提，长眠于此的克里斯托弗·哥伦布也不能提。虽然海滩连绵数英里长，但不能游泳，因为总有很多梭鱼和鲨鱼追逐着排入大海的污水②。那个游泳池倒是很不错，在泳池里待着那个凉爽啊。

怎么回事，爸爸从未如此这般想念你，想得心烦意乱，甚至连觉都睡不着。复活节的时候你可一定要来（我的意思是我们邀请你来）。可以带上一个朋友，去伦敦看好多部电影，不看电影做别的也行。我

---

① 见洛威尔的《给一只豚鼠的话》[组诗《精灵挽歌》第4首]，诗集《笔记本》所有三个版本都有收录，以及诗集《献给丽兹和哈丽特》中的《给豚鼠"松饼"的话》[组诗《圆圈》第7首]。
② 见洛威尔的诗句："一个梭鱼聚居地。（圣多明戈，│快速办理的离婚，一大笔的赡养费，│独裁者的码头不安全，因为有鲨鱼│每天报到两次，如咧嘴笑着讨好人的小狗│来饮用我们的污水。"（见诗集《海豚》中的《赡养费》[组诗《又一个夏天》第4首】第7—11行）

们打算明年9月哈佛开学的时候回去，如果可能会住在乡下。那样的话我离你就只有大约一个小时的车程。

谢里丹在比尔·阿尔弗雷德家的表现真是个奇迹。你是知道的，他们家本来就到处都是易碎物品，后来布鲁克斯因为刚把坎布里奇的房子卖了，把一部分家具寄存在那里，东西就更多了。不知怎么回事，让谢里丹感兴趣的竟然是比尔的帽子、胡萝卜刨丝器和一个奶瓶，用它们玩杂耍玩得好不开心。直到我们要走的时候他才意识到自己错过了一个千载难逢的机会，于是赶紧冲向那矮架子上的盘子，所幸我们拦住他了。这长大了得多大力气啊。

但是什么又叫有力气呢？好想你，替我向妈妈问好。

爱你！

爸爸

231. 罗伯特·洛威尔写给哈丽特·洛威尔

英格兰，肯特郡，梅德斯通，贝尔斯特德，米尔盖特庄园
1972年11月21日

最亲爱的哈丽特：

为了我的第一幅萨姆纳画像，我可是把这支棕色铅笔足足削了五分钟呢，不过你可能还是认不出来吧。有了失败的经验，我确信再试一次一定会成功，于是用蓝色水笔又画了一幅。虽然说我对一切具象艺术都嗤之以鼻，但我自己永远也画不出一幅惟妙惟肖的画作。可是话又说回来，我作画的目的是为了让你开心，然后你可以轻松自在地给爸爸写封信。写信对你来说很难；但是你老爸收不到回信，你又不主动写信过来，他就更难了。

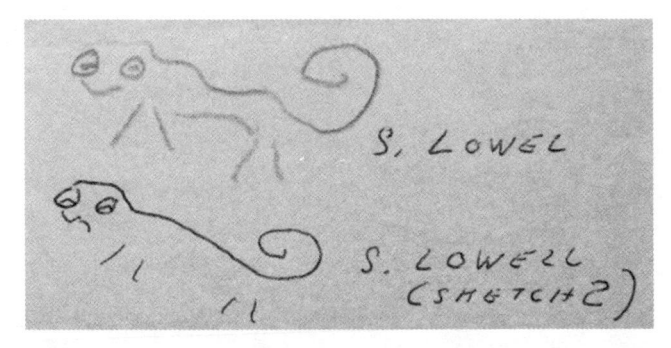

也不知是什么原因，我们这六天连续五天都是大晴天，在英格兰南部创纪录了。第六天，下了一场倾盆大雨，风都把大树刮弯了。我书房的平屋顶上雨水聚成了一个小湖，连续二十个小时不断往下滴水，装了六个洗碗盆和一个橡胶废纸篓。然后一个熟悉情况的人来了，漏水才止住。

1月4日，美国诗人学会准备为埃兹拉·庞德举办一个小型追思会，说是会替我支付路费[1]，我也打算去（如果英国内政部能把护照还给我的话），而且我特别跟自己保证要去见你。

今年我在课堂上收获了很多乐趣。现在是下午四点，太阳就要落下了，很快我也要准备出发去埃塞克斯了，这是一段漫长而又黑暗的旅程。但是真正上课的时间却很短，短到我都不敢告诉你，我自己难以启齿。跟你每天的家庭作业完全不同，但是想想那伟大的心灵，还有我灌输在其中的勇敢的谦虚等。

卡洛琳还是丢三落四的，还在笔耕不辍呢，她向你问好。我也祝你和你妈妈好。

爱你的老爸

---

[1] 埃兹拉·庞德于1972年11月1日去世。"献给埃兹拉·庞德的安魂曲"在邓奈尔图书中心（西53街20号）举行，参加的人有洛威尔、莱昂·埃德尔、罗伯特·菲茨杰拉德、詹姆斯·劳克林和罗伯特·麦格雷戈。

第三部分： 1973

232. 罗伯特·洛威尔写给伊丽莎白·哈德威克·洛威尔太太

肯特郡，梅德斯通，贝尔斯特德，米尔盖特庄园

[1973年1月10日]

亲爱的丽兹：

终于又回到讲台了，这是我教"北美现代诗歌"这门课程的第六个学期。我选的诗人与菲利普·拉金那本《牛津20世纪》①选的诗人大不相同——虽然T. S. 艾略特和W. H. 奥登都在我们两个的选择名单中。我正在写关于拉金那个选本的书评，也许这样能够为我打开思路，让我不偏不倚地去看待本世纪的诗歌——其中的一些吧，全是英国诗歌，美国人过去只会强调差异②。在我看来，我们都没有自己想的那么有现代主义思想；跟我们自己选择的风格相比，我们的品味倒是更具试探性。但是拉金的那个选本（一个毛毡本，时代的标记而已，这么说绝无藐视），现代主义可能永远都不会出现。

瞧我说到哪去了？上次在纽约能经常见到你和哈丽特真是很满足了③。也不免黯然神伤，因为我们之间已经是过去时，一切无法重来。一年前哈丽特来看我的那个时候，我就感觉到了，一切都不会回到原来了——我的意思是，即使哈丽特来过很多次，即使我们相处得很愉快，但终究，我们之间的隔阂已经无法抹去，过去的已经永远过去了。我和你之间也是一样。还记得多年前我们离开哥伦比亚后彼得·罗斯·泰勒是怎么说的吗？

---

① 指《牛津20世纪英语诗歌集》，菲利普·拉金编（1973年）。
② 见《由拉金的"20世纪诗歌"引出的题外话》，刊于《邂逅》第40期（1973年5月）。
③ 指在洛威尔前往纽约参加纪念庞德的活动期间（1973年1月4日）。

我现在不写诗了。想想我过去的——六七年吧——也没什么可写的了。即使有写作的冲动,也没有什么新东西给我灵感了。也许可以写点散文。写散文需要更多——小事,而且没那么容易,可眼下写散文或许比写戏剧和诗歌更为可行。我能把这几篇散文叫《男人们》吗?好尴尬呀,我自己都瞧出来了,他们可不都是男人。①

替我祝哈丽特好,告诉她我会尽快给她写信的——很快。喜欢过玛丽拿斯大林举例,确实,但凡是以暴力方式反对越南战争的人,都没有这个资格②。

祝安!

卡尔

\附:(用埃德尔③的笔写的)给哈丽特寄的支票收到了吗?如果没有,我[会]再寄一份。/

---

① 见中译版《臭鼬的时光:洛威尔文集》中的《新英格兰及遥思》。——译注
② 见麦卡锡的"在越南巡逻的美国大兵如果觉得自己其实是个平民,谁都没有权力去指责他们,那么反主流文化就会相信,除了他们自己以外,所有美国人都是战争的始作俑者,也就是说,他们与战争罪犯无异。在政治上,这种对整个文化在其日常追求上的道德'控诉'是无效的。越共和北越总是小心翼翼地去区分'美国人民'和'美帝国主义侵略者'。他们所说的美国人民不是指无产阶级,而是指一些更大、更模糊的实体——美国更好的自我,这个更好的自我仍然存在于整个阶级范围内。每个人都有一个更好的自我,这种假设对于那些寻求改变的人来说是不可或缺的。相反的假设是将个人与社会阶层等同起来,他们大多数都被视为罪犯本身,当这种相反的假设没有导致大规模清理或形成暗杀突击队时,就会导致绝望,而且无论如何都是明显错误的"[见玛丽·麦卡锡的《梅迪纳》(1972年)。]。
③ 莱昂·埃德尔和洛威尔一起参加了纪念庞德的活动。洛威尔说:"今天早上我丢了我唯一的英国支票本、我唯一写字清晰的钢笔,还有我从莱昂·埃德尔那里偷来的银色圆珠笔。"(见洛威尔约1973年4月初写给彼得·泰勒的信,收藏于范德比尔特大学图书馆的特别藏馆)

233. 伊丽莎白·哈德威克写给罗伯特·洛威尔

[纽约州，纽约，西 67 街 15 号]
1973 年 2 月 2 日

最亲爱的卡尔：

你的圣诞支票哈丽特已经收到了，她很开心。她感觉到这个礼物走的是海路，远渡重洋才寄到她手上，而且是赶在了她最需要的时候……至于我，你要我做的事还没有开始做。不是意愿不足、消极怠慢，而是积极主动，但没有毅力。你一走，我就赶紧打电话给一家包装托运公司，不过他们态度很不友好，挂断了电话。我在黄页上查了很久，后来就厌倦了，不过我会继续查的。这个月我大概要写一百页左右的东西，之后再转头忙家务、整理东西、安排托运。

让我想想看，这几十起爆炸新闻、数十条流言蜚语、真真假假的事件——挑些什么说给你听呢？今天下了一场蛮可爱的倾盆大雨，中午那个天黑得呀……上周在第 92 街的希伯来青年人协会参加了一个关于西尔维娅·普拉斯的活动，那儿全是群情激愤的女同人士，一个个尖声说罗伯特·洛威尔如何如何。我猜应该与你给《爱丽尔》写的那篇序言有关，我笑出了声，用南方口音对着吱吱嘎嘎的麦克风说："为什么你们都反对？——嗯？我认为写得还不错。"[①] 一片混乱！

你必须尽快告诉我去年负责给你发工资的那个会计的名字。我猜你是想让霍夫曼先生在这边负责你的事吧。我们两个的收入不会 \

---

① 西尔维娅·普拉斯的诗集《爱丽尔》（1965 年），序言是罗伯特·洛威尔写的。1973 年 1 月 22 日，哈德威克与艾丽卡·容和罗伯特·巴格一起参加了在第 92 街举行的"西尔维娅·普拉斯作品座谈会"。

（不能）/进同一个银行账户，但是你付给我们所有的钱仍然在你的名下——仍然！——所以，政府那边会认为那笔钱是你罗伯特·洛威尔的，而那些税款却必须由我来承担。你得承担一部分。思前想后，我都觉得这件事很恐怖。我希望这是最后一年了，这事必须由我自己全权处理。可是要把那笔钱归到我名下必须要有"支持意见"，拿到那些"意见"他们现在还有各种困难。律师费（我不是指本·奥沙利文先生的其他费用）水涨船高。还是天堂好，天堂里没有婚姻①，也就没有离婚这回事了。

其他方面，我们这边一切都很好。哈丽特心情很不错，忙着她自己的事呢，她刚考完期中考试，还写了一篇关于《阿尔刻提斯》②的论文。阿德里安娜来我这住了两晚，然后就开车送毕肖普小姐回了坎布里奇了。我当时可没有料到现在到处都是阿德里安娜，非常流行，她写了好多诗呢，有一本新书③即将出版。帕勃罗④是个清秀的男孩子，陪着他妈妈在我们这儿待了一晚上，我们家的哈丽特别提有多喜欢他了。《评述》杂志有一篇文章谈到了约翰·阿什贝利的新书——《三首诗》⑤（长篇散文诗），说它是本世纪能够与艾略特的《四个四重

---

① 见《马太福音》(22:30)："当复活的时候，人也不娶，也不嫁，乃像天上的使者一样。"洛威尔的诗句"我们的婚姻可以如基督所说，人不必结婚，｜天堂没有婚姻，而且缔结姻缘｜会受到上帝和布莱克的诅咒"（诗集《海豚》中的《生硬》[组诗《婚姻》第3首]第9—11行）。
② 欧里庇得斯著。比较洛威尔的诗句"一整晚我都握着你的手，｜仿佛我们已经｜第四次穿越那疯癫之国——它那陈腐的演说，它那杀人的眼睛——｜阿尔刻提斯！……噢，我的娇小女人"（《男人和妻子》草稿第8—12行，见"罗伯特·洛威尔书信文稿"，收藏于霍顿图书馆）。
③ 指《潜入沉船：诗歌1971—1972》(1973年)。
④ 指康拉德，里奇和阿尔弗雷德·H.康拉德的一个儿子。
⑤ 1972年出版；指斯蒂芬·多纳迪奥《诗歌与公众体验》，刊于1973年2月的《评述》。

奏》① 比肩的为数不多的作品之一。瞧这动人的手指多么能写啊②。

今天早上在读《阿尔比恩女儿们的异象》③，读诗时我感觉到自己头顶悬着一片奇妙的云朵——不能辨其形，却能感其重，而且很柔软。他——布莱克——知道很多我们不知道的事情吧。

好了，又要说再见了。哈丽特被这暴风雨困在外面了，不然她肯定会让我向你问好的。屋里面，我拥挤的书桌上是艾米莉·勃朗特和埃德蒙德·威尔逊的书，借着灯光，我送出自己的问候。

祝安康！

伊丽莎白

234. 罗伯特·洛威尔写给伊丽莎白·哈德威克

英格兰，肯特郡，梅德斯通，贝尔斯特德，米尔盖特庄园

[1973年2月13日]

最亲爱的丽兹：

连续工作好几周，脑袋都跟糨糊似的了，昏昏沉沉，现在又有点感冒。继续读信你就清楚了。现在让我为难的是怎样把钱弄出英国。要在美国和英国之间跑来跑去真是让人身心俱疲。钱的问题最后肯定是有办法解决的，但需要两周左右的时间才能结清。照现在的情形看，律师费我是付不起了。我不知道我的钱是否还能付得起\别的东

---

① T. S. 艾略特著（1943年）。
② 见爱德华·菲茨杰拉德的诗句"这动人的手指能写；而且写成了，｜还在继续"（见《鲁拜集》第71首第1—2行）。
③ 作者威廉·布莱克（1793年）。

西/。弗兰克那幅画①如今对我来说不啻为天价，还是缓一缓吧［。］那日和他吃完午餐后，我在画廊给他开了张支票，可是上面有三处不一致和错误的地方。至于你说的会计，我会委托卡洛琳的律师亨利·金（住在丹顿、霍尔之类的地方）帮我物色合适的人选。我明天也会和亨肖见面，毕竟他是唯一了解我各方面情况的人。我把结婚证落在了（？）比尔·阿尔弗雷德那里，不管怎样吧，它都必须由埃斯曼②翻译成英语版本。哈佛\文稿/的事没有进一步的消息。各种债务、移民之事——我就等着被英国驱逐出境，被美国拒绝入境吧，等着在两国蹲监狱或是被罚款吧。听上去很疯狂。

我看我的藏书里没有布莱克的作品啊，不过，他的作品多是那种奥西亚式的东西，含混、夸大、冗长，《阿尔比恩女儿们的异象》不就是一个例子吗？唯一觉得还不错的就是那本《天堂与地狱的婚姻》③，可与尼采或是兰波的《季节》④相媲美。我的藏书室里没有我给西尔维娅·普拉斯写的那篇序言。我记得当时很快就写好了，而且语气很温和。这边去年春天也举行过一次类似的普拉斯集会，真是可怕，当时格里尔也在，她还能用诗来表明自己的观点。我没怎么见识过真正的女同性恋大军，不过我想，她们那些人讲起话来应该就跟歇斯底里的黑人或者其他狂热分子一样吧——话语的含义以及所指，都

---

① 指弗朗西斯·S. 帕克的《海浪》，洛威尔以 1500 美元买下；"《巨浪》挂在我工作床上方的墙上已经五天了，不论下雨还是晴天，它会随着天气变化，尤其是在沉闷的日子会发光。不知怎么回事，它就像外面的牧场，在叶子还没长出来之前很严厉。它丝毫没有失去那天下午我在雅典娜酒店喝醉时赋予它的那种光彩"（见洛威尔［1973 年 4 月初?］写给弗兰克·帕克的信，朱迪思·帕克收藏；又参看《罗伯特·洛威尔书信集》）。
② 一名律师。
③ 1790 或 1794 年出版。
④ 指《地狱一季》(1873 年)。

毫无意义。很高兴你在那种场合还能帮我说话。你那篇写伍尔夫的文章，将来会被研究她的人引用的——颇有用布卢姆斯伯里派式的写作（有风格的大学学者）评述布卢姆斯伯里派的感觉①。不是很明白你对卡灵顿和斯特雷奇的看法（你读过伍尔夫那些信吗？）②。斯特雷奇最好的作品，哪本不比那个团体里的人③写的东西更有启发性和可读性？《印度行》④是个例外。还有你提到了莱斯利·斯蒂芬们⑤，他被利维斯和J.［R.］洛威尔称颂？更让人喟叹的是，你那一百页都在写些什么呢？又在谈女人吗？写这方面的东西你是最富激情的，所以也是最出色的。

能让哈丽特放假的时候来我们这儿吗？我很想见到她。我们这儿

---

① 指《布卢姆斯伯里与弗吉尼亚·伍尔夫》，刊于1973年2月8日的《纽约书评》。
② 见哈德威克的"在弗吉尼亚·伍尔夫灵感衰竭之前，最糟糕的事情是利顿·斯特雷奇的枯竭。这是很浮夸的一件事情，甚至影响到他的朋友卡灵顿，后者在四十年前自杀了——一个无法挽回的人物，见异思迁，被爱情俘获，魅力十足，非常像那个时代的女孩，具有典型的布卢姆斯伯里式的特点，有条不紊又恣意挥霍，热情似火又冷若冰霜。她的婚姻和爱情在刻苦学习后只会在脑海中停留一两天，但很快就会碰到卡灵顿出没的老地方"（见《布卢姆斯伯里与弗吉尼亚·伍尔夫》）。又参看大卫·加尼特编的《卡灵顿：书信和日记选段》（1970年）。
③ 见哈德威克的"回到大家熟知的利顿·斯特雷奇。最新一期的文章提出某种暂停的希望，建议说利顿·斯特雷奇最重要的文学遗作现已在出版"。但此话之前的那一句提到了"他的巨量通信信件是个例外"。"当然，这事可以等到我们的孩子们来做，到时他们可以对奥托琳、哈姆·斯普利特、拉尔夫和皮帕再次皱起眉头"（见《布卢姆斯伯里与弗吉尼亚·伍尔夫》）。
④ 指福斯特的《印度之旅》（1924年）。
⑤ 见哈德威克的"对于同时也是作家的这位读者来说，《到灯塔去》的一个有趣之处在于，在这种情况下，人们可以从外面带进来一些东西。如果说拉姆齐夫妇在某种程度上是弗吉尼亚·伍尔夫的母亲和父亲，那么你可以把莱斯利·斯蒂芬看作一个角色。在楼上，你可以读到他的《书房时光》《对一位传记作家的研究》，还有那本薄薄的、绿色封皮的《乔治·艾略特》。这些是我用过的书，但我并没有从中获得很大有用的东西。然而，当拉姆齐先生以作家的身份出现时，我们看到了一些真实的、非常感人的东西——一个漫长而艰难的文学生命的辛酸"。

的一个古董商正在四处搜寻一个精美的古旧画框。哈丽特能来的话，得尽快告诉我时间。不知她愿不愿意四月初去一趟意大利？去见见布鲁克斯一家、安齐洛蒂、几位诗人等。

非常赞同你那种积极的无毅力。我好几周都没有干什么实事了。祝安①。

如果有信托转账的文件需要我签名，你对我说就是了。他们是不是觉得我现在精神不太正常？是吗？不过也许这之间没什么关联吧。现在这边就像是四月底的美国一样冷——到处都是绿色，但却看不到树叶，能够听到外面的风呼呼作响，如果我房里现在有一艘帆船，风都能吹动它了。

235. 伊丽莎白·哈德威克写给罗伯特·洛威尔

[纽约州，纽约，西 67 街 15 号]
1973 年 2 月 16 日

最亲爱的老卡里古拉②：

没错，就快放假了。而且哈丽特也确实打算和你一起度假。听说

---

① 未签名。
② 见洛威尔的诗句"我的同名人，'小靴子'，'卡里古拉'，│你叫我好失望。告诉我，当我们在学校相识时，我看到了什么让我这样喜欢你？│我取了你的名字——"（《卡里古拉》第 1—4 行，见《献给联邦烈士》）。比较洛威尔的"亲爱的伊丽莎白（你一定是被这么叫唤的；我被唤作'卡尔'，但我不愿解释这其中的原因。没有一个原型是讨人喜欢的：卡尔文、卡里古拉、卡利班、卡尔文·柯立芝、卡利格拉菲——都带有无情的讥刺）"（[1947 年 8 月 21 日]写给伊丽莎白·毕肖普的信，见《空中的话语》）。

有可能去意大利，或者去什么地方都行，她可开心啦。你决定好马上写信告诉我就行。

我们是这样计划的：3月22日周四出发，当晚抵达伦敦（哈!）3月31日周六（最晚）返程。

等你把详细计划告诉我之后，我再去订票。

不，处理信托基金确实费钱又耗神，不过这并不能怪你，只是事关我们离婚协议上明确的那些条款能否执行……我确实需要知道你的税务官是谁，这样才能处理你在美国的那笔税款，不过我猜，我也只需要从他们那里得到埃塞克斯的材料，还有阿什利经纪公司那里提供的任何材料，以及其他。得知你今年在FSG出版社那儿挣得不是很多，我还挺犯愁的；不过你的出版计划①一旦实施，随着书的热卖，情况变了也未可知。我在想办法为明年再找一份教学兼职。最让我担心的都是些日常琐事，维护公寓啊、买食物啊、做家务啊、交学费啊……有一件事我们已经做到了，那就是让我们两个都感觉自己很穷。不过，我可不想未来很长一段时间都在为这个问题发愁，而且也不愿看到自己得过且过还自我感觉很棒。

……我觉得自己和你一样，也不喜欢卡灵顿的那些信。我欣赏的是她那片热忱，除此之外她那些东西似乎都是摘句，而不是当即写下的文字。而且我以前也提过，从莱斯利·斯蒂芬那里我收益不多，他对夏洛蒂·勃朗特和乔治·艾略特的评价都不是那么正确，甚至还有点言辞过激②。不过我会再看看，因为比起我自己的想法，我更相信你说的话。利顿·斯特雷奇是个优秀作家，但是《维多利亚时代名人传》③这本书并不

---

① 指《历史》《献给丽兹和哈丽特》和《海豚》于1973年6月21日同时出版。
② 见莱斯利·斯蒂芬的《夏洛蒂·勃朗特》，刊于(1877年12月的)《康希尔杂志》第108—109期；《乔治·艾略特》(1902年)。
③ 1918年出版。

如我曾经以为的那么好看——不够深刻。不过，这本书确实能够让你耳目一新，让你以为自己一直都很了解它，甚至后来还会产生厌倦感。

收到 L. C. 奈茨太太\基于我那篇伍尔夫的文章/写来的一封精彩长信，还收到玛丽评述詹姆斯的标点符号问题的一篇文章①，堪称真正的大作。噢，天哪，昨晚我还读到一些美妙的东西：布莱克穆尔对包法利夫人的评论②。还有，我现在在读 W. S. 默温的新书③，文字

---

① 见哈德威克的"我对詹姆斯在《在笼中》这本书里使用某些标点符号的'道德'感到疑惑。[……]她渴望向上攀，错误的人际关系越来越多，在这个过程中，女孩竟意外停顿下来，出现了一个从句，到最后才是那个对她最具有构思性的、粗鲁的詹姆斯式的描绘——她停顿了一下，'甚至弥补了她忧心所造成的困扰，弥补了在不知道母亲是怎么'得到'的那些时刻所表现出的愤怒'。'得到'是一种酒，可能是杜松子酒。那个向下、向下堕落的母亲（"除了向下，永远都不会见底反弹"）喝酒。[……]把'得到'放在引号中是一种道德沦陷；假装它仅仅是一句已被识别的口语，或要求我们在心中对其进行强调，认为它在作者的心里等于重音模式，或者想表明做作就是那个女孩的一部分特征——是模仿打引号可能产生的对任何那些事情的暗示。但这样做是不对的。[……]一个穷困潦倒的母亲对杜松子酒的追求，哪怕是一秒钟的追求，也不能这样在书中写出来。它只是实现了一种风格上的减少痛苦的可能性，削弱了真实的感情"（见《布卢姆斯伯里与弗吉尼亚·伍尔夫》，刊于 1973 年 2 月 8 日的《纽约书评》）。麦卡锡的"我几乎 100% 同意你在弗吉尼亚·伍尔夫、福斯特和詹姆斯[……]的作品中所谴责、责备或感到遗憾的地方，但我却质疑《在笼中》。我 10% 的异议大部分都集中在这里。在我的记忆中，《在笼中》是一个例外——就好像，在那个情况下，他试图从他的笼子里往外窥视。[……]在我看来，他同情那个女孩，同情她使用的那些可怕的表情，那些表情本身就表达了她的被剥夺和被囚禁。她被囚禁在自己狭隘的词汇中。如果不展示出来，我不知道这点如何被表现出来。至于说'得到'，不，你瞧，我真的接受不了；他必须加引号来吸引读者的注意力；否则，这两个中立的小字背后的含义就会被忽略掉了。在某种程度上，在女孩心里这两个字就是带有引号的，是她对她母亲的习惯一种委婉的表达，她无法说出名字"（见麦卡锡 1973 年 1 月 22 日写给伊丽莎白·哈德威克的信）。
② 见 R. P. 布莱克穆尔的《包法利夫人：错位的美》，刊于《肯庸评论》第 13 卷（1951 年夏季刊）第 3 期。
③ 指《致未完成的伴奏》（1973 年）。

质朴、洗练、平实，别有一番风味。说到《阿尔比恩女儿们的异象》，书里面那粗笨的奥松和赛欧托曼，以及其他几个孔武有力的人物化身，我一点都不能理解，不过其中有些段落绝对是引人入胜的，要不是快到傍晚六点了，我会抄一些寄给你看的。

我那一百页几乎都是在添加，把每篇文章翻倍扩写，增写了一篇新的长文，然后就大功告成了①。我厌倦了"女性"和"女人"话题，想尝试写一些全新的东西……维奥丽特·帕克②周日在这里，人很可爱很亲切。今晚我打算去看阿伦特博士。玛丽很快又要来了，她和苏珊③总是东奔西跑的，不过我觉得这样对她们俩都是好事。玛丽有很多演讲要做，有一个是在南达科他州——不是巡回演讲，都是单个的活动。你秋天的时候要在这边了，所以，假如是那棵老国树④突然激起你心中的渴望⑤，想必到那时也平复了许多吧。这对古老的国家也会有好处的，所以……我看看哈，对了，我看见你那篇关于兰德尔的文章被收到一本文选集⑥中了，写得精彩优美，无与伦比，令我无颜执笔，还是睡觉去吧。如果要哈丽特去伦敦，还有谁可以提供那么一点我们需要的税款信息，都请马上告诉我。惦念你。

伊丽莎白

---

① 指《诱惑与背叛：女性与文学》（1974年）。
② 画家弗兰克·帕克的母亲；见《罗伯特·洛威尔书信集》。
③ 指苏珊·桑塔格。
④ 见阿尔弗雷德·科明·莱尔的"从来没有一个故事，从来没有一块石头 | 讲述像我一样死去的烈士，| 为了古老的国家树荣誉而牺牲"（《终极神学》第124—126行）。
⑤ 对于《阿尔比恩女儿们的异象》的讨论，见布莱克的诗句"受到奴役，阿尔比恩的女儿们委屈哭泣；她们的山巅上 | 响起一声颤抖的哀恸；她们的山谷里，回荡着对亚美利加的悲叹。| 因为亚美利加温柔的灵魂奥松在悲伤中游荡"（第1—3行）。
⑥ 指《兰德尔·贾雷尔：1914—1965》，罗伯特·洛威尔、彼得·泰勒和罗伯特·潘恩·沃伦（1967年）合编。

236. 罗伯特·洛威尔写给伊丽莎白·哈德威克·洛威尔太太

> 肯特郡，梅德斯通，贝尔斯特德，米尔盖特庄园
> 1972［1973］年2月23日

多么可爱的一封信啊！

最亲爱的丽兹：

看来，和哈丽特一起去意大利几乎是不可能了，因为意大利的大学那时候跟她一样，也放假了，然后到四月又开学了。还有就是，孩子们（包括谢里丹，他是永远都在放假）到时候也都回家了，或是从女子学校回来了。我想，还是应该像去年那样，先在这里待几天，然后去伦敦待几天，看看风景什么的，尽量不要安排得太死板。也可以带她见见几个年近半百的前辈，看看戏和电影，聊聊天。我开始欣赏那种即使是对年过半百但又不到花甲之年的糊涂虫开放的现实深度啦。但是这是一种慢慢养成的品味，在16岁这个年纪还是无法获得的。有她在，我会是多么欢喜啊！我还以为她全都忘记了呢。莱斯利·斯蒂芬当然不是阿诺德，正如 A. E. 豪斯曼在某个地方说过的那样①；他也不同于白芝浩。他的东西似乎都是同一种用料，因而单调，但即使是现在来看，文风也不失优雅，读来像百科全书，还是能长些

---

① 见 A. E. 豪斯曼的"我不会把阿诺德与一群闹哄哄爱批评的绅士相提并论，他们的那些东西就像我和柯勒律治勋爵写的东西一样糟糕；我只会把他与最好的相提并论。［……］我去读莱斯利·斯蒂芬先生，他总是给我指导，尽管我可能不感兴趣。我去读沃尔特·佩特先生，总是看得入迷，但可能得不到任何指导。但阿诺德不同，他不单具有指导性或者有魅力，也不只是两者兼而有之；在我看来，他是独一无二的，他很有启发性"（摘自"1890年关于马修·阿诺德的一篇论文"的打字稿，见约翰·卡特的《散文选》［1961年］）。

见识的。布莱克穆尔呢，当你打破那层外壳［,］就会发现他对自己所写的东西情有独钟［,］文风典雅而又奇特，永远混乱又永远通畅。

我正在评论拉金那本牛津现代诗选集，昨天已经完成了初稿——眼下，或许最终——是我写的最糟糕的一篇文章吧。那本诗选集里只收录了英国诗，但我主要是想对英国诗歌和美国诗歌做一个比较。一开始我并没有发现两者之间有什么不同，但最后我的想法改变了，不过我没有提出什么独创的理论，也不想去证明。更像是了解两个天各一方的人吧。

我们今晚要见玛丽，周二是埃丝特和彼得。感谢老天爷，玛丽得到了罗伊·富勒的肯定，后者在《倾听者》或是《新政治家》[1]上对她的《梅迪纳》大加赞赏。上次因为《美国的鸟》的经历，她一定是风声鹤唳，以为任何关注都是横加指责。我的三本书[2]到时一出来，只怕也是这个结果吧。如果只是两本，不是三本，我就可能给它们取个副标题"两个对得不出一个错"。啊，说到阿什贝利，尽管我无法参透他精湛的诗句得到很多实质\乐趣／，但我还是喜欢他的评论文章。不论他的观点正确与否——惠尔赖特的确是古怪，但惠特曼和史蒂文斯甚至连古怪都谈不上——他还是能让人下决心重读或重新思考的[3]。我刚看完德里克的长篇自传[4]，趁着一时的激情，给他写了一

---

[1] 见罗伊·富勒的《言与行》，刊于《倾听者》(1973年2月22日)。
[2] 指《历史》《献给丽兹和哈丽特》以及《海豚》。
[3] 见阿什贝利的"纯粹美国出产的东西并不总是疯狂的：威廉姆斯医生本人就是这样一个例证。但是，保持纯粹和美国化的努力可能会使他们看起来很古怪，疲累不堪——这种不平衡的外观是许多美国主流诗歌的特征，能结出硕果的主流有时似乎大多是怪人（爱默生、惠特曼、庞德、史蒂文斯），而经过认证的主要诗人（弗罗斯特、艾略特）不知何故却最终靠边站了［……］约翰·惠尔赖特和A. R. 安蒙斯总是抽搐、怪癖多多［……］两人都是美国原装货（在法语中，原装货也指相当古怪的怪人）"（见《美国特性》，刊于1973年2月22日的《纽约书评》）。
[4] 指德里克·沃尔科特的《另一种生活》(1973年)，一首自传诗作。

通吹捧之言。我不敢读第二遍,里面很多翱翔的诗意都不太稳定,但这本书富有地方色彩,令人大开眼界,也许更重要的是,它给人那种步入中年时还眼红得要命的感觉。

你似乎是打算全力以赴工作了。若能行倒也不是不可以,在写的时候尽可能把那些文字都整理到一起就行,倒也不必要成一本厚厚的书。你有没有读过费德勒那本愚蠢的写莎士比亚的书?书不厚,也不好,把当下讨论的每一个问题都庸俗化了①。

写这封信主要有两个目的:一是想要对你和哈丽特表示感谢;再就是,我在写那篇评论时思路卡壳了,想换个脑子。

爱你们!

卡尔

237. 罗伯特·洛威尔写给哈丽特·洛威尔

英格兰,肯特郡,梅德斯通,贝尔斯特德,米尔盖特庄园
1973 年 2 月 23 日

最亲爱的哈丽特:

你就快来了,我太开心了!这次的行程可能不会太新鲜,或者说不会太奇特。你可以把想得到的活动都列出来,然后选择几个。这次就不必再去坎特伯雷的那所红砖学校(那次和泰勒一家一起去的那所?)[、]滑铁卢的那个跳蚤市场。还要和你说,谢里丹现在跑得更快、表现更坏、抱起来更沉、更加吵闹了——他不停地发出一种声音,就像锅里的开水煮着一堆瓷杯,呼哧呼哧、砰嘭砰嘭的那种声音。每个人提

---

① 指莱斯利·A. 费德勒的《莎士比亚笔下的陌生人》(1972 年)。

到他都说这孩子真是太累人了。一个月前,他还能开口说五个字,现在是金口难开,他把力气都用在了奔跑上,一刻不停(他从来不慢慢走),我们说东他偏要往西,我们要这个他偏给你拿那个。他刚拿给我一封我给你妈妈写好的信,为了方便好拿,他还把信揉成了一个小纸团。

等你来了我们还是把时间分成两半,一半在乡下一半在伦敦。要做的事要看的东西都足够多。你还有什么其他的想法,我会尽力去实现。

一年前你来的时候,我相信你是有很多比较极端的想法的,有许多的问题无法提前或是在飞机上得到解答。可以说见到你之前,那些晚上我有时整夜都睡不着觉,很害怕,心想你会不会喜欢你见到的一切。这是人不习惯的问题,就像第一次骑马或爬树——就像去到一个陌生的国家,不过这还不足以概括那种感觉。我们不应该再有那年的感觉了。你这次来英国,会像是我们今后的生活。好奇怪的感觉呀,这三年来都在海里泅渡,忽然就要在陆地上行走了。

爱你!

爸爸

238. 哈丽特·洛威尔写给罗伯特·洛威尔

[电报]

[纽约]

[1973年3月1日签收]

罗伯特·洛威尔先生
肯特郡,梅德斯通,贝尔斯特德,米尔盖特庄园
=来自小糊涂虫+洛威尔的生日祝福①

---

① 比较洛威尔[1971年3月8日]写给哈德威克的信。

239. 伊丽莎白·哈德威克写给罗伯特·洛威尔

[纽约州，纽约，西 67 街 15 号]
1973 年 3 月 2 日

最亲爱的卡尔：

这里草草说一下哈丽特去英国的事［。］她只能待一周，因为他们只放这么多天的假，所以要推迟一两天出发和提前回了。她定在 3 月 23 日周五出发，30 日周五返程。更多信息我会再写信告诉你，现在只是想告知你确切的日期，以便你能腾出空来。这次她到达的时间又是你那边的晚上 11 点吧。

她坐的是英国海外航空公司的 213 次航班，落地时间是伦敦当地时间 3 月 23 日周五晚上 10 点 40 分。因为她买的票享受了青少年折扣，价格比普通票便宜很多，所以返程的机票不能现在就确定下来，必须等她到了伦敦在那边再确认。

未确认的航班信息：英国海外航空公司，501 次航班，起飞时间 3 月 30 日上午 11 点。

请你告诉我谁能给我提供你在英国收入的信息，立刻，马上！是亨肖还是谁？今年我还是要帮你处理税款的事的，因为真的挺复杂，所以事不宜迟，得马上开始。请在回信中把联系人的姓名和地址给我，我必须尽快着手开始处理，我到现在都迟迟无法递交申请。

拉金那个选本我仔细读过了，你的书评准备发表在哪里？我看他的选本中是有不如人意之处。我也收到德里克的书了，非常感人，不是吗？他不愧是一个有趣的灵魂，而且他把他所有的创作可能性都融合起来了：传统诗歌、西印度群岛、黑人群体，所有的一切……纽约的这个冬天可真有些不太寻常：一种匆匆之感慢慢渗进我的心底，想来一种悠闲之感也会降临到我的身上，不受欢迎，类似于沮丧。然而我感觉自己无法像我希望的那样去完整地、纯粹地体验任何事情了。也许忙得不可开交本质上和无所事事差不多吧。可是某一天醒来时，发现天空碧蓝澄澈，寒意凛冽，就像今天，犹如置身于舒缓身心的水中，你就会好奇，这一切会不会只是个梦，静静沉入其中究竟有多么愉悦。

那又如何！不管怎样，三月的黎明无情、阴沉，还有运送报纸的卡车碾碎美国广播公司的夜间新闻①。

记得告诉我，会计师的名字和地址。从今天算起你再等三个星期就可以见到哈丽特了！再见。

祝好。

伊丽莎白

240. 罗伯特·洛威尔写给伊丽莎白·洛威尔太太

肯特郡，梅德斯通，贝尔斯特德，米尔盖特庄园
1973年3月5日

最亲爱的丽兹：

还是迈克尔·亨肖，地址：伦敦，公园广场东22号。我现在正准备把相关事宜移交给卡洛琳的律师来处理，不过还需要一点时间。亨肖一拿到那些数字绝对保证会马上给到你。

在某种程度上我算是写完了那篇拉金书评吧，但是也明白自己几乎没有提到拉金本人或是那些英国诗人。那本诗选集做得很负责任，

---

① 美国广播公司新闻工作室位于纽约市西67街1号的艺术家酒店。

入选的诗都经过仔细权衡，读来相当引人入胜，入选的诗人多到数不胜数，选编者是过于公允了而不是\而非/缺乏公允。

哈丽特的行程确定了，好激动。她给我发了一份电报，上面写着"来自小糊涂虫＋洛威尔的生日祝福"。告诉她，她爸爸也是个糊涂虫，任何东西一放下——纸、打火机，就再难找到了。

埃丝特之前去了威尔士看迪克西，现在在我这儿呢。就写到这了。

祝好。

卡尔

见过玛丽了，她和我一样，都认为你那篇评论简·卡莱尔的文章写得激动人心[①]。既然你的书就快要出版了，我也就不留心保存你那些散稿了——可否给我寄几本你评两位女人的书？也给埃丝特寄一份吧，~~她刚刚到，~~我之前把给她写的书评弄丢了，觉得挺对不住她的。

241. 伊丽莎白·哈德威克写给罗伯特·洛威尔

[纽约州，纽约，西67街15号]
1973年3月16日

最亲爱的卡尔：

按原计划，哈丽特的航班会在伦敦时间周五晚10点40分抵达希斯罗机场。这里有个问题还是想跟你说一下让你记住：她没有预定返程的机票。还是因为那个青少年优惠机票的规定，但买这种机票能省下好几百美元呢！等她到伦敦的当晚，你就带她去英国海外航空公司

[①] 指《业余爱好者：简·卡莱尔》，刊于1972年12月14日的《纽约书评》。

的柜台预定下下个周五（3月30日）返程的机票。希望她能坐上1点钟的那趟飞机：他们家的航班似乎相当拥挤，还有就是把那天晚上的时间差补回来也很重要，如果出了问题，第二天早上可以打电话。你一定得发电报告诉我她返程的航班号和时间，这样方便我去接她。周六，也就是哈丽特去你那边之后的第二天，我和格蕾丝会一起去巴哈马首都拿骚，在那里玩几天，也会在第二周中段回来。没什么特别的事就不用从英国打电话给我了，只要发个电报让我知道哈丽特到达的时间就行。很快就要出发了，马上要见到你了，她的样子可是相当兴奋呢，她还说她很喜欢伦敦。

希望亨肖能即刻给我回信。我们两个今年的税款明细很复杂，最迟4月1日我必须拿到所有材料。钱是个美妙的东西，对我来说当然是多多益善啦。希望明年——两个学期——能多上一天的课，我觉得还会是在哥伦比亚大学吧，毕竟我要在那里上一门货真价实的英国现代文学课。今年就这样吧，希望从明年开始，我能找到一份既有趣薪水又高的好工作。其实我也收到了很多工作邀请，不过那些地方都离纽约太远，没法接受。反正我不想连续工作两天以上；这是我生命的最后阶段，我想要停止写作了。城市学院有没有给你去过信或者打过电话——他们打算给你的工资是37000美元！我说的没错吧，过了明年（我想会是一整年）肯定会有你可能感兴趣的机会出现，总之，我把你的地址和联系方式都给他们了。

弗兰克·帕克和朱迪要来吃晚饭。我没邀请其他人，有点期待这次聚会，但又有种压抑感。跟弗兰克我没什么可谈的，他很久很久都没有接受任何新事物了，像他这么古怪的人，我可无法满心期待去和他试着低语我们共同的过往。当然，我的确认为他有魅力，各方面都好，这种人是很少见，但他真的也太烦人了——不是说我觉得自己很脆弱。试着跟他讲你是个什么样的人只是在自找麻烦，他的酒劲上来了,迷糊之间有些怀旧,但讲到他的亲戚时,有种东西是牢固不变的,就像一堵墙。

玛丽来过了。我们之间没怎么认真谈过话,基本上都是在各种聚会和午餐快要结束的时候说几句,不过我们总是在一起。她还是那样光芒万丈。斯蒂芬要来了,不过那时候大部分时间我都还在拿骚,希望能赶在周末请他吃顿饭。(为何我要讲这些社交方面的小事情,我不知道。[)]让我看看有什么["]高大上的事情"吧。高大、高尚?简·休斯①去世了,我很悲痛。我还在广泛涉猎各种诗歌,也许这段时间我会写诗。其实我已经写了三首了,但不能算"完成"了。我不知道要怎么样把这些诗整理到一起,阅读并不能真正告诉我我想要知道的东西。我觉得自己也不会在这方面开花结果,有所建树。我的问题就是怎么写出新意②!我一直都有和默温保持通信——《孤身在美国》有一章就是讲他的,写得极其可笑,那些词汇,就像是某台疯狂的讲话机器吐出来似的。默温是个发思古幽情之人——faineance, aporia, fewmets(!)以及 lagniappe③。这些词你自个儿去查字典吧。我必须承认,不管你怎么想,总之我很欣赏霍华德。前几天我们还坐在一起吃饭,谈到你让我们受益匪浅呢!就说这么多了。再见,记得去预定机票、给我发电报、催一催亨肖,好好计划和哈丽特共度的美好时光吧,祝你们玩得开心。

伊丽莎白

---

① 一个缅因州的朋友。
② 见埃兹拉·庞德的《写出新意:随笔集》(1934 年)。
③ 见理查德·霍华德的《W. S. 默温:我们活得比记忆中的自我更长久》,收录在《与美国独处:1950 年以来论美国诗歌艺术的随笔集》(1969 年)。faineance 为"怠情"之意,aporia 为"窘迫"之意,fewmets 为"鹿粪"之意,lagniappe 为"小赠品"之意。——译注

242. 罗伯特·洛威尔写给伊丽莎白·洛威尔太太

[电报]

[肯特郡，梅德斯通]
[1973年3月24日]

纽约市西67街15号公寓
伊丽莎白·洛威尔太太
哈丽特已安全抵达长大啦光彩照人祝好

卡尔

243. 伊丽莎白·哈德威克写给罗伯特·洛威尔

[纽约州，纽约，西67街15号]
1973年3月31日

最亲爱的卡尔：

哈丽特这一次玩得很尽兴，终于回到在家等她的母亲身边了。我会想办法让她给你写封短信，她一回来就马不停蹄地赶回学校了，我们现在也只是通过电话保持联系。我想，还得再过几年她才能愉快地接受做人要懂礼貌的要求吧——至少是在某人自己做到之后吧。但不管怎么说，她对这次旅行相当满意，玩得十分愉快。我也会把她今年夏天的安排都和你说的。至少8月她要跟团去爱尔兰是板上钉钉的事了，不过要让我们这位手无缚鸡之力还总是不愿动的小公主去参加那种自行车运动简直是不可想象吧，至少比她自己想象的要痛苦得多。她们到时候是住在一艘大游艇上，要住一周，简单是简单了点，不过也算是不错的住宿条件了。当然了，爱尔兰之行也不会占用掉一整个夏天。不过我倒是不太清楚这个活动具体的形式是什么，总之希望她能玩得开心，她终于交到了一个人好又聪明的朋友①，她以前的那些朋友或多或少都还保持着联系。不过，我和其他的父母都一样，也不希望孩子们完全"放飞自我"，所以你也无须太担心。如果你们大家的时间合适，我也赞成她们过你们那边去玩一玩，只要不和那个活动的时间冲撞就行。在8月前的几周去下爱尔兰吧。不过还是迟些时候再说。

写这封信主要还是说那糟心的税款之事。不用我说了，亨肖那边依然没有一点消息，那个日子马上就要到了②，可我还不能完全确定你是不是想要我们来帮你处理你的那部分。这一切三言两语也解释不清楚，但是霍夫曼说，我可以先申报我自己那部分，立即把它处理掉。你看，你的确需要把付给我们的那笔钱列为你的收入，然后再做扣除之类的事情。我们两个现在不是按同一张税单申报了，我今年也是出于好意才去帮你这个忙。不过我还是觉得，你应该自己跟进这个过程（参与到这个过程中来），因为我实在是不想为此劳心了，年复一年地提醒，真的太累。霍夫曼他甚至都不确定自己是否有义务去做这些。如果这周还是不能提供英国方面的材料，你的申报怕是要延迟到6月，可能还需要承担一些罚款之类的——不过你去年也是这样过来的，总之就是等吧。以后呢，我听说伦敦有一家国际税务公司，你也许可以让他们来帮你办理税务。我在这儿把霍夫曼的地址给你，你可以把账本寄给他。

---

① 指凯瑟琳·格拉德。
② 4月15日（美国个人所得税申报截止日期）。

纽约州，纽约市，第42街东41号
纳特·霍夫曼先生　收

我的意思是说，我就不替你操心你的申报问题了，你亲力亲为吧。如果你需要什么数据的话我也会给你。（这些话听起来好像带着些指责的口气，其实并不是。我只是不想让你因为报税的事不顺利而陷入什么麻烦，如果真有什么，那真的会很麻烦的。）

我在拿骚享受了几天奢侈的生活，格蕾丝人很好，不过，我觉得她是想要把她在那儿的房产给卖掉，可是卖房子哪有说起来那么轻巧呢。鲍勃很好，斯蒂芬来过纽约，但我只见过他一面。

想想还有什么。对了，伊丽莎白·毕肖普在《纽约客》上发表了一首诗，好像是叫《晚间新闻》[①]吧，很晦涩，但确实写得很出彩。希望我有时间能多写一些东西，或者有更多的作品能和大家一起交流交流。不管怎么说，请你见谅，这是最后一次唠叨了，以后我也不会再提个税的事了。我感觉自己现在就像是个快要退休的公务员！祝好，为有哈丽特向你表示感谢——希望你不要生气。我的意思是，感谢我们共同养育了这样一个可爱的宝贝。

伊丽莎白

[①] 应为《12点新闻》，刊于［1973年3月24日］《纽约客》。

244. 罗伯特·洛威尔写给伊丽莎白·洛威尔太太

肯特郡，梅德斯通，贝尔斯特德，米尔盖特庄园

[1973年4月4日]①

最亲爱的丽兹：

现在哈丽特走了，回到你身边了，她走后的这两天，我心里格外沉重——不似她成长的痛苦那么不愉快。什么意思呢？我是说，其实真正改变了的，不是我们，而是哈丽特，而且就在我们眼皮底下。但是，究竟是谁在动，那飞驰的火车，还是静止的车站？其实她长大之后就该有自己的性格和特点，至于以后还会怎么变，现在犹未可知。

这个夏天她要怎么过，我觉得应该好好计划一下。如果就让她一个人待在伦敦，想干什么就干什么，这样可不太好。把她一个人丢在红崖广场一个月，这么做既不负责任也不安全。虽说伦敦是比纽约安全得多，晚上可以随便上街去闲逛，但让两个年轻的女孩子独自住在一个经常空无一人的房子里——她们可能会引起陌生人的兴趣打歪主意，可能因此被尾随，我们之前的一个护士就是这样——当时我们还住在那里，她会吓唬说再跟就要大声喊救命了。我觉得哈丽特最好是能找到一个熟悉的人结伴回家。也许去上雕塑课会让她认识一些人，那样她就可以一个人待着了。你和我说说她有什么想做的事，还有她的时间安排，我肯定可以找到合适她做的事情。我想哈丽特是一心想独自待在伦敦的——甚至骑自行车旅行也不及这样有意思呢。

我们去看了《玩偶之家》②，然后我又看了你的影评。我对第三幕

---

① 邮戳日期，但可能写于1973年4月1日；这封信与哈德威克1973年3月31日的信互相交叉错过。
② 指帕特里克·加兰导演的电影《玩偶之家》（1973年）。

有些不解——先是林丹太太和柯度洛克斯泰走到了一起，毫无创意，再是托伐·海尔茂喝醉了酒——这也是全片最逗笑的地方，然后就是娜拉的长篇独白——真是勃朗宁式的滔滔不绝。我和你的想法差不多，我也无法将它和早先那个精心刻画的娜拉对上号，但生活就是这样，充满了女性的歇斯底里①——这也改得太糟糕了吧。即使是第一次改编成电影，难道刻板印象要表达的不是震惊或力量？又或许是翻译的问题？这次的译本②似乎比阿切尔那个旧译本③还要糟糕。在我看来，易卜生对于娜拉这个角色是爱恨交织的，而恨意更甚——唯其如此，这部作品才有了魅力，才有了讽刺意味。

好吧，不说她了，说说女儿吧。她来的那几天我们都很开心，但凡见着她的人无不夸她既漂亮又聪慧，有的说她颜值更胜一筹，也有人说她的智慧更胜于她的美貌。

最近读到了几篇好文章。一篇是关于庞德的评论，那论述可比我有条理多了。阿尔弗雷德笔下那个消失了的纽约，令人伤感却也美丽。奥登引用的布罗茨基的作品④。我最近还获得了一本新杂志，里

---

① 见哈德威克的"从少女般迷人的妻子到独自出发、激进勇敢的女英雄，这一转变一直令人不安。问题的部分原因在于，我们不认为，女演员和导演都不认为，最初几幕中的那个娜拉，那个同性恋女人，有几个孩子、很多礼物、各种昵称，她铺张浪费，一想到'成堆的钱'时就喜不自禁，这样一个女人怎么可能成为一个解放的合适人选……克莱尔·布鲁姆在目前纽约制作的这部影片中扮演早期的娜拉，赋予这个角色很大的魅力和优雅气质。但无论是她还是导演帕特里克·加兰，都对该剧没有任何新想法。他们以传统的方式继续演绎早期的娜拉和后来的娜拉，在第一部分通过歇斯底里这种潜在的负面情绪将两者联系起来"（见《评〈玩偶之家〉》，刊于1971年3月11日的《纽约书评》）。
② 指克里斯托弗·汉普顿的译本。
③ 指易卜生的《玩偶之家》，威廉·阿切尔译（1889年）。
④ 指迈克尔·伍德的《埃兹拉·庞德》，刊于1973年2月8日的《纽约书评》；阿尔弗雷德·卡金的《纽约客麦尔维尔》，刊于1973年4月5日的《纽约书评》；W. H. 奥登和乔治·L. 克莱恩的《约瑟夫·布罗茨基的诗》，刊于1973年4月5日的《纽约书评》。

面有23位诗人对63位诗人的评述,全都收在同一期①。

祝安!你能告诉我你的计划吗?

卡尔

245. 罗伯特·洛威尔写给哈丽特·洛威尔

英格兰,肯特郡,梅德斯通,贝尔斯特德,米尔盖特庄园

1973年4月5日

最亲爱的哈丽特:

我们在伦敦给你物色了两所开设雕塑课(和绘画相比,雕塑算是一门失传的艺术)的艺术学校。两所学校都能提供住宿,可以按周来算住宿费。他们招生的范围并不只限于像你这样的年轻人,所以不会有什么严苛的条条框框。今天早上我清理书房时,我记得把那些招生小册子仔细塞到了一个特别之处,但是现在找不到了。现在只能看看那张大的招生简章和那些小小的申请表了。

保持整洁一定是最开心的美德了——清洗、整理、编号——不过这些都不能使心灵变得丰富起来。自从你走后,生活不免有点空虚。复活节前后我打算去威斯特摩兰(北部湖区)去垂钓,算是一次短暂的旅行吧。噢,仅次于保持整洁的美德就是做事情有远见,自己需要的东西总是多备一份,比如说打火机还有钱。所以呢,我把负责和艺术学校接洽的代理机构的名字先告诉你,格比塔斯·思林教育信托,伦敦西一区萨克维尔街6号。那些学校到时候可能会人满为患,你得在来之前就提交申请。

---

① 指《帕纳索斯:评论中的诗歌I》第2期(1973年春/夏)。

还想给你写点更有意思的内容，但是收拾、整理了一整天，我已是筋疲力尽、大脑宕机了。你这次来，我觉得比去年还要开心，不过也可能是因为我记性不好，都不太记得那次做了些什么，只记得我们去看了两部剧，进了老殖民俱乐部①，等土地评估报告。那个农户现在要的价格是土地价值的两倍，更重要的一点是，人们似乎越来越不愿意待在田间劳作了。如果我去地里工作的话，那我可值钱了，到哪儿都有人要！

爱你，祝开心！

爸爸

246. 罗伯特·洛威尔写给伊丽莎白·洛威尔太太

英格兰，肯特郡，梅德斯通，贝尔斯特德，米尔盖特庄园
[1973年] 4月5日

最亲爱的丽兹：

我五天前就给你写了一封信，拿到伦敦准备寄急件，不料最后赶火车的时候把它落在一个朋友那里，所以你应该会先收到这封信。那封信的日期和你写信的日期重叠了，我们说的事情有些是一样的。没错，哈丽特在这儿的时候似乎确实玩得挺开心，无忧无虑的。但是好像很难在这么短的时间里找到一个和她年龄相仿的孩子，或者说，这也不是一个可取的方法。我甚至觉得这里根本就不存在和她年纪相仿的孩子，反正我是基本上没看到过，也不知道是听谁说的有这么个人，后来发现人家已经二十岁了。

要我把个税的事情理出个头绪来，那还不如直接送我去蹲监狱好

---

① 原文"the Old Colony Club"很可能指"The Colony Room"。

了。盯着那些表格，我都快得紧张症了。没错，我想要申请延期。

负责和艺术学校接洽的代理机构叫作格比塔斯·思林教育信托，位于伦敦西一区萨克维尔街6号。我前不久才拿到申请表，小心翼翼地收起来了，这下倒好，找不到了。看来只靠我一个是没用的，得我们三个一起努力，才有好事发生。我喜欢凯西①，她们说要来那就再好不过了。

这边也和美国一样，要找个帮手越来越难了，所以要住在这幢又富丽又安静的大房子里有些不切实际了。不过，夏天会有（大学）学生如洪水般涌来。我在想凯西和哈丽特能不能……算了，照看孩子可比骑自行车旅行累多了。

"做人要懂礼貌"——我必须向那些帮我们买票的人说声感谢。

布莱尔刚刚喜得一子②。伊丽莎白·毕肖普正准备买下一处码头旁的公寓，可以俯瞰波士顿港呢。许是春天的原因，我竟然得了热症，有可能是因为个税之类的事情，很多事情，惹得我着急上火。

依然爱你，祝安。

卡尔

247. 伊丽莎白·哈德威克写给罗伯特·洛威尔

［纽约州，纽约，西67街15号］
1973年4月9日

亲爱的卡尔：

今天我本来要去威斯康星大学做一个讲座，但是因为一场暴风

---

① 指凯瑟琳·格拉德。
② 伊恩·克拉克。

雪取消了！这个古老的国家还在延续着那种狂野的边疆拓荒式的生活。好吧，还是要说一说税款的事情。今年算是一个"过渡年"，我已经完成了自己的个税申报，但这说明不了什么，因为我列出来的也只是自己所挣得的收入。你也知道，我们两个今年是分开申报的，你给我们的所有钱款根据政府部门的记录，都登记在你的名下，所以归你申报。当然，等到你交完个税之后，我会按比例支付该由我承担的税款。我们已经为你申请延期申报了，延期到6月15日。纳特说在那之前我们必须把所有材料准备齐全，这边寄给你的所有表格、你在英国的所有收入证明等等。所以请你转告亨肖。我希望尽快把这档子事搞定。明年你一样要是列出这些条目的，不过那时候就不关我的事了，不管你申请还是不申请，明年（我是指今年，1973年）我都只需要把你打给我的钱放在我自己的申报表，然后交税就行了，其他的事情与我无关。之所以今年没办法这样做是因为我们才刚离婚，要也只有离婚之后的那段时间可以单独申报，但没必要。

我收到了[X.Y.]寄来的一封信，很长，读来简直令人心碎。我为他们，也为他们的孩子感到悲痛。这对于他们来说无异于毁灭性的打击，我太能理解这种感受了，尝试联系医生、手足无措、等待、悲痛、煎熬。我们永远不知道前面还会发现什么。也许能支撑你的也只有爱与同情；它们让你陷入痛苦的深渊，可谁又甘愿空虚无依呢。我觉得自己在很多方面已经很幸运了。最近这几年，虽然发生了一些事，但总归都有个不坏的结果。我也愿意主动走近人群，更愿意表达自己的关心，也觉得自己快乐了许多。这点比较奇怪，让你觉得有些匪夷所思。

彼得·泰勒夫妇带着儿子来过，我们还带上哈丽特一起去看了皮兰德罗编剧的《亨利四世》①，改编得并不算特别成功。哈丽特一点也不喜欢罗斯·泰勒，那孩子一头长发，穿的衣服仿佛就是他爸爸的袖珍版，甚至连帽子、白色小衬衫和那双乐福鞋，都一模一样。要我说的话，他是个好孩子，举止得体又聪慧，但是哈丽特就不这样看，她觉得人家是从月球来的，有点像宇航员，长得矮小、四四方方。

今天是周一，周三我要去听伊丽莎白（毕肖普）的诗歌朗诵会，结束之后还要参加一个大型聚会，是一群荷兰人举办的。先写到这儿了，到时候再继续写。

星期二②

你那封讲哈丽特的信写得很可爱，读罢心里是满满的幸福感。我拿给她看了，她也很开心，尤其是看到"聪慧"那里，脸都羞红了。关于夏天怎么度过：我和哈丽特的意见完全一致。当然，让她和凯西两个人去伦敦住在卡洛琳那栋大房子里头是不可行的，她们毕竟还是孩子，根本没办法把自己照顾好的，而且我也觉得她们自己也不愿意。所以考虑到英国的情况，现在的计划就是，如果你们方便的话，她们7月底先去肯特待一周，白天可以自己骑自行车在附近玩。到时候再让她们去伦敦与团队会合，跟团去爱尔兰，然后大家一起回美国。

我确实希望哈丽特能去阿姆斯特丹，去凯西家住一个星期。凯西的爸爸③夏天会在阿姆斯特丹大学讲学。说到阿姆斯特丹，阿德

---

① 克利福德·威廉姆斯导演，在百老汇的埃塞尔·巴里摩尔剧院演出（1973年3月28日开幕）。
② 1973年4月10日。
③ 哥伦比亚大学法学教授弗兰克·P. 格拉德。

里安娜最近来我这儿住了一晚上,还带来了朱迪思·范·莱文[1]的一封信,信里说海克弃她而去,奔向一个"更年轻的"金发美人的怀抱了。她(朱迪思)很苦恼,阿德里安娜也很沮丧。我之前在旅行途中见过他们,那女的,确实很漂亮,而他,瘦瘪,一如既往还是那么无趣。我从来都不觉得他有魅力,他不是我们女人所定义的"男人"。我觉得这就是说,你永远都不会找他那样的人做情人。尽管他的脑子转得快,长得还不错,但还是思想平庸,没什么想象力。他一定有六十了吧,我总觉得他比我们年纪都大。周旋于女人之中的他我认为很"抽象"——这是根据他那些风流韵事以及他本人的一些变化大致勾画出的形象。真是苦了朱迪思了,更惨的是她还身在荷兰,要知道,在荷兰,即使是婚姻中的"背叛者"[2],也不会因为羞于自己的行为而对昔日的爱人避而远之。荷兰就是这样,乱伦根本算不上什么新鲜事,地窄人多,拥挤不堪,还有那些小知识分子阶层……我和你提过这件令人高兴的事吗?亚瑟·莱宁(玛德琳的前任)最近来找过我,他曾在普林斯顿的研究所工作过。我们曾和以赛亚·伯林一起用过晚餐,当时大家聊得热火朝天(我都记不得还有这个人啦),然后以赛亚把我的电话号码给了他。他来这儿是为了办克鲁泡特金作品收藏展的。开展那天是周日,哈丽特这个无政府主义者、克鲁泡特金的狂热支持者也同意去了。即使现场有一群和蔼可亲的人,莱宁还是会把她绑架了,说"她为什么非得

---

[1] 即朱迪思·赫茨伯格。
[2] 见哈德威克的"在荷兰,生活是如此舒适而完整,甚至不受情感破裂的干扰,这种情变要是在其他地方,会导致夫妻和朋友永远分离,反目成仇。然而在荷兰,第一任丈夫和第一任妻子总是和他们的第二任丈夫和妻子一同参加晚宴或庆祝生日的聚会。离婚和破裂的爱情混合在一起,仿佛过去是一种醋,和现在的油混合在一起。能逃到哪里去呢?在这个不安的民族当中,新的联盟就像重新安排熟悉的家具"(见《不眠之夜》第100页)。

要……和那样一个母亲在一起……",但是哈丽特却觉得他是一个不苟言笑的无政府主义者,长衬裤从尼龙短袜里露了出来,脸色发绿,眼睛油滑,举手投足一本正经①。我送他去坐公交车赶赴下一个约会。他很开心,挽着我的胳膊不舍得说再见。感觉真是很奇妙!

收到你的信后:哈丽特不会去艺术学校,她也只会在英国待一周的时间。我们会想想怎么安排比较合适,否则也就不必去了……不过毋庸置疑的是,时间越短越可行。

去听了毕肖普和吉米·梅里尔②的朗诵会,纽约全部的诗人都去了。之后又去荷兰人举办的聚会。芭芭拉觉得三间屋子里都是上了年纪的男同性恋诗人,待得有点辛苦,但是我倒觉得没什么。除了之前的霍华德、卡尔斯通等诗人,默温、斯特兰德、约翰·阿什贝利等也出席了。毕肖普朗读得很好,她的裤子和上衣都是丝绸面料,柔软飘逸,显得很特别。她的兴致很高,我想这应该说明她心情不错。我跟她交谈了一会,当时她旁边围着鲍曼博士、露易丝·克莱恩,还有她的老朋友③,后者好像与约翰·杜威有着某种关系。啊,还有洛伦·马西弗,说来也是命运不公,她准是得了某种疾病,整个人都萎缩了,那样子就像某个令人怜惜、精疲力竭、畏畏缩缩的侏儒……然后

---

① 见哈德威克的"Z博士像西伯利亚人那样裹着好几层衣服,不料那却是纽约一个温暖的冬日。他穿着一件厚重的黑色大衣、一件羊毛背心和一件深灰色毛衣,当他在大厅外的候车室里坐下时,冬天穿的灰色长衬裤就出现在他袜子上面"(《不眠之夜》)。
② 即詹姆斯·梅里尔(1926—1995),美国诗人。——译注
③ 即简·杜威,约翰·杜威的女儿。

吧，那个臭名远扬的弗兰克·比达特，他全身发抖，还是那副谄媚之态[1]。我连躲都来不及，还是被他找上了，听他说了一堆蠢话。他懂不懂我的作品就算了，希望他看得懂你的作品吧，但我是怀疑的，因为他对生活似乎毫无认知，若是一个人单纯但在道德上能够明辨是非，也还说得过去，但他给我的感觉是，他对道德是非更是一无所知。他不停地夸奖我那篇发在《时尚》杂志还附有照片的文章[2]——许是这十年受了哈丽特的影响吧——我想说："去你妈的！"他怎么可能了解所有的事情呢？我对他绝无好感，他不值得我信任，我认为他那个样子很讨人厌，只有浅薄无知的人才会那样。不说这个了，那天晚上其实挺有趣的，我欣赏吉米·梅里尔，也很喜欢他的作品——当然，他朗诵得也很精彩。

就此搁笔。我有什么计划现在还不能告诉你，因为我自己也不清楚。关于缅因房产的问题，之后会写信跟你说说的。

祝好！

伊丽莎白

---

[1] 比较比达特于一年前也就是1972年3月15日写给洛威尔的信，比达特之前在帮洛威尔校对处理《海豚》手稿本，他从英国回来之后跟哈德威克打了一个电话，他是这样描述这个电话的："这是我打过的最不愉快、最痛苦的一个电话吧。她似乎觉得，我去了那里，待了那么久，或者说帮了你，就是背叛了她。我一想到这点，手就发抖。她听鲍勃·西尔维斯说《海豚》将在一年之内出版，也许是因为这个她才责怪我。我说，据我所知，《海豚》是否出版还没有决定。……成为她发火的对象真是糟糕。后来比尔·阿尔弗雷德找她谈过，说她现在觉得自己当时错了，做得太过分了，还要写信跟我道歉……我还没有收到这样的信。我真的很喜欢伊丽莎白，觉得这件事令人沮丧，难以言表。"（见"罗伯特·洛威尔书信文稿"，收藏于HRC）洛威尔回信说："对丽兹的事我很抱歉，她最近对我非常好，我们在讨论哈丽特过来玩的事情。"（见洛威尔1972年3月25日写给比达特的信，收藏于霍顿图书馆）

[2] 即《女人不能撼动并拥有的关系》，刊于1970年6月1日的《时尚》。

248. 伊丽莎白·哈德威克写给罗伯特·洛威尔

[纽约州，纽约，西67街15号]
1973年4月21日

亲爱的卡尔：

我从来没想过，借我十个胆我也不敢想，你竟然想自己去处理个税。别，千万别。亨肖他就从没回过我的信，也没说他做不做，或者晚点做；他还是不是你的会计，这件事他根本就没放在心上。现在，大多数生意人都会回邮件，尤其是事关紧急的时候。

下面列出的是你的会计需要准备的材料：

1. 埃塞克斯的所有包含应扣缴税款以及付讫税款的收入明细
2. 版税（FSG出版社的报表我有，就不用给了）
3. 朗诵会、写作会、国际知名会议
4. 关于减税和工作室等的说明

我们去年也差不多就是这些材料。我委托的是道富银行，但你必须找重孙基金①。艾斯曼②有没有给过你一些税款材料？如果有给过，那就请你转交给[你的]会计，然后再寄到下面这个地址：

纽约州，100017，
纽约市第42街41号

---

① 一家洛威尔信托公司的名称。
② 信托公司经理。

纳特·霍夫曼先生（收）

事不宜迟，请马上联系你的会计，一周后再回电话确认材料是否准备妥当，你需要做的就是这些，真的。税一定要申报的，否则你就得蹲监狱，所以真的不能再拖了。如果有审计，你还得过来一趟，不过还是希望不要有这一步吧。

哈丽特很好，现在自行车骑得特别好——要知道这可是一项拼力气拼速度的运动。她和凯西骑着车把整座城都绕了个遍，在公园里骑行二十英里，权当是做锻炼。她现在正在读《儿子与情人》①，是学校要求读的。你看，至少是从当下来看，有这样一个女儿你我是多么幸运啊，也可能这种幸福就永远定格在此刻了。人生归根到底，我觉得还是灾难太多，真的是太无趣、代价太大、太痛苦了。我非常担心[X. Y.]一家，为他们深感揪心。

关于水门事件：树倒猢狲散。美国政风日下，堕落腐败现象令人瞠目结舌。几乎每天都会有一个州长、一位地方检察官、无数（甚至是那些备受尊崇的）警察落马……但那个司法部长除外②。

复活节那周，哈丽特和我播放了《马太受难曲》③，还把福音书故事比较了一番。她去参加了复活节游行，回来之后什么都没说，只提到了有男的打扮成皇后，穿着复古连衣裙，脚踩着轮滑。不对，不对，甚至没有一头令人敬畏的灰头发和一顶镶花的帽子。

什么叫我们看人的眼光从来都不一样，一派胡言！阿德里安娜的新书《潜入沉船》，最近出版了。有些诗写得很美，但那些宣传完全是

---

① D. H. 劳伦斯著（1913 年）。
② 1973 年 4 月 19 日，司法部长理查德·G. 克莱因丁斯特由于利益冲突退出了水门事件的调查。1973 年 4 月 30 日，他又辞去司法部长一职。
③ 巴赫作（1727 年）。

个错误。见到泰勒一家很开心,但是想到伊丽莎白不得不忍受可的松[1]的摧残,我就为她感到痛心。"每次治疗都会提醒一根神经而后痛死"[2],好像那个诗人是这么说的吧。不过让我觉得欣慰的是,她现在的状态已经好转了。见到她的时候我总是很开心。巴比伦这边一切如常。周末的时候我去了爱泼斯坦家,我和杰森烧了六只鸭子炖了一堆土豆。

啊,我想想。今天早上我这脑袋里空空的,虽然我总是一有时间就会给自己计划一堆的东西要写,这些东西都逃到哪去了[3]?

深深祝福你!

伊丽莎白

249. 罗伯特·洛威尔写给伊丽莎白·洛威尔太太

英格兰,肯特郡,梅德斯通,贝尔斯特德,米尔盖特庄园
[1973年5月1日]

最亲爱的丽兹:

我看了你的信就给亨肖打电话了,他保证说这周末一定把材料收集好——如果还缺少什么,周一会再给\我/电话。英国有些方面和缅因倒是有点像,人们都不会在承诺的时间里去做任何事情,这件事也

---

[1] 治疗哮喘的药。
[2] 见洛威尔的诗句"每一种令人麻木的药物都会提醒另一根神经注意疼痛"(《软木》[献给哈丽特·温斯洛]第42行,见诗集《在大洋附近》)。
[3] 见济慈的"啊!何处丨能寻得那些疾速的瞬间?它们逃往何处"(《恩底弥翁》第970—971行)。费莉西亚·多萝西娅·赫曼斯的"男孩站在燃烧的甲板上,丨那里除了他,所有人都逃走了"(《卡萨布兰卡》第1—2行);比较伊丽莎白·毕肖普的诗作《卡萨布兰卡》,收录在《北与南》(1946年)。

难幸免。谁能想到呢，我竟然也很像缅因人。

水门事件，还有那个年事已高的南部参议员[1]，让我很是振奋。事件牵扯的面有点大，不是吗？——那一长串没完没了的德国名字和广告专家名单，还有尼克松与约翰逊犯下的更大的、无法弥补的战争罪行。在这些被指控的人当中，唯一还有点人味的就只有米歇尔夫妇[2]了。我在想，上次大选的结果难道就没有水分吗？竟然能让斯皮罗·阿格纽胜出。或许是尼克松要控制大局吧——我不知道如何做到，除非说窃听行为的真假并不重要，当务之急是找人来作伪证。奥革阿斯的牛圈难道是一天之内就堆满牛粪的吗？这个国家很快就要成为一个道德废墟了……而且情况也可能会好转吧。

很高兴听到哈丽特在练习骑自行车。我们这边都是些嬉皮士在干活；女人工作起来就像海狸一样精力旺盛，男人反而没精打采。变化也太大了吧。我和你说过哈佛暑期学校的克鲁克斯学监（?）\的女儿/[3]每天都来打扫卫生吗？——很不错的女孩，干起活来就像海狸一样。

习惯给你写信了，它就跟呼吸一样自然，是我生命中一个有机的组成部分。希望永远如此。\上周,/我北上去了威斯特摩兰钓鱼，那里颇像新英格兰的一个内陆小镇，人口稀少。人一晃眼就老了——身体僵硬，手指和脚趾冰凉。

祝你和哈丽特安好。

卡尔

---

[1] 指山姆·欧尔文,调查竞选行为的参议院特别委员会（参议员水门事件调查委员会）主席。
[2] 约翰·米歇尔在1969年到1972年期间担任司法部长，然后出任总统连任委员会主席，他的第二任妻子是玛莎·比尔·米歇尔。
[3] 即西娅·克鲁克斯·布雷,迪克·布鲁克斯的朋友；见洛克西·弗里曼的《小吉卜赛人》(2011年)。

250. 伊丽莎白·哈德威克写给罗伯特·洛威尔

[纽约州，纽约，西67街15号]
1973年5月5日

最亲爱的卡尔：

首先，事关所谓我们的"过渡年"。当然，"过渡"只是法律上对去年的界定。奥沙利文先生的工作室提醒我说，他的另一半费用三月份就到期了。你需要开1750美元给我，我再付给他们，然后就两清了。不过我不确定是否会因为信托的事要向波士顿那些律师再支付一笔费用。他们没有支付哈丽特的学费，说是需要得到法定授权才能够这么做……我希望亨肖尽快把那些记录寄给纳特，因为我必须把这些费用结清。

好吧，又说了这么多，我请求你的谅解。动辄跟人提钱的事是不可原谅的，其实我也不想在信里面老提交税的事（如果亨肖"补齐"材料，我就不用在信里絮叨了），真希望任何与钱有关的事情马上消失。

今早我给托马斯家打了一个电话，说我不久就要上卡斯汀去，把学园街那栋房子清空，把所有东西都存放起来。他们已经开始对仓房进行修缮了，但我觉得今年夏天很难完工。前几天我还同某个人说，缅因意义非凡，于我、于你、于哈丽特表姨、于诗作、于夏日度假小女孩我们的哈丽特，都有着宝贵的记忆。放心，我不会做出令你和哈丽特表姨蒙羞的事情，不会把你们的东西全都销毁掉。在我心中，仓房永远是一块圣地，还有小镇的那些街道、那海水、那码头[①]。没有留下那栋房子我还挺高兴的，隔壁学校扩建了，而且地下室总是被水

[①] 哈丽特·温斯洛将她在卡斯汀的房产留给了哈德威克（而不是洛威尔），但哈德威克觉得这是"出于实用性原因"，"并非是对卡尔的指责"。见哈德威克1973年5月24日写给洛威尔的第二封信。

淹，更加潮湿了，还得花大价钱来维护。那个仓房，外面加建了一个侧厅，里面隔出两层，楼下那个曾经的牲口棚会装修得很漂亮很舒适，我想哈丽特一定会喜欢，因为那是一个真正让人觉得舒适愉快的地方，她再大一些的时候，可以带朋友去玩。暖和，采光好，而且有水做伴，可以临水而眺、临水沉思，可以回忆时光、珍惜当下。

还有些坏消息要告诉你，就跟一部小说似的。首先是，斯加列主教春天过世了。其次便是这件事。你还记得莉娅大概两三年前离开克拉克的事吧①。都是那两口子的事给闹的。男方来自巴港，是阿卡迪亚国家公园的主管，他和莉娅各自经历了一段失败的婚姻之后结为夫妻，然后把家搬到阿卡迪亚国家公园，这个公园的主管是个名叫"郝先生"的人（还记得那个老掉牙的波士顿笑话吗？真是"好"！），莉娅上周出去采野花，结果被人发现死在了一个峡谷里。她的丈夫和姐姐都说不是自己死掉的。生命以这种方式结束，还真跟见鬼了似的可怕，很吓人。斯加列主教，还有那个旧爱，都满心疮痍，因为莉娅的离开，也因为克拉克家庭的败落。克拉克一直都很幼稚，做人做事不讲规矩，真是不可原谅，他还经常怨天尤人，主事没有能力也就罢了，就连装装样子都不行。回头看看他们\菲茨杰拉德家／吧，都不清白，都是得过且过，还在吃自己的老本行。可悲的是，大家一开始嫌恶的竟然是莉娅，那个克拉克自怨自艾、自甘堕落，也没什么让人好尊重的。我心生同情，是因为想到了缅因那栋房子，那寒冷、那空旷、那风、那雨，物是人非呀。可怜的莉娅追求的是幸福，可这一切又是怎么回事，纪念什么！野花太多，大自然的确是背弃了那颗爱她的心②。

---

① 莉娅和克拉克·菲茨杰拉德；莉娅·菲茨杰拉德是威廉·斯加列主教的继女。
② 见华兹华斯的"我要祈祷，│我知道大自然从来不曾背弃│任何爱她的心"（摘自《丁登寺上游几英里处的诗行——记重游怀河河岸》第122—124行）。

把支票寄过来吧,求你了,这是最后一笔离婚费用了。还有,请你再和亨肖确认一下税款的事。所有材料必须尽快寄过来,因为纳特处理也需要时间,而且他可能要离开了。

祝好!

伊丽莎白

251. 伊丽莎白·哈德威克写给罗伯特·洛威尔

[纽约州,纽约,西67街15号]
1973年5月17日,星期四

亲爱的卡尔:

紧急。希望你已按要求把你和卡洛琳签字并公证过的那几份契约寄过来了,寄给班戈市的维格。我23日动身去缅因待一周时间,准备清空学园街的那栋房子,把里面的东西送去寄存。希望能按早先说定的那样,31日把房屋销售契约给签了。仓房的改建已经开始,但并不指望今年夏天能完工。我可能还会去一趟科莫湖的洛克菲勒度假村,不过也不一定,因为我是几天前才向他们了解情况的,当然了,这个夏天我是早就已经计划好了的。等到我跟你讲哈丽特旅行的事时再详细说吧,事情都混到一起来了。还有最后一张支票,用来支付我的律师费的,如果你还没寄出,请尽早寄出吧。关于税款的事情,我这边也没听到任何进展。根本不至于陷入这种尴尬境地的,因为大部分所需的材料都在我们这边,就为了英国那边的一点材料,我们除了等待却别无他法。

等事情都解决了,信里就不会是一副公事公办的语气。我在忙着伏案工作,旁边凳子上的小电视正开着呢。今天是参议院对水门事件召开听证会的第一天!

哈丽特她很好，只不过快要考试了。

祝好！

伊丽莎白

252. 罗伯特·洛威尔写给伊丽莎白·洛威尔太太

肯特郡，梅德斯通，贝尔斯特德，米尔盖特庄园 \（是第一封信，恐怕会比第二封要早到一周，也可能会同时到）/①

1973年5月21日 ［收件邮戳为1973年5月28日］

亲爱的丽兹：

刚从意大利回来——就看到奥沙利文的账单，付给埃斯曼的300美元账单，还有签订哈佛合同之时答应给你的一万美元。我还决定给毕肖普五千美元②，不过她的话说得含糊其词，不确定她是否会接受。这一切都不出预料，但我还是有一种幻觉，挣的没有付的多；经过各种审查规则，我的钱都分成了许多小份——最后的数额似乎还会变。然后是新的增值税③制度，然后是所得税。是我没做好。我会给你寄支票用来付律师费的，要知道，四个木匠连续工作三周也挣不到他的

---

① 见洛威尔1973年5月26日写给哈德威克的信。

② 洛威尔对伊丽莎白·毕肖普说："我卖给哈佛大学手稿这件事差不多要定下来了，只剩一些细节有待商讨。你的那些信是最有价值的，也是最大的一组。我想让他们付给你5000美元。这些信当然是你的，是你的手笔，就像摩尔小姐的信是她自己的一样，只是按照惯例，来信是属于收信人的。［……］我看到了一些我自己的信（写给我母亲的，写给罗特克的，写给一对不和谐的夫妻的），数量不是太多，但文字和句子都写得很认真，不像是出自我的手。你的信具有惊人的眼光，日后出版一定还会保持持续的光芒。希望你能收下。"（《空中的话语》）

③ 增值税：英国在1973年加入欧洲经济共同体后引入增值税。

要价啊！

关于"遗留房产"，我还是有不解之处。因为离婚协议不知被我放到哪里去了，所以我现在也说不出什么细节来证明。让人难以置信的是，哈丽特表姨不像我们，这类事情该知道的她都知道，但就是没有想到我们会这样，所以她并没有想着把缅因的房产留给我和哈丽特。我倒是好奇哈丽特能从中分得多少。如果那栋房子卖掉了，重新修整后的仓房一半（延迟）所有权应当归哈丽特所有吧，要不然就等到她长到十八岁或者二十一岁的时候把这一半所有权折成一笔钱给她。要办成这件事的办法有很多种，有点复杂就是了。另外，有些东西我得拿回来，一些私人物品，比如说那只鹰，还有在乡下穿的那些衣服，等等，虽然不值几个钱，但对我很珍贵，只要看见了而且\我都能/再认出来。又或许我还有合法的权利提出这些要求吗？

我一直在给亨肖打电话，他也一直都应承着。好吧，我今天下午会再给他去个电话的，但是为什么不让你的律师直接和他接洽呢？

最近去了法国的巴黎和意大利的比萨，虽说我的法语和意大利语已经退步得一塌糊涂，但我还是有种莫名其妙的自信，觉得［我］可以在半年之内把两门语言再捡回来。没错，阔别二十年，不管是曾经到过的城市、乡村，还是听过的语音腔调，似乎也没有那么陌生。照例又和许多诗人一起共进晚餐，足有二十道菜。又参观了詹博洛尼亚——修复的奥尔卡尼画作，参观了我们在1950年去过但没有开放的比萨公墓，希望我们还能一起再去。彼得·布鲁克斯和我还一度想过飞回美国去看水门事件听证会直播。我并不是刻意要耽误进度的，\到此为止，/但是要把缅因的房子卖了，我伤心难过总是难免的。最近有什么新进展？我是不是不应该多想，闭上嘴什么话都不多说，装作云淡风轻就让事情这样过去?[1]

253. 伊丽莎白·哈德威克写给罗伯特·洛威尔[2]

[缅因,卡斯汀]
1973 年 5 月 24 日

亲爱的卡尔:

我跟你打完电话就开始给你写这封信了。你觉得自己的财产被剥夺了,你对缅因感情深厚,情绪激动是很正常的,这些我都能理解。我现在是一个人在缅因,想尽力在一周之内把东西都整理出来,这对我已是一个巨大的创伤,数周之前就开始隐隐作痛了。我确实是想让你明白,无论是在这里还是在纽约,所有的东西都没有被破坏、没有被丢弃,一切完好如初,都还保留着。的确,这栋房子是要卖掉了,但我想解释一下,留着它维护费已经越来越贵,旁边的学校又扩建了,地下室经常被淹,房子里湿气越来越重,房顶漏雨,等等,我已是力不从心。去年我甚至都没在仓房待过,因为我也没时间去打开它、打扫它,而且维护起来更很昂贵——要交各种税啦、刈草啦、防盗啦。就我而言,我似乎没办法同时把两处房子都照看好,而且那些活儿以前就把我累得够呛,现阶段哈丽特也没有表现出半点喜欢。我咨询了所有能够咨询的人,得到的建议似乎也只有把房子卖掉、给仓房加建侧厅是最妥当的决定。我们正在给仓房建一个地基,侧厅会拓出一个地下室,仓房隔出两层,楼梯上下,楼上有一个阳台、两间带

---

[1] 未见签名。
[2] 与洛威尔 1973 年 5 月 21 日的信(5 月 28 日寄出)互相交叉错过。

浴室的卧室；楼下是面朝大海的厨房和一间客房，我会把卖那栋公建房的钱都投在这上面，还会追加一些。但是从五月到九月这段时间，哈丽特就有一个去处了，可以和她的朋友们一起开车过来，打开门，打扫打扫，再关上门——就这么简单。一切都临海而建，紧凑而雅致。修整那栋公建房需要三周时间。那房子越来越潮湿，还长了霉。我也可以把公建房和仓房都卖掉，把所得的钱交给哈丽特，但是她拿这笔钱来投资什么呢？事实上，房产才是最好的投资标的物，我也确信这对她是最好的方式。那种公建房现在都没人想要了，我想上次签定的价格应该是最高的了。我刚来的时候，发现因为新建下水道，人行道都给挖掉了，前院也已被毁，一片狼藉。眼下我什么都没有扔。若是你和你的家人什么时候想来仓房住段时间，我乐意之至。你的东西都好好保存着呢；至于你那些放在纽约的东西，我就更是小心地保管着，因为它们对我意义非凡。你说要分给哈丽特一部分钱，这我没意见。我会再看一下协议，和奥沙利文先生商量，看看9月份你来之前应该怎么解决比较好，我们到时候再谈。我只是想让你宽心，别再为这事上火，只要房子弄好了你随时都可以来住。但今年是不成的了。我不会来这里了，要不然你们9月份到这里来度周末吧。

一定要照顾好自己。希望你能把那笔律师费尽快寄给我，还有交税的数据（哪怕一点也行），这样我们才能够着手去帮你处理去年的税务。等你秋天来这边时，我想也许你可以去找霍夫曼先生谈一谈，做一些安排。实际上，我们现在面临的情况很复杂，政府不让我来为你给我的那笔钱交税，因为那笔钱到现在还是登记在你名下的工资所得。这些事多么让人厌烦啊。我向你保证，有生之年我不会再谈这事了，这些信是最后一次，一写信就得讲这些事我自己都觉得很痛苦。我没事，在《纽约书评》办公室匆匆看了一下你发表在《邂逅》上的那篇文章①，写得很好，我要去把那期杂志买回来。这边目前还没有关于你的书的消息。最近和比尔·默温在纽约一起吃了一顿午餐，之后又看了一下午水门事件听证会。我会再给你写信的，你收到这封信时我也差不多回到纽约了。现在把维格先生的地址给你，如果这封信及时送抵，你签好后就航空邮寄给他，寄给我也行。如果卡洛琳必须签名，务必让她去领事馆签。地址是：缅因州，班戈市，州街6号，阿诺德·维格先生收。

像我们之前的那种对话我真的不想再经历一次了。爱你，\愿你无恙／。

伊丽莎白

海豹和燕子都很思念你，我亦如是。有时候觉得生活真是糟透了，毕竟时光匆匆飞逝②。

---

① 指《由拉金的"20世纪诗歌"引出的题外话》，刊于《邂逅》第40期（1973年5月）。
② 见托马斯·哈代的诗："那一晚你为什么不提示｜等到天光一亮，｜你就结束在此间的逗留，｜仿佛毫不在意，平静地起身离去，｜而我却无法紧紧相随｜纵使插上燕子的翅膀｜也无法把你追上，再看你一眼！［……］啊，你岂能知｜如此匆匆飞逝｜无人预见——｜连我也不曾——令我多么悲痛欲绝！"（《伤逝》第1—7行和第40—43行）哈德威克1973年10月18日发表在《纽约书评》上的《写小说》，以及《不眠之夜》，引用了该诗的第40—43行。

254. 伊丽莎白·哈德威克写给罗伯特·洛威尔

[缅因，卡斯汀]
1973年5月24日

最亲爱的卡尔：

再写一封，是今天早上和你聊过之后写的，连夜写的。我其实挺痛苦，你的感受我真的都明白。缅因之于我又何尝不是意味良多，但我也知道，比起我，你在意的事情更多，你觉得自己被剥夺了过去的回忆，认为是我拿走了本该属于你的一切，拿走了你的钱、你的房子，所有的一切。谈起缅因你总是感慨万千，觉得这里的一切都不属于我——我也觉得你这样想是没错的①。我甚至问过玛丽，你和你的

---

① 在一封于1956年1月25日写给洛威尔的信中，哈丽特·温斯洛写道，她将把卡斯汀的房产终身使用权留给洛威尔一家，外加一小笔收入来支付税款和维护费。"我把终身收入留给伊丽莎白而不是你，这样的话，如果她比你活的时间更长，她就可以得到这笔收入"（收藏于哈佛大学霍顿图书馆）。洛威尔在1956年1月31日回信说："承认你留在遗嘱中的善意，让我感觉到一种不恰当的，但可能是波士顿人由来已久的神经质。我们感激你让我们终生享有那栋砖房的使用权，以及每年那笔慷慨的补贴……让我感动的是，你一直把伊丽莎白看成是伊丽莎白，而不仅仅是跟随夫姓的伊丽莎白·哈德威克·洛威尔，去掉夫姓或娘家姓就有点像温斯洛的姻亲，不过她当然也是的。"（见《罗伯特·洛威尔书信集》）1964年哈丽特·温斯洛去世后，房子和收入都留给了伊丽莎白·哈德威克。哈德威克说："缅因州的财产。是温斯洛小姐留给我的。卡尔无权索要，但我一直觉得，留给我是出于实用性原因，并非是对卡尔的指责。我们在一起的时候，他和我曾决定出售它的一部分，为的是改善他在水上仓房的工作环境。这事已经完成了。我们离婚后，我想住在仓房，因为那里更适合我和哈丽特。所以我不得不卖掉位于学园街的房子，把仓房改造成房子。根据缅因州的法律，卡尔作为我的前夫必须签字。他只要签字就行，但他一开始是拒绝的，似乎认为需要他签字就表明财产是留给我俩的。我解释了，缅因州的律师也解释了，但他很长一段时间都不肯迁就我，我差一点就卖不成另一栋房子。在我看来，这背后的原因是因为他很伤心，而不是因为他贪婪，是我们都深爱的哈丽特表姨做了她所做的事情。"（哈德威克写给伊恩·汉密尔顿的信［日期未标］。见"伊丽莎白·哈德威克书信文稿"，收藏于HRC）

家人会不会来缅因住,而她认为这是不可能的,英国的夏天灿烂又迷人,诸如此类。跟你打完电话,我忍不住哭了,我哭是因为,我和你一样,与别人都能相处得很好,从来都不辛辣尖酸①,不好与人争辩。哈丽特放学回到家时,我给她打了个电话,聊了很长时间。她坦言自己这些年来对缅因全无好感,但我却认为她这样的想法并非是永久性的,处于她这个年纪,憎恨死气沉沉的东西很正常。她还说,她觉得我是在做对的事情,而且她能够想象得到自己会很开心,等到仓房真的改建成一个有趣的生活之所,以后她会独自和她的朋友们一起过来玩的。这几年我真的太忙太累了,现在我只想要一切从简,这栋房子,在学校边上,维护好它真的需要很多钱,也很困难。我告诉哈丽特说,如果她上大学之后还不喜欢缅因,我就把房子卖了,这样她就可以拿着这笔钱去做投资、去过自己的生活。其实就我自身而言,处理这整件事情是不会有太多遗憾的。虽然我不知道接下来我会怎么做,但\现在/确实不是正确的时机。那些家具、那栋仓房,整个一切,无论怎么改变,似乎还是其中的一部分,还是过了今年我再回过头来处理吧,等仓房修整好了把我这个舒适之地租出去也不是什么难事……但是这样做不好。你的那些东西,包括之前你家里的东西,哈丽特表姨的东西,我都没扔,永远不会扔的。我只是给你的哈佛学位证书擦了擦灰尘,准备把它带到纽约去。我有多用心在照管着这些东西,你根本就是一无所知。我知道你没钱,我又何尝不是。所以我只能努力工作,等到哈丽特读大学了,我立刻就去伯克利工作一学期看

---

① 至于"辛辣尖酸"一词,请参看哈德威克写给伊恩·汉密尔顿的信,留在汉密尔顿的传记初稿中:"自始至终,我似乎只不过是个护士,一个'辛辣尖酸'的早期批评家。"她在自己的"笔记本"中写道:"我想,卡尔是希望这本笔记写得既辛辣有味又'有趣'。"(见哈德威克写给伊恩·汉密尔顿的信[日期未标],收藏于 HRC)

看，叫我做什么都行。随信附上这些照片，回纽约时会再给你寄一些，都是不同时期不同地方拍的——上面大都没有我，尽可能挑选这样的照片吧。

抱歉这事给你带来了痛苦。你不在这里你是不知道它让我感觉有多么为难。关于这次搬家，关于这两栋房子，我写了一点东西，会寄给你看的①。这一切确实让我感慨万千。如果你收到这封信给我打电话，我就不卖……原谅我吧。对我和哈丽特来说，生活总是露出不善意的那一面，但我们还是得硬着头皮前行。我一定会按照你说的做，把钱直接给哈丽特，这件事等秋天你来了我们再谈……

托马斯一家人很好，卡斯汀很迷人。这个夏天我可能有一大部分时间都会在国外——以后怕是会待更长时间。和你聊过之后，我除了

---

① 附件现已遗失，但可能是哈德威克的《写小说》中的一段文字："最亲爱的M：我已经把缅因州的大房子卖掉了，打算在那里建一个新住处，就建在水上那个旧谷仓上。建筑师的图纸上标明那是个'现存的谷仓'。但是我害怕质变，害怕物种的变化过程。那个谷仓，或者我想象中所有的谷仓，曾经是牛舍和存放干草的地方。后来它就变成了——好吧，一处地方。（我不想说什么。说太多会破坏页面的效果，就像行内有太多的大写字母，或是令人讨厌的感叹号。不管怎样，你懂的。）那个谷仓会同意变成我决定的样子吗？我不知道。有时我确信，我是在为一个来自班戈的轮胎销售员建这么个地方，他的妻子可不会善待这样一栋建筑的神圣伤口——那些诉求，原谷仓的哭诉，被弃之于地的种种记忆。莱特奥尔照明灯、"设计研究"、土耳其地毯的那些主张和呼声。至于另一栋懒得处理的房子，我为其哀悼，感到非常遗憾。多年前的那些夜晚，与 H. W. 在一起赏听她收藏的那张 78 转唱片，是爱丽丝·拉沃在格鲁克的歌剧《奥菲欧》中的倾情演唱。仿佛那音乐还在耳边回响，H. W. 还在眼前，身材高挑，年华虽已老去，却依然美如少女一般，令人心动。外面雨声滴答，树叶散发着清香味道，室内炉火燃得正旺，处处摆放着碗一般大的旱金莲，炉台上方挂着橘黄色的摩洛哥布艺。真是莫大的损失。也许是我的记忆太善良，它背叛了我，漂白了那些黑暗的场景以及夜晚的躁动。我和其他任何人一样，对于页面的东西十分敏感，知道它有吸引力，富有戏剧性。好吧，我们从一具雕像走到另一具雕像，你想说什么就说吧，每栋房屋都是一个神龛。"（见《写小说》，刊于 1973 年 10 月 18 日的《纽约书评》）修订之后并入《不眠之夜》。

伤心就是难过。

伊丽莎白

255. 罗伯特·洛威尔写给伊丽莎白·洛威尔太太[1]

肯特郡，梅德斯通，贝尔斯特德，米尔盖特庄园
1973年5月26日［邮戳为1973年5月28日］

最亲爱的丽兹：

今天午后我一直在找那份离婚协议，虽然好像当时弄了一式三份还是四份，有几个不同的版本，但是我翻遍了抽屉就是找不到。

从意大利回来之后，我整个人一直都处于一种懈怠的状态，对于"遗留房产"的问题我并不想很快做出回应。起初知道这件事还是埃斯曼那封突然而至的信。我并不希望卖掉那栋公建房，但是我当然能理解你这样做的现实意义……你也是迫不得已。我猜想，哈丽特表姨对这种事情是再了解不过的，她肯定是考虑过把房子留给我和哈丽特作为某种保护的。难道我不需要保护？想到自己能够继承的一切就只有外公的金表和大概十五本书，我就觉得凄惨。但是我又觉得这不该是我们之间争执的点，那些书、杂物还有家具（少部分）终会回到我身边的，只是时间问题。我也认为我们尚在人世之时，应该为哈丽特留下一些属于她自己的财产，我建议等她成人之后\每年/从信托基金里面拿出1500美元给她吧。去年秋天的时候，我就想着赶紧把这事给办了，但是当时碍于一些法律程序和税款原因没能办成。也许在哈丽特表姨的眼中，那些房子就意味着对哈丽特的一种保护吧。当

---

[1] 与哈德威克1973年5月24日的两封信互相交叉错过。

然，给生活费也比较好是一样的。

虽然我在信里是这个意思，但我并不是要阻止你（只是我凭什么要签字放弃\我／在卡斯汀所拥有的所有财产?）仓房现在不卖）。只是事发突然，我相当恼火。

说来也是奇怪，今天早上我还想着给你写封信，想跟你友好地闲聊一下八卦。我们还没能在哈佛那边找到可以住四个月的地方，不过我认为是找得到的，而且我觉得还是让我自己来选书比较好，没有书的陪伴，我只觉得闭塞得很，几乎要沦为文盲了。

写信和我说说哈丽特暑假的安排吧，我会继续催促亨肖的。

祝好！

卡尔

256. 伊丽莎白·哈德威克写给罗伯特·洛威尔

［缅因，卡斯汀］
1973年5月30日[1]

亲爱的卡尔：

我此刻人还在缅因，还要多待两天。雨、暴雨、龙卷风，死一般寂静的周末。这些家务活让人多么绝望啊！我一大早给你写这封信，就是想告诉你，我希望你昨天已经把那份公证过的契约寄过来了。我去年秋天就签了一份合约，5月31日卖房，他们来买。现在当然是不太可能的了，我真是担心买主因为延误而退出——而且所有家具的存放费用又贵得要命。来到这里以后，我才确定自己的举措是完全正确

---

[1] 与洛威尔1973年5月21日以及26日的信互相交叉错过。

的。要留下这房子根本不现实，边上那所学校活动很多，院子一片狼藉，栅栏也坏了，屋子里阴冷潮湿。其实我倒希望这儿的一切都不属于我，真的是太远了，只到夏天才有三个月的时间适合逗留，我也不确定自己就那么想来，坐飞机往返来处理这些杂事又确实太费钱。但是话说回来，卡斯汀的风景确实优美，这种美好的印象应该会一直伴随着我吧。哈丽特也很赞成我的做法，至少她也觉得把房子出手是个正确的决定。我希望她长大以后会喜欢上卡斯汀吧，希望如此。

和科里夫妇还有托马斯一家度过了难忘的一晚，那晚我们基本上都在聊《吉尔伽美什》，要不然就是听卡尔·科里侃侃而谈。周六在圣三教堂参加弗兰克·奈塞尔的葬礼，唱诗班的声音很小，管风琴手（库姆斯太太）弹奏的曲子是《回家》和《爱之梦》①，那天天色灰暗、阴冷，但是所有的故人都到场了。出来之后我便陷入一种极端的郁郁寡欢之中，所以就开车去了巴克斯波特，买了一本《乡村之声》的杂志。让自己重新变成城里的蠢蛋，以抵抗乡村的精神枯萎。今天参加了斯加列主教的追思会。布斯一家要在这儿住几天，昨天和他们一起小酌了几杯。镇上的人都还在聊莉娅和克拉克的事。去到那里我就有一种置身荒原的感觉。菲茨杰拉德家只剩下一个年迈昏聩的老太太了，跟一只跛足的老鹰似的，其余的人都去了一个光明的世界②。

我等不及想要回家了，九天竟然就是为了这个！有那么一两次，我都向自己发问：为何要生而为女人？我想要把自己肩上的这些担子尽可能甩掉，很多东西现在对我已经毫无意义了，这种努力似乎很不真实。纽约的生活并不轻松，但我乐在其中，纽约于我和哈丽特都是

---

① 《回家》（1922年/1893年），威廉·阿姆斯·费希尔（作词），安东尼·德沃夏克（作曲）；《爱之梦》（1850年），弗朗茨·李斯特作。
② 见亨利·沃恩的"他们都去了一个光明的世界！｜只剩我独坐，逗留此处"（《闪耀的火石Ⅱ》第1—2行）。

一份礼物，有活力，很逍遥。而缅因则无异于一座坟墓，让人绝望。也许只是天气原因作祟，也许是因为整理和搬运的烦琐，还有为修整仓房的事和费用操心的缘故吧。我真的不知道自己怎么会有此刻的心情，我真的不知道自己以后还会不会渴望到这里来度过一整个夏天。对于即将来临的夏天，我此刻并没有什么清晰的打算。我想8月的时候去科莫湖的洛克菲勒度假村，也就几周前才想到的，当然人家已经订满了，不过他们还在想办法解决，应该很快就会有回复。

写这封信一定程度上也是在向卡斯汀道别吧，这最后的告别使人很阴郁、很迷茫。希望你已经按照要求把契约寄给了维格先生。愿你安康，我的祝福永远不变。

伊丽莎白

257. 罗伯特·洛威尔写给伊丽莎白·洛威尔太太

英格兰，肯特郡，梅德斯通，贝尔斯特德，米尔盖特庄园
1973年6月1日 ［邮戳为1973年5月31日］[①]

最亲爱的丽兹：

收到你寄来的那些信和照片，感觉很神奇。我这一生有个愿望似乎一直未得到满足，那就是拥有一本剪贴簿——因为抽屉柜堆满了没有整理分类的照片。我刚买了一本，现在已经用得差不多了，每一页、每个排序，都是我精心设计的，就像我的那些长诗，意蕴深刻，至少我自己是这么认为的。话说回来，我有一张艾伦、福特·马多克斯·福特太太、彼得、我和琼一起在新奥尔良的照片，难以置信的是，除

[①] 与哈德威克1973年5月30日的信交叉错过。

了琼，我们个个看起来都是宿醉未醒的样子。我这儿没有你的旧照，因为两年半前，我好像是在吃饭还是坐出租车时把我的皮夹给落下了——应该是在傍晚回家的时候——那里面有八张小照和约合一百美元（？）的挪威币，还是佩尔给我的。我最想念的就是你抽烟的那张照片，那神态野性而妖娆，好像是罗比在罗亚河上（？）给你拍的。多给我寄一些照片吧，我们可以给这个剪贴簿取名为《笔记本之剪影集》，然后授权给《星期日观察家》刊登，就像伊夫林·沃的日记一样①……没错，我真的想要更多。多寄些你的照片给我吧，多多益善！

我的书？我已经给鲍勃写信了，三本书都让他给你寄，但给哈丽特只寄《历史》，这样就不会一下子强迫她接受太多。这三本书将于6月20日出版，比FSG出版社最初承诺的日期晚了差不多三周时间——也是不得已的事，因为弗兰克的插图②还没有完成。书就要出来了我非常开心。我一定不会提及你对那本书的感受的。真希望出版工作和各种审核都已完成；我在美国和英国似乎都成了典型的异类，与他们格格不入。这三本书的付印量都很大，售价也比较非常高，不过这边的价格比美国便宜③。还好当初没有把三本书合成一卷出版，那样做价格是会低一些，但太不像话了。

---

① 比较洛威尔的《文学生活，剪贴簿》（见1969年第一版和第二版以及1970年的《笔记本》）和《文学生活中的图片，剪贴簿》（见《历史》）。从1973年3月25日到5月13日，沃的日记在《观察者彩色杂志》上连续刊发8周。

② 弗兰克·帕克为这三本书的美国版画卷首插图。三本书的正式出版日期是1973年6月21日。

③ 在美国，诗集《海豚》和《献给丽兹和哈丽特》的标价都是6.95美元（按照2019年的消费者物价指数约合39.66美元），《历史》的标价是7.95美元（按照2019年的消费者物价约合45.36美元）。在英国，《海豚》的标价是1.75英镑（根据英格兰银行通胀计算器的数据，2018年约为22英镑），《献给丽兹和哈丽特》的标价是1.4英镑（2018年约为17.5英镑），《历史》的标价是2.95英镑（2018年约为37英镑）。

出售那栋公建房无异于一种死亡，我想不到万不得已，你绝不会这么做是吧。既然你说那栋房子的使用权归我，要是你愿意，我们可以签一份类似于准入协议的东西，对孩子们就不要有太多约束了，其实除了让心里好受一些，它也不具备任何实际的意义。再说，有生之年我也没脸住到那里去，就是谢里丹以后可以去看一看吧。我觉得他和哈丽特不太可能很亲密——谢里丹要是再小个五岁，哈丽特都可以当他的妈妈了。等你给我写信的时候，我会签那份"遗留房产"的。只是它来得太快，而且没有做任何说明。

这个亨肖真是够气人的，他先是不回电话，然后又赶上了公休假加周末。现在他是一个人在欧洲什么地方躲清静去了，要等过了这个周末才能联系他。你一定觉得在美国看谁都像尼克松的朋党吧，而我们觉得英国这边是人人必须有一个头衔、几张不堪入目的艳照、一个长期受苦的妻子和上千英亩的田产①——不知何故，事情顺不顺利都拜亨肖所赐。我会再试试找另一个人。

别跟我说房子坏了的事。就在上个月，我们两间地下室都被水淹了，隔墙拆除了，外屋的铅质水盆被人偷了，一只狗丢了，保险丝不翼而飞，天窗漏水，所有的餐巾和手帕都神秘消失，粉刷工作是迪克西丈夫的弟弟做的②，他还带着自己的疯儿子来给我们做了三天的

---

① 指1973年5月兰姆顿勋爵和杰里科勋爵的性丑闻。参看《我们的政治工作人员》栏目的《兰姆顿勋爵辞去大臣一职》，刊于1973年5月23日的《泰晤士报》；《"我没有借口……我的行为既轻浮又愚蠢"》，刊于1973年5月23日的《泰晤士报》；戴维·伍德的《杰里科勋爵身陷应召女郎丑闻辞职，希思下令安全委员会进行调查》，刊于1973年5月25日的《泰晤士报》；以及威尔弗里德·科尔的《兰姆顿勋爵宣称：我的妻子和家人都支持我》，刊于1973年5月25日的《泰晤士报》。
② 迪克西·布鲁克斯嫁给了吉卜赛人迪克·弗里曼（他的兄弟是鲍勃·弗里曼）。见他们的女儿罗克西·弗里曼的回忆录《小吉卜赛人》（伦敦：西蒙与舒斯特出版社，2011年）。

饭——孩子的母亲、哈佛的克鲁克斯学监那个冰雪聪明的女儿竟然嫁给了一个嬉皮士[①]，他在没有告知我们的情况下就买来了一头驴，那头驴子还得了重感冒，请兽医就花了六英镑——烘干机不转了，一大堆的事情。说我们会生病，我看房子更容易出问题，而且它们永远都无法治愈自己，还得靠我们去解决问题。我也在看着时间飞逝，喜欢想着你们，喜欢写信。

祝安\，也问哈丽特好。一整天我都在看你寄来的照片，都把她的生活经历一遍了。/

卡尔

258. 伊丽莎白·哈德威克写给罗伯特·洛威尔

[纽约州，纽约，西67街15号]
1973年6月3日

亲爱的卡尔：

这事万分火急，不得不催促你，请你马上把那份签署生效的契约寄给维格先生。那栋房子已经清空，整整花了我九天的时间，独自一人，天寒地冻，不仅骨头痛心也痛。所有东西都寄到班戈去了，在那儿存放一年。你的鹰、你的鱼，还有你父亲那把剑柄镶嵌珍珠的剑，所有的一切，都寄到那边去了。到时候还会再拿回来的，等到明年这个时候，仓房修缮好了，所有的家具，每一样东西，都会运回来放到里面去。在这上面我已经花了2000美元。我实在是害怕，如果再拖下去，想买房子的人等不及就放弃了。只有看到那份

[①] 指马尔科姆·布雷。

契约之后他们才愿意签合同，而且我也答应了他们可以去看看房子，唉，想到那一塌糊涂的景象我就心里不踏实，好害怕。我真不明白缅因的房子对我有什么用处；花费大、距离远——事实是我能在那里住上至少三个月才有实际意义。但是我不能放弃那栋仓房，永远也不会。我是在为哈丽特整置一处房产，到时候她拿去出租也好，卖掉也好，都将价值不菲。要我们把所有的东西都保存下来实际上是做不到的，当然得舍弃一些东西，至少现在仓房像样看起来不像原来那么凌乱了，到时候你还会感叹它美得一塌糊涂⋯⋯至于那份契约，它与哈丽特表姨并无关系，而是与落后得惊人的缅因州有关系。缘由是这样的，既然我们还处于婚姻当中（仅在那里！），那么根据缅因州的法律，你有权拥有我任何财产的一半，但我也有权利拥有属于你的任何财产（不管是在英国的还是其他地方的）。我现在做的事都是在努力解决这些问题，但是唯有一件事受缅因法律的约束，需要最先处理，那就是你必须在那份契约上签字。为这事我已经伤心发愁了好一段时间，因为我知道你根本没有理解其中的意思。如果这次房子没有卖成，空置在那里，那就是一场灾难啦！要我再花大价钱去到那边等待另一位买主，我真没办法接受⋯⋯请你按他们说的那样，立即签好契约寄给维格吧。我拜托你了。老在说这些事，真是讨人嫌，心里难受啊。

我把能找到的照片都随信寄给你，这些照片基本都没有我，只有一张，照得还不错，是我们三个在圣达菲拍的，还有一张是我和你婚后不久在弗雷德·杜皮家的台阶上拍的。找时间我会想办法复制一份，因为我还是挺想把这些照片留下来作纪念的。

你提交1972年纳税申报单的事，我再也无能为力了。报税的事一直会持续到你百年之后，所以我想今年你要自己上手去办理了。卡尔，没有人会写信告诉你要申报所得税的，你得找一个会计去做这件事。纳特以前同意去做，但这又不是让他们检查你是否交税、是否有申报那么一回事。他们做的也就只是拿到数据，然后坐下来和当事人了解清楚情况，然后进行汇算，再把表格填了就成了。可我要付给他们的费用却贵得要命——去年我就付给会计600多美元。我想你9月份得和他见一面，计划一下之后的事情。我说这些绝无任何指责的意思，这真的与我没有半点关系。我听到任何实际问题，总是会伤心难过，而我自己那些实际问题也从未得到解决，心里不免更加难过，更加刺痛。

我讨厌这些事务性的信件，讨厌写这样的信，好像自己是检查学生旷课的训导员似的，实际上我不是。我刚回到家，仿佛自己在那栋寒冷阴暗的房子里已经孤单心碎地过了一年，现在又能看到哈丽特，又回到纽约这个安全之地，心情顿时畅快起来。水门事件听证会明天就要开始了，我要去给民主党初选中失利的人投票。我桌上堆满各种邮件，我的背疼得不行，手上还有伤口（缅因到处都是锈铁），契约没到维格手里，这事没办完，我无法入睡！

嘿，这个供你思考：

一切倾覆一切又都被重建，
而那些重建者是快乐的。[1]

我去参加了斯加列主教的追思会。还与卡尔·科里度过了一个疯狂的夜晚，他竟然和我聊《吉尔伽美什》！他新买了一个助听器，不过我们都发现，其实他根本就不想训练自己的听力。一个从阴沉的北

---

[1] 见叶芝的《天青石雕》（1936年）第35—46行。

方①回到那阴沉的街道②的人向你致以问候。

伊丽莎白

259. 罗伯特·洛威尔写给伊丽莎白·洛威尔太太

肯特郡，梅德斯通，贝尔斯特德，米尔盖特庄园
1973年6月7日

最亲爱的丽兹：

天气极好，碧蓝、灿金、黛绿和墨影。就在最近，一名男子在楼下用力掏出水管；可怜的谢里丹嘴里满是水痘，一直哭个不停，现在已经好转，希望如此，他的病情是被那个马马虎虎的当地医生给耽搁的，什么病他开的都是一个药方。

我在等你回你的信③再签那份"遗留房产"——我确实有那种相当凄凉的感觉，就像眼睛直盯着一栋曾经摆满家具的房子那如今已光秃秃的地板，但我不打算拖你的后腿。终于找到亨肖了，一开始他的电话整天都占线，然后又是公休日，然后他因为工作过累，去了法国或是土耳其休假，谁也联系不上他，现在他答应周一把收入材料给

---

① 比较赫尔曼·麦尔维尔的"沉沉的云朵，厚重而灰暗，｜它们从阴沉的北方倾压而来"（《白旗海军上将》第15—16行，作于1885年）。
② 比较摩尔菲尔德·斯托里的"我们中的一些人还记得波士顿拥挤阴沉的街道，安东尼·伯恩斯就是在这里被军队强行带回奴隶制的。听到堪萨斯州平原上发生战斗和暴行的消息，我们都感到无比愤慨，那时候，萨姆纳敢于谴责在这片不幸的土地上犯下的罪行，却因此在参议院遭人痛打［……］马塞诸塞州第六军团穿过波士顿开往前线，我们热血澎湃地走在他们旁边，当我们从电报上得知战争的第一滴血正是这些人所流的时候，全都震惊了"［见《19世纪60年代的哈佛》（1896年）］；转载于《哈佛毕业生杂志》（1897年）。
③ 应该是"等你回我的信"。

你。问题是,那份材料必须准确无误,与我在英国的申报表完全相同。

你的书评两部分都读完了,我感觉"诱惑"部分占比较多也有所得①。还有,人们不该把它们当作一篇批评文章来读,应该把它们看作是一种由"情境"生发的遐想或独白。我也有许多自己的想法要写给你看——反思啦、随想啦,但是这些想法现在逃走了②——真是悲哀啊,脑子里有很多东西却迟迟不能动笔。鲍勃·西尔维斯周六会和格罗斯夫妇来这里——我已经见过几个美国人了,罗森塔尔一家、考利夫妇……更多人是在信中相见。我们在坎布里奇还没有房子。我决定去看看电影,但除了一部残暴的梅德斯通西部片,却没什么可看的。我脑子里印象最深的夏伊勒关于法国沦陷的那本书的一个章节③,甘末林将军在一切都在陷落时,极其关心的(很温柔)却是自己要睡足八个小时,每个人都要睡足八个小时,吃东西时要不慌不忙——他那些无能的下属只能被他们听不到的暗示解雇。法国人就跟尼克松的幕僚一样坏,互相背叛、互相指责。还有人在写真正的书吗?还有更多我们没有读过的书吗?

祝你和哈丽特平安无事!

卡尔

---

① 《诱惑与背叛(一)》,刊于1973年5月31日的《纽约书评》;《诱惑与背叛(二)》,刊于1973年6月14日的《纽约书评》。
② 见托马斯·怀亚特爵士的"他们从我身边逃开,有时我会觉得很受伤"(1540年)。
③ 见威廉·L. 夏伊勒的《第三共和国的崩溃:1940年法国沦陷之研究》(1969年)。

260. 罗伯特·洛威尔写给伊丽莎白·洛威尔太太

[电报]

肯特郡，梅德斯通，贝尔斯特德，米尔盖特庄园

1973年6月11日下午4点25分 [签收]

纽约市西67街15号公寓

伊丽莎白·洛威尔太太

抱歉又拖延了律师说要先了解继承人权利的含义再予以快速公证一周内办完但愿吧祝好

卡尔

261. 罗伯特·洛威尔写给伊丽莎白·哈德威克

肯特郡，梅德斯通，贝尔斯特德，米尔盖特庄园

1973年6月11日

最亲爱的丽兹：

当我和卡洛琳去找她的律师查看那份弃权声明并予以公证时，律师竟然也不能确定卡洛琳签的究竟是个什么东西，继承人究竟享有哪些权利。我认为这都不算什么事，但我总不能什么都没搞清楚就去签字吧。我还得把离婚协议找出来看一看，出于某些原因，这份协议现在不在我手上。似乎人有权利也不会去和缅因州的法律叫板，而且我完全不知道缅因那套房产如何在哈丽特和谢里丹之间合理分割。

我想所有事情会在一周之内全部得到解决吧。也许奥沙利文会通过埃斯曼联系金律师，埃斯曼手里有离婚协议的副本。这段时间，我

一直在为这事伤神，有些不知所措。我以为这事不重要，又不是什么紧急攸关的事，更不可能让你放弃卖掉房子的想法或者改变你的计划。哈丽特能够分得一部分，我很欣慰。不过我打算等她到21岁再独立一些时分给她一些财产，但是如果涉及谢里丹应继承的部分，我是不会签字放弃的——不论知不知道自己是继承人，我都不会签字放弃的。

我们聊过很多次了，为了这事我伤了好几个小时的脑筋。我承认我在一个月之前就该对此做出回应，对此我不想找任何借口，只是那份弃权声明突然就摆到面前，毫无预兆，也没有任何解释。对我来说。埃斯曼发出它时没有做任何解释。

我们还是要有信心，整件事月底前会解决的。

爱你！

卡尔

附：谢里丹的水痘刚刚才好，家里每个人似乎都有一些似是而非的水痘症状。大脑有些信马由缰，我又开始扯东扯西了。我想说的是，我认为问题的关键就在于，金先生根本不知道那份弃权声明是什么意思，说不出那份弃权声明到底意味着什么，而我也不知道，所以也没法跟他解释。

（纽约，公园大道350号，
凯利·德雷和沃伦律师事务所）
该事务所的康维先生是指定联络人

262. 伊丽莎白·哈德威克写给罗伯特·洛威尔①

[电报]

[纽约州，纽约]

[1973 年 6 月 12 日签收]

肯特郡，梅德斯通，贝尔斯特德，米尔盖特庄园

罗伯特·洛威尔先生

继承人权利②是指在缅因作为我丈夫在我死后你可以要求得到三分之一的缅因房产因为有离婚协议你在法庭是站不住脚的你的书明天从家里拿走吧我求你

伊丽莎白

263. 伊丽莎白·哈德威克写给罗伯特·洛威尔

[电报]

[纽约州，纽约]

[1973 年 6 月 19 日于肯特郡签收]

肯特郡，梅德斯通，贝尔斯特德，米尔盖特庄园

罗伯特·洛威尔先生

你觉得我们是夫妻吗　你和卡洛琳认为谢里丹是我儿子吗　如果不是你这样待我就是愚蠢　就连哈丽特都没有那房子的继承权　你只

---

① 这是哈德威克所写的 12 封信、明信片和电报中的第一封。1982 年，洛威尔遗产管理公司将这些书信文稿出售给了 HRC。
② 原文 "DE \ S / CENT" 中的 "S" 是洛威尔添加的。

是作为我丈夫才有权继承但我们不是夫妻了签名都是程序性细节请把签好的契约寄过来

=伊丽莎白+??+

[《海豚》《献给丽兹和哈丽特》和《历史》于6月21日出版。]

264. 伊丽莎白·哈德威克写给罗伯特·洛威尔

[纽约州，纽约，西67街15号]
1973年6月21日

亲爱的卡尔：

哈丽特和她的朋友7月初先不去伦敦，因为转机时间就只有几个小时，还要找地方放自行车。她们会直接带自行车飞阿姆斯特丹，然后打算7月19日左右去伦敦和肯特，在那边待到29日左右，然后再与大部队在伦敦会合。她们在阿姆斯特丹就住在凯西父母家，到时候会从那儿打电话或写信给你。哈丽特跟我保证说，她们在英国可以照顾好自己，做饭收拾屋子都不用担心。她们想要在肯特四处走走，然后在伦敦也逛一逛，两个孩子都很有责任感，不过我也觉得不应该让她们单独在伦敦那栋房子里住着。她们也说了，一切是否可行还是要看你和卡洛琳那边会不会觉得麻烦。7月6日她们会跟着毕业生们一起从纽约出发前往阿姆斯特丹，如果你觉得19日不合适，现在就让她知道，要不然等她出发了，我还得把消息传递到阿姆斯特丹去，我现在还不知道她们在那儿的住址呢。有可能她们会从荷兰坐火车去英国，不过我也不是很确定。无论如何，等到她们归队之后，你们也就得说再见了，到时候她们会跟队飞回纽约，我在这儿等她们回家。

我姑且相信，当你收到这封信的时候，你应该已经在契约上签好字通过航空邮件寄给维格先生了。这个夏天已经过半，请律师、打电话、买特别保险，这一连串的事情我都不知道已经花了多少钱了，却一点成果都没有。买主那边还是很想要那栋房子的，不过他们需要自己装修一下。就这件事而言是一点风险都没有的。之所以需要你在契约上签字，是因为这是缅因的"惯例"，而且你之前在离婚协议里面也表示同意就此事签署相关文件的。不过要你签名也只是一个形式上的流程而已，因为那栋房子是协议里面唯一毫无争议属于我的东西。奥沙利文也会给你写信的——我已经请了他来辅助维格先生，我竟然能花这个钱，不可思议吧。他也不会在信里说什么新的东西了，该说的我都说过了。我推测到最后我们可能还是免不了要上缅因的法庭，但那时候就到秋天了，房子继续还空着，没有卖出去，整件事带给我的将是彻头彻尾的迷茫和崩溃。

还有，你的所作所为也让我觉得难以置信，这件事其实根本与你和谢里丹没有任何利害关系，就算你在这上面倾注大量的时间和精力，也不会改变什么的——而且，关于去年个税的数据你到现在连一张纸都还没有给我。要知道，只要你是美国公民，每年就必须做这件事。你怎么会这样呢，我真是看不懂。

那些书[①]他们说下周就寄出。我寄走之后又找出来几本。其实找这些东西也不是件容易的事，毕竟时隔多年，都不知道弄到哪儿去了。寄书的账单下周会送到我这儿，到时再给你寄过去。（刚刚收到了寄运处的信，说是书的寄付费用是140.2美元。这只是寄到伦敦的费用，从伦敦到梅德斯通的运费他们会直接向你收取。总共是200本书。你可以尽快把140.2美元汇给我，因为我现在手头很紧，这个夏

---

① 指纽约西67街公寓中洛威尔的藏书室中的书。

天哈丽特出去得花不少钱，我们的日常开销也很大。[）]

伊丽莎白

265. 罗伯特·洛威尔写给伊丽莎白·洛威尔太太[①]

肯特郡，梅德斯通，贝尔斯特德，米尔盖特庄园

［1973年6月23日］

最亲爱的丽兹：

之所以一直拖着，是因为卡洛琳不知道自己要签字放弃的是什么。我当然清楚整件事就只是走个形式而已，而且本来早就应该签了，但是要卡洛琳放弃看起来可能是（现在当然是没有任何疑问的了）谢里丹应有的权利，她做不到。大约一周前我给埃斯曼发过电报，但是他并没有回复我，也许你能联系上他吧。亨肖今天很肯定地对我说，他确实是在一周前就把个税信息寄给你了。显然，你那边的数字应当和我在这边报给英国的税务人员的数字是保持一致的。所有事情都停滞不前——虽然我们都尽力在争取，但是哈佛那边还是没有给我们安排住处。

不能及早见到哈丽特，有点遗憾，尽管我很怕骑自行车。我真的很想念她，而且正在为她们的城市和乡村之旅做些初步的计划。我想我要是在那边的房子里，到时候她们在伦敦想干什么都行。能不能让她们在离开纽约之前告诉我们，至少是说一下从阿姆斯特丹到伦敦的日期——好让我安心一些。

刚从鹿特丹参加一个诗歌节回来。那个城市老旧的市中心，17

[①] 与哈德威克1973年6月21日的信互相交叉错过。

世纪时曾被炮弹炸成连绵的废墟，1951年那里还是一片遍布断壁残垣、杂草丛生的开阔地带，而今成了不夜新区，狂欢之所，只是住宿条件简陋了些，让人感觉就像那些节日和传统活动过后，那些东西都会被卡车运走，就像世界博览会一样。高潮时刻不怎么协调，金斯堡和君特·格拉斯在一艘诗歌游艇上见面了。格拉斯说："他怎么不带上铜钹？"朱迪思心急火燎主动出击，不过短短几个小时，就收到去格拉斯和马里两人住处的邀请。麦克迪亚尔米德不管是外表还是喝酒的样子都像极了艾伦·泰特。诗歌可不可怕？请注意，我有意没有在这里使用感叹号。

布鲁克斯一家在我们这里待了两晚，现在已经出发去爱尔兰，还有迪克西。梅兰妮在学习。我以前从没觉得彼得这么好，跟他相处很有意思。

现在太热了，晚上都不用给壁炉生火了，白天更是热得让人油光满面。我都不敢想象美国是热到什么程度了。

你能否打个电话给埃斯曼，看看他能不能给我们写封信解释一下，卡洛琳要签的是个什么东西？律师建议她把事情搞清楚再去签字，她不是故意要拖延，破坏你的买卖。

期待寄来的那些书了，那些精装书都是青年时代的老友啊。现在确实有种感觉，除了过去，我一无所有。照片都收在一本相册里了。

我们都那么期待见到哈丽特。你是准备去科莫湖吗？

祝安！

卡尔

266. 伊丽莎白·哈德威克写给罗伯特·洛威尔

[纽约州，纽约，西67街15号]
1973年6月29日

亲爱的卡尔：

你在信里说卡洛琳不知道自己签字放弃的是什么东西，差点把我气死。我已经在信里、电报里说得够清楚了。请你把下面的内容读给卡洛琳听听吧：

1. 你作为我丈夫在我死后有权利。（这里"继承"的意思是房产顺位继承，从妻子传给丈夫。根本与后代没有任何关系。）

2. 如果卡洛琳是你的妻子，你就不是我的丈夫。

3. 如果你不是［我的］丈夫我死后你是没有任何权利的，卡洛琳也没有。

症结在于缅因的法律，主要是涉及多米尼加共和国。早知道你和卡洛琳会在这件事上耽误我，我是绝不会在一切都还没处理好的时候就同意去多米尼加离婚的。但是，离婚协议上都会这样写，而且你也同意了，我的房产还是属于我的，如果你现在能把离婚协议找出来的话，你看一下也会知道，签这样一份文件是很正常的事。奥沙利文当时也来不及从缅因拿到它，所以你没带这份协议就走了，我还向他保证，你绝不会把缅因那栋房子视作你名下的财产。我是万万没想到，卡洛琳和她的律师会介入。

你们跟我一起办完手续后，就不会有什么缅因的财产存在了。我相信这上面大概花费了 10 000 美元，买主说我得把地下室弄干，这是一笔你我都不愿面对的开销。仓房那边我已经停工了，而且怕是不会接着再搞了。我负担不起，或许永远都负担不起了。玛丽、哈丽特，任何人都能证明我现在所说的都是大实话。

下周还是要写一封更加有商业味的信给你的，因为霍夫曼先生已经忙活有段时间了，我要和你说一说我们关于税款事宜所做出的决定。我会写信跟你说清楚，之后就全身而退，再也不插手你税款的事情了。

哈丽特说她们可能会在7月18日左右从阿姆斯特丹过来，很可能是坐火车，会把麻烦的自行车也带上，从角港①过来。她非常兴奋，我把你那封欢迎她去的信给她看过了。她喜欢伦敦，非常期待见到你，也喜欢肯特。也许你该鼓励她们坐日间火车去巴斯和剑桥玩一玩。总之，我知道她们和你会度过一段快乐时光的。

那封令人讨厌的信下周再写吧。

伊丽莎白

奥沙利文先生通过埃斯曼已经将新的文件寄过来了。但是，要经过领事馆这关了，唉！本来把最早那份契约签了也就没事了，现在这些文件就没那么好办了。就为了这笔小小的交易，我都已经请了三个律师了。当初奥沙利文接这个案子的时候，他还希望能把事情办得漂漂亮亮呢。

---

① 指荷兰的角港。

267. 罗伯特·洛威尔写给伊丽莎白·洛威尔太太

肯特郡，梅德斯通，贝尔斯特德，米尔盖特庄园
1973 年 7 月 4 日

最亲爱的丽兹：

7月4日——这边唯一的纪念动作就是《伦敦时报》发表了拉尔夫·德·托莱达诺的一篇文章，他解释说《独立宣言》并不是革命性的，真正的革命者是乔治三世[1]。也许乔治式的红色革命有一群支持者吧。两个\失去的/美国节日，这一个和感恩节，在这边各有得失，倒也有趣。

我会拿契约去领事馆签字，大概周五[2]给你寄过去，不会再晚了。我们有客人要来，去伦敦一天来回有点吃不消。哈丽特就快出发了吧，你收到这封信时估计她人已经在阿姆斯特丹了。你最好还是把她在那儿的地址和电话告诉我。朋友们都现身了，琼·瓦伦丁、埃伯哈特夫妇、麦克·罗森塔尔。你真的准备去科莫湖吗？

爱你，祝安。

卡尔

\夏日愉快！/

---

① 见拉尔夫·德·托莱达诺的《反动文本，而非革命许可证》，刊于 1973 年 7 月 4 日的《泰晤士报》（伦敦）。
② 7月6日。

268. 伊丽莎白·哈德威克写给罗伯特·洛威尔

[纽约州，纽约，西67街15号]
1973年7月5日①

亲爱的卡尔：

我无意于写这封信，而且在我看来，我们之间完全就是缺乏沟通，你那些责难之词真是让我痛心不已。我最后再回答一次，也求你不要再污蔑我了，然而对此我并不抱什么希望。

1. 关于所有过去的个人财物。它们都在，它们都是你的。卡车明天就会到，而且我是觉得，只要明天天黑之前把你的东西都搬出那栋房子，你就会正常做事了。关于这一点，我不想要你给出什么回应，但是，在等你来或是派人来把这些东西取走之前，除了替你保管好它们，我实在想不出我还能做些什么。我也觉得，这一切都是你的，我一直都在用心帮你保管这些东西。你同我说想要那些书，我立马就把书给你寄了过去。整栋房子，包括里面的东西，全都是你的。

2. 关于不修建仓房。已经停工了。我告诉过你，我现在还没有拿到那份契约，如今夏天已过半，买主想让我把地下室填平。卡洛琳的各种反对，其实从第一封信开始，我已经回答了无数次，就因为她，我不得不聘请新的律师，现在这上面的花费已经超过5 000美元了，可能还不止。其实本不至于如此的。我卖房子是因为留着它是个负担，每年得花很多钱和功夫来维护这所破败的房

---

① 与洛威尔1973年7月4日的信互相交叉错过。

子，而且那所学校都已经扩建到隔壁了；仓房的情况也一天比一天糟糕。我觉得房子和仓房只能二者择其一，我觉得后者对我们来说更实用。至于卖房子得来的钱要怎么使用，我倒还没想好。14日的时候，玛丽和我要去到那边待几天，到时候再做决定。

3. 关于税款：这是第一百次说了。我自始至终都没有想要你付信托基金的税款，这笔钱你自然也不会出。我耐着性子说了无数次，都忍不住哭了，说你必须提交文件，证明你给过我们这笔钱，只有提交了文件证明，我才能付这笔钱的税款，即使你没有搞信托，你也要提交材料证明。你记得，自从你拍拍屁股离开这个国家，你就没有支付过任何税款。是我为1970年和1971年FSG出版社给的那15000美元交的税。今年我这只收到FSG出版社\给你的/大约7900美元，我也会为这笔钱交税款的，我还会承担所有的会计费用，因为我想尽快从这件事里面脱身。还有，那笔寄书的运费，我也不要了，既然你似乎没有注意到，要我邮寄，运费账单自然是会寄给我的。我已经把我所有的积蓄都搭进去了，此刻我唯一希望的就是摆脱这一切事务。我会的，确切一点，我现在已经开始这么做了。但愿你已经把奥沙利文那份契约寄来了；但愿亨肖确实把你在英国的收入明细寄来了，希望明天下午寄到，赶在会计师走之前。

这些事情我不会再重复写一遍了。我并没有把过去的那些东西全都拿走；它们都留在这里，我没有把它们扔出去。我每年挣的钱很少；税后大约也就12000美元，而哈丽特的学费就将近4000美元。我一直在很努力地工作。我们都希望你不要给我们任何东西，但那样只会意味着挨饿。不论怎样，你不必去找那些稀奇古怪的理由为离开我而辩护。我觉得我们的婚姻从一开始就是个错误。我们现在已经作为一对充满愤怒和仇恨的夫妇被载入史册了。马上就有一篇评论文章要出来了，哈丽特在文中被形容成一个"虚构出来的糟糕孩子"[1]……她对这一切一无所知。我感觉自己快要撑不住了，成天疑神疑鬼、担惊受怕，不知道你又会做出些什么事情来，比如说把这封信也用到你疯狂的诗作中。我也不想再给你写信了。你走你的阳关道，我过我的独木桥，我们之间再无瓜葛。

伊丽莎白

如果你把这封信拿给卡洛琳看，让她知道事情到底是什么状况，我将感激不尽。我已经在信里重复说这些事情说了无数次了，每件事我都说了无数次，我不会再写信了。做什么、说什么、什么感想，随你的便。

还有一种可能性。你把要的东西什么家具呀、物品呀、时钟呀、书桌呀、沙发呀、床呀，不管什么东西，列出一张清单来，我都给你寄到英国去，或者就以你的名义存放在这里。\请不要再以此为由对我进行指责了！/

269. 伊丽莎白·哈德威克写给罗伯特·吉鲁克斯

［纽约州，纽约，西 67 街 15 号］
1973 年 7 月 5 日

亲爱的鲍勃：

之所以写这封信，是想告诉你我对出版《海豚》的一些想法，我会把这封信抄送给费伯出版社的蒙塔斯先生。你们二人明知本诗集肆

---

[1] 见玛乔丽·佩洛夫的《现在的空白》，刊于 1973 年 7 月 7 日和 14 日的《新共和》。

意滥用我的信件,甚至以最亲昵的方式使用我以及我女儿的名字,却在不征得我同意的情况下完成出版,你们这种做法令我痛心疾首。自从这本书出版之后,我就出现在各种刊物的评论文章中,被人指名道姓地分析;作为一个妻子和个人,有的文章给予了我一些好的评价,但在其他读物中,我遭到普遍贬低和指责。据我所知,一个人在自己的有生之年,顶着自己的真实姓名,在一个据说是创造性的活动中被人大加利用,这在文学作品中还真是闻所未闻。所谓的事实根本不能成其为事实,但因为披上了诗歌的伪装,也就无从置辩了。我那年纪还小脸皮又薄的女儿,她的真名竟然也被拿来直接引用,而且提到她的语气令人极为不安。

我知道有这些用我的名字和我的信件写成的诗,因为它们并不是自然吟得、一时兴起、仓促付印的。它们拿给了很多很多人过目,但就是没有给我过目。以前我感觉如果自己坚持要他这样做会有失尊严,可当我真正收到这本书时,就如报道中的一样,我焦虑了,事实令人烦忧,远远超乎我的想象。倘若我之前看过那些诗,看过我的那些信,那些用到我名字的东西,我会做出什么事来我自己都不知道。我认为你和蒙塔斯先生都是杰出的出版人,然而在这件事上却对我隐瞒实情,你们的无情令我大失所望,沮丧万分。单凭卡尔是不可能决定这件事的,虽然他是作者,但要出版一本书牵涉甚广,方方面面都需要考虑到,从出版商的角度看,其中一点无疑是对当事人会造成什么影响。我一直认为,出版商有律师为他们把关,会对作者的轻率之作提出劝告。这本书给人的错误印象太多——只字未提是我想要离婚、我接受分居,没有提到我的好心情以及我女儿那令人欣慰的满足感。我在书里发现,一些信件的内容原是我最早陷入痛苦之时写下的,如今却接在写信许久之后的六行诗后[1]。我非常渴望与你们一起去公开表明,令

---

[1] 见诗集《海豚》中的《在邮件里》。

我痛心和悲愤的不只是未经允许就使用我的信件这一件事，还有你们不与我做任何协商就同意让书出版，给我带来了很多很多负面的影响。
　　此致。

伊丽莎白·哈德威克

270. 罗伯特·洛威尔写给伊丽莎白·洛威尔

［电报］

［肯特郡，梅德斯通］
1973年7月8日下午12点24分［签收］

纽约西67街15号公寓
伊丽莎白·洛威尔
　　领事馆周末关闭周二①才能到伦敦念及契约如今才签以至拖延困扰甚歉

爱你的卡尔

271. 罗伯特·洛威尔写给伊丽莎白·洛威尔

［电报］

［肯特郡，梅德斯通］
1973年7月10日下午6点42分至6点50分之间［签收］

纽约西67街15号公寓

---

① 7月10日。

伊丽莎白·洛威尔

契约已寄缅因评论友好与否或多或少只是残酷的宣传海报愿上帝保佑我们饶恕我们

爱你的卡尔[①]

272. 罗伯特·洛威尔写给伊丽莎白·洛威尔太太

英格兰，肯特郡，梅德斯通，贝尔斯特德，米尔盖特庄园
[1973 年] 7 月 12 日

最亲爱的丽兹：

过去的这五天，又闷又热，而我一直都在想你；没有再给你打电话，是怕自己把事情变得更糟。我发誓，在这件事上我从来没有想过要伤害你——事实恰恰相反。《新闻周刊》上那张我们很丧气的照片[②]，其实是理查德·霍华德和他的朋友维克多干的好事，他们之前为一本诗歌选集来这里拍照片，一定是他们在没有知会我们的情况下就把那张照片给了《新闻周刊》。伊万娜状态不佳，也没有谁的状态好……我们就像来自犹他州的一家人。

新闻里突然出现了很多伤人的评论，到 9 月情形会更加暗淡。我猜想，那位佩洛夫小姐是个指导员或是一个资历尚浅的教授吧，搞事业是煞有介事、咄咄逼人，但太过僵硬，还称不上是一个批评家。与霍普金斯作比较的那部分读起来很古怪，让人以为是某人代笔且趁她不注意时塞进她论文似的。我觉得还是别责怪她了，因为愚蠢的残忍

---

① 电报上有哈德威克手迹："卡尔回复佩洛夫太太发表在《新共和》上的评论。"
② 见沃尔特·克莱蒙斯的《雕刻大理石》，刊于 1973 年 7 月 16 日的《新闻周刊》，照片为托马斯·维克多拍摄。

总是自以为是的①。抱歉跟你说了这些,这些恐怖而短暂的声音,这些人的眼光。

保重!

卡尔

273. 罗伯特·洛威尔写给伊丽莎白·毕肖普

英格兰,肯特郡,梅德斯通,贝尔斯特德,米尔盖特庄园

1973年7月12日

最亲爱的伊丽莎白:

我想你已经看过我的书在美国收到的一些评论了,那个冷嘲热讽啊!我觉得丽兹看了这些肯定受不了的。更有甚者,一个名叫佩洛夫的女士发表在《新共和》杂志上的言论怕是会要了她的命——看看那都是怎么说丽兹和哈丽特的吧。对"虚拟"人物的曲解变成了对真人本身的一种诽谤。我一直都在和那些打算去看望丽兹的人沟通,和丽兹本人也谈过。上周她似乎还有自杀倾向,大伙朋友们不得不上门去看她,打电话确认她没有服用过量的药物。本来就很困惑,她还整晚

---

① 见玛乔丽·佩洛夫的"丽兹成为了这些十四行诗中的主导人物,她被描述为,也许是洛威尔的无意之举,彻头彻尾的巫婆或悍妇。在她的信件和电话中,她永远都在夸她自己,又是跑去道尔顿取哈丽特的成绩单,又是开车送她去夏令营,不停地唠叨哈丽特的优点,令人厌烦[……]可怜的哈丽特从这些段落凸显出来的,是诗歌中最令人不快的儿童人物形象之一了;只有霍普金斯笔下那个为'金色树林'消失而悲伤的玛格丽特,能与她那令人生厌的道德品质媲美。因此,我们很难参与诗人的优柔寡断,因为丽兹和哈丽特得到的东西似乎并没有超出正常范围。毕竟,这些都是真实的人,刚刚经历过上述危机,所以大家开始质疑洛威尔的品味了"(见《现在的空白》,刊于1973年7月7日和14日的《新共和》)。

整晚睡不着,这下变得更糟糕了。现在她的心情平复了一些,但我不是很确定,我们都害怕听到电话铃响了。

《新闻周刊》上有一篇评论,若不是刊登了丽兹的一张难看的照片,也算得上是文风谨慎。那张照片上方是一张全家照(是维克多来我这儿的时候拍的,他没有告知我们就把它给了《新闻周刊》)[,]卡洛琳、我、野孩子似的伊万娜(标的却是哈丽特的名字)和谢里丹,看起来就像是一个秘密的一夫多妻的白人贫困家庭。那件事太过荒诞,丽兹似乎以前还觉得那张照片滑稽可笑。要命的是,所有的评论她都读,然而没有一篇是可能让她读起来感觉愉快的。

过去三天的天气都又闷又热。我的书房是长条形的,从房间里可以看到外面的牛、田野和树——一派恬静的风光。我若是来回踱步,会有一种丽兹就在我身边的感觉,看来是逃不掉的,除了争吵还是争吵。过去在脑海里总体是一副更愉快的场景……而未来只是对即将发生的事无比恐惧。我的直觉是这样的,但那是怎样一件事呢?

你之前那封警告信——那些书信诗的问题,那些地方还有其他一些地方存在的事实与虚构的问题,我一直都没有解决。你列出的那些书信诗和其他很多地方,我都下功夫去改了。新的排序在某种程度上确实让整部诗集温和了许多。那些书信诗,就像评论者所说的,让丽兹比书中其他的人物更加出彩,可爱动人。还不够,我知道,但我可不愿去想象发行量巨大的杂志刊登评论,把我的事处理降格,变成新闻或丑闻,同政客或演员一样。

就创作意图和技巧而言,我的书中不存在任何不道德的现象。所有人物,即使是我,没有一个被刻意歪曲抹黑,也没有一件事存在欺瞒,被故意美化或污蔑。我的罪过(错误?)就是做出了出版决定。但是我又怎能忍心让我的书(我的生命)等待、藏在等在我体内呢,那样无异于胎死腹中啊①。

我一直都在写呀写,在夏日炎炎中想着你,也开心地想到爱丽丝那个坐落在树林中像有空调一样凉爽的房间②。我们这边中午的时候才会开空调,到晚上就很宜人凉爽了。

祝安!

卡尔

274. 罗伯特·洛威尔写给伊丽莎白·洛威尔太太

肯特郡,梅德斯通,贝尔斯特德,米尔盖特庄园
1973年7月16日

最亲爱的丽兹:

我在信里放了一张支票,用来付那笔寄书费的。金额是我凭记忆开的,我觉得这笔钱应该足够了。如果不够的话,后面会再寄一些。书已经寄到英国,我收到通知单了。

这周我心情一直都不好,总想着你。媒体上面的舆论真是糟糕。我本该更清楚地预料到这一切的。不过也就是佩洛夫小姐,她的那些言论我是怎么都料想不到的。仿佛不做错误推理,不出口伤人,她就不会好好说话了。怕是她已经盯上我们好长一段时间了吧。

我也不敢为自己做过多的辩护,再怎么样现在都不是这么做的时候。这些书中没有任何欺瞒的意图。\我感觉/是自己烧糊涂了,大都难免有自我感觉良好的时候。在美国似乎就是这样。\竟然在美国

---

① 见洛威尔的诗句"在我心里永远有一个死去的孩子"(《盗汗》第11行,见《献给联邦烈士》)。
② 指爱丽丝·梅斯弗赛尔位于马萨诸塞州坎布里奇市乔西街16号的公寓。

出版我的书。/这不过就是另一本诗集而已,我想我现在能体会到你的很多感受了。我很难受。

多保重!

卡尔

275. 哈丽特·洛威尔写给罗伯特·洛威尔先生

[电报]

[阿姆斯特丹]

[1973年7月17日签收]

伦敦西南第一邮区,红崖广场80号
罗伯特·洛威尔先生
荷兰皇家航空公司第127号航班20日1点55分抵达伦敦

哈丽特·洛威尔

276. 罗伯特·洛威尔写给罗伯特·吉鲁克斯

英格兰,肯特郡,梅德斯通,贝尔斯特德,米尔盖特庄园
1973年7月18日

亲爱的鲍勃:

我也不知道丽兹这件事会朝哪个方向发展①。离婚之后我们的关

---

① 罗伯特·吉鲁克斯写信对洛威尔说:"随信附上的是另一批评论[……]我觉得我应该给你寄一份伊丽莎白的信的复印件,以便让你随时了解她的立场,同时也因为你可能会收到蒙塔斯的来信。确切地说,她还没有采取'法律立场',但她可能正在为此做一些事情。我们无意采取任何鲁莽的举措;我只会承认她的信令我感到很惊讶[……]附:我还没有看过《倾听者》做的采访。你能把它发给我吗?"(写于1973年7月11日,见"罗伯特·洛威尔书信文稿",收藏于HRC)

系一直都还不错。大概是从上个月开始，我们因为卡洛琳签字放弃缅因房产的事闹了一点小矛盾，有点复杂但也算不上是什么大事。就在收到你来信的那天，我也收到了她的一封信，她又回到了以前那种谵妄状态（我之前是说了一些感叹的话，说自己除了外祖父的金表和几本书之外，过去的东西都没了），在信里言辞激烈地说要把"一切"都拱手相让。我在想，她说自己情绪上出了问题多半是真的。最让她恼火的是佩洛夫那篇文章，是在她给你写信的两天之后发表的。

7日我表亲德维·米德打电话来说，丽兹有自杀的倾向。但是那天夜里她又打来电话说情况好转了。我也和丽兹、鲍勃·希尔弗斯还有玛丽·麦卡锡分别聊过。一周以来都没有听到什么消息，我是感觉一切都在向好发展。丽兹现在应该是和玛丽一起，待在缅因——也许这样对她来说是最好的选择。

当然，这件事与我还是脱不了干系的：出版"不同版本"的丽兹信件（我希望不会有人说这是在抄袭）。这些书信诗是由引文、即兴发挥、文字释义混合而成的，暴露出来的东西，尤其是在那些书评人看来，肯定是会引起一些震动的，但是她的形象是非常细致的：充满深情的，她的那种魅力和勇敢、她自己的言语［、］幽默和尖刻……都从她的真实信件和对话文字中流露出来了。整本《海豚》中，引用的句子只是一小部分，它们对我而言非常明确而且十分必要。

我认为这件事用不着通过法律途径解决——不过谁又能说得准呢？离婚之后，我们的关系确实又变得友好起来。我也没有经济能力来打官司了；在这件事上再争吵下去，对哈丽特、丽兹和我，就是一场悲剧。涉及法律问题有争议的是那些书信诗——真正让丽兹心里过不去的是卡洛琳那张照片……两件事卷到一块了。我已尽我所能进行了修订，在不枪毙这本书的前提下使其不冒犯变得更加友善。

到目前为止，英国这边的权威书评要比美国那边段位高太多——美国那些技术上的建议简直比傻笑丑闻更加令人难堪。我想知道你能否把下面的话发给《新共和》杂志（以你或者出版社的名义，因为我不想在这把火上浇自己的油了）。

这几行，"from the │ dismay of my old world to the blank │ now"①被佩洛夫教授误用了，她还将其用于为她那篇名为《空白的现在》的文章来造势，原诗句应当是"From the dismay of my old world to the blank │ new"，改动了字母e，整句诗的调子和语义都被破坏了。

我正要叫卡尔·米勒把瑞克斯的评论用航空邮寄给你，这篇评论就像律师在打一场艰难但却是正义的官司时所做的辩护总结陈词②。这当然不是要对簿公堂的意思。

好吧，祈祷我们大家都不要再牵扯进去了。哈丽特两天之后到，她很期待来伦敦呢。

一如既往感谢你。

卡尔

---

① 大意为"从［我的］旧世界的沮丧到空白的现在"，后面"现在"改成了"新"。——译注
② 见瑞克斯的"对丽兹信件的再创作——这可能是洛威尔作品中最可怕、最不受待见的部分——不带任何感情，很公正，令人感动。这些书信诗，头脑清晰，语言尖酸，表明她并不是一个被冤枉的女人或殉道者，虽然洛威尔把自己说成是'被我的第二杯酒——懊悔所点燃'，但他这样说懊悔，反而使他有能力去打破令人上瘾的得意，从而获得一些慈爱"（《克里斯托弗·瑞克斯眼中的诗人罗伯特·洛威尔》，刊于1973年6月21日的《倾听者》）。

277. 哈丽特·洛威尔及罗伯特·洛威尔写给罗伯特·洛威尔太太

[电报]

[肯特郡,梅德斯通]
[日期不详,1973年7月20日?]

纽约西67街15号公寓
罗伯特·洛威尔太太
安全抵达爱你

哈丽特和卡尔

278. 伊丽莎白·毕肖普写给伊丽莎白·哈德威克

[马萨诸塞州02138,坎布里奇,布拉托街60号]
1973年7月20日

亲爱的伊丽莎白:

希望这封短信不会让你觉得唐突或者冒犯……我完全惊呆了,那些对卡尔的——"三部曲",对,我认为就是——所做的评论简直愚蠢透顶。尤其是玛乔丽·佩洛夫的,且不管她究竟是谁——那些书信诗是有些刻毒,但我认为她是在故意曲解——我想你一定也是这么认为的。(目前我看过的评论除了佩洛夫的那篇,还有《时代周刊》《新闻周刊》和《纽约时报》上的那几篇。)[1] 比尔昨天在电话里跟我说,

---

[1] 见玛莎·达菲的《幸存者手册》,刊于1973年7月16日的《时代周刊》;沃尔特·克莱蒙斯的《雕刻大理石》,刊于1973年7月16日的《新闻周刊》;阿纳托利·布罗亚德的《光着身子穿雨衣》,刊于1973年6月18日的《纽约时报》。

他也和你聊过了，觉得你的情绪似乎比之前好了一些——我上周四[①]也想给你打电话的，这周三[②]又打过一次，但是电话一直占线。不管怎样——我写这封信只是想尽我所能安慰安慰你，想要告诉你，尽管出了这种令人难受的事，我相信任何人，每个人都是站在你这一边的。你向来不畏艰难，内心坚毅，这一次我也依旧相信，你不会被这些挫折击倒——\（/那些愚蠢的书评——甚至那几本伤人的书——很快就会无人问津的\）./

我想你可能知道，我拼尽全力劝阻过卡尔，让他不要写那么多这种东西——实际上，在我去了几封信（写得很痛苦）之后，他确实做了一些\几处/修改，让诗变得更好——是不是因为我的信的缘故，不得而知。我想，不只我一个朋友这样劝过卡尔吧……但是——显然谁都无法阻止他。请你相信，我真的很心疼你，我确实希望事情都能够向好的方向发展——

保重！

伊丽莎白

279. 罗伯特·洛威尔写给罗伯特·吉鲁克斯

英格兰，肯特郡，梅德斯通，贝尔斯特德，米尔盖特庄园
1973年7月26日

亲爱的鲍勃：

亲爱的老鲍勃（看到这个称呼你应该会猜到我最近正在读詹姆斯

[①] 7月12日。
[②] 7月18日。

的《波士顿人》①吧〔。〕哈丽特和她的朋友凯西刚来我们这里玩，这会儿她们正骑着自行车在英国乡村转悠呢，两天后就要回去。我们自然是没有提到那场争议，而是兴致勃勃地聊起其他的个人事件，比如在丽兹的"监督"下完成自行车打包这类戏剧性的事件。丽兹今天出发去科莫湖。

英国这边的书评真是一篇比一篇有意思，我已经让查尔斯寄一些选印本给你，包括瑞克斯那篇。它们可是写得要热情得多，甚至不像是在谈论这本书。美国那一套，先说什么"美国最伟大的诗人"，然后开始抨击内容，然后赞美书中的语言，我已经看厌了。不过我觉得，若是被人称作是一个英语不怎么地的美国最差诗人，感觉怕是更糟糕。

丽兹给你的信我读起来觉得像是经律师看过似的。同一天她也给我寄了一封信（写了很多遍），语调一样，但毫无逻辑、语无伦次。关于那些书信诗，就是你指出来的那几首②，还有其他的几首，都是以真实信件为蓝本的——此外我还从真实的对话和通话记录中做了一些摘录——《献给丽兹与哈丽特》中也有几首，最初见于《笔记本》。虽然没有谁把《海豚》手稿本拿给丽兹过目，但在1970年的那个圣

---

① 1886年出版。
② 吉鲁克斯对洛威尔说："伊丽莎白仍然非常生气，我真的不知道该怎么办，或者实际上能做些什么。有一点你可以帮我，如果你愿意的话。在你以前的书里，你的诗里不是也用过字母吗？《生活研究》中那首《谈及婚姻的烦恼》就是如此——尽管这显然是一个戏剧性的角色在说话——也使用某些人写的词句？当然，在《笔记本》的前两个版本中，比如《海德格尔》和《1968》都是以书信为基础的，而《艾伦·泰特的书信》再明确不过了。对你以前这种手法技巧给出合理的解释可能无关紧要，但我不明白为什么她会这么惊讶。"
（1973年7月23日）

诞节①,她在我的书房里读过其中大量的内容,我那段时间就住在书房里②。基本上所有的书信诗都是引用自那个时期,除了讲"土拨鼠"的那首。她给你的那封信里使用了"过目"一词,难道不是律师的建议?另外,她那些书评和公开发表的东西措辞非常谨慎,相比之下,她当时私下里的谈话和信件完全就是另一个样子。虽然没有证据,但是我有一种强烈的预感,这股怒气很快就会平息下来的。上帝可以作证,我本无意使她难堪或讽刺她。我相信(因为我们必须相信)时间和距离。

夏安!

卡尔

附:我们当下的问题就是在哈佛还没有住的地方,大家都在找着。

---

① 哈德威克在写给伊恩·汉密尔顿的信中,提到他为洛威尔写的一份传记草稿:"第388页——最后一行引用了卡尔写给比尔·阿尔弗雷德的信'她大致看了一下内容……'。这完全不真实。在这本书付印出版交到我手上之前,我一点都不知道他写了些什么。我所知道的就是,这都是我从所有到过米尔盖特的人那里得知的,他在使用我的信件。当我看到这本书的时候,我真的感到震惊和极其厌恶,他的这种使用,对信件的肆意歪曲,一些诗句讲到了我,一些是我没有写过的,却用我的口吻。"(见"伊丽莎白·哈德威克书信文稿",收藏于 HRC)
② 诗集《海豚》中的《在邮件里》第11—14行。

280. 伊丽莎白·哈德威克写给伊丽莎白·毕肖普

[纽约州，纽约，西67街15号]
1973年7月27日

亲爱的伊丽莎白：

你的来信很友好，你还花时间给我写信，让我很感动。这一切确实让我感觉很不好——不知怎么回事，我这一辈子经历的打击太多了。看到书之前我就对它们有所耳闻，已经焦虑了，拿到书之后，发现里面有些内容是我之前怎么也没想到的。我曾好奇卡尔这么做的动机是什么，探究一番搞明白之后，却失望地发现，这些诗作，我指的是写我和哈丽特的部分，简直空洞无聊，还不如直接删掉。我就不明白了，他足足花了三年工夫，结果还是留着一堆愚蠢之词、轻率之语，那些糟糕的诗句还在那里，没有删除。他这是为了我们大家去伤我的心呀。

今晚我就要出发去欧洲了，8月底回来，我知道自己的情绪会慢慢好起来的。还能怎么着？我想起以前在耶鲁见到你听你读诗的情景了，还有那次聚会，每一个人都与你有联系，真是怀念。我也喜欢读你的诗，每次见你有新诗发表我都会激动地颤抖，希望很快又能读到你的新作。

夏日愉快！按时吃药，享受关爱，保持好运，总之要身体健康。再次感谢你。

颂安！

伊丽莎白

281. 伊丽莎白·哈德威克写给玛丽·麦卡锡

[意大利，贝拉吉奥，洛克菲勒基金会，贝拉吉奥中心]

1973 年 8 月 14 日

最亲爱的玛丽：

我相信你和吉姆一定在那栋高尚豪宅里享受着生活，分别的日子终于结束了。我错过了你写水门事件的一些文章——上一次看的那篇是《马特出，杰夫进》，文笔和见地都很精彩。[1] 我在罗马见到的每一个人都很欣赏你对水门事件所做的一系列深刻剖析[2]。去是个好主意，到了那结果发现根本没有你想做的事，报刊上自是不可能有任何像你必然、自然要写的那种东西。

我比原计划提早去了罗马，尝试过联系卡门[3]，可是电话没打通。芭芭拉·爱泼斯坦在那里，戈尔[4]招待我们，请我们品酒，甚至还请我们吃饭，然后我们一起开车去了拉韦洛，开了一千"意里"到他的别墅度了一个长周末，坐船去了卡普里岛，然后才到这里——贝拉吉奥。我这会儿心情不大好，甚至比来之前的情绪更低落。那幢别墅，里面全是奢侈品，那些东西你从汉娜那里都听说过，对我而言它简直就是世界上最漂亮、最昂贵的医院，我觉得能来到这里挺幸运的。看来我是写不出什么东西了，不过倒是读了不少书，还去游泳、散步，所有能给到的东西你都可以尽情使用，无忧无虑，无拘无束，再无任何负担。

---

[1] 此处所说的文章可能是指《谎言》，刊于 1973 年 8 月 9 日的《纽约书评》。《马特出，杰夫进》，应指巴德·费舍尔的《马特和杰夫》（连环漫画）。

[2] 指《水门笔记》，刊于 1973 年 7 月 19 日的《纽约书评》；《谎言》，刊于 1973 年 8 月 9 日的《纽约书评》。

[3] 指卡门·安格尔顿，麦卡锡的朋友。

[4] 指戈尔·维达尔。

我想，情绪消沉的人待在这最合适不过了，就在这松林美景间，赏赏日落。等到29日回去的时候，我想自己一定能够康复，回到原来的状态。

这一次真的很开心还能和卡斯汀再续前缘——我这只是在下定决心，无论如何都要和仓房"再续前缘"。我一点都不喜欢在国外度暑，我讨厌租房子，里面没书、没唱片，就只是个空壳子。还有一点对我来说更为重要，那就是我太爱卡斯汀了。所以我已经在这个8月梦想着下一个8月了。我不知道哈丽特会有什么样的计划，不知道什么时候开始上课，不知道我的银行账户上还剩几个钱，但是等我回去的时候，我想在那里的海雾与乡亲中待上几天，我会打电话给你的，看看这么做的可能性有多大。

在这里没收到过任何邮件，让我有些焦虑不安，也让我心底里更有一种住在医院的感觉——这只是我内心的状态，跟这个游乐场所无关。所以也不要指望能寄出去一个字，在意大利除了圣诞节那天，什么时候都是邮寄高峰，邮件堵塞得厉害。

把一群无趣的人聚在这里也够不同寻常的了。不管是国内还是来自英国的那些老学究，都是一副呆板得出奇的模样；不管听到什么想法，狡黠的眼睛和呆滞的眼睛都赶紧把目光撇开；各种羡慕嫉妒恨的慨叹，还有如土拨鼠一样活泼的智力[1]。那些随行的妻子，高矮胖瘦尺寸不一，不过脑子倒是都一般大！她们嘀咕议论着为丈夫打稿子的事，她们都对自己一无所求，不管是在精神上还是在肉体上，仿佛自己就是她们的教授丈夫收养的一只狗，无须费力打拼或斗智斗勇。她们通常都很友善，但是都完全接受了自己的天性，而且她们似乎生活在一个没有镜子的世界。不用说，也就只有两个女人能说得上话，而且这两个讲究"衣品"的女人都拥有自己的博士学位。这是一个小小

---

[1] 比较哈德威克［1972年夏，具体日期不详］写给洛威尔的信，以及洛威尔的《在邮件里》第11—14行，见诗集《海豚》。

的变异——妻子们通常都很懒。

讲到这里，我又在思考，"再思考"——过去的美意殖民地，或是英意殖民地。这里的别墅、花园、耕种，各方面吧，特殊的晨规、人行道、各个时间段的游客、宗教仪式，等等。很多这方面的书，都尝试把意大利文化和各类英语研究以及英语语言联系起来。我一直都是这样认为的，流落海外的富人所遵从的礼仪是一个特例——不同于福楼拜和乔治·桑笔下的那种礼仪。它缺乏那种波希米亚主义，缺乏受动者，或许还有离谱之事，是一种更为平顺、更为世俗的奉献。正在重读桑塔亚那的自传①，哪天我自己那狗一样的麻木消除了，我会就此事写一写自己的想法。

惦念你们两个，也祝福朋友们都好。期待回去的那天，等我回家，你那326的电话就会响个不停了。

你永远的丽兹

282. 罗伯特·洛威尔写给伊丽莎白·洛威尔太太

肯特郡，梅德斯通，贝尔斯特德，米尔盖特庄园
[1973年] 8月24日

最亲爱的丽兹：

这些书在海关等了很久很久，我气得都冒烟了，昨天终于抵达我这儿了。我把书架腾出位置后，焦急等待了一整天，好像有朋要自远方来，又不确定到底会不会来。这些书全都是你精挑细选的，我甚至觉得你是把咱们的图书馆搬到了我面前，让我自己亲自选出来的。除

---

① 指乔治·桑塔亚那的《最后的清教徒：小说形式的回忆录》(1935年)。

了索福克勒斯经典作品集第一卷①外，其他全对，不过那也是我的错，一开始就不应该买它。现在我上了年纪，脑子也不灵光，我还会一直买一些自己已经有的东西。谢谢你愿意不辞辛劳去认真做这些。

哈丽特和凯西在这边玩得很开心，至少在我们看来是这样。我带她们去奇切斯特②看了乔纳森的《海鸥》（路上花的时间简直都可以横跨大西洋了）。埃琳·沃斯和她们一起吃了顿饭之后写便笺跟我说，哈丽特是个美人坯子。然后在送她归队时找不到地方了，一整天除了置办帐篷待在冯德尔公园③之外，都不知道要做什么才好。一切圆满结束，不过在我的想象中，他们这趟旅行绝不轻松——总共五个同伴，一个男孩14岁了，看起来就像12岁，一个男孩16岁了，看起来就像14岁，还有一个女孩，一直说自己快要被逼疯了，然后就是卡普先生。

我们会在7日到达，我们的地址是康奈尔布鲁克莱恩区枫树街18号。告诉哈丽特一件事，今天下午我在一个不常用的抽屉里发现了一件我以为早就丢失的东西，一张在特立尼达岛的照片，哈丽特一脸害怕，只盯着手里抓着的泰迪熊，她后面站着的是沃尔科特家的儿子④。

---

① 索福克勒斯作品第一卷包括《俄狄浦斯王》《俄狄浦斯在科洛纳斯》和《安提戈涅》，休斯·劳埃德·琼斯编，F. 斯托尔译（1912年）。
② 安东·契诃夫的《海鸥》（译者伊丽莎维塔·芬），导演乔纳森·米勒，奇切斯特节日剧院，1973年5月23日开幕。
③ 在阿姆斯特丹。
④ 指彼得·沃尔科特。这张照片是1962年在特立尼达拍摄的。见德里克·沃尔科特的"我讲述了自己与洛威尔的嫌隙，我们因此分道扬镳了好长一段时间。在那段时间里，他进了医院；我诅咒他，并告诉所有人，是的，我也厌倦了他那混乱的精神状态。但是我想要记录的，是我们冰释前嫌的甜蜜和喜悦。多年以后，他邀请我去西67街，我感动得热泪盈眶。他打开门，弓着背，举止谦和温柔，说话轻言细语；当他低声向我道歉时，我给了他一个有力的拥抱，旧日的情谊加深了。他的目光仍然有些游移不定，惶恐不安，眼睛背后徘徊着一个幽灵。他把手伸进夹克衫口袋里。我知道他要找什么。找他女儿和我儿子的合影照。两个孩子同龄，那张合照是在特立尼达的一处海滨别墅拍下的"（《论罗伯特·洛威尔》，刊于1984年3月1日的《纽约书评》）。

替我向她问好，我会尽快打电话回来的。

爱你，如果可以的话，我想说我爱你依然。

保重！

卡尔

283. 罗伯特·洛威尔写给哈丽特·洛威尔

英格兰，肯特郡，梅德斯通，贝尔斯特德，米尔盖特庄园

1973 年 8 月 26 日

最亲爱的哈丽特：

我这些天一直在想象，你和凯西这会儿正疲惫地骑着车，沿着那些军用公路蜿蜒而上，就是那种你骑了几个小时才到比你出发时高出二十英尺的公路。然后就像卡洛琳在奇切斯特患了哮喘病一样，气喘吁吁，然后你们掉队了，然后卡普一家消失了，去了都柏林，拿着你的旅费去泡吧买爱尔兰水彩画了。我写信这会儿，你的旅行也即将结束，这封信寄到纽约的时候你也差不多到了。

根尼娅和伊万娜从夏令营回来了，晒黑了不少，但也成熟了一些——根尼娅现在说话语速慢了很多，伊万娜则是越来越能说了。谢里丹还是和以前一样在牙牙学语中，不过前几天早晨，我们问他打碎了什么东西，他说："蛋杯。"娜塔莉娅如果要表达诸如"我的卧室才不要装一扇紫色的门呢"这样的不满时，她就会大声喊叫。

好吧，又是一个夏天过去了。就在十天前，我们终于在美国找到房子了，布鲁克莱恩区枫林街 18 号。我们现在是忙得团团转，既要打包行李，又要替孩子们找学校，还要办签证。我们下个月 7 日到。英国好像也有很多为了教书辛苦找房的美国教授呢。我知道自己心心念

念想的都是再次体验美国,但还是有些担心尼克松政权会僵而不死。最要命的就是离别和安顿这种事了(因为不确定我们会遇见什么人,经历什么事)。我想,再回到英国时,那感觉应该更像是休息,度假一样。

这次能见到你还有认识凯西,我心里十分欢喜。她是个益友,能(除了外表?)带给你积极的影响。到了纽约我会带你们\两个人/出去吃饭,你也一定要来布鲁克莱恩哦。我现在对我们的房子(还有很多其他我们没有得到的东西)的所有印象,就是它有三间卧室和一张婴儿床,还有一台洗衣机但是没有烘干机。一定有地方住的。

真高兴那些自行车不用装上飞机。你离开的时候我是又喜又悲,就像以往一样。替我问候萨姆纳、妮可和妈妈。

祝开心!

爸爸

284. 阿德里安娜·里奇写给伊丽莎白·哈德威克

[地址不详]
[日期不详,1973年夏天?]

最亲爱的伊:

我到现在都还想要给那些诗挑毛拣刺[①]——也想到了易卜生的那

[①] 见里奇的《女像柱:一个专栏》,文中包括对《历史》《献给丽兹和哈丽特》和《海豚》的评论:"最后,人们怎么看这样一个诗人?他另结新欢,抛妻弃女,然后用她们的名字命名了一本诗集,然后又把用前妻在承受被抛弃的压力和痛苦下所写的信,放到另一本题献给新欢的诗集中。如果这种问题与艺术无关,那么我们就已经远离了洛威尔想要证明的最好的传统——(转下页)

本《当我们死而复醒》[①]，想了不下十万次。如果是涉及两个人共同拥有的东西，不论是多么艰难多么痛苦的记忆，其中一人也没有权利去选择以这样的方式来"利用"它。我认为人最终还是要比诗重要（我知道你也是这样想的！）[。]

自始至终我都认为，一切经久不衰的都在嘴里——很多人嘴里——有股酸味。

奇怪的是，在任何情况下，女性艺术家为了创造出最优秀的作品，似乎历来都不需要以男性那样的方法去利用其他人。

我不知道这种操作是不是合乎道德；但是如果鲍勃正在为《潜入沉船》物色一个书评者的话……不知他是否想到的是南希·米尔福德？（你看过她发表在《党派评论》上的那篇评论朱丽叶·米歇尔的

（接上页）或者它是无法被证明的。"里奇在评论《海豚》的第8—15行诗句时还说："我不得不说，我认为这纯粹是扯淡的雄辩，是一本残忍而浅薄的书的拙劣借口；在伤害他人和伤害自己之间取得平衡，是一种自以为是的做法——但问题仍然是——居心何在？把那些书信诗收录进诗集，是诗歌史上报复心最强、心胸最狭窄的行为之一，我想不出还有任何先例。在洛威尔的三本诗集中，有能力做出这一行为的同一个不相称的自我起着破坏性的作用。"（刊于1973年9月／10月的《美国诗歌评论》）洛威尔写给《美国诗歌评论》的编辑斯蒂芬·白格说："大约一年前，我写了一封信，说我不能因为阿德里安娜的口诛笔伐而真的责怪你。我不明白的是，你本来可以拒稿的呀，尤其是你的杂志，它的立身之本就是反对偏见和判断。不过话说回来，阿德里安娜在作出这番预言之前，十多年来，她都是我最亲密的朋友之一。我可以说，她已经成为一个名人了，因为她越来越卑鄙，被怒火烧昏了头；但事实并非如此。她在整个职业生涯中都酷爱混乱，她有一种英雄般的欲望，要摧毁自己先前对形式和谦逊的早熟认知。难道她说的不对？在她烧昏了头之前，当她第一次成为一个更好的诗人之时，她不是几乎没人认识吗？谁知道这件事最终是个什么结果——现在是勇气和那位拍卖师混成一体了？"（[写于1976年]）发表在《罗伯特·洛威尔书信集》）。

① 易卜生的《当我们死而复醒》（1899年）；见里奇的《当我们死而复醒：作为重新审视的写作》，刊于《大学语文》第34卷，（1972年10月）第1期。

精彩之作吗?)①

等我赶回西区大街②收拾好滩头就立即给你打电话——祝你和哈丽特好。

阿德里安娜

285. 玛丽·麦卡锡写给伊丽莎白·哈德威克

[巴黎75006,雷恩街191号]
1973年10月12日

最亲爱的丽兹:

这封信写得比较仓促。今早终于收到《纽约书评》了,我立即翻到你的小说认真读了起来。又或者说,直奔你的小说而去?③ 会有一个真正的,比如说,一个旧式的作品吗,或者它会利用多种途径继续这种方式吗?与自己对话,这倒是比较新奇——让人耳目一新,又有一种令人着迷的魔力。不同于那种结构老掉牙的小说,不会讲某个人在写一部小说而那篇小说里某个人在写小说这样无限循环一直讲下去。吉米·梅里尔不止一次地使用过这种手法,《迪布鲁斯的笔记本》④ 中有好几处,都很精彩。但这部小说异曲同工。结尾我很喜欢,

---

① 指南希·米尔福德的《评朱丽叶·米歇尔的〈妇女的财产〉》,刊于《党派评论》第40卷,(1973年冬季)第1期。罗斯玛丽·唐克斯在1973年10月4日的《纽约书评》撰写《切割大理石》一文对《潜入沉船》做了评论。

② 指曼哈顿西区大道。

③ 指哈德威克的《写小说》,刊于1973年10月18日的《纽约书评》。"这是一本还在创作中的小说《生活成本》的开头部分。"该文修订之后并入《不眠之夜》。

④ 《(迪布鲁斯的)笔记本》(1965年)。

不能决定是该称"自己"为我还是她①。惊艳迷人又痛彻心扉。里面有太多真实而又令人欣喜的东西。你拒绝的"她"小说那部分我也最不喜欢，不过我以为你是故意让人对它有点腻烦的。

"M."，今年夏天你和我提到过这个称呼，不过"M."当然不是我了，也不是其他任何人，而是你。我认为这处写得非常精彩，我心里暗暗在想："但是，丽兹，这听上去似乎不是一封信。更像是一篇日记或是在自言自语。"果不其然，你当时就是那么处理的。"为了尘封在档案馆里。"这样看来又不像一篇日记了，也不像是在自言自语或者把思考写在纸上。在经历这整个过程的时候，亲爱的，你是多么的孤独啊。嗯，那种痛苦或那种困境就是它的原创性，坚持住！你是最棒的！

我现在必须得去做饭了，玛丽娅②去了波兰，要在那里度一个月的假，我呢就得忙做饭忙采买了，做这些事真是要花很多时间啊。我觉得自己不能像以前那样了，步子必须放慢一点了。

有一点我和你想的不一样。只是就事论事。在我看来，回忆录里的问题不在我自己，而在其他人③。也许我是在自欺欺人，但我觉得把自己的事情和盘托出并不是很难，然而要以同样的方式去对待其他人或者其他人的感受，那就是太刻毒了。我的《一个天主教女孩的童年回忆》不存在这个问题，即使写这本书确实伤害到了一些人，但这些人都早已离我而去了，他们都是我最在意的人，真的——我的祖父母，

---

① 见哈德威克的"现在，我的小说开始了。不，现在我开始写我的小说了——但我不能决定是该称自己为我还是她"（《写小说》结尾的最后一句话）。
② 指玛丽娅·傅里耶。
③ 见哈德威克的"回忆录中的麻烦事既大又小。还活着的人不会一味地犹豫，迟迟不做决定。我相信人想要树敌才会去树敌。这种需要有时非常迫切，而解脱却未能如愿以偿。不，麻烦不在亲戚、恋人、名人身上，因为看待他们的角度时时在变。那些麻烦都在你自己身上，因为看待自己只有一个角度，是你自己被诽谤被污蔑了"（见《写小说》，刊于1973年10月18日的《纽约书评》）。

还有普雷斯顿——他们都已经不在人世了。尽管如此，想到他们的时候，我的心还是会一阵阵刺痛，比如说写到我祖母做面部提升手术：她一定不会喜欢这段的。如果你对自己刻毒，你自己可以对付得过去。反正这些想法把你伤得很深。羞愧、悔恨。你现在都习惯了。我之所以把这个讲出来，是因为我最近正在考虑写一个东西，里面会有回忆录的一些元素，而这一点，在那部特别的作品中（缘由比较多就不细说了）必要做到绝对坦诚。一旦我开始想到其他人也会参与到这些完全诚实的个人历史片段中，我立刻开始对自己说："但是你还是不能这样写，你得把这些东西去掉。"一次又一次删除。至少对我而言，虚构小说是另一回事。

现在我要问问你了，感恩节过来吗？你之前答应过的，差不多算是吧。带上哈丽特，如果她愿意。汉娜是一定会来的，还有杜威维耶一家。至于凯文[①]我还不知道。

祝好！

假名 M.
玛丽

286. 伊丽莎白·毕肖普写给伊丽莎白·哈德威克

马萨诸塞州02138，坎布里奇，布拉托街60号
1973年10月16日

亲爱的伊丽莎白：

昨晚我和艾林·沃德见了一面，她告诉我说她刚刚在史密斯学院

[①] 指凯文·麦卡锡。

听了你做的一场非常精彩（我想她原话是"生动有趣"）的演讲。就在昨天，我给FSG出版社发了一份授权许可，同意你在那篇关于普拉斯的文章中引用我那首可怜的旧诗《鱼》——我想，你是打算把这篇文章放在一本书中出版吧①。我一定没有告诉过你，我非常欣赏那篇文章，也看到其中有你对我的一些溢美之词②。还是昨天，我看了你新近发表在《纽约书评》上那篇小说的第一章，真是深得我心。尤其是最后一句！③——还有你提到的外表很像"爱丁堡"的那座公寓④——关于各地和一些居所的各种描写都很不错，我想……我已经在期待下一期的连载了……

一天当中发生的这几件事都给了我勇气，所以提起笔给你写这封信，其实早就想开口问你一件事了——很微小，可能也就只有我自己

---

① 指《诱惑与背叛：女性与文学》（1974年）。
② 见哈德威克的"西尔维娅·普拉斯有着非凡的描写能力；这是指一种能把事物的外观和它们可怕的威胁力量结合起来的正确性和准确性。它与玛丽安·摩尔和伊丽莎白·毕肖普那种放大镜式的描写不太接近，后两位有一种在解开密码的感觉，让平常所看到的事物呈现出令人惊讶的新鲜感。伊丽莎白·毕肖普写'驴子像水泵抽干水时那样嘶叫'，这种辨识度极高、令人非常满足的天赋，我们经常从西尔维娅·普拉斯那里也可以看到。但是伊丽莎白·毕肖普在《鱼》中的那种细节描写又是另一种类型的：'我看着它的眼睛，往里瞧，｜它的眼睛比我的大得多，｜但眼眶浅些，眼白泛黄，｜虹膜后面衬着｜没有光泽的锡箔，｜透过旧的有划痕的鱼胶｜镜片看起来是在这样．'［……］在玛丽安·摩尔和伊丽莎白·毕肖普那里，我们从未远离喜剧精神，远离宽容和智慧——这些品质与《爱丽尔》的愤怒彩饰格格不入［……］"（见《诱惑与背叛》）。
③ 见哈德威克的"现在，我的小说开始了。不，现在我开始写我的小说了——但我不能决定是该称自己为我还是她"（《写小说》，刊于1973年10月18日的《纽约书评》）。
④ 见哈德威克的"最亲爱的M：我人现在纽约，在第67街的某个地方，这栋建筑高耸峭拔，窗户又长又脏。傍晚时分，在冬日昏暗的灯光下，我有时会把这里想象成上世纪90年代的爱丁堡。我从未去过爱丁堡，但我喜欢大小适中的城市，省会城市"（《写小说》，刊于1973年10月18日的《纽约书评》）。

觉得是个事儿吧——但我还是得开这个口。我想知道的是，你会不会在这本集子中收入写缅因的那篇文章[1]呢？（我不能确定具体的发表时间了，当老师当久了，不但脑子不好使了，记忆力也下降了不少。）我以前很喜欢那篇文章——实际上，我那时认为它是你写得最好的文章之一，能引起读者共鸣，语言又很诗意——不过，还是有那么两三句话让我觉得有些困扰。由于我现在手边没有当时那篇评论，所以也不能准确地说出具体是哪几句，但（我想）你是提到了洛塔、我和卡尔在 1957 年或者 1958 年那个夏天去缅因州海岸和加德纳斯岛旅行这件事？（除非我是完全搞错了，或者你是之后和另一位拉丁美洲的朋友也去了一次加德纳斯岛——如果是这样的话，那就当我没说过这些。）

但如果我没有搞错——那你应该就是听卡尔提起过我们那次旅行，要不然就是洛塔和我在返程的时候也谈到过——那几句话是讲洛塔的，存在一些误解，她本人并不像你写的那样，而且她原话也不是那样说的，等等之类的吧[2]。事实上，她在缅因和加德纳斯岛玩得很开心，并没有抱怨过岛上荒无人烟、风景贫瘠什么的——她其实钟爱新英格兰那殖民时期的建筑、夏克尔式家具等。不过这倒不是说她完全接纳岛上的一切，那些什么"哈佛椅"（那儿有一些）她还是比较

---

[1] 指《在缅因》，刊于 1971 年 10 月 7 日的《纽约书评》。
[2] 见哈德威克的"世纪之交，富人们热衷于到一些困难重重、艰险的岛屿上去生活。景色壮观但物资匮乏，代价昂贵却极不舒适。几年前，我们带着一个来自南美的朋友去了一个离缅因州马基雅斯相当远的小岛。小汽艇停在一个长长的木制码头前，船主的单桅帆船也停泊在那里。房子是一个巨大的黄色框架，两边都有漂亮的侧翼，房子里面摆着漂亮的盘子，墙上挂着古老的地图，柜子油漆得很精致，床又大又好看。我们在那里在烛光中静静地住了几天，拿着摇曳不定的细蜡烛跌跌撞撞地摸索，爬上陡峭的后楼梯，我们一直以为楼梯间里会有一个壁橱，里面放着我们的睡衣。'这也太疯狂了！不，一点也不好玩！'"（《在缅因》，刊于 1971 年 10 月 7 日的《纽约书评》）。

厌恶的。当然了，她是个相当十足的建筑和室内装潢发烧友，而岛上的房子和建筑一不美观二不有趣——例如，和卡斯汀相比的话——但即使如此，我认为洛塔也没有对此发表什么意见——她确实很欣赏新英格兰的建筑风格——我现在手边都还有几本她写的关于这个主题的书呢。

她不喜欢的是那些室内陈设、我们女房东那一言难尽的衣着，还有钉在墙上的那些写有什么人什么时间会来住的名单，事实上，每个人都得去帮忙干活。就算面对那些一副惺惺作态的美国有钱人，她也就只是觉得那是他们的"浪漫主义"。还有，她应该是第一个也是唯一一个不愿意起床吃早餐的客人了，不过她一贯如此。有一次早餐我要了一个托盘想要帮她带早餐，我想我应该是制造了一件小小的丑闻。如果我们需要自己铺床，或者自己叠好被单和枕套，不用说我肯定也会把她的那份活给做了。

还有一点就是，洛塔并不会"口齿不清"（我想你也许是把对象混淆了）。确实，说西班牙语的人似乎会有口齿不清的情况，这是因为他们难分Z和S的发音，这两个音的发音方法在葡萄牙语里不一样。但是洛塔不管是说葡萄牙语还是英语，都不存在口齿不清的情况。

在那次旅行中，我们发现，她觉得所有的杉树都是很早就种在那里的，她还一直在问"海滩"在哪。卡尔和我一直在费劲和她解释"海滩"和"海岸线"是两回事。

就像我说的，这些真的是一些鸡毛蒜皮的小事，当然，这也绝不是在否定你那篇文笔精彩的文章。也许你指的确实是另有其人吧——我不记得你是不是明确说了是巴西人——如果是另有其人，那就请忽略我说的这些。也许觉得加德纳斯岛荒无人烟风景贫瘠的另有其人，也许说话口齿不清的另有其人……只是说我和洛塔都不希望她在不知情的情况下被误解,她其实做得已经足够好了。我想,改掉这几个词应该不至于影响到你文章的质量吧——实在是因为洛塔当时的真实反应同样风趣迷人,甚至更像一个拉丁美洲人。

*

我\现在/要说的是另一件事,当然,你与这件事完全无关,最近对人进行不准确的引用似乎很流行似的——我们两个都知道有那么两三个颇有名望的诗人也犯了这样的错——我想,无论何时我们都应该站出来反对这种行为……我最近收到了一部诗集,作者是一个年轻诗人,据说还是一个很有灵气的诗人。那部诗集里居然有一首诗写到了我(我们之前从未见过面),我出现在他的一个"梦"里,穿着睡裙,还吟唱着什么关于"死亡"的歌,还做了其他一些我不可能做得出来的事情[1]……还要叫我为这本书写一些"赞美之词"!我去信反问,写出那样的诗,还有什么理由要我为他写赞词,他就有些悔悟的样子,又或是装出一副悔悟的样子吧,解释说虽然这首诗是以我的名字(确实标注出来了)开篇,但其实指的是另一位和我同名同姓的女人。我一个字也不信,他也没有在诗中注明这是在写两个不同的人啊……再重申一遍——你写缅因的那篇文章和这件事一点关系都没有。我知道你比我更加清楚这是一种怎样不负责任的行为,而且我也

---

[1] 见大卫·夏皮罗的"那天晚上我决定了,打算自相矛盾一回,│我做了一个朝思暮想的噩梦。│伊丽莎白·毕肖普,她的《2000幅│插图》,这表明我已经在阅读,│穿着睡衣吹着口哨,玩闹着│对着她的家人唱歌,│'我是那棵死亡之树,│我自然成长,│我全面成长,│在地上的植物亡魂'│之后是二重唱│在59美元的索尼磁带上播放│她变得伤悲、情绪激动,│或相反,变得舒畅、柔和,│然后叹声说,│现在我要睡觉了,做一个好女孩!"[《论如何成为一个人》第1—16行,见《翻页器》(1973年)]。

觉得能够写出那一类文章的作者——（不是指你，也许是一位业务同样过硬的记者）应该对这种行为进行谴责。

说回你的那篇文章——我大概会是这世界上唯一一个会因为那句话感到困扰的人吧，你又没有在里面提到具体名字之类的信息——现在再去修改的话也许为时已晚——但是我确实是因此而感到困扰过。

我希望你的小说进展轻松顺利。如果你见着阿德里安娜，请你帮我道个歉，我没能赶在她走之前去和她见个面，她之前说要给我写信的，我也在等她的那封来信。希望哈丽特茁壮成长，也希望你的状态越来越好，受得住纽约严冬的折磨——

祝安，保重！

伊丽莎白

287. 伊丽莎白·哈德威克写给伊丽莎白·毕肖普

［纽约州，纽约，西67街15号］
1973年10月18日

亲爱的伊丽莎白：

你在来信中提到我对缅因的那些描述，那我得赶紧回复一下。它不会出现在我要出版的新散文集中，而且我也没有打算要将其重新发表。但是基本的东西都还留着，我肯定会把那段（或者那段结尾）关于富人以及他们痴迷于奢侈的贫穷删掉。我心里想的确是洛塔，我还记得那是一次旅行，我们大家一起去了罗奎岛①。我也只是在最后两句提到了这位巴西小姐，但我完全明白你的意思。但凡是我们自己或

---

① 发生在1957年。

是一个挚爱的老友，突然被人以这样一种方式曝光在众人面前，换谁都难免觉得特别不舒服，甚至是惊恐，因为知道事实绝非如此。我记得去年读过一位外交官的太太写的书，我们是在去埃及的途中遇到她的，她竟然在书中不无嘲讽地说我们对周遭发生的一切充耳不闻，只是一味沉浸在过去的回忆中。那里面的语气够平和的，但那话说的可真就让人极其不舒服，事实根本不是那个样子的，因为我们对一切都兴味十足。你是不知道，我其实非常害怕将来，因为会有各种各样的传记，还有《丽兹传》，都不知道自己会被说成什么样子。"卡尔"就更不用讲了，他真正的存在和本性永远都不会有人触及到。让人庆幸的是，我会在那些东西面世之前离世。那都是在颠倒黑白，就像在捅刀子。到最后，这些事在通常意义上究竟是"真实的"还是"负面的"，都无关紧要了。当你发现自己以这样的方式出现在别人的作品中，而且还是一部创造性的作品中，你只会难过到想哭。所谓的观点也好，分析也好，都不会是不偏不倚的，然而读者在阅读到这些文字的时候，却是有权利作出自己的预估和评判的——其他不过是一种挪用。我真的能够理解，那首"梦诗"让你陷入恐惧，你提出抗议来我很高兴。也高兴\有人提醒／，面对那位"巴西小姐"以及她觉得在黑暗中漫游"不好玩"时，我那句评论虽然友好，但本身并不是很有趣，而且也没有准确还原出洛塔当时的复杂心态，或者她可能会有的复杂心态吧。我会把相关内容都完全删除。我想在这些挪用中，是有一些新东西唾手可得的，\甚至／就像在那首"梦诗"中，那些话都是记在他自己的名下的。这种东西必定与一种日益增长的宣传需求有关，并相信宣传就是一种价值；也与注意力这个概念有关。如果你只想要它为你所用，那么就不要希冀其他人也会和你想的一样。你一直在说，我到底说错了什么？又不是针对你的！似乎对此有且只有一个评判标准。我确实和安迪·沃霍尔有同感，每个人都能出名15分钟[1]，问题的根源就在于此。到最后这就意味着，你认为任何人都是不真实的。

我相信你现在已经拿到那些单据了[2]。没有仔细检查就把那些\书信文件/一次性打包给卖了，我真是深感懊悔。我知道，这件事会让我越想越难过的；但是当时又没办法要他们退回了，要一一检查也太困难了。不过，未来的痛苦我一定承受得住的。我现在状态非常好，快乐工作，享受音乐，我觉得生活总是很美好。哈丽特也很好，忙着抽烟和跟大家逗趣打闹。她告诉我说不是很想去拉德克利夫学院，因为那儿的学生都令人讨厌，"各为其利"。这话你就别去说给卡尔听了，到时候他又要在哈丽特面前重复一遍，她最受不了这样。哈丽特下周末就要出发去波士顿，也许你会和她见个面。再说一遍，保重身体，幸福快乐——我的祝愿与你上一封信中的一样多，比你第一封信中的更多。

　　祝安！

伊丽莎白

---

[1] 见沃霍尔的"在未来，每个人都将闻名世界15分钟"（《安迪·沃霍尔》，这本书的出版是用于1968年2月至3月在斯德哥尔摩现代博物馆举行的"安迪·沃霍尔展"，安迪·沃霍尔编著）。

[2] 即洛威尔希望给毕肖普5000美元的文书及发票等，因为毕肖普的部分信件也包括在洛威尔出售给哈佛大学的书信文稿中（哈德威克当时在场监督这笔交易的完成）。哈德威克写道："亲爱的伊丽莎白：你要在这三封信上签上名，然后把这三封信寄给伊斯曼先生，我随信附上他的地址。"（见哈德威克1973年10月16日写给伊丽莎白·毕肖普的信，收藏于瓦萨学院特别收藏馆）

288. 伊丽莎白·哈德威克写给玛丽·麦卡锡

[纽约州，纽约，西67街15号]
1973年10月28日

最亲爱的玛丽：

收到你的信真开心，非常非常感谢。虽然最近我那本新书有一点点进展，但我也像你一样，成天就忙着做家务、逛市场、下厨房、去楼下用洗衣机洗衣服。圣徒般的妮可太太因为耳聋导致了一系列痛苦的并发症，到现在都还没有完全康复，所以还不能来工作①。她去西班牙已经有一个月了，希望能在那痊愈吧。我请了一位女士来打扫卫生，但基本上没有什么用。我还是想尽快再找人来帮我分担多一点，可是，谁又能代替我心爱的妮可的位置呢？哈丽特和我都很想她，每天都想。然后还有邮件啦、工作事务啦——如果这真的就是全部的话……不提也罢，我身体很好，心情也舒畅，今年纽约的秋天美得出奇，晴空万里，天气清爽，虽然依旧带着些暑热。尼克松事件几乎要让人透不过气来了。我担心他会再次悄悄脱身，我痛苦地注意到，他昨晚就自己的困境做了一场极其糟糕、毫无意义的新闻发布会，中东得到了一些很好的"兆头"②。

关于感恩节，我希望自己能说话算数吧。之前我有写信给萨拉姨妈，劝他们打消让哈丽特、我、温斯洛家族的人一起去科廷农场过节的可怕想法，那样只会是煎熬。她回信了，不过没表明态度，唉，只是说如果今年不去的话，那就下次让我和哈丽特再过去。这些人对待

---

① 见哈德威克的"安吉拉，当我想到耳聋、心脏病，还有我不能说的各种语言时，我就会想到你"（《不眠之夜》）。
② 见詹姆斯·莱斯顿的《挑衅的总统：控制消失，隐藏情感》，刊于1973年10月27日的《纽约时报》。

我的热情和善意让我很感动,自觉受之有愧,可是我也无法多做些什么。如果我不能提前告知你,希望你能让我跟纽约那帮人一起过来。至于哈丽特会不会去,我也不知道。我想周五我无论如何都是会上卡斯汀来的,即使你找张婴儿床让我凑合对付我也会过来的。我真的太想去那里过感恩节了,和你还有吉姆,和汉娜还有杜威维耶一家,这是我能想到的最令人心动的约会了。我会尽快告诉你我的安排。

昨晚大概 11 点,我接到汤米的电话——事情①发生以后我第二次接到他的电话。不过这一次,他的声音听起来好绝望好孤独,令我十分心疼。他一向都很脆弱,不堪一击,在我看来,他一直在同抑郁作斗争。他用了"惨淡无望"这样的字眼,作为听者还能怎么说啊?这个周末他会过来,与朱利安②在波基普西待几天,周六就住在我的工作室。在我看来,让他动一动也挺好,我很高兴和他见个面。我想这一切都是必须要经历的。人总要经历那么多的苦难和折磨,这样的日子我是无法承受的,但很多人似乎不得不忍受。就拿威斯坦来说,我基本上就没看到过他有开心的时候,总是一副倦容,孑然一身,固习难改,那样的习性尤其无法让他振作起来③。

最近读的东西都质量不高,都是讲人的本性的。尼科尔森写的那本书在我看来一无是处,那些信也很糟糕,他本人的评论只会让人觉得愚蠢④。我讨厌人们写这样的东西:"也许她很冷酷,但那是一种英

---

① 可能指的是 1972 年玛丽·托马斯去世一事。
② 指朱利安·托马斯,哈里斯和玛丽·托马斯之子。
③ W. H. 奥登于 1973 年 9 月 29 日去世。
④ 参看奈杰尔·尼科尔森的"这个故事共分五部分,两个部分由她讲述,三个部分由我自己讲述。第一部分和第三部分是她的自传,一字不差[⋯⋯]第二部分和第四部分是我对它的评论,我摘取一些信件和日记内容,作为新的重要事实和引文添加进去"[见《婚姻的肖像:维塔·萨克维尔-韦斯特与哈罗德·尼科尔森》(1973 年)]。

雄式的冷酷。"[1] 还有就是汉娜·蒂里希写的无聊之作，讲色情趣味以及她和保罗本人那些性异常行为[2]。真是不应该啊，描写性竟然和描写其他东西一样难。其实描写自己的私生活绝不是很简单的一件事，也许没有比这更难的了，然而这些书所传达出的理念却是，写这种东西没有那么难，你只需要按照经历去写就完事了。

我这段时间去了很多次歌剧院，也买了很多唱片来播放。家里总是高朋满座，人来人往——竟然还来了一个我认识的刚从拉德克利夫学院毕业的学生，住在这里有一段时间。我想自己最后可能也会像约翰生博士一样，去和乞丐为伍吧，但是我又爱干净。当然了，约翰生自然是受不了每晚都和他们待在一起的。

愿你和吉姆好，我脑子里全是感恩节的事，唯一的愿望就是到那儿去敲栗子、洗盘子。

丽兹

---

[1] 见尼科尔森的"她（即萨克维尔-韦斯特）为爱的权利而斗争，男人和女人都是如此，她拒绝接受婚姻要求只有爱的传统，拒绝接受女人只应该爱男人、男人只应该爱女人的传统。为了这个，她准备放弃一切。是的，就像她后来说的那样，她可能是疯了，但那是一种伟大的愚蠢。也许她很冷酷，但那是一种英雄式的冷酷。我怎能鄙视这种激情的暴力？"（见《婚姻的肖像》第194页，信中所引用的与原文不完全相同。）

[2] 汉娜·蒂里希，《时时刻刻》（1973年）。

第四部分： 1974—1979

289. 罗伯特·洛威尔写给伊丽莎白和哈[丽特]·洛威尔

[电报]

肯特郡，梅德斯通，贝尔斯特德，米尔盖特庄园

[日期不详，1974年1月1日?]

辞旧迎新爱与恋永相随

卡尔

---

290. 罗伯特·洛威尔写给伊丽莎白·洛威尔太太

肯特郡，梅德斯通，贝尔斯特德，米尔盖特庄园

[1974年1月18日]

最亲爱的丽兹：

那个意外接通的电话让我很不好意思。我忘了在英国"cable"是指"打电话"，而我原本是想"发电报"的，结果他们为我接通了电话，把我自己也吓了一跳。

看到你为菲利普写的悼文[1]了，很喜欢。你在有限的篇幅内仿佛把自己能想到的，不管是赞成的还是反对的观点，都一股脑呈现出来了，甚至比葬礼致辞中能说的东西还要多，然而却没有伤害到任何人。我之前也准备给《评述》杂志写一篇关于他的东西，实际上已经写了，不到两页……然后就读到了你的悼文，顿时觉得轻松了许多，

---

[1] 菲利普·拉夫于1973年12月22日去世。见哈德威克的《菲利普·拉夫（1908—1973）》，刊于1974年1月24日的《纽约书评》。

既然有了你的文章，我就不必写了。我那篇纯粹就是流水账似的回忆，从二战期间和拉夫一家去普林斯顿听兰德尔的讲座开始写起，那场讲座还是艾伦亲自主持的。

我以为坠入虚空的感觉总是会提前几周到来的，但此刻我们过得还是比较轻松自在，感觉不到任何困难，不像之前在布鲁克莱恩时压力那么大。不知道复活节哈丽特能不能来这儿玩一周时间呢？我们养了两匹马，虽然不是顶级良驹，但温驯安全。当然还可以有其他的活动安排，比如说伦敦的行程就可以计划一下。复活节具体是什么时候呢？4月份我也许会回一趟美国，去斯基德莫尔学院和范登堡大学！

我们最近没什么新鲜事。我写诗的动力也不是太足——现在写了好几首自由诗，修改了一些之前做的佶屈聱牙的翻译（有且只有在忠实表达更好的前提下，翻译时加入创作成分就是错误的；问题在于，"忠实"可能一无所成，与另一种情形难以区分）。我还有本散文集（《偶得——评论集》，类似于可怜的菲利普主编的最后一本杂志①）[。]年轻时所有的东西不仅要修改，而且还要重新构思。永无止境啊。

我那次的纽约之行心态很放松②，我有为此向你表达过感谢吗？我之前患上的那种时热时冷的顽疾，现在传染给了我们全家，还成了心病，加之身体虚弱，我要出门已是不大可能了。由于身体情况复

---

① 指《现代场合》，菲利普·拉夫主编。洛威尔的散文在他的美国出版商的档案中暂定为"美国诗坛一瞬"（见FSG出版社的记录档案，收藏于纽约公共图书馆档案与手稿部）；它就是后来的《洛威尔文集》（1987年）。
② 见保罗·马里亚尼的"[1973年]秋天的调子基本上很低沉。11月初，他在[纽约]皮尔庞特·摩根图书馆举行了一次朗诵会[……]哈丽特来波士顿探望了他一次，学期结束时，他又回到纽约作了一次短暂的访问。那时丽兹已经心软了，卡尔可以在飞回英国之前和她谈一谈"［见《迷失的清教徒：罗伯特·洛威尔的一生》（1994年）］。

杂，经济状况拮据，布鲁克莱恩就跟一个令人烦恼的梦似的。在这样的梦里，无数小东西永远都不会留在原地，全部消失。我希望我当时没有把感冒传染给你。写信确实要比当面说话简练得多。

祝安！

卡尔

我最喜欢的一处大概是讲菲利普尤其不热衷于写自传，讲他不认为朋友们对他们自己行为的描述是完整的[1]。"地方性"那处令我感到困惑[2]。不管在英国还是美国，基本上没有哪个知识分子（犹太人和那些在国外长大的人有时除外）曾体验过另一个国家或文化。这并不是涉猎其他语言就能解决的问题，虽然这也是有帮助的——问题的根本在于，那是其他国家的文化，怎么也不可能让我们对其产生精神归属感。

---

[1] 见哈德威克的"仔细想想这位非凡人物的生活和性格，我记得他有很多朋友，并与其中的许多人关系一直很亲密。然而，我们必须尊重这样一个事实，菲利普特别不喜欢在别人面前讲述自己。当然，这件事有点像一个谜，因为他对熟人的传记可是一直都很好奇，然而他又不认为他们对他们自己行为和动机的说法是完整的"（《菲利普·拉夫［1908—1973］》，刊于 1974 年 1 月 24 日的《纽约书评》）。

[2] 见哈德威克的"我认为，拉夫作品一个突出的主题是对地方主义的蔑视，蔑视那种对地方和稍纵即逝的文化成就的夸大倾向。对低级趣味以及将小成就视为大师般的永久纪念碑的做法，他一直是口诛笔伐，这其实相当于一场十字军东征，很多灵魂不坚定的人到后来可能会感到厌倦。但他并不为自己广泛的'否定主义'感到羞耻，相反，他是一条道走到黑，到最后都还在斥责虚荣和不值当的妥协"（《菲利普·拉夫［1908—1973］》）。

291. 伊丽莎白·哈德威克写给罗伯特·洛威尔

[纽约州，纽约，西67街15号]
1974年3月6日

亲爱的卡尔：

哈丽特会在3月23日周六晚上9点40分抵达希思罗机场，乘坐的是英国海外航空公司594号航班。4月4日周四返回，也还是坐英国海外航空公司的航班，起飞时间是上午11点——如果你要回来参加读书会，也可以定同一班飞机和她一起回来。

哈丽特出发的那天我也要启程去里约热内卢①，不过我会赶在她之前回来。估计我是写不出什么东西来的，那是一个极不完美的大题材，对于我这样一个"完美的"小文才来说难有作为②。我之前遇到过两个巴西人，他们很好相处，人也很有趣，到时候我会借住在其中一个的家里。他们会给我提供单独的卧室和浴室（我想应该和毕肖普之前在里约的公寓里那种隔间差不多），我当时还问起海滩是个什么样子，然后他就说，哦，没关系，我们有游泳池。我承认我当时好开

---

① 代表《纽约书评》。见哈德威克的"1962年我在这里待了几个月，现在1974年，我回来了——想看看什么呢？这是一个军事政权庆祝的时刻。他们已经统治了10年之久［……］财富流向那些选定之人，流向那些拥有更多财富之人。对其余的人来说，他们的时代尚未到来"（《悲哀的巴西》，刊于1974年6月27日的《纽约书评》）。

② 见哈德威克的"范围大、等级大、数量大：说巴西是一个'巨人'毫不夸张，它是一个令人惊叹的奇才，天生祥瑞，受到极大的青睐，但却打上了庞然大物萎靡不振的标记"（《悲哀的巴西》，刊于1974年6月27日的《纽约书评》）。

心。我知道拉塞尔达①家财万贯，酗酒挥霍已让他的身材变得巨胖，不过我还是打算去看看他。我要见的那几个人都是与法律唱反调的人士，是他们令那个国家的审查制度近乎苛刻。他们是典型的巴西人，生性快乐，似乎格外热衷于在经济发展态势向好时唱衰，兴高采烈地说这种向好面迟早会土崩瓦解。显而易见的事实是，里约和圣保罗车流不息，堵上五个小时也是经常的事，等急了人还会从车里钻出来，互相射击②！

如果你不准备和哈丽特一起回来，也请知会我一声，我到时候就去机场接她——啊不，那天我有课，让她自己坐出租车回。还有什么，我想想——我在收集一些书评准备寄给你看（单印本），正负面的都有，虽然不重要，但我觉得还是能满足一下那个充满好奇心的自我③。比如《威利爵爷的城堡》被抨击得一无是处，《生活研究》则获得了颇高的评价。

我想你们应该都很期待哈丽特的到来吧，她也非常期待。我就不再写信了，所以你千万要记得到达的时间，把它记在你的帽带上吧。

祝一切顺利！

丽兹

---

① 指卡洛斯·拉塞尔达（伊丽莎白·毕肖普和洛塔·德·马塞多·苏亚雷斯的朋友），哈德威克和洛威尔与他相识于1962年。
② 见哈德威克的"听到酷刑已经变得'无聊'这种说法并不罕见。一位勇敢的老妇人就曾预言，取而代之的将是谋杀、失踪和街头枪杀。事实证明确实如此。活人献祭的观念——这是一种亵渎神明的世俗的净化仪式，却打着进步、投资和神圣'增长'的旗号进行——让这个国家变成一片废墟。这片土地上孕育着富有军人意志的英雄。被警察杀害的年轻学生的家人寄来的一张小卡片上写着：[……]（他活着的时间很短[1946—1973]，却完成了那项长期存在的任务）"（《悲哀的巴西》，刊于1974年6月27日的《纽约书评》）。
③ 见洛威尔1974年5月1日写给哈德威克的信，以及哈德威克1974年5月6日写给洛威尔的信。

292. 罗伯特·洛威尔写给伊丽莎白·洛威尔太太

肯特郡，梅德斯通，贝尔斯特德，米尔盖特庄园

1974年5月1日

最亲爱的丽兹：

我在这边乡下觉得都快要冻僵了，丝毫没有感受到5月应有的和煦。明天是我在埃塞克斯最后一场读诗会表演，还有一些翻译讨论之类的活动；持续了一个月的罢工事件①仍未完全结束。之前我在美国奔波已是累得疲惫不堪，到现在都还未恢复过来②。

很抱歉上周四到最后事情还是爆出来了，我们也很生气——简直不敢相信时间就过去一周了。我要把克莱夫·詹姆斯③写的东西寄给我的律师迈克尔·鲁宾斯坦——还没读。到底能不能界定为诽谤，我想只有律师才能评判。

威恩·汉德曼给我来信征询我的同意，说想取得《古老的荣光》④整部剧的使用权。还有个人想在爱丁堡排演《费德拉》。啊，这些都是去年的成果！

不论分别时如何，你让我感受到了无微不至的"家长式"关怀，

---

① 1974年3月6日美国矿工工会罢工结束后，电力短缺仍然存在。
② 见保罗·马里安尼的"1974年4月［……］他回到美国，参加为期三周的朗诵会，这个行程包括去范德比尔特、维吉尼亚州大学和南卡罗莱纳大学（他与詹姆斯·迪基一起去的），然后再北上到华盛顿、斯基德莫尔和哈佛"（《迷失的清教徒：罗伯特·洛威尔的一生》）。
③ 指克莱夫·詹姆斯的《一剂良药》，刊于《评论》第27期［1971—1972年秋冬］；转载于《都市批评》（1974年）。洛威尔的回应见《罗伯特·洛威尔书信集》。
④ 为庆祝美国建国两百周年，美国地方剧院于1976年4月9日开幕演出了《古老的荣光》（1965年）。

这种亲切的感觉只有以前在父亲那里得到过,而现在却在你和哈丽特那里失而复得了。

你猜我从巴黎收到了什么?是乔瓦娜·麦丹尼娅[1]寄来的一封信,她要带十岁的孩子去格林德伯恩歌剧节。对了,西德尼·诺兰现在在哪儿呢?他以前不是歌剧节的常客吗?

祝你和女儿一切安好!

爸爸 & 卡尔

5月第一天竟然睡了18(?)个小时。

293. 伊丽莎白·哈德威克写给罗伯特·洛威尔[2]

[纽约州,纽约,西67街15号]
1974年5月6日

亲爱的卡尔:

知道你安全到达我就放心了,几周以来我一直都想找个时间给你写封信,想要道个歉,我也不希望误解了那些已出版的各式评论[3]。我一点都不知道自己竟成了传坏消息的人,但我确实记得古人在面对这些事情时的处事智慧……不提也罢,生活真是太可怕了。上周,我

---

① 1954年洛威尔躁狂症发作时曾与她有过一段婚外情。见《罗伯特·洛威尔书信集》。
② 哈德威克写的12封信、明信片和电报之一,被收录在1982年洛威尔遗产管理公司出售给HRC的书信文稿中。
③ 其中之一可能是指克莱夫·詹姆斯发表在《都市批评》的那篇文章;见洛威尔1974年5月1日写给哈德威克的信。

的弟弟罗伯特去世①,我飞去了莱克星顿;这周末为了那个荣誉博士学位②我又赶了回来,毕竟为此我付出了很多的时间和精力。而就在昨天,传来了伊兹雷尔·契考维茨③的死讯,哈丽特说想要寄一封电报,她后来也确实去寄了。又是昨天,汉娜在苏格兰心脏病发作,还好关键时刻有乔瓦诺维奇在那里陪着她,玛丽也很快就赶到了,然而我们还依然沉浸在悲伤的情绪中无法自拔。想到那一代人、他们的所知所学所想,以及那些生命和个人的伟大之处,我没办法去设想失去的滋味,没办法去面对汉娜就这样病倒。

我那本小书出版了,《纽约时报》上刊登了一大版的评论,还配了一张巨照。④虽然书评本身寡淡无味,但我觉得应该开心才是。今晚会有一个小小的晚宴以示庆祝——或者说晚宴正在进行当中,哈丽特和德维陪同在我左右。

因为一直有些不愉快的事情发生,我那篇关于巴西的文章⑤还没有动笔。人生无处不面临着死亡和失去的威胁。所以,我会怀着一种宽恕和尊重的心态去书写我们所经历的一切。哈丽特一切都好。

也祝你一切安好!

丽兹

---

① 罗伯特·哈德威克于1974年5月1日去世。
② 肯塔基大学于1974年5月授予哈德威克名誉文学博士学位。
③ 伊兹雷尔·契考维茨于1974年5月4日去世。见洛威尔的"他不像一般的前夫那样,同我们的关系很近,像叔叔一样亲近孩子们,甚至把我都变成了自己人。到最后的时刻,他的精神和身体都出了问题,但他死得很快活,吃着牡蛎(刚好牡蛎也差不多下市了),喝着香槟,还有高里勋爵美丽的德国贵族女友来访"(见1974年5月14日写给斯坦利·库尼茨的信)。
④ "小书"指《诱惑与背叛》(1974年);"评论"指芭芭拉·普罗布斯特·所罗门的《女性作家和女性写作》,刊于1974年5月3日的《纽约时报书评》。
⑤ 指《悲哀的巴西》,刊于1974年6月27日的《纽约书评》。

294. 伊丽莎白·哈德威克写给罗伯特·洛威尔

[纽约州，纽约，西67街15号]
1974年7月20日

亲爱的卡尔：

很抱歉这么长时间没给你写信，但确实也没什么特别的事情可说，就算有，之前几次通电话的时候也已经说过了。哈丽特还好，她，还有她那些朋友，经常有些萎靡不振，至少在家是这种状态，也许青春期的孩子都这样吧。不过，她们8月1日就要启程去骑自行车环游荷兰了，再途经德国去哥本哈根。我希望她们累了能换乘火车。我也说不清楚这是一种什么感觉，想到凯西和哈丽特两个女孩子孤身去欧洲，每天要满头大汗骑上三十英里的路程，我怎么能完全放心呢？我和她们说了，如果实在辛苦就放弃。但这次旅行大概率还是会让她们尽兴的，毕竟在青年旅舍、公园等地方，有很多像她们一样的同龄人。哈丽特在家的时候依然还是陪伴我左右的开心果，在缅因的那段时间，她也是我的忠实好友，当然了，当地打着灯笼也找不到像她一般大的孩子。

我太喜欢我的新房子了。不知怎的，那地方比我们之前看到的还要辉煌壮丽，气象万千，它现在是全方位敞开的，窗户更宽了，一点都不像谷仓了，虽然那个可爱的结构还在。我的卧室美得让人难以忘怀，入住的第一晚，我疲惫地倒在床上，头顶是一轮盈满的月亮，子夜潮涌，那潮水仿佛就在床脚边荡漾。这已不仅仅是一种景观了，而是真真正正生活在海上！

前几天晚上见到杰克·汤[①]了，我们已经有近一年没见。他的状

---

① 指杰克·汤普森。

态好多了,之前总是一副邋遢醉醺醺的样子,现在倒是可以用俊朗挺拔来形容。他确实是一个不错的朋友,罗比和彼得遭遇不顺的时候他去看望过他们[1]。说到彼得,他出院回家的时候,还一直在哭泣,虚弱得不能动弹,情况很糟糕。好在几天之后他就恢复了不少,我深知这些打击所带来的痛苦和软弱有多么可怕,可怜的彼得。但变化是无可避免的,是巨大的,尤其是内在的变化。但人们也确实变得更强大,又能笑对人生,再活很多年。我和哈丽特已经回到纽约,我们前脚刚离开卡斯汀,玛丽就去了那。但我和她通过电话了,这周末就会见到她。她说汉娜恢复得出奇的好——也应该是如此。

鲍勃告诉我,你写了一些或是一首关于伊兹雷尔的诗[2]。一开始我还以为你写的是那个被围攻的国家,并对此百思不解,后来才被告知是以逝者为主题的。我还没有看过这首诗作。

最近没太多新闻。纽约不是不好,但我也没有一直待在这里。又在期待 8 月的来临,期待去缅因了。我在缅因的电话号码是 207326-4856。

爱你,愿你无恙。

丽兹

---

[1] 罗比·麦考利的妻子安妮于 1973 年去世(见《罗伯特·洛威尔书信集》)。彼得·泰勒可能在 1974 年 6 月下旬心脏病发作过,"彼得离开重症监护室时,变得极度消沉,持续了个把月的时间〔……〕他曾向卡尔吐露心声:'我从未有过如此黑暗的想法或做过如此可怕的噩梦。'"〔见休伯特·H. 麦克亚历山大著的《彼得·泰勒:一个作家的一生》(2001 年)〕。
[2] 指《在病房》(给伊兹雷尔·契考维茨);又见《葬礼(给——)》。两首都收在《日复一日》(1977 年)。("伊兹雷尔"与"以色列"在英语中拼读完全相同。——译注)

295. 罗伯特·洛威尔写给哈丽特·洛威尔

［电报］

［伦敦］

［1974年7月31日］

纽约市区西67街15号公寓

哈丽特·洛威尔

带着我的祝福出发

试过给你打了很多次电话

爱你的爸爸

296. 伊丽莎白·哈德威克写给罗伯特·洛威尔[①]

［缅因，卡斯汀］

［1974年8月10日］8月9日星期六

亲爱的卡尔：

你可爱的电报寄到时，哈丽特已经启程了，不过我已经在信里向她转达了你的祝福。她现在似乎在荷兰玩得很开心呢，我也希望她们骑行去丹麦不要太辛苦。话说回来，以前漫长的夏天就是等着开学，对精神状态也没有什么好处。6月份她跟着我去了一趟缅因，一起收拾房子，不过那时的卡斯汀相当于一个荒无人烟的沙漠。说起房子，

[①] 哈德威克写的12封信、明信片和电报之一，被收录在1982年洛威尔遗产管理公司出售给HRC的书信文稿。

那倒是美极了，不管从哪个角度看都无可挑剔，色彩明亮、别具一格，看着就让人喜欢得不行。那庭院以前跟汽车旅馆的入口似的，现在不一样了，草儿努力向上生长，生机勃勃，而且生活的乐趣多多。玛丽和吉姆身体状态相当好，我们几个，还有弗朗姬·菲茨杰拉德，一起见证了尼克松黯然下台那一激动人心的时刻①，这边连着两三天大家都沉醉在那种紧张激动的气氛当中，兴奋不已。

娜塔莉表姐这周在纽约去世了——死于癌症。其实她的症状已经持续了一整个冬天，虽然承受着病痛，但那个往日积极向上、意气风发的"女孩"依然没有变。这事的前前后后，我也没有更多可汇报的。

这几个月以来，除了把房子的事情搞定，我也没忙什么其他的，不过现在打算着手去做一些事了。我在想是不是可以继续写我的小说，毕竟装修仓房时我的钱都已经用得差不多了，得赶紧挣回来。我认为那笔钱花得值，但是人真的能有足够的自尊自信，清楚这就是自己应得的吗？但有一点我是很清楚的，在我赚到一些"资金"存进银行之前，我绝不允许自己病倒。虽然长远来看，哈丽特会喜欢上这所房子，也愿意搬来住一住——她确实对这所房子有感情，即使这个小镇对她来说不够鲜活有生气……不过肯特那边应该很舒服吧。我还没有读到你的任何新作，不过我希望一切都顺你的心意。祝好。

伊丽莎白

---

① 指弗朗西斯·菲茨杰拉德；尼克松于1974年8月9日星期五中午辞去总统职务。

297. 罗伯特·洛威尔写给伊丽莎白·洛威尔太太

肯特郡，梅德斯通，贝尔斯特德，米尔盖特庄园

[1974年] 8月16日

亲爱的丽兹：

很高兴你认可了我那封电报并向哈丽特转达了我的祝愿。我之前还想着，电话没有打通，希望能赶在她出发前的最后一刻把电报寄到她手上呢。等到你收到这封信的时候，孩子们也基本上快要踏上返程了吧。一想到她们要在没有任何向导的情况下独自穿越北欧，我是既开心又有点担心。

我对尼克松下台的感觉是，我们国家终于割掉了一个大毒瘤，这大致是从《圣经》的意义或者是从希腊古典的意义上来讲的。对于那声法语的"再见"、那个巴掌大的香橼牧场还有那位圣人般的母亲，他倒真是大言不惭。[①]

听到娜塔莉去世的消息，我很难过，后悔当时没有听爱丽丝的建议给她写封短信，希望病痛没有带给她过多的折磨。等到我死时，祈愿我能服药了结自己，不用那么痛苦。

仓房让你这么开心，我也就开心。这要多亏三个人，你，我，还

---

① 见尼克松的"你是来跟我们告别的。我们在英语中找不到一个合适的词用在这种场合。最好是用法语说再见。我们会再见的。[……] 我记得我的父亲。他先是做过有轨电车司机，后来当过农夫，再后来他有了一个香橼牧场——我向你们保证，那是全加州最穷的香橼牧场——后来发现那里有石油，可他在那之前就把它卖掉了 [……] 可能没有人会写一本关于我母亲的书。好吧，我猜你们所有人都会这么说自己的母亲。我母亲是一位圣人"（《尼克松在首都对内阁和工作人员的告别演说抄录》，刊于1974年8月10日《纽约时报》）。

有哈丽特表姨，没有我们就没有现在的一切。我在写"短"诗[1]，差不多能凑成半本诗集，不过停了一段时间没写了——或多或少是出于自己的意愿吧，写作这种事总是需要灵感的。

牵挂你们，愿一切安好！

卡尔

298. 伊丽莎白·哈德威克写给罗伯特·洛威尔

[纽约州，纽约，西67街15号]
1974年9月23日

亲爱的卡尔：

你为兰塞姆写的那篇悼文[2]真是绝美。能够做到如此情感真挚、别具一格、文采斐然的人，舍你其谁。让我不解的是，为什么那本杂志要把另外两篇悼文和你的放在一起[3]？事实上，我很多时候都不理解那本杂志的做法，不理解他们为什么要刊登一些观点极为偏狭的东西。那个古老的诗歌节无聊死了，学术界和新闻界都没什么有意思的消息。有两篇关于波士顿的文章（作者是埃伦普瑞斯和拉班）[4]。我摔了一跤，脚骨骨折了，那段时间真是痛苦不堪，伤处剧烈疼痛，弄得我精疲力竭、心烦气躁，哪里都去不了，很无聊，很无助。不过现在

---

[1] 收在《日复一日》（1977年）中。
[2] 约翰·克罗·兰塞姆于1974年7月3日去世。见洛威尔的《约翰·克罗·兰塞姆，1888—1974》，刊于《新评论》第1卷第5期（1974年8月）。
[3] 指《约翰·克罗·兰塞姆：四篇悼文》，作者为洛威尔、丹尼斯·多诺霍、理查德·埃尔曼和罗伊·富勒。
[4] 指伊尔文·埃伦普瑞斯的《美国艺术》和乔纳森·拉班的《一个美国城市》，刊于《新评论》第1卷第4期（1974年7月）。

已经好多了，等你收到这封信的时候我应该已经拆了石膏，真是期待回到那种无拘无束、能够笑得灿烂到处奔忙的日子啊。你可千万留神不要摔坏任何东西啊！特别是自己的脚骨头。

整座城市在潮湿闷热中压抑了许久，秋天一到，一切都变得美好起来。哈丽特这个夏天过得很开心，她还是那么清瘦，但身体很好，现在又回到学校去了，在读西班牙语版的《堂吉诃德》[①] 和英语版的《奥德赛》呢。我让她放宽心，不会很难的。

现在还是一大早，好像没什么特大新闻或是八卦消息要告诉你。阿尔弗雷德先生[②]去世了，我想你很可能已经知道了。唐纳德[③]的事情也越来越糟糕，他现在要面临枪击和强奸（是事实）两项罪名的指控。比尔似乎还没有意识到，他接下来要面对的才不啻为地狱的折磨。要知道，对他人持续实施虐待的行为，其恶劣性远超偷车贼，完全是两码事。唐纳德曾尝试逃罪，但现在已经被收押入监，比尔终于不用面对他了。但在我看来，他还是想要挽救一下这个孩子的，他不会就这样放弃他。如果认为他应该彻底放弃这孩子，那才是不合理的想法，因为我们不应该对任何人轻易失去信心。然而我很担心比尔本人，不知道这一连串的糟心事会把他变成什么样。目前他的情况还好，尤其是在唐纳德收监之后，他心中宽慰不少。

好吧，还是祝你身体健康，勇敢冷静。我现在就去寄信，就权当是向你为兰塞姆写悼文的一种致意吧。

伊丽莎白

[①] 米格尔·德·塞万提斯著（1605年）。
[②] 指威廉·阿尔弗雷德的父亲。
[③] 指唐纳德·博拉萨，威廉·阿尔弗雷德的养子。

299. 伊丽莎白·哈德威克写给罗伯特·洛威尔[①]

[纽约州,纽约,西67街15号]
1974年10月2日

最亲爱的卡尔:

我想你现在应该好得差不多了吧,但还是想确定一下,也想知道医生那边是怎么说的。上次和你聊过之后我就在想,真正的原因是服用了安塔布司,加上一时大意吸入了酒精吧。但是你的反应也太强烈了[②]。这就让人很难不想到是药物作用,或者说这些或多或少都起了作用。虽然去年你一切都很谨慎,也表现得很勇敢,但还是请你保重自己。

纽约的生活成本极其昂贵,真是愁死人了。自从骨折后被困在家,心中十分烦闷,才不过两周时间,而且现在也已经恢复了,但我还是感觉气躁心烦,似乎精疲力竭,失了耐性。

哈丽特状态不错,我想是这样。现在是艰难时期,申请大学啦,

[①] 哈德威克写的12封信、明信片和电报之一,被收录在1982年洛威尔遗产管理公司出售给HRC的书信文稿中。
[②] 见下文洛威尔1974年10月9日写给哈丽特·洛威尔的信。参看伊恩·汉密尔顿的文章:"1974年10月,洛威尔参加了伦敦出版商乔治·韦登菲尔德举办的一个聚会。当时他并没有喝酒;事实上,为了巩固自己最近几次戒酒所做的努力,他服用了一种名叫安塔布司的药物。10月9日,他写信给[彼得·]泰勒再次提到这件事:'前几天晚上参加了一个大型聚会,我突然感到一阵剧烈的恶心,就好像我一直在喝酒,喝了好多酒,然后感觉相当舒服,体内变成了冰,然后我被六个快活的人摁在一张矮桌上滚来滚去,像在搞一个温和的恶作剧。我晕了过去。可能是因为不小心喝了伏特加和橙汁之类的东西,也可能不是。医生们也说不出个所以然。[……]'"(见《罗伯特·洛威尔传》)。

各种焦虑啦，这些都是她无可避免要面对的事，不过她似乎把它们推到了一边。她可不像大多数人那样会格外努力去备考，或者说认真对待学校的辅导课。她觉得自己能进巴纳德。我是断不希望她留在纽约读大学的，如你所知，人总是对自己深爱的人寄予厚望，希望他们能拓展出一片新的天地。不过我想这也不会是个问题。我觉得我们必须等一等，看看各个大学董事会给出的最终录取分数，才能知道究竟还有没有可能进拉德克利夫。哈丽特是个极其聪慧、善于思考的孩子，机智、敏锐，不仅是我这么说，我周围的朋友都这么认为。我为她感到骄傲，她申请学校的事情我一点都不担心，一方面是因为我相信教育机制，还有一方面，我认为对于一个18岁的孩子来说，唯有上大学将来才能在社会立稳脚跟。噢，上帝呀，我记不住是在哪里看见了阿莉达·怀特，她报告说迪克西"明艳动人"！想对你说的就是身体健康。祝好。

伊

300. 罗伯特·洛威尔写给哈丽特·洛威尔

肯特郡，梅德斯通，贝尔斯特德，米尔盖特庄园
1974年10月9日

最亲爱的哈丽特：

之所以一直没有写信给你，是因为让我没来由地开始写一封信实在是无从下笔，不过在餐桌上和一个刚认识的小女孩说话则另当别论。"你真的是从威尔士来的吗"或者"你爸爸是做什么工作的"再或是"你有五个孩子吗"。

我猜，你很快就要参加大学入学资格考试了，虽说你不太在乎，

但还是会紧张、会害怕吧。在哈佛和巴纳德之间，我倒没法说哪所学校更适合你。如果去了哈佛，你会离家远一点，更有机会融入大学生活。这对你是一种前所未有的体验，能够增长见识，听到不同的声音，而且你的人生也会变得更加丰富。我想，去找比尔·阿尔弗雷德帮帮忙，你进哈佛应该不成问题。除了哈佛，还有很多好学校，巴纳德也许是最佳选择，离妈妈近一点，也不错。

妈妈可能也和你提过，十天前我在一个聚会上晕倒了，可能是在服用了安塔布司的情况下又不小心碰了酒精，不过也不一定是这个原因。周五的时候我要去看一个颇有名望的医学专家，我担心他会要求我戒烟，要我为了恢复健康多散散步。目前我有两件事有待完成，1)一本完成了一半的诗集，大概在两年后出版；2)一本随笔与评论文集，从1943年就开始写了，大体上也已经完成了，只是还需要做一些调整修改以及注释。我是不是应该罗列一些比较惊人的发现，然后把它们往后标注为1945年的事情？

1月中我会回去一趟的，到时候见。

祝开心！

爸爸

301. 罗伯特·洛威尔写给罗伯特·洛威尔太太[1]

肯特郡，梅德斯通，贝尔斯特德，米尔盖特庄园

1974年10月13日

最亲爱的丽兹：

我刚刚在一个权威的心脏专家那里接受了一次检查\（他们看起来都像是我的女婿）/，检查结果显示心脏没问题，就和之前怀疑是肺部问题一样，一查什么毛病都没有。所以现在我又能推大木箱、提煤桶上楼了。

你对哈丽特的描述跟我想说的差不多——我还会加上一点，她是个逗趣大师。哈丽特能以一个不错的成绩入读巴纳德吗？入读哈佛会不会更好一些，我现在都不敢说了。最近的暴乱搞得我们紧张兮兮的，虽然事态最后会平息，但不可否认后患无穷。我想知道那些黑人是不是都支持北爱尔兰新教徒？这太可怕了，我认为在当下这种形势还坚持校车接送才是犯罪行为[2]。我们决定放弃举家搬去坎布里奇的计划了——有三四个比较大的问题——给孩子们找新学校，找一所能住上四到六个月的房子，还有就是觉得一切都乱七八糟的感觉，再就是开销的问题。

我会在1月底左右过来，就我一个人，谁也不带。到时候我能和

---

[1] 上面盖着"无邮资转平邮"的戳印。
[2] 法庭下令在波士顿公立学校使用校车来实现种族融合，但这一举措在1974年9月12日遭到破坏，南波士顿发生了暴力事件，黑人学生遭到袭击，校车被扔石头。暴乱持续到10月。10月8日，波士顿市长请求联邦执法警察帮助控制暴力并保护学生。这一事件在美国和英国的媒体上都有广泛的报道，就洛威尔在英国报纸上读到的事例而言，可参看乔伊斯·埃格顿的《波士顿之战》，刊于1974年10月13日的《观察者》。

你还有女儿一起待几天吗？或许再打扰一下，借住在你的工作室？

到了我们这个年纪，但凡伤了脚可不是一件小事，知道你受伤我很心疼。我的胫骨撞一下就淤青了一年多，如果仔细看，现在那儿还有一块淡淡的黄斑。

我想知道道富①都是怎么和你说的？难道投资者应该越大胆越好吗？我倒觉得恰恰相反，但反正最后都是要失算的。

你终于又愿意把我当成无话不谈的对象，这对我来说是一种莫大的慰藉。

祝一切安好！②

302. 伊丽莎白·哈德威克写给罗伯特·洛威尔

[纽约州，纽约，西 67 街 15 号]
1974 年 11 月 20 日③

亲爱的卡尔：

你好吗？我们也有挺长一段时间没有收到你的消息了。有时候我会担心你吃的那些药会不会药效不一致——这样揣测那些既昂贵又神秘的救命之物也许很不合适。但是我认为，你要是有什么不适，我们一定会收到消息的。写信是不可能的，这点我心里很清楚。从前那个自持有度的自己早已经一去不复返了，就像那春意再怡人，也终究成了遥远的过去。但与其说我的人生变得杂乱无章，倒不如直接说没有了妮可，没有了旁人的帮助，我只能一个人去承担生活的重负，即使

---

① 指道富信托公司。
② 未签名。
③ 与洛威尔 1974 年 10 月 13 日的信互相交叉错过。

煎熬，我也不得不开始把这一切扛在肩头。我写各种各样的小文章，到处做讲座，脑子里还装着很多大事，想要写出一部我一直渴望写但却没有写成功的大作品。但我还是在坚持着，亢奋却也焦虑。

哈丽特一切都好。她应该不会申请拉德克利夫学院，因为她觉得自己的分数可能达不到标准线。事实证明，只有高中足够努力学习理科，才能够跟上大一的相关要求，除此之外，她在其他科目上也有不足。我也不知道最后会怎么样，不过她对这一切倒是表现得很通透，而且我也不觉得她为这事儿有半点沮丧的时候。女儿说，她希望能深造，也希望能去工作，虽然现在还不能说是怀着满腔热情，但却期待拥有这种热情。她还说了，在哪里学都是学习。这个道理确实是无可辩驳的。不知道怎么形容，她对待人生的态度是那样积极、泰然，愉快地奔忙着。多亏有她才让我的日子变得趣味盎然，当然，我也希望她能尽可能多地去英国看看你，毕竟每次去那儿她的心情都会很好，玩得很开心。不过今年圣诞节是不行了，因为新年之后她就要参加各个学校招生委员会的考试，假期也要拿来学习。你还记得女儿1月4日就要过18岁生日吗？如果到时候你能来的话，或许我们可以一起庆祝一下。光阴荏苒，时间快得难以置信。

弗兰克和朱迪·帕克现在在我的工作室，他们会在这里待几天。在朱迪的坚持下，弗兰克同意喝了一点酒。这倒也好，而且我也觉得他现在身体素质应该还不错，毕竟只要朱迪出去上班，他就得包揽所有的家务活，而且是任劳任怨，想不到吧。也挺让人感动的。

我暂时想不起有什么要和你分享的新鲜事。无论如何，不管是从哪方面来说，都请你保持健康吧，当然，更重要的是要保持心情舒畅。我们都很挂念你。

伊丽莎白

303. 伊丽莎白·哈德威克写给罗伯特·洛威尔[①]

[圣诞节贺卡：《弗朗索瓦·太阳》（1946年），巴勃罗·毕加索作，纽约现代艺术博物馆："季节的问候"]

[纽约州，纽约，西67街15号]
[1974年11月26日]

亲爱的卡尔：

上一封信在你看来也许会有些奇怪吧，但事实是，自从那次你打电话来说晕倒的事情之后，我就再没有听过你的声音了。而我今天，也就是11月26日，才收到你那封言辞恳切的信，而那封信竟然是写于10月13日的，由于邮资没有付够，所以是"平邮"过来的。真是要命！好了，虽然我认为你没事了，但我和哈丽特还是挺想知道你的真实情况的。我们感恩节去科廷家过，不过当天晚上就会赶回来。我是很高兴去的，这对哈丽特有好处，但是我总觉得科廷一家是为了我们才把这个传统坚持下来的……一切都挺好，我也很期待与你相见。到时候可要为咱们的宝贝女儿办一个令人惊喜的18岁生日聚会……非常期待你的那本散文集，因为你现在写那种形式的诗歌时灵感不足又无所顾忌，对此我的心情是喜忧参半。

周末汤米·托马斯会来，不过玛丽不在这，我怕他会觉得无聊，他张口闭口都是与性有关的话，哪个已婚太太受得了！玛丽和吉姆现在卡斯汀筹备过圣诞节的事呢，也许新年的时候我会去找他们。这个

[①] 哈德威克写的12封信、明信片和电报之一，被收录在1982年洛威尔遗产管理公司出售给HRC的书信文稿中。

圣诞节我还是想和女儿在纽约一起过，我们也有花有鸟①有朋友，还有哈丽特的朋友……

还有十天我的脚伤就能痊愈了，要是再不好的话，就轮到我头痛欲裂了。致以最深切的问候。

祝一切安好！

丽兹

304. 罗伯特·洛威尔写给伊丽莎白·哈德威克

肯特郡，梅德斯通，贝尔斯特德，米尔盖特庄园
1974年12月13日

最亲爱的丽兹：

上次晕倒一定是喝了酒和服用安塔布司的缘故吧，也可能是因为当时室温过高，这件事看来还是挺奇怪，一般很少发生这样的状况。不管怎么样吧，\借助科学/已经查清楚了我的心和肺都没毛病。在我们这个年纪，什么都不耐用了，或者说经不起折腾了。我有很多小征兆——最明显的就是——精神恍惚，当然下出租车是不会心不在焉的。以前我总喜欢笑话别人，现在好了，我自己成笑柄了。如果我一边走一边拿着信往信封里塞——信和信封最后准会出现在房间的不同地方，这是不可避免的事。

---

① 见哈丽特·洛威尔的"我母亲有一棵非常特别的［圣诞］树。她让人用绉纱做了这些花，有紫红色的，也有其他鲜艳的颜色，还有鸟儿，有些鸟儿还会扇动翅膀。她可能是［1962年］在巴西挑的这些装饰品"（2016年7月5日接受编者的采访）。

看到那些书评，还有你的书在英国被选为年度好书①，你一定很开心吧。很奇怪他们把你和帕特丽夏放在一块来评论，帕特丽夏现在是我们的一个朋友——让我吃惊的是，我发现她那本书就是在诘难，在讲解放，她有过于明晰、热忱的普利茅斯兄弟会背景②。但是在你的书中我看不到这一点，我看到的是一个女性视角下的一系列哥特式的女性故事，一系列普鲁塔克式的很长篇书评的结合。你的书出版之后我又通读了一遍——它们似乎拥有虚构文学的激情，都尽可能合而为一，15个故事都以南部的某一处为背景。至于那几篇不好的书评，瑞克斯似乎是聪明反被聪明误，气恼得语无伦次了，而凯里一定觉得你是个美国人③。

我们全家准备搬到布鲁克莱恩的柏树街33号。孩子们都还在学校上课，我们会在一月底左右过去。关于延后给哈丽特过生日的事，我会尽快思考一下具体的计划。平安夜的时候我会给你打电话——凌晨3:30的时候，你那儿是晚上的10:30。我不确定到时候会不会有人打电话来，但这确实是我唯一能够得空的时间段。无论如何，现在，美好的圣诞祝福送给你和哈丽特，我正准备给你们邮寄我最原始的礼

---

① 指克莱尔·托玛林的《愤怒与和解》，刊于1974年11月28日的《倾听者》；罗斯玛丽·丁内奇的《男人、女人和书籍：英雄主义法则》，刊于1974年11月29日的《泰晤士报·文学副刊》；A. 阿尔瓦雷斯的《女英雄与受害者》，刊于1974年12月1日的《观察者》；玛格丽特·德拉布尔的《女性文学》，刊于1974年12月5日的《卫报》；菲利帕·图米的《当女英雄就是女英雄而不仅仅是装饰品》，刊于1974年12月9日的《泰晤士报》（伦敦）；A. 阿尔瓦雷斯和玛丽·麦卡锡的《年度好书》，刊于1974年12月15日的《观察者》。
② 指帕特丽夏·比耶尔的《读者，我嫁给了他：简·奥斯汀、夏洛蒂·勃朗特、伊丽莎白·盖斯凯尔和乔治·艾略特的女性角色研究》（1974年）。又参看她的回忆录《比耶尔太太的房子》（1968年）。
③ 见克里斯托弗·瑞克斯的《激情主导》，刊于1974年12月15日的《星期日泰晤士报》（伦敦）；约翰·凯里的《女性的征服》，刊于1974年11月29日的《新政治家》。

物——支票。

我现在有种感觉，就仿佛知道一个人最后一次打进网球单打锦标赛，我……猜猜我要写什么？单靠我的句法你是怎么也想不到的。

我推测哈丽特申请哥伦比亚大学的事差不多定下来了吧，肯定没问题。也许这样最好。我倒宁愿她住在家里，也许我是离得太远了吧，对她的安全有些过度担心。

弗兰克这样让人觉得挺伤感的。我想，他成天就只想着喝酒了吧。如果他……很久之前［我］给他写过一封信，他似乎要给我回信，但尝试过很多次仍旧是没有回复。我们两个从 13 岁就认识了——想起他仿佛就是在回顾我自己的整个人生——有欢笑也有犯错的时候。

在盖娅那里吃饭的时候见到玛丽和吉姆，不过也只是匆匆一面。关于汤米，玛丽的看法和你一样。

期待那一天的到来。

卡尔

305. 罗伯特·洛威尔写给哈丽特·洛威尔

肯特郡，梅德斯通，贝尔斯特德，米尔盖特庄园
［1974 年 12 月 14 日］

最亲爱的哈丽特：

爸爸经过深思熟虑给你寄了这份圣诞礼物，你一定不会不喜欢的。抱歉没能给你寄点有英国特色的东西，但是那样就要挑选要包装，还要清关报税，挺麻烦的。爱你！

爸爸

306. 罗伯特·洛威尔写给伊丽莎白·哈德威克

肯特郡，梅德斯通，贝尔斯特德，米尔盖特庄园
1974年12月14日

最亲爱的丽兹：

送你和哈丽特这份可接受的最抽象的礼物，也是最容易传递价值的礼物，似乎百分之百有违我保守的人道主义信仰。我们也有，而且就像为我们煮早餐的烧红的煤炭一样，恨不得马上出手呢。挂念你们，圣诞快乐。再见了，我们会很快见面的。

祝开心！

卡尔

307. 哈丽特·洛威尔写给罗伯特·洛威尔

［电报］

［纽约州，纽约］
1974年12月21日 ［签收］

肯特郡，梅德斯通，贝尔斯特德，米尔盖特庄园
罗伯特·洛威尔
10月以来还未收到录取信。焦虑。想念你并祝你们在肯特圣诞快乐

哈丽特

308. 罗伯特·洛威尔写给哈丽特·洛威尔

［电报］

［梅德斯通］
1974 年 12 月 22 日 ［签收］

纽约市西 67 街 15 号
哈丽特·洛威尔
谢谢关心现在好多了挂念你们大家期待平安夜 10 点通电话

爸爸

309. 伊丽莎白·哈德威克写给罗伯特·洛威尔[①]

［纽约州，纽约，西 67 街 15 号］
1975 年 1 月 2 日

最亲爱的卡尔：

　　终于收到你的一封信还有你给哈丽特的支票了。也许是邮资涨价了，那些已贴邮票的信全部都由航空邮件转为海运平邮了。虽然花了三周时间，信终归是寄到了。哈丽特收到支票很开心，得知你一切安好，又保持联系了，我们母女都松了一口气。这个圣诞节过得真叫一个累，我刚刚从缅因回来，和玛丽在那里待了几天，一起过新年——她这两周可是忙得不可开交，家里全是客人，搞了好几场聚会，全镇

---

① 哈德威克写的 12 封信、明信片和电报之一，被收录在 1982 年洛威尔遗产管理公司出售给 HRC 的书信文稿中。

的人都来参加,每个人都有礼物,还有享用不尽的美食,真是难以置信。我必须承认,这次缅因之行让我心情大好,全是美好的回忆。卡斯汀总是能给人惊喜。今早在去机场的路上,发现一夜大雪之后,大地银装素裹,景色壮丽而又奇特,令人惊艳,宛如月球一般[1]。树叶落光了,世界便完整地呈现在眼前,你的视线可以越过那白雪皑皑的田野,直抵对面的海湾和村镇。前一天我们还穿过海湾,在布鲁斯科威尔搞了一次雪地野餐。我自己的房子已经用木板封起来了,静静伫立在冰冷的水上。菲利普·布斯成了驻校作家,也是美事一桩,令人激动。现在我回来了,又要东奔西跑,去各个学校上课了……比尔·阿尔弗雷德平安夜那天来这和我们共进晚餐,他现在身体很好,在曼哈顿有套公寓,在东边,布鲁克林的那套就不住了。

  英国那边的评论我也就只看过几篇,不过也没有无限的好奇心去读第二遍。我在这边收到的评价让我觉得受宠若惊,也更让我开心。这本书看来已得到大家的认可,现在的销量已经很理想了,我觉得平装版出来之后会卖得更好。瑞克斯的评论我还没看过,不过除非是放到我面前,否则我也没什么想看的欲望。我不知道他为什么要评论我的书,按说我和他之间在这上面也没有什么联系。对于"年度书单"我不甚了解,不过等到时候我们见到面了,你也还记得这事,我再向你讨教。

---

[1] 见哈德威克的"几年前,我在缅因州过新年,是在海上度过的。那天夜里下了一场很大很厚的雪。乡村道路两旁的景色仿佛被一只超凡的手轻轻一触,就梦幻般地改变了。大地不知不觉沉浸在一片耀目的月球似的梦境中,自然界的一切形态似乎都冻结在一种金属般的完美之中。这种美,绝对像装饰檐壁一样,突然面对一个未知世界投来撒旦般邪恶的一瞥,人们一定会倒吸一口凉气。场景中那死气沉沉、惊险刺激、像月亮一般的建筑就像这个地区本身一样——不可预测,绚丽迷人,从来没有完全被纳入正统,从来没有完全属于你或任何人"(《接受挑战:缅因》,刊于1976年9月的《时尚》)。

哈丽特到现在还没有接到巴纳德的录取通知，大概要等到4月才会知道结果。我还是希望她能被巴纳德录取的，这当然是我的期待，毕竟她也就申请了这么一所学校而已。巴纳德，尤其是哥伦比亚大学，都很不错，她会选择历史专业，她的这一切决定我都很满意，但是她要和凯西一起在外面自己住这点除外。当然了，德维现在也住在那边，还有成千上万的人……如果她还一直住在家里的话，那就跟在道尔顿读书没什么区别了。孩子们毕竟已经不是小孩子了，他们已经长大成人。哈丽特现在学习也更加刻苦了，她阅读了大量与一战有关的历史知识，还有其他方面的东西。我想一切都会有个好结果的。周末有良人为伴，一块吸烟，一起小酌，期待能够早点见到大家。谢里丹近况如何呢？等你收到这封信的时候，女儿十八岁生日的钟声应该已经敲响了。

卡斯汀的那些庆祝活动可把我累得够呛，新年的第一天我要躺在床上好好补补觉①。知道你现在感觉良好我就放心了，我倒是愿意替你去分担这所有的病痛和折磨，喝酒也算在内，现在这些你都没有了。就像我们以前常说的那样，迪丽②以前替杰克喝酒，现在他得靠自己了。

依然很挂念你。抱歉这封信没说什么有意思的事情，充其量也就是一个回复。

伊丽莎白

---

① 但是这封信标注的日期是1975年1月2日。
② 海伦·基勒（"迪丽"）·伯克，约翰·汤普森的第一任妻子。

310. 伊丽莎白·哈德威克写给罗伯特·洛威尔[①]

[纽约州，纽约，西 67 街 15 号]
1974 \ 5 / 年 1 月 4 日

最亲爱的卡尔：

你竟然这么热情给我寄来了 50 美元，我都惊呆了！你有心给我寄礼物就已经让我很感动了，我又怎么会因为你给的是现金而不开心呢？太谢谢你了，等我们见面的时候，我也会给你带点实用的东西，比如衣服之类的。遗憾的是附近的巴克斯波特罗森百货商店新年那天不开门，要不然我就去给你置办一些衣服，把你衣橱里的那堆过时的、不值一提的衣服给清理掉，那些东西都不是英国风的。还有就是，你这份贴心的礼物整整在路上漂泊了三个星期才到我手上，我想大概是航空邮件涨价了或者是其他类似的缘故吧。

今天是哈丽特 18 岁生日，不过我可是一点也没感受到过生日的气氛，因为她现在正为了在大学委员会面前展现自己在历史学科上的成绩而发奋学习呢，相信我，这件事她也是乐在其中的。但也有让她不开心的事，那就是用西班牙语写一篇关于《堂吉诃德》的课程论文，一整个学期他们的西班牙语课都在读这本小说。为了"第一次世界大战"这门课程，她还熬夜看《向一切告别》[②]，刚刚才看完。不管怎么样吧，她终究还是在道尔顿这所臭名昭著的学校接受过教育的。她现在精神状态很好。最后还是会在巴纳德和波士顿大学之间做选择——哈丽特只想去这两所大学，因为她觉得自己可能没办法顺利申请到拉

[①] 哈德威克写的 12 封信、明信片和电报之一，被收录在 1982 年洛威尔遗产管理公司出售给 HRC 的书信文稿中。
[②] 指罗伯特·格雷夫斯的《向一切告别：自传》(1929 年)。

德克利夫。我相信她要上史密斯或者芝加哥大学这类的学校肯定是没问题的,但她一点都不喜欢这个主意。

上一封信里,对于玛丽家的房子、餐食,以及烘托节日氛围的那些装点细节、绝美的风光、圣诞树、礼物、音乐、宾客、花费及乐趣等,我一开始并没有做出公正的评价。不过去那里我是满心欢喜的,虽然佩内洛普·吉列特形影不离跟在我身边,她本来是要和加文·杨一起来的,但是他生病来不了了。我待佩内洛普很友好,我们两个相处得很愉快——这么冷的天,她穿的是一双小巧的细高跟白色漆皮凉鞋,白色长袜,喷了很多古龙水的素色棉质连衣裙,手指上戴着好几个淡黄色戒指,全是方形的,就跟迈阿密海滩度假服装上镶了很多金子似的。真是别开生面——有意为之的吧?

你方便的时候我是很期待能和你见上一面的。现在,我得出门去市场了,芭芭拉·爱泼斯坦和艾莉森·卢里晚上要过来吃饭,我们要吃比利·麦康伯[①]从佩诺布斯科特湾里捞上来的扇贝。

祝一切安好!

丽兹

311. 伊丽莎白·哈德威克写给罗伯特·洛威尔[②]

[纽约州,纽约,西67街15号]
[1975年4月末或5月初,]星期一

亲爱的卡尔:

凯西和哈丽特刚刚就在门口,很高兴你放了我们鸽子,其实有客

---

① 卡斯汀的杂货商。
② 哈德威克写的12封信、明信片和电报之一,被收录在1982年洛威尔遗产管理公司出售给 HRC 的书信文稿中。

人来访也是一件挺累人的事。取消见面也没怎么影响她们的心情，还是高高兴兴出门去了，只不过哈丽特还是很担心你。我已经安抚过她了，再说你已经接受了"新的"治疗①，上次见你的时候你的身体看起来很健朗，所以我也无须担心。那时候我是觉得自己的身体状况不如从前了，所以现在只能寄希望于你，希望你多保重身体。我最近一直都在外面走动，最后发现自己对于读书会、对那些需要露面的场合还是挺排斥的，尤其是那种拷问灵魂的采访节目，因为采访者通常对你的性格、你的作品一无所知。我回家来是因为早前答应了一家杂志，为他们写一篇关于西蒙娜·薇依的文章，现在巴纳德的一位同事正在编辑它②。当然，如果我手上有1000美元的话，我宁愿付钱也不愿自己提笔，但事实却是我既没钱也没完成任务。

写这封短信的目的就是希望你身体无恙。比较可惜的是，你来的时候身边有太多的人围着你了。自那以后我们就没怎么见过达瑞尔③，因为他见你之后就去登山了。下次你来的时候，我们就一起出去吃饭，这样我也能坐下和你好好聊一聊，到时还有哈丽特、德维、芭芭拉，你的那些崇拜者，也挺不错的。

哈丽特现在表现很好，我想是这样。等收到巴纳德的录取信，入

---

① 见凯·雷德菲尔德·杰米森的"1975年5月，洛威尔去纽约的时候，出现了严重的锂中毒，不得不住院治疗。那天中午洛威尔与自己的编辑罗伯特·吉鲁克斯共进午餐时，头就向前磕到桌子，看起来像是服用了过量的镇静剂。他的朋友、《纽约书评》的编辑罗伯特·西尔维斯描述了那天晚上发生的情况：'我们都去看了歌剧，之后在餐厅，卡尔的状态似乎糟透了——疲惫、兴奋、语无伦次。他瘫坐在桌旁，一杯接一杯地喝着橙汁。'［……］洛威尔因锂中毒和可能的精神错乱在西奈山医院接受治疗，这一经历令他自己和朋友们都感到震惊"（见《罗伯特·洛威尔：放火烧河》）。
② 指哈德威克的《反思西蒙娜·薇依》，刊于《标识：文化与社会中的妇女》第1卷第1期（1975年秋季刊）；凯瑟琳·R.斯廷普森编辑。
③ 指达瑞尔·平克尼。

学事宜顺利确定下来,大家才会真正松口气。简短说这些,希望你能感受到我们对你的爱与思念。我们没有焦虑,所以你也不必把此事放在心上,不要给自己压力。保持联系,愿上帝保佑你平安快乐。

保重身体!

你最亲爱的丽兹

312. 伊丽莎白·哈德威克写给罗伯特·洛威尔[1]

纽约州,纽约市10019,广场7-8070,
西57大街250号,《纽约书评》(编辑部)
1975年6月4日

亲爱的卡尔:

我想这件事情只有你能解决了[2]。又在这儿迎来了一年的夏天——那边肯定也是又一个夏天了吧。哈丽特再过几天就毕业,之后我们会和她的几个朋友还有他们的父母一起搞一个聚会。采用这种大家司空见惯的\奇怪的/方式,来纪念她从"五岁"到现在的学习生涯,似乎总有些怪怪的。索尔·贝娄作为亚当的家长也会来,此外还有其他一些人。我想我既为哈丽特感到高兴,同时心里也夹杂着某种忧伤。有段时间,一想到要在哥大附近找间公寓我就头疼,看了几处,心里很绝望,但看多了几处之后,情绪又振作起来了。我能够了解,拥有自己的地盘将是或者会是多么有意思的一件事啊。至于我,

---

[1] 哈德威克写的12封信、明信片和电报之一,被收录在1982年洛威尔遗产管理公司出售给HRC的书信文稿中。
[2] 附件现已遗失,但可能与洛威尔投给1975年6月12日出版的那期《纽约书评》中的《特别增刊:越南的意义》的稿子有关。

突然就没那么担心去史密斯学院上课的事了，以后很多周末我都会回来，我期待那边非常便利的图书馆，还期待在那儿写很多东西呢。我会想念纽约的，但我更希望把它"放进心里"——每年有那么多假期，有的是机会回来，而且12月15日学期就结束了。上周末我去了缅因；那儿碧空如洗，夏日的骄阳也已经探出了脑袋。我的房子真是漂亮得难以置信。我花了一天的时间把房子里外打扫了一番，还下厨房给同行的朋友做了龙虾。去年夏天对我来说简直是一场噩梦，因为装修的花费噌噌往上涨，最后付完钱，我银行里连一个子儿都不剩。不过这一切都过去了，我现在又五分一角地存了一些钱了——所以这栋房子又变成了一桩乐事。不过我最早也得等到7月才会上那儿去。我估计玛丽会15日到那边吧。

我最近都在读拉福格的一些散文，令人拍案叫绝。一篇是关于波德莱尔的绝妙随笔，另一篇是关于科比埃尔①的，语气愠怒，不过也堪称精彩之作。我还重读了《马尔特手记》②，多么浪漫多么动人的笔调啊！作者不知花了多少时间与心血来写……好吧，这页信纸快写完……希望我们能多见见面，上一次看到你身体无恙很是欣慰——祝身体康健。坚持吃药，一切都会好起来的。上帝总会善待我们的。

丽兹

---

① 指《波德莱尔札记》和《科比埃尔研究》，见威廉·杰伊·史密斯编译的《儒勒·拉福格选集》（1956年）。
② 指勒内·玛丽亚·里尔克的《马尔特手记》（1910年）。见哈德威克的"里尔克想象一个锡制的盖子没有别的愿望，它只想平稳又牢固地盖在适合的罐子上"（《不眠之夜》）；哈德威克可能读的是 M. D. 赫特·诺顿（1949年）或是约翰·林顿（1950年）的译本。

313. 罗伯特·洛威尔写给哈丽特·洛威尔

［电报］

［梅德斯通］
［1975年6月6日收］

纽约州，纽约，西67街15号
哈丽特·洛威尔小姐
我仿佛现场经历了你的毕业典礼自己也毕业了激动自豪祝贺你和凯西

爸爸

314. 伊丽莎白·哈德威克写给罗伯特·洛威尔

［缅因，卡斯汀］
1975年6月16日

最亲爱的卡尔：

从雾霭沉沉的海湾远眺，似乎能透过沉重的天色看到一丝呼之欲出的光亮。草坪才刚刚修剪过，今天上午还有一个高尔夫俱乐部的旧杂物义卖。缅因真是太美了，我的家也是那么美好，房子里都是亮眼的大红还有芥末色，让人觉得很温暖，这也当然比住在低层要暖和得多。不得不承认，我对这个家充满了深情。玛丽周五到的班戈，她的女仆是周六到的，吉姆两周以后到（班戈）。我们这几天一起逛市场，一起吃饭，明天准备去埃尔斯沃斯。原来的旧团体精简了，重组了，变化还挺大的。如果玛丽不在的话，我也许早就退出了，既然她还在，其他也就足够了。汤米的背部动了个手术，所以很多事情都没办法"运转"。布斯一家也在这边，他们真的很随和。

哈丽特4日来过了，可能8月份还会再来。她现在和凯西一起在纽约照顾她们的猫猫狗狗，而格拉德一家现在欧洲。凯西在纽约中央车站找了一份蛋糕店的工作，哈丽特的话，虽然她也向无数个面包店和冰淇淋店"投递申请"了，但还是一无所获。今年夏天她应该不会去英国，我想8月份姑娘们会来缅因骑行游玩，等到8月27日，她们的大学生涯也就要拉开帷幕了，到时候还得提前一周搬进公寓。说起这个，我之前有没有和你提过，我和格拉德太太带着两个孩子找到了一处很棒很漂亮的公寓，而且很安全，里面种了很多植物，铺着墨西哥式地毯，还有很多书，满目绚丽的颜色。房主是道尔顿的一个老师，不过她要去英国待一年。办妥这件事真是让我心中的一块石头落了地，别提多轻松了。要知道，之前我们看的那些房子不是脏兮兮就是安全性堪忧，当时我的心都凉了。

写完一页纸，现在停在第二页，我觉得自己好像没什么可写的了。通信不该是偶一为之或者断断续续的，对不对？如果通信双方之间存在巨大的鸿沟，写信即使必要也没可能了。在我看来，只有给那些亲近之人或者经常见面的人写信，才写得最好。我说这些是想表达我能够理解你之前说的不愿意动笔写信这件事——有身体的原因，但也是因为写信成了一件正事。就写到这吧，我还是会经常想起你的。

祝安！

丽兹

315. 伊丽莎白·哈德威克写给罗伯特·洛威尔[①]

[缅因，卡斯汀]
1975年8月7日

最亲爱的卡尔：

哈丽特在电话里跟我说，她给你写了一封信，但是弄丢了，找不着邮票了，诸如此类。她从欧洲回来的时候我应该在她的背包里找一找的，那里面全是各种各样的信件。总之她让我告诉你，她上个月一直在《纽约书评》上班——负责密封信函——不过现在她和凯西准备去玛莎的葡萄园宿营几周——然后到8月25日我们就都回纽约了。所以说……时间这个东西，有时候觉得经年一瞬，有时又觉得度日如年。当然，回纽约我是开心的，即使是在8月底这个时间回去。这段时间在缅因我也过得很愉快，但还是有些事情没能按原计划来进行。今年夏天我们没怎么打网球，因为大家的社交生活仿佛都是各种赴宴，要么是被邀请的要么就是不得不去。大多数时间里我都觉得挺孤单，这事要考虑考虑了，这种状态又不是我乐意的，谁也无法按照自己的设想去生活吧。我想今晚大家最翘首以待的应该是杜松子酒了。不过至少我这段时间读了不少的书，想起年轻的时候在莱克星顿也是一样。今天下午有幸读到企鹅版散文译本的海涅[②]，我的心一下就被他揪住了。

海港里停泊着很多小船。再过一周左右，克拉克·菲兹杰拉德又

[①] 哈德威克写的12封信、明信片和电报之一，被收录在1982年洛威尔遗产管理公司出售给HRC的书信文稿中。
[②] 指彼得·布兰斯科姆作序并用散文形式翻译的《海因里希·海涅诗选》（1967年）。

要结婚了①，玛格特·布斯②也快结婚了。梅斯·伊顿昨天下葬，海伦·奥斯汀的眼睛几乎全瞎了，所有③

316. 罗伯特·洛威尔写给伊丽莎白·哈德威克女士

肯特郡，梅德斯通，贝尔斯特德，米尔盖特庄园
1975 年 8 月 23 日

最亲爱的丽兹：

很开心听到卡斯汀的各种消息。至于萨莉·奥斯汀，你想表达的意思比说出来的更多是吗？我好像在哪儿（家这边还是公园？）看到过一栋房子，跟你那栋很像，只是有一边没窗户，另一边有三层楼。哈丽特竟然在《纽约书评》工作，这听起来简直像是命中注定一般。希望她在那儿能够结识一些足够年轻的朋友，如果有的话。

我呢，除了写作还是写作，甚至比平时花在这上面的时间还更多了，但产量却不是特别高。不是有这么一句话吗，如果你让一个酒吧服务生尽情畅饮，或者让一个小孩每天都吃一盒软糖——他肯定会腻的。但我却是个例外。明天我要去参加一个爱尔兰诗歌节，谢默斯·希尼④是主办人之一，去一周然后就回。要知道，即使一个人热爱写

---

① 克拉克·菲茨杰拉德与第二任妻子伊丽莎白的婚礼。
② 菲利普和玛格丽特·布斯的女儿。
③ 信的这一页到此结束，第二页已遗失。
④ 见丹尼斯·奥德里斯科尔的"1975 年［……］［希尼］在基尔肯尼艺术周上组织并主持了一系列诗歌朗诵会，主持了罗伯特·洛威尔、诺曼·麦凯格、理查德·墨菲、德里克·马洪的朗诵会"［《踏脚石：希尼访谈录》（2008 年）］。洛威尔对希尼说："把我们安排在 8 月份基尔肯尼艺术节的最后一周吧。"（1975 年 4 月 29 日；见《罗伯特·洛威尔书信集》）

作，也不一定对与之相关的一切都抱有兴趣。吉姆·鲍尔斯最近回明尼苏达了，他给我写了一封信，那语气真是气急败坏。因为爱尔兰的学校要求高，他那几个女儿都没申请上——有经济方面的原因，还说爱尔兰文化不值得投那么多钱。他那可不是在抱怨，完全就是一副讽刺的口吻，毫不掩饰。

我们相隔如此之远，写信都很困难了。上次也去参加了一个诗歌节，见着的人里面应该只有斯坦利是你认识的。他的身体比谁都好，只要是诗人和出版商，就没有他不认识的，他还来改造我们家的花园、打网球——很难相信他和奥登的年纪一般大。我也很想念打网球的时光，但是这里找不到一个会打网球却打得比我还差的人。也许哈丽特可以学一学。我以前有一本很厚的海涅选集，应该还在什么地方。论散文笔调，他可是最伟大也是最风趣的作家之一。我还读了弗兰纳里的第一部小说[1]，那种既是圣徒又是怪物的人物设定做得不是很好，不如我在雅多艺术社区时记得的那么自然。不过还是比厄普代克的《来自农场》[2]要好得多，后者的传统写作手法虽然也算精妙，但连篇累牍只是围绕一个确实值得称道的、有点像弗罗斯特笔下的老妇。现在我在读《名利场》[3]和《审判》[4]，还看了英国广播公司分几集播放的《战争与和平》[5]。比起诗歌，散文还是更有趣一些，读起来没什么理解压力——简单的语言、情节，足够简单的风格，你翻开书之后往下读个几百页都不觉得费劲。我认为诗歌类似于一种静物，不是用来翻页看的，而是用来凝视的。希望今年的纽约在9月不会热得

---

[1] 指弗兰纳里·奥康纳的《智血》(1952年)。
[2] 指约翰·厄普代克的《农场》(1965年)。
[3] 指威廉·梅克皮斯·萨克雷的《名利场》(1847—1848)。
[4] 指弗朗茨·卡夫卡的《审判》，薇拉和埃德温·缪尔(1955年)译。
[5] 指约翰·戴维斯(1972—1973)导演的电影。

要人命，我们还想到时候搬去纽约住呢——在布鲁克莱恩先住两年再说！祝丢了信的哈丽特开心快乐！

也祝你开心快乐！

卡尔

317. 伊丽莎白·哈德威克写给罗伯特·洛威尔

［纽约州，纽约，西67街15号］
1975年9月1日

最亲爱的卡尔：

写下9月1日这个日期，我的记忆一下子就回到了学生时代，穿着新鞋迎接秋季学期，直到现在，我还是像多年前一样，会为这个开学的日子兴奋不已。回到纽约真是太好了，太开心了，虽然才回来一周时间，却也享受到了明媚的白天和凉爽的夜晚，还去看了几部很不错的电影，去了几家餐馆——每道菜不仅难吃还都贵比钻石。现在一周时间即将过去，我马上要出发去史密斯学院了，其实并不是那么想去，但也不至于极不情愿，他们只需要我一周的头三天待在那儿，我会经常回来的。其实我希望在第一周的9月11日那天回来，去参加吉莉安·沃克和阿尔·梅索斯的婚礼。还记得当年阿尔·梅索斯在卡斯汀拍你的那部影片[①]吗？当时引路的向导还是那个英国女孩的斗牛犬呢。他们两个——吉莉安和"阿菲"，大家都这么叫阿尔·梅索斯来着，在一起快五年了。吉莉安绝对是个可爱的女孩，与众不同，有

[①] 阿尔伯特·梅索斯和大卫·杨是卡洛琳·麦卡洛导演的纪录片《罗伯特·洛威尔》(1970年)的摄影师。

些肉嘟嘟的，也不怎么在意自己的形象，但一谈起自己的工作"家庭疗法"，就两眼放光。这一方面出现了很多新思想，有很多令人耳目一新的词语来形容过去的痛苦回忆，比如说"每一份报告都是一个命令"。除此之外，吉莉安本人在这种推断和共情方面也很有天赋，在这个问题上你若是能理智地与她交谈，一切都极其令人兴奋。鲍比和亚瑟①也准备在长岛办婚礼，我们可以期待一场饕餮盛宴了，要知道他们去年可是一直在给《时尚》杂志设计菜谱呢。希望到时能见到比尔·阿尔弗雷德，这可一直都是最美好的期待啊。

我正在打算"研究研究"华莱士·史蒂文斯的诗集，因为对他的作品不甚了解。这一整个夏天，但凡出现在卡斯汀的能读诗之人，都强烈坚持史蒂文斯比艾略特和叶芝优秀，谈话中提到的任何诗人，无论是谁，都比不上这个史蒂文斯。怎么会这样，真是令人费解，你不觉得吗？

今年夏天我没怎么写作，要么忙着做家务，要么忙着晒太阳。其实今年在缅因玩得并不算太尽兴，但那里就像史密斯一样，也并不至于那么"讨厌"，一想到我那漂亮的房子就欣喜倍增，打开窗户就能触到潮汐，躺在床上就能摸到月亮。不尽兴主要是因为我意识到，人变了，变化很大。为了接受外在的变化，内在的灵魂也开始转向、避让，时而向左，时而向右。夫妻安居，莳花弄草，打理菜园，钻研厨艺，轮流为八个人准备餐食（四对夫妻）。这种生活在城市会被人扣上无政府主义的帽子，也是所谓小镇社会秩序分崩离析的表征，但即使最后这种生活被证明本身并没有那么理想，只要夫妻中有一方习惯这种生活模式，另一方也就难以逆转。我之所以没有把自己的想法和盘托出，是因为我喜欢这儿的人家，喜欢和大家一起坐在一张饭桌

---

① 指罗伯特·菲兹代尔和亚瑟·戈尔德。

上，但我却不得不说些不中听的话打破那些咒语。玛丽真是一个有趣的灵魂，人美心善，我是越来越喜欢她了。吉姆也是一个非常好的人，相处起来会发现他很风趣，至少在缅因的这段日子，我们相处得还是很愉快的。

随信附上我在史密斯学院的地址，但更重要的是哈丽特的电话号码。她很好，还和以前一样讨人喜欢，不过女大十八变，她是真的长大了。孩子们都在公寓安顿好了，也快要开始上课了。我知道哈丽特是喜欢独立生活的，所以希望她能喜欢大学的生活。她的课程还挺有意思，有两门优质\哥伦比亚/历史课（"1848年以来的法国"和"现代意识形态论"），还有一门哲学课（"死亡的概念"）[①]，任课的是巴纳德最优秀的女老师，还有一门西班牙语课。这些课程的名字听起来挺新潮，不过阅读材料却很经典，颇具难度。她们这些女孩子热衷于寻欢作乐——这词是她们自己说的，也没有谁去深究这个词的含义。她们肆意解放天性，今年夏天在巴黎，就连害羞拘谨的梅丽莎也"解放"了，大家都松了一口气。希望你一切都好，上次纽约别过之后就期待能再见到你。哈丽特希望我能替她转达对你的思念，她期待你能回来看看她。

一直挂念你，祝安！

丽兹

[①] "死亡的概念"，授课教师是玛丽·马瑟希尔教授（见1974年2月28日的《巴纳德简报》）。

318. 罗伯特·洛威尔写给伊丽莎白·哈德威克女士

肯特郡，梅德斯通，贝尔斯特德，米尔盖特庄园

[1975 年] 9 月 11 日

最亲爱的丽兹：

你的来信真是带给我很多美好的遐想和回忆！那些信的内容我能够记得的也不是很完全了，大致猜想一下：菲茨杰拉德结婚了（我们当时觉得他的心情很沉重，定是因为命运的安排压得他喘不过气来）[，]吉莉安①是个可爱又正直的姑娘，可是我又回想起可怜的比尔，这个 9 月对他来说应该是伤感的，尽管我也相信他会笑着祝福这桩婚事。现在的他俨然苍老了，有点驼背，头发花白而且秃顶。收养唐对他来说真是碰见了鬼，倒了大霉，终是竹篮打水一场空啊。

我想知道你那儿有没有我做过标记的史蒂文斯诗集——我在兰德尔的基础上做的挑选。那里面有太多我喜欢的诗作了：《簧风琴》里的大部分诗作、《午餐后扬帆》、《恶之美学》、一半的《岩石》（这些都是他自己的挽歌，他最动人的诗作）②。他不断地思索，究竟什么是真实，是事实还是想象——在他临终之际，这个问题愈发尖锐痛楚。看得出回到纽约你的心情很好，尤其是在第二个卡斯汀、田园气息十足的史密斯学院让你觉得有压迫感的情况下，一定要让自己心情舒畅。

我正要给哈丽特打电话呢，她就要有新的地址和联系方式了，简

---

① 指吉莉安·沃克，阿尔弗雷德的一位密友，也曾与他订过婚（伊丽莎白·哈德威克 2002 年接受编者采访时语）。
② 指《簧风琴》(1923 年)；《午餐后扬帆》，见《秩序的观念》(1935 年) 与《恶之美学》(1945 年)；《岩石》，见《史蒂文斯诗集》(1954 年)。

直难以想象。我羡慕她要上的课程——我想我也可以学到很多东西，听起来就像是我没上过大学似的。你说到变化，我想你的意思是指从一个地方换到另一个地方吧——但这种变化也是年岁使然，到了那个年纪，大学的鞭索再也不会高悬于你的头顶了……于是你沉下心来修订自己的作品，从篇幅不长的书评中学习历史。看到你用了"寻欢作乐"这个词，我想至少你是明白它的含义的。但我们又能做些什么呢，孩子们很快也会独立，就像我们一样——除了在经济上，其他方面都会要自己去面对。我认为与其担忧他们在道德上走弯路，不如多关心她们的安全问题，但是家长又能怎么做呢？

我觉得最糟糕之事莫过于人生最后阶段还是个老处女——扯得离华莱士·史蒂文斯太远……或者距离他的诗太遥远。

祝好！①

319. 伊丽莎白·哈德威克写给罗伯特·洛威尔

[纽约州，纽约，西67街15号]
1975年9月19日

最亲爱的卡尔：

我注意到你现在改叫我的本名伊丽莎白·哈德威克了。我如今在两个姓氏之间来来回回，就像个通勤者一样。在所有过去的生意往来上、在电梯间、在卡斯汀，还有作为哈丽特的母亲出现在她朋友面前时，在我自己的一些朋友面前时，我姓洛威尔——然后在与我职业相关的一连串事情上，在妇女、学生、读者面前，我姓哈德威克。但这

---

① 未署名。

两个姓氏似乎都不真正属于我,唉,对于一个在各个方面、各种"角色"上都突遭变故的人来说,它们听上去根基稳固,却带有一种欺骗性,让人难以启齿。

至于之前我提到的变化,我指的并不只是地点的变化,而是所有变化。我会被那些不时发生的、也许不可避免的剧烈变化所震撼;人们终其一生都无法摆脱因时而变的现实,这点也令我感到难以接受。我心里没有十分明确的想法,当然也没有什么像雀斑一样摆脱不了的恶习。今年夏天,我情绪有些消沉,但现在我又变得格外亢奋了。去史密斯学院\——只去两天——/会让我拥有好心情,但我的工作重心并没有放在那儿,我也就是教教课、读读书、见见朋友。但是,啊,午夜穿过那些绿叶参天的大树从图书馆走回宿舍,是最慰藉心灵的时刻。和你一样,我读"杂志"也是一份不落,全是最新一期的。我知道这是在浪费时间,但能让疲惫的心灵得到简单的快乐呀。最我让喜欢的一点就是,周一去,周三回。

哈丽特很好……不过,道德问题和安全问题难道一点关联都没有吗?至少习惯还是会影响到安全的吧。她看起来也确实长大了,也是个总能受到上天眷顾的孩子,许是因为她甜美惹人喜爱的缘故吧,但是有时候她也有自己的小脾气。

比尔终究还是没有参加吉莉安的婚礼,他还是心存芥蒂,这是肯定的。

我喜欢帕斯捷尔纳克的传记随笔《安全保护证》,我的课上正在阅读这本书。它的基调是怀旧的,写得很动人,里面有古老的姓氏——马尔堡的科恩教授[①]……而且,关于马雅可夫斯基之死叙述得

[①] 指赫尔曼·科恩,他是鲍里斯·帕斯捷尔纳克在马尔堡的同学,帕斯捷尔纳克在《安全保护证》(1958年)的前半部分写了有关他的内容。

也很生动，很到位①。

下一封信再见啦。我本不想就此搁笔，但实在想不到还能写什么了。如果咱们能再见面那是更好，祝你身体健康、容光焕发。

一直爱你的

丽兹

320. 罗伯特·洛威尔写给伊丽莎白·洛威尔太太

肯特郡，梅德斯通，贝尔斯特德，米尔盖特庄园

1975年10月1日

最亲爱的丽兹：

几天前，我们去盖娅家参加了一个聚会，见到的每个人\都像你一样/几乎都觉得这个夏天过得很压抑。盖娅会有这样的感觉是有理由的，她儿子7月份患上了严重的膝关节疾病，不过现在好多了。但是，即使是每天赶早7点去《泰晤士报·文学副刊》上班的约翰·格罗斯，他的性格那般坚毅，竟然也抑郁过。我想我也有过抑郁的时候，只不过由于一直在忙修改、忙创作，没有察觉到吧。

变了？但我不认为我变了，老了倒是真的。上周，我最大②的继女伊万娜［,］之前被烫伤的那个［,］回寄宿学校去了。又悲又喜。让我想起自己当初在圣马可学校读二年级的时候，想起那些树，那些曾经的男孩和女孩！

---

① 见《安全保护证》（1958年），引用于哈德威克1976年6月20日写给洛威尔的信。

② 原文"oldest"应为"youngest"小。

我一直都试图打电话给哈丽特。等到大学毕业之后，她一定会遇见一个全新的自己，不是吗？暂且不说她那些让人绞尽脑汁的课程，单凭毕业于哥伦比亚就足够了。

我想，一切都在好转。这周，玛丽和叶甫图申科将抵达伦敦。我又回到和西德尼每周共进一次午餐的日子，他跟我说，这一年来他沉湎醉海，意志消沉。不过我们想，一切都过去了，他看起来确实又瘦又憔悴，和从前比确实不一样了。

再次谢谢你的来信！带给我很多美好的遐想呢！

爱你，祝安！

卡尔

附：那我把洛威尔这个姓还给你。之前还以为那样相称会让你生气呢。

321. 伊丽莎白·哈德威克写给罗伯特·洛威尔

[纽约州，纽约，西67街15号]
1975年11月16日星期日

最亲爱的卡尔：

此刻我坐在打字机前写信，因为是该写点东西了。再过几周，史密斯学院的课就结束了，到时候就轻松自在了。到那时，西马萨诸塞州那些可爱的老树枝条上会压着厚厚的积雪，北安普顿那些木造豪宅会笼罩在一片静谧而温暖的氛围中，而我身处熙攘喧闹、糟糕透顶的纽约，心情却很愉快，倍感温暖。老是这样来来回回地跑，我确实很在意。那份工作、那里的人们、那里的图书馆——一切都很好。但是一回到我的宿舍，那里没有任何照片和装饰，什么都没有，只有那台忠实的电话机能打破我内心的孤独感。说孤独有些荒谬可笑，毕竟一周只有一个晚上住在那里而已，经常如此。然而，任何需花大量时间并且需要细细思考的事情，完成起来还是有困难的。

为了欢迎斯蒂芬·斯彭德，也为了给马修和马洛·斯彭德来纽约接风，我办了一个有45位宾客参加的鸡尾酒会。这应该算是我最不求回报的一笔开支了，也是为了还人情，不少人之前都曾邀请我去他们家参加过聚会。（这是英式礼仪吗？）当然，我是从没在别人家聚会上有过被"款待"的感觉，而且觉得以后也不会被大部分的宾客"款待"了，尤其是其中最风趣的那一拨。去了马萨诸塞州之后我才有这种失落感的——不情愿地去赴宴，在宴全中毫无存在感。要不然我就不会感觉到有什么不同，会觉得一切永远都会是一样的。哈丽特也参加了这次聚会，各方面都表现得很好。她也许说起过圣诞节后会去英国待一周左右，不过我认为她也不是很确定。如果能去自然是好的，不过开支也快赶上办一次鸡尾酒会了，除了开支倒也没什么相同之处。当然，到1月下旬的时候你应该已经在路上了，但如果她能去你家里看看你，或许更能拉近你们彼此之间的距离，这些年你们各自的生活经历让你们渐行渐远了。我为你的新诗感到高兴。你的献辞写得很好，勇气可嘉。今年的诺贝尔文学奖颁给了蒙塔莱①难道不是众望所归吗？我把他的意大利原文和你的一些译文对照着读了一遍。在《朵拉·马库斯》② 中你为什么用"diffident"来译"indifferente"？要

---

① 见《诗人蒙塔莱获诺贝尔文学奖》，刊于1975年10月24日的《纽约时报》。
② 见蒙塔莱的诗句"Non so come stremata tu resistance | in quel lago | d' indifferenza ch'è il tuo cuore"（《朵拉·马库斯》第22—24行）；洛威尔的译文为"I don't know how, so pressed, you've stood up | to that puddle of diffidence, your heart"（"我不知是怎么做到的，压力如此之大，你竟然站起来｜直面那一汪羞怯，你内心"）（《朵拉·马库斯》之一第22—23行，见《模仿集》）。

不然，它们（你译的蒙塔莱）就把原作中那种飘逸的美给译活了。你还记得蒙塔莱在阿尔诺河逆流而上时唱《在这幽暗的坟墓里》这首歌吗，旁边就是"mosca"①，我可全都记得。非常爱你，亲爱的老伴。

丽兹

［11月，洛威尔因躁狂症住进伦敦罗伊汉普顿的修道院医院。12月被转到绿廊疗养院，1976年1月4日出院。从1月5日起，他在红崖广场的家里接受全天候护理。］

322. 伊丽莎白·哈德威克写给罗伯特·洛威尔

［纽约州，纽约，西67街15号］
1976年1月13日

亲爱的卡尔：

收到你的来信我很高兴，但看到我们，或许只是我吧，在过圣诞节这件事上没有把话讲清楚，我又不高兴了，我们都在等对方的电话或信号说怎么安排比较方便，结果导致哈丽特没能按照她事先设想的那样去做。我和她聊过了，一切都挺顺利的，她很满意，还说她是想要过来度春假。我想，她可以在3月5日或6日出发，然后13日回。

---

① 德鲁西拉·坦兹的昵称。坦兹是蒙塔莱的情人（后来成了他的妻子），哈德威克和洛威尔于1950年至1951年间在佛罗伦萨遇见过他们。《在这幽暗的坟墓里》是路德维希·凡·贝多芬（1807年）创作的一首歌曲，未编号作品133。哈德威克写道，对Z医生来说，"幸福仍然可以在这样的时刻觅得：在一天结束的时候安抚哭泣的护士；回家时给妻子带份肉酱和奶酪；靠在西蒙尼的手臂沿着一条黑暗的运河顺流而下，一边唱着'在这幽暗的坟墓里'"（《不眠之夜》）。

我们会做计划。说真的,这几个月一眨眼就过去了,也许只是我这样觉得吧,虽然我全力以赴写作的时候也会觉得时间过得格外慢。

哈丽特一切都好。再过一个星期就开学了,这边是一片忙碌的景象。整个周末雪花飘飘,别提多美了。不过现在街道上泥泞不堪,下雨时天空总是阴沉沉的,晚上坐出租车艰难行驶去东边倒是能欣赏到灯火通明的夜色。冬天的纽约嘛,当然不用我说你也知道。回来这里我还是活得很称心的,再也不用去北安普顿了,不用来回跑路去做那些奇怪的旅行,现在又回到每周在巴纳德待一天的情形。现在让我头疼的事是写这部自称的小说,每天好不容易才憋出一段来,过程很痛苦,把我的自信心都快磨没了。你甚至无法想象它以后会变成铅字印出来,更不敢想有人读它了。但我还是得坚持,因为我必须坚持,为什么一定要坚持呢?既然已经干上了这一行,想在我们可怜的艺术经济中成就一番事业,就一定会去做某种投入并被它压垮,不是吗?只要这件事还没有完成,我就没有办法去做其他的事。也够奇怪的,此刻我确实很想写作,而且有了阅读、思考、神游的心情——这一切都让写作成为可能之事,让这文学的生命绽放美丽,惊艳无比。

你看,旧日不复,而一些东西进入到我们熟悉的世界时,总是那么出人意料,我们不能将其笼统归结为无聊的闲话,至少不要这么快下结论。我非常想念玛丽,总是会想起她。她天生就懂得如何生活,我发现自己在尝试搞明白她究竟有着怎样刚强的意志,好奇她为何能有"不为外物所累"的福报。我所说的福报,是指她不会因为失望而彷徨太久,不会因为顾及自己的感受和行为后果就放弃自由。回过头去看看我自己走过的人生,充满极度的焦虑,什么原因导致的大多已记不清了。其实一个人能否禁得起挫折,从出生那一刻就已经决定了。虽然我现在比以前更加坚强了,但也并不是百毒不侵。不寻常的是,我还自我感觉良好,也就是人们能想象出的那种好状态吧,也不是那么完美。

万事皆有因，你应该也能想到了，从当下来说，我的因就是在动笔写这封信之前得开始写我的书，同时我也知道写完信还是得回来写这本书。从个人角度来说——啊，如果只是这样就好了，可以从个人角度来看就好了。不过从个人角度来说，如果能穿上我的黑色连衣裙、踩上我的高跟鞋出去逛，应该会让我开心很多。

我很感谢你陪我说了那么多的话，知道亲爱的圣塞巴斯蒂安一切顺利，身上的针箭①也起了作用，我由衷地感到高兴。我像不像帕尔米贾尼诺②？

---

① 洛威尔正在接受针灸作为治疗躁狂症的替代疗法。哈德威克对玛丽·麦卡锡说："我和卡尔在电话中谈过几次。毫无疑问，你知道他已经放弃了锂疗法，自愿放弃的，现在'迷上'针灸治疗了。可能是我比较狭隘吧，我对任何亚洲的东西都有疑虑，但我还是忍不住希望，卡尔从漫长的锂疗法解脱出来，或许身体上至少有一段时间变得轻盈。在我看来，他看上去那么老，走路走得那么慢，总归是不合适的，因为从这个意义上说，锂疗法是不应该令人沮丧的。而且，他似乎很喜欢在自己的时间里做这些事情，可以说，他可能会有一些变化。可怜的家伙，总有一天他会回到老规矩上去的，所以此刻我对他所抱的希望只是毫无根据的希望。在任何情况下，就他所有的情况而言，针灸治疗都是毫无根据的。那个新世界，有点像卢尔德，但愿有奇迹出现吧。"（见哈德威克1975年12月30日写给玛丽·麦卡锡的信）又见谢默斯·希尼的"1976年1月，我和他一起去哈雷街见了两名针灸师。当时他被关在一家小型私人医院里［……］他叫了一辆出租车然后带上我［……］［去看］有点像江湖骗子一样的针灸师［……］他脱下衬衫，微微低着头，接受扎针，针一根一根，从他的肩膀扎到耳背，排成一条细细的闪着银光的线条"（见《格列佛在小人国》[1987年]，引用于马里安尼的《迷失的清教徒：罗伯特·洛威尔的一生》）。又见伊丽莎白·毕肖普的"我试了又试，试图找到一个优秀的圣塞巴斯蒂安，让玛丽·莫尔斯（朋友）送给你。他是我想要的那种圣人，因为有一次我们去缅因州斯托宁顿附近的冰水里游泳［……］你无意中对着树干摆了一个姿势，有那么一会儿看起来就像圣塞巴斯蒂安！"（见毕肖普1961年6月25日星期日上午写给洛威尔的信，《空中的话语》）。

② 原文"Parmigiano"应为"Parmigianino"，即帕尔米贾尼诺，他画过一幅圣塞巴斯蒂安的画。但考虑到"针箭"，哈德威克脑海中可能想到的是安德烈·曼特尼亚的三幅画作之一，尤其是1490年画的威尼斯的圣塞巴斯蒂安。

爱你，祝安！

丽兹

[1月底，洛威尔由于躁狂症发作被送进位于英国北安普顿的圣安德鲁医院（前北安普顿精神病院）。]

323. 伊丽莎白·哈德威克写给玛丽·麦卡锡

[纽约州，纽约，西67街15号]
1976年1月29日

最亲爱的玛丽：

我从埃莉①那儿得知你2月份会回来一趟，一想到很快就能再见到你，我是喜不自胜。多么想要你陪在我身边啊，要知道，我一天到晚独自守着我的那堆洛威尔的"战利品"和"东西"——还设法把詹姆斯②和劳伦斯③加进去——这对我来说既简单又刺激。我的工作室现在没有了，所以想问问能不能住到我的公寓里来。我真的希望你愿意来住，如果实在不行，那么让我给你做一顿丰盛的晚饭总是可以的吧！

---

① 指埃莉诺·杜威维耶。
② 指亨利·詹姆斯的《波因顿的战利品》（1897年），又名《旧物》，连载于《大西洋月刊》（1896年）。又比较"可怜的蒂娜小姐意识到自己失败了，她的内心发生了少有的变化，但是我当时满脑子的各种计谋和战利品，没有想到这点"[《阿斯彭文稿》（1908年）]。他用了《威尼斯商人》中的一个典故："一个内心没有音乐的人，|或是听到悦耳和谐的乐声而不会感动的人，|只适合为非作恶、使奸弄诈。"[第五幕第一场]
③ 指D. H. 劳伦斯的《事物》[1928年发表在《做书人》杂志；收录于《可爱的女士》（1933年）]。

第四部分：1974—1979

想到你正在阅读那些入选书目，我就觉得够你受的①。我现在是能不做评委就不做，因为我推荐的人从未获过奖，而且最后出于某种原因总是被胁迫。但事与愿违，我现在手头就有一个评审要做，是国际笔会的翻译奖②，关于这个奖我之前一无所知，我一再婉拒也还是难以推辞。

噢，亲爱的，你们那边有什么新闻吗？这边一切似乎都不太顺，就连我也发烧生病了十天。不过今晚我状态很好，所以我想应该没事了。我们亲爱的老卡尔又住院了。卡洛琳这次打电话给我时，说话十分客气，真是破天荒头一遭。我想我们现在担心的就只是卡尔，别的什么事都不重要了。事实上，卡洛琳说他的症状不是特别严重，而且他一周前也打过几次电话来，不管到底是个什么情况，总之不至于精神错乱那么严重。我想是时候重启锂疗法了，这才是能救命的法子，但不知为何，我们大家都对这种疗法顾虑重重。

经过这么长时间的休息，我准备开始动笔写那部"小说"了。一切是多么艰难啊！我唯一的愿望就是能再创作出一部好作品。（"再"字用得不恰当，我的意思是我想写出一部质量上乘的作品。）

你已经收到简·克雷默的信了吧。她是个相当不错的人，也是个相当优秀的作家。我这段时间只见过她一次，上上次见到她还是在——太可怕了，我竟然想不起那座大房子的名字。唉，真是老了。

---

① 麦卡锡是1976年美国国家图书奖的评委。
② 理查德·霍华德1976年因翻译E. M. 齐奥朗的《衰朽简史》（1975年）而获得此奖。

不叫公馆，不叫客栈，不叫——想起来了，叫"庄园"①。亲爱的玛丽啊，写这封信就是想要表达知道你即将到来我心中是多么欢喜，真希望你和吉姆能够一起来。也许我会在入夏前找个时间去一趟巴黎。当然，我现在手头连一个"苏"②都没有，我发誓要每天笔耕不辍，直到七月……但是……挂念你了。如果你愿意在这和我一起住就回信告诉我吧，老天保佑你会愿意的。

丽兹

324. 伊丽莎白·哈德威克写给罗伯特·洛威尔

[纽约州，纽约，西67街15号]
1976年2月11日

最亲爱的卡尔：

我上周给你写了封信，但是忘了付邮资，所以现在再写一次吧。我想象你已经回到肯特的家中了，希望如此。对你们全家人来说，这一段时期非常艰难——但我知道一切都会好起来的。在一定程度上，这不就是在把那烦人的药物试明白，再找出一种既可以忍受，效果又最佳的治疗方法吗？此刻我坐在这里，脑子里想着各种充满希望的事情——比如，坚信你的人生从来不缺美好与甜蜜，这在别人眼里可能

---

① 1974年夏天，简·克雷默和丈夫文森特·克拉潘扎诺租了一座"破败（字面意义就是倒塌在我们头顶上）废弃的老房子，靠近水边，出于某种原因不能出售或修复，在卡斯汀被人幽默地称为'庄园'。[……]我们在这个庄园里一起庆祝尼克松辞职，板条箱上的电视机是租来的，我们所在位置曾经是起居室"（2016年2月1日给编者的电子邮件内容）。
② 旧时法国的钱币。20苏等于1法郎。现已不用。——译注

很虚伪，但你一定不会这么认为。

这里本来暴风雪和雪暴轮番肆虐，而后又突然变得像八月一样暖烘烘的。哈丽特一切都很好，看来她住在自己的公寓里过得逍遥快活，课堂上也很努力，第一学期的成绩不错。我几乎每天都和她通电话，但很少见她，除非她需要来用打字机打论文。她在学校的时间每天都安排得很紧凑，满满当当的，计划被打乱一点她都受不了。我们两个也总是很想知道你的情况，非常非常渴望了解你的近况。即使相隔千里，我们也总是挂念着你。感谢卡洛琳，她非常慷慨地打来电话让我们安心，很是了不起。我呢，一如往常，每天都在挣扎着写一点。最近因为讲座去科罗拉多待了几天，下周要去北卡罗莱纳州一天。但我真的是讨厌做演讲，讨厌全程站着讲个不停，讨厌那些无聊、敷衍的晚宴和鸡尾酒会，这种场合也只是偶尔有些意思。我终于理解你对读诗会的感受了。我的小说正在写着，时常感到气馁，但既然一开始就无惧无畏，那就坚持下去吧。生活待我还不错，最近平安无事。希望收到你的消息，发个电报来可好？

祝好！

丽兹

325. 伊丽莎白·哈德威克写给罗伯特·洛威尔

［纽约州，纽约，西67街15号］
1976年2月15日

最亲爱的卡尔：

和你通了电话，知道一切安好，真是太棒了！我有个好消息要告诉你，哈丽特确实想在3月去英国度假，大概3月6日星期六出发，3月13日星期六离开。她想去我也很开心，不管从哪方面看，这都是一个明智的决定。然而，我和哈丽特也做好了临时改变计划的准备，如果时间不合适，或是你和卡洛琳觉得不方便，你知道的，你可以随时告诉我取消行程。过几天我会写信告诉你确切的时间，包括她的航班信息等。哈丽特毕竟在城里的公寓住了这么久，也是需要出去呼吸一下新鲜空气了，但她最想见到的还是你们。

雅各布·爱泼斯坦在伦敦，他和丽齐·斯彭德住在同一栋公寓楼里。到时候我会让芭芭拉把你肯特和伦敦的电话号码给他。

周二我会给银行寄一封信，列出我这边为你开药的费用明细，银行方面会写信告知你的。我能想象你会吓得跳起来，那笔开支可不少，我希望那些药能够帮上忙。跟你要钱总是让我感到难过，但不这样我们的生活如何为继，或者说我又如何能独自为哈丽特撑起这个家，尽管我一直都很努力工作。你对我们母女俩，尤其是对我，一直都是那么慷慨大方，对此我真的很感激。

我们很快就会再联系的。谢谢你打电话给我，我心里一直都挂念着你，我们总想知道你的近况。这封信里有很多"你"和"知道"这样的字眼，但要匆匆搁笔了。

祝安！

丽兹

326. 伊丽莎白·哈德威克写给罗伯特·洛威尔

[纽约州，纽约，西67街15号]
1976年2月18日

最亲爱的卡尔：

我给麦克莱恩医院和纽约精神病学研究所去了信，你在这两个地方接受过普拉特曼①（?）（并非格拉斯曼）医生给你做的锂疗法，我试图向他们说明这事很紧急。我知道，如果是在一个很偏远的地区，采用这样的治疗会比较慢，所以不论你想接受哪种疗法，我希望他们可以把地点选在伦敦并尽快开始。正如你在卡片上看到的，哈丽特也已经把行程安排列出来了。卡片上还有雅各布·爱泼斯坦的信息，如果到时候你们都在伦敦，她就可以跟他取得联系②。

还有什么要说的，让我想想……今天这里天气很好，晴空万里，就是有些冷。我在盼着玛丽来家里做客，她下周就到。只要一想到有个亲爱的人儿来和我共进早餐，看到她一天都在这里进进出出，我就满心欢喜。苏珊还在与病魔做斗争③，随着新的治疗方法推出，前景光明，她又重新燃起了一线希望。这场与病魔的斗争已经不只关乎她一个人了，我们所有人都深深牵挂着她。还有一点也让人啧叹不已，她习惯了那种波希米亚式的生活，写作方式也不同于一般的居家写作模式，一连几天通宵达旦写个不停，接着两天闷头大睡。现在她暂时是没有多少精力了，唯一可行的办法就是每天花几个小时，偶尔写一写。但我一眼就看得出来，这对她来说是很难做到的，其实我们大家都有相似感受，真正动笔之时，要么是一气呵成，要

---

① 指斯坦利·R.普拉特曼医生，参看哈德威克 1970 年 6 月 5 日写给洛威尔的信。
② 附件现已遗失。
③ 见哈德威克的"这周是一个巨大的悲伤。周一，苏珊·桑塔格因为一个肿块去了医院，据纽约最好的 X 光检查人员说，这个肿块几乎可以肯定什么事都没有。但事实并非如此。她正面临着可怕的手术［……］在过去的一年里，她和鲍勃、芭芭拉和我的关系变得非常亲密，我必须说我非常爱她。她的想法远没有以前那么时髦那么狭隘，这种美丽的能量是非常特别的。她身上有一种孤儿特质，当厄运降临在她身上时，她似乎真的只有我们，也许还有罗杰［·斯特劳斯］可以依靠。从长远来看，我还是宁愿只要我的文学朋友，不要别的任何东西，不要家庭；文学朋友才是最重要的，我觉得他们懂得爱"（见哈德威克 1975 年 10 月 21 日写给玛丽·麦卡锡的信）。

么是一字未得。

亲爱的卡尔，我想知道的是，你已经走出这段糟糕的时期，回到了正常的生活轨道上，能够通过服用药物来调整状态。你无法想象我们有多么惦念你。很高兴哈丽特想要过去看看，我知道你们大家也会开心至极。如果计划没变，就在3月5日星期五晚上去接她吧，她乘坐的是英国海外航空公司的航班。

327. 伊丽莎白·哈德威克写给罗伯特·洛威尔

［电报］

〔纽约州，纽约〕

〔肯特郡，梅德斯通，1976年3月1日收〕①

生日快乐又老了一岁哈丽特乘英国海外航空公司590号航班周五②晚9:40抵达

爱你的

丽兹

---

① 洛威尔59岁生日。
② 3月5日。

328. 罗伯特·洛威尔写给伊丽莎白·哈德威克

[电报]

[肯特郡，梅德斯通]

[1976年3月6日]

纽约州，纽约市，西 67 街 15 号公寓

伊丽莎白·哈德威克

哈丽特与我们开心在一起

卡尔

329. 罗伯特·洛威尔写给伊丽莎白·哈德威克

[电报]

[梅德斯通]

[1976年3月9日]

纽约州，纽约市，西 67 街 15 号公寓

伊丽莎白·哈德威克

哈丽特乘坐 591 号航班将于周六晚 8:50 抵达第三航站楼。祝顺利

卡尔

330. 伊丽莎白·哈德威克写给罗伯特·洛威尔

[纽约州,纽约,西67街15号]
1976年4月20日星期二

最亲爱的卡尔:

布莱尔和我说他把巴恩斯的那篇评论寄给你了,我不知道他为何要这么做,当然,他\布莱尔/是出于好意。我倒是愿意把这篇东西[①]赶紧寄给你。巴恩斯说的那些蠢话,俗不可耐,对美国这个国家和这些剧本的创作背景一无所知,一度让我对我们所经营的生活、对写作和阅读感到绝望。周围的每一个人都被他恶心到了。不过没关系,事实上那些"聪明人"对这部戏一无所知,犯不着去责备他们,有失我们的风度[②]。但事情又确实让人窝火、气馁。那天早上读到它,气得我离开家,在外面暴走了好几个小时。

一切平安无事。上次你们能来家里坐坐真是好极了[③]。我想,8月的时候我会去伦敦参加国际笔会举行的活动,大概是在20日左右,希望你那时会在国内(我指的是英国)。

玛丽这周一直在纽约,状态也很好,非常自律,举止得体,一直

---

① 指马丁·戈特弗里德的《〈古老的荣光〉一个经典场面》,刊于1976年4月19日的《纽约邮报》。
② 见克莱夫·巴恩斯的"罗伯特·洛威尔的三部曲《古老的荣光》已经构成了美国知识界权威的年轻的辉煌。看到它作为200周年庆典的献礼在美国地方剧院重新上演,人们不禁好奇要问为什么。洛威尔先生是一位重要的美国诗人,但他对戏剧的理解却是贫乏的,甚至他的韵律在这些戏剧中也基本上是平淡的。今天看了它们,你会觉得有点紧张,就像在看皇帝的新装展示"(见《舞台:洛威尔的〈古老的荣光〉》,刊于1976年4月19日的《纽约时报》)。
③ 见伊恩·汉密尔顿的"[1976年]4月,洛威尔和卡洛琳女士飞往纽约,观看在美国地方剧院上演的《古老的荣光》"(见《罗伯特·洛威尔传》)。

是已婚状态,当我们这些人都被生活折磨得蓬头垢面之时,\她活得/就好像是陪着总裁和董事长主持会议一般,看得我们好不惊奇。然而,她是一个多么不可思议的女英雄啊。我在这里被黛维、哈丽特、芭芭拉、苏珊和各种各样的人包围着,感觉在她面前自己就好像被"洗脑"了,像帕蒂·赫斯特一样,因为加入SLA[①]而被问责。玛丽将在5月底回国,到时候我们会去卡斯汀待几天——我喜欢做的事,还可顺便打开门通通风。但要我一直待在那里,我是不乐意的。我之前也和你说过——那儿只有出双入对的人,有时挺乏味的。

哈丽特似乎在寻找暑期工作,看起来状态不错。我们在一起吃了一顿复活节晚餐。没什么有趣的事情说了。只是想说上次见到你很高兴,并祝你一切顺利。

挂念你!

丽兹

331. 罗伯特·洛威尔写给伊丽莎白·哈德威克·洛威尔太太

肯特郡,梅德斯通,贝尔斯特德,米尔盖特庄园
1976年4月29日

最亲爱的丽兹:

真心谢谢你的来信,谢谢寄来这篇好评。我一开始都不知道巴恩斯是怎么损我的,直到我读了你寄来的这篇文章。这篇更像是言之有

[①] 共生解放军。[共生解放军(SLA)为美国的一激进组织,其成员打着"劫富济贫"的口号制造了多起大案,抢劫银行、绑架报业大王孙女,最后被洛杉矶警察局特种部队所歼灭。——译注]

物的一篇音乐评论，以前的那场表演还完整清晰地映在作者的脑海中①。这部新制作自然是比不上乔纳森那一版的②，而且总让人觉得是在简单地重复过去，没有新意。然而，像 Endecott③ 这样的新派男人被演绎得很好，最得我心了。巴恩斯巧舌如簧，有本事说服别人都站到他那边，所以我几乎都没意识到他对剧本有误解。可以肯定的是，他根本没有读过剧本，很多引述都是在断章取义，根本与背景和人物不符④。

这里现在已是夏天了，我甚至干起了除草的活。我像植物一样在这里待得太久了，现在让我回到那种步履不停的生活，回到繁忙喧嚣的纽约，肯定是无法适应了。我想我们会再去布鲁克莱恩或坎布里奇试一试。玛丽就像是詹姆斯笔下描述的被伊迪丝·沃顿带去自驾旅行的情形。去年秋天我们带她去看戏，我只是三次带她走错了剧院——找对地方的时候，我们订的票又被卖掉了，她为了报复，就带我们、

---

① 见马丁·戈特弗里德的"《[贝尼托·]西兰诺》的构思如此优美，如此睿智，如此具有悲剧性和讽刺性的力量，尽管它有一些缺点，但它仍然是接近完美的[……]奥斯汀·彭德尔顿完美地演绎了这部新作品，因为他对该剧的语言和戏剧性洞悉于心。他让种族主义和帝国主义美国自我呈现出来[……]罗斯科·李·布朗尼再一次把巴布这个角色那种猫咪式的嘲弄演成了雄狮式的爆发"（《〈古老的荣光〉一个经典场面》，刊于1976年4月19日《纽约邮报》）。
② 1964年，乔纳森·米勒在美国广场剧院执导了《古老的荣光》《我的亲人》《莫利纽克斯少校》和《贝尼托·西兰诺》的前两部。
③ 《古老的荣光》中的角度，由肯尼斯·哈维饰演。
④ 见克莱夫·巴恩斯的"在洛威尔先生的写作中，几缕空洞的诗歌像铁锈一样从散文中剥落。他能写出'主的铁比金子更宝贵'之类的话。他可以造出诸如'被强奸的凡尔赛宫'或是'你在玷污我们的国家，帕金斯！'这样的词语或短句。他那些语言浮夸的段落真是令人讨厌，比如'只有不幸的人才能理解不幸'，或是'我只有一条命，先生'。这三部戏的基调似乎都有点忧郁伤感"（见《舞台：洛威尔的〈古老的荣光〉》，刊于1976年4月19日的《纽约时报》）。

莫斯丁-欧文夫妇还有一个荷兰朋友去看了一部很糟糕的戏,然后去吃了一顿上菜很慢的天价晚餐。吃饭的时候我们还没完没了地讨论,想找出那部戏的意义,实际上它毫无意义可言。我不明白她怎么有那么多的精力、金钱或是勇气撑着。但是,树懒如何能谈论转向跟上鱼雷呢?

哈丽特可能不来了,我心里有些难过。欢迎她来我们这儿放松休息,想待多久就待多久。除了《新评论》我也不知道哪儿还在招人。

付账单可不就是一种折磨吗\?／我这一早上都在付各种医疗费,搞得我头都大了,应该嘉奖我才是。

那次终于见着你了,我很开心。我们第二天就坐飞机回去了,那是我有生以来坐过的用时最长、最慢的一趟飞机了,然后在赫布里底群岛待了四天,那儿和缅因很像,看不到树,看不见游客,几乎没有人住在那里。想念能和你聊天的时光。如今我总算是深深体会到了这么多年来你和我在一起时所承受的一切。

祝安!

心平气和的卡尔

332. 伊丽莎白·哈德威克写给罗伯特·洛威尔

[纽约州,纽约,西67街15号]
1976年5月30日

最亲爱的卡尔:

因为阵亡将士纪念日我们过了一个长周末。这是个美国概念,其实每个经历过战争洗礼的国家都有这样一个纪念日。上周末去了卡斯汀,想看看过了一个冬天那里的一切是否完好无损。这个冬天,班戈的主街被水淹过一次,当时都可以让人在街上游泳了,还上了全国晚

间新闻。奇怪的是，我的屋子没事，跟我去年劳动节离开时一样，几乎一尘不染，而且干燥、安静。我很喜欢坐飞机往返，再租一辆车，开出班戈国际机场（机场现在有家小型的希尔顿酒店，通常没几个"客人"，和缅因那空旷的景色倒是一致），然后开到水街，那儿的护墙正在遭受着潮水的威胁，不过后者从未得逞过。在去巴克斯波特的路上，开始下雨了，又赶上了圣里吉斯造纸厂下午3点左右的换班人潮。从长长的脚手架上走下来几百个男人，他们穿着工作服，戴着小帽，默默地拿着饭盒和保温瓶，所有的人一涌而出，有老有少，还有跛脚的，他们脸上都蒙着一层灰白色的尘土。这场景很像上个世纪中叶——那些男人、那些矿井。一艘艘大驳船满载着原木，造纸厂汽笛声嘹亮，呜呜响个不停。这一幕最为特别，除此之外就没有什么新奇的风景了。要按这种方式过周末，开销大得惊人，但若不是因为这点，我宁愿经常往返于两地，也不愿在那里一住就是好几周时间。事实上我计划在城市大学的研究生中心教两周课，在纽约参与民主党全国代表大会①，然后再去缅因待上一个月——也就是从7月中旬到8月中旬。我想8月21日我会在伦敦，希望你能在附近，我们见一面。到时候我会把所有安排写信告诉你。

哈丽特很好，今年的学业也已基本完成，除了一件事。说起来也奇怪，现在学校都喜欢给学生布置这种作业来增加他们的压力，让他们在结课很久之后还要写课程论文，课程内容早都忘光了。虽然我们女儿不常回家，但我们几乎每天都通电话。

我希望你现在感觉好些了，心情也不错。斯蒂芬·斯彭德刚走，我提他是因为他似乎兴奋得出奇，不用说，肯定是有了新的"爱情"

---

① 1976年7月12日至7月15日召开。哈德威克在《选举：更新还是仅仅替换？》一文中讨论了1976年的总统竞选，刊于1976年7月1日的《时尚》；以及《卡特问题之二：虔诚与政治》，刊于1976年8月5日的《纽约书评》。

才会这般兴高采烈,还有一点就是他相信爱情这个幸运护符,孜孜不倦地追求,至死方休。我觉得他很可爱。我还告诉他,我收到了麦克沙恩的《雷蒙德·钱德勒传》①,在索引中查找了"斯彭德""斯蒂芬和斯彭德""娜塔莎"。"你认为怎样?"——"嗯,走的地方太多了。"——"问题就出在这里。娜塔莎喜欢去国外。"

再见了,亲爱的,祝你身体健康。嗯,不需要回信。这只是来自美国的一篇"持续"的心迹记录。

丽兹

333. 罗伯特·洛威尔写给伊丽莎白·哈德威克·洛威尔太太

英格兰,肯特郡,梅德斯通,贝尔斯特德,米尔盖特庄园
1976年6月8日

最亲爱的丽兹:

我记得艾弗②有一次是真的把我吓一跳,他说有时他怀疑自己是不是真实地活着。那时候我还在写《生活研究》,我简直不敢相信他的话。现在你那些令人愉快的来信将我带回到缅因,几乎摆脱了那忧郁的……它们让我确信,我是实实在在活着的。

卡洛琳已经病了近三个月,这次倒是没有旧病复发,而是胃不舒服,搞不清是什么原因,吞咽也很困难,没办法把食物咽下去。我们跑遍了医院做了各种检查,先是伦敦,然后是苏黎世,她恢复得挺

---

① 指弗兰克·麦克沙恩的《雷蒙德·钱德勒的一生》(1976年)。想了解雷蒙德·钱德勒和娜塔莎·斯彭德的爱情故事,可参看马修·斯彭德的《圣约翰森林的房子:寻找我的父母》(2015年)。
② 指I. A. 理查兹。

快——现在好得差不多了吧,但并不是完全没事了。

伊丽莎白·毕肖普会来我这里待两天,虽然不是正式来访,但我也不会掉以轻心马虎了事。考虑到她有哮喘病,得把狗送走,不过单把狗送走就行了吗?我们家的椅子半数都沾着狗毛呢。她要是挑剔起来,可有她挑的了:花园凌乱,园丁没责任心,我们没把谢里丹照看好。这孩子也应该被送走吗?我写的那些东西都不讲求音律,描述上有很多错误。毕肖普的才情自然是无人可比的,但她现在太挑剔了,可不要惹着她呀。她会当面也会在信里怒斥弗兰克·比达特(她还相当依赖他呢),话说得有些刺耳,却又句句饱含深情,不伤人。

下星期要去听本杰明·布里顿为我的《费德拉》所创作的编曲选段①。你还记得我们曾经和他还有帕尔斯(?)② 一起吃过一顿饭吗?那是很久以前的事了,当时我还因为加点了一瓶名贵的酒把鲍勃·吉鲁克斯气得半死。要不然我们那次见面的气氛会很融洽,那之后我就再也没有收到布里顿的任何消息了。这个冬天,我得知他患上了严重的心脏病③,甚至丧失了行为能力,不过在稍微康复一些之后,他完成了《费德拉》(只有她慷慨陈词做长篇演说的那部分)④

---

① 指《费德拉》,作品93,于1976年6月16日在奥尔德堡音乐节首次演出。
② 指彼得·皮尔斯,原文"Pairs"应为"Pears"。
③ 见唐纳德·米歇尔的"在生命中的最后几年,他(布里顿)患上了一种严重的心脏疾病,但这种病在童年早期就落下了根源。[……]在这个最后阶段,他克服重重困难创作的作品包括[……]戏剧性很强的康塔塔《费德拉》(献给珍妮特·贝克)"("布里顿,[爱德华·]本杰明,拜伦·布里顿[1913—1976],作曲家"见《牛津国家传记词典》2016年3月28日。
④ 比较洛威尔的诗句"你老式的长篇申诉,│充满爱意、急速、无情,│像整个大西洋砸碎在我头上"(《男人和妻子》第26—28行,见《生活研究》)。《牛津英语词典》:词源"[修饰词,法语。Tirade(16世纪)一阵风,一大口,一记枪;长篇演讲、慷慨激昂的演说;一大段散文或韵文,一节或一段]……2. 特殊用法。指一段或一节韵文,或对单一主题或思想进行篇幅较长的处理"(见"Tirade,名词",《牛津英语词典》第十一卷)。

的谱曲。

我的学生也有很多完不成的情况，这不过就是以课程论文代替考试的那套做法。所以哈丽特的情况并不是特例。如果纽约太热，我们希望她可以来这里。我可一点也不羡慕你7月的时候在城市大学。我猜你在卡斯汀被人盯着看很难受吧，但是又不能出去做什么。那所有的——风景——让我回忆起了菲利普·布斯的诗①——沉思如照片，但又是实实在在的东西。

期待8月21日，期待你来伦敦②。把你的地址寄给我。如果你要给我打电话的话，我在英国的号码是0622-38028（梅德斯通）。他们为什么没有邀请我去参加国际笔会俱乐部的活动？要缴纳会费的吗？是出于处事圆通的考虑吗？这次民主党全国代表大会的热度很高，比纽约的天气还要热上一倍。你是在电视上看吗？就像我当年在芝加哥③一样。

爱你，祝安！

卡尔

---

① 指菲利普·布斯的《可用的光》（1976年）。
② 哈德威克应邀于1976年8月23日至28日在伦敦举行的国际笔会上发言。
③ 1968年8月26日至28日，美国民主党全国代表大会在芝加哥举行。参看洛威尔的《种族》（见1969年第一、二版的《笔记本》以及1970年版的《笔记本》）；《梦想，共和党大会》、《缺陷（飞往芝加哥）》和《民主党大会之后》（见《历史》）。有关洛威尔在芝加哥的经历描述，参看洛威尔1968年9月5日写给伊丽莎白·毕肖普的信，见《空中的话语》。

334. 伊丽莎白·哈德威克写给罗伯特·洛威尔

[纽约州，纽约，西67街15号]
1976年6月20日

最亲爱的卡尔：

我在纽约的夏夜里激动得直打哆嗦。你相信吗，我还会去看各种演出。看了一场由叛逃的俄罗斯人主演的芭蕾舞剧[1]；还看了《三便士歌剧》[2]，堪称一部完美的艺术小品。我都能听到菲利普·拉夫用难以置信的语气嘘声反对："文化贩卖！"但是为什么要为激动不已的观众贩卖呢？

两个月后我就在伦敦了，到时候我会告诉你我的地址。在我被"日程表"的铁爪擒住之前，我会打电话给你安排见一面。也就是在这里说，我参加这个活动只是去凑凑热闹。

帕斯捷尔纳克的《安全保护证》给了我很大启发，我读了一遍又一遍。比如："4月初，莫斯科陷入了冬去春来的混沌状态。到了这个月的第7天，天气转暖，冰雪开始融化，到了第14天，马雅可夫斯基开枪自杀了，这是因为，并不是每个人都能习惯于春天的新鲜感。"这里的"第7天"所指很具体，效果很神奇，而且整个段落都在以一种十分奇妙的戏剧手法来利用自然[3]。

---

[1] 1976年夏天，娜塔莉亚·玛卡洛娃和米哈伊尔·巴雷什尼科夫在美国芭蕾舞剧院演出了《睡美人》(6月15日开演)。
[2] 指贝托尔特·布莱希特编剧、库尔特·威尔作曲的《三便士歌剧》，导演理查德·福尔曼，专为纽约莎士比亚节排演（1976年5月1日开演）。
[3] 见帕斯捷尔纳克的《安全保护证：自传和其他作品》，碧翠丝·斯科特译（1958年）。见哈德威克1975年9月19日写给洛威尔的信。

收到你的《诗选集》①了，我是怀着十分复杂的心情把它读完的。阅读亲近之人所创作的东西着实有种紧张不安的感觉；彼此熟悉的生活点滴就那样变成铅字呈现在眼前，总会让人觉得这不像是读书那么简单。这种体验就仿佛是在岁月中穿行，时而痛苦，时而又因忆起当时的情景而眼前一亮。有时这些影像碎片锋利如刀，分割了那原本完整的经验。当然，真正让我介怀的是那些仿佛出自我口的话；尤其是这个奇怪、让人完全无法理解的观点——哈丽特善良又正常是因为她有善良又正常的父母②。

对了，我注意到你去参加了亨利·詹姆斯③的墓碑在威斯敏斯特教堂的安放仪式。今年春天，我去科罗拉多做讲座的时候，随手拿了一卷他的中篇小说集，一口气读完了，包括《华盛顿广场》《黛西·米勒》《阿斯彭文稿》《小学生》④。若干年后突然做这种阅读是一场真正的文学体验——内心涌动着一种全新的喜出望外的激动情绪。这大概就是文学的美妙所在，也是亨利·詹姆斯的魅力所在。重温你的一些作品，我也有同样的感觉，仿佛它们有一种令人战栗的新鲜感等待着读者去发掘。

现在是周六的下午，中央公园人潮涌动。一支钢鼓乐队（来自特

---

① 指1976年出版的《洛威尔诗选集》。
② 见洛威尔的诗句"她正常又善良，因为她曾经拥有正常又善良的|父母"（诗集《海豚》中的《在邮件里》第6—7行）。又见洛威尔写给哈丽特·洛威尔的信"我心里很欢喜，因为你的父亲和母亲你都喜欢［……］这\就是/他们能如此超乎寻常地正常、健康而又谦逊的原因"（1972年4月2日）。
③ 1976年6月17日，一块纪念亨利·詹姆斯的地砖被安置在威斯敏斯特教堂的诗人角。"200位出席嘉宾中包括小说家C. P. 斯诺，作家、批评家、研究詹姆斯的专家丽贝卡·韦斯特夫人，以及美国诗人罗伯特·洛威尔"（见《亨利·詹姆斯，终于被允许进入西敏寺》，刊于1976年6月18日的《纽约时报》）。
④ 可能是指E. 哈德逊·朗编辑并作有序言的《亨利·詹姆斯中篇小说集：〈黛西·米勒〉〈华盛顿广场〉〈阿斯彭文稿〉〈小学生〉〈拧螺丝〉》（1962年）。

立尼达)正在街上演奏,垃圾清理车正在埋头作业。亲爱的,愿你心情愉悦,笑口常开。

丽兹

335. 罗伯特·洛威尔写给伊丽莎白·哈德威克·洛威尔太太

英格兰,肯特郡,梅德斯通,贝尔斯特德,米尔盖特庄园
1976年7月2日

最亲爱的丽兹:

好巧啊,你看到我们去参加詹姆斯的墓碑安放仪式了。当时和我们一起去的还有罗兰多[1],不过列席的人都只是文学界的同仁,这让他大失所望,同样是在威斯敏斯特举行,却与参议员和国会议员迎接《大宪章》黄金复制品的拥挤情形大不相同,那次我们也去了。我们似乎已在他们举办活动的固定列席名单里了。今天早上又收到一封邀请函,说是女大使[2]要在这个有着900年历史的大教堂演讲,届时将有身着各色服装的士兵和官员陪同——为这位即将到任的大使宣传造势吗?

刚刚听了斯蒂芬和伊修伍德就"三十年代的诗人"[3] 所做的一场公开对谈。斯蒂芬笑咯咯地说,"不幸的是,看来诗人确实需要接受教育了[")(受限于这个群体并非无产阶级的现实)。而伊修伍德事实上并不如此认为,所言非虚,他唯一视作圭臬的是同性之爱,这也

---

[1] 指罗兰多·安齐洛蒂,《致敬罗伯特·洛威尔》的编者。
[2] 指安妮·阿姆斯特朗,美国第一位女性驻英大使。
[3] 与1976年6月25日至11月7日在英国国家肖像画廊举办的"三十年代的年轻作家"展览一起举办的活动。

是他去柏林①的原因。奥登是全场讨论的主要人物；唯一被观众质疑的只有可怜的戴-路易斯，他的妻子②也有提到，但被认为是个抄袭者。其他诗人各有特色，但只有奥登称得上是才华横溢，知识渊博，能够吐故纳新——甚至有些古怪："青蛙们干不了……为何要去看戏，这也太没英国做派了。"

感谢你寄给我的关于帕西瓦尔·洛威尔③的材料。没想到他的那些错误竟然会衍生出如此之多的发现，也许科学的规律就在于此。之前在国内，我们总是对他的火星理论提出质疑，对于他关于冥王星观点的准确性和正统性却深信不疑……冥王星还一度被命名为帕西瓦尔④呢。

我为《海豚》里的那些"书信诗"深表歉意。如果要形成可读的文字，就不得不做一些删改。是否要寄一册《诗选集》给你我曾犹豫过，但吉鲁克斯自己做了决定，他这样做当然没错，因为其中很大一

---

① 见伊修伍德的《克里斯托弗和他的同类》(1976年)。
② 指吉尔·巴尔肯。[巴尔肯（1925—2009），英国演员。其丈夫塞西尔·戴-路易斯（1951—1981）是1968年至1972年的英国桂冠诗人。——译注]
③ 附件现已遗失，但哈德威克寄给洛威尔的很可能是《在火星轨道上》的一段剪报："随着'维京1号'太空探测器准时抵达火星附近，美国太空科学家们已再次获得一个完美的星际靶心[……]帕西瓦尔·洛威尔[……]一生大部分时间都在传播这样一个观点：那些运河网络表明火星上存在一种高度复杂的文明。人们现在已经知道，斯基亚帕雷利和洛威尔所说的运河是视觉错误，然而，实际的火星地形在某些方面甚至比这些先驱者的梦想更令人惊讶。"（刊于1976年6月24日的《纽约时报》）
④ 见美联社消息"'冥王'已经被洛威尔天文台的科学家们选为最近发现的外海王星天体的名称，他们相信这个天体就是他们寻找已久的X行星。[……]宣布这一消息的是天文台理事罗杰·洛威尔·普特南，他是天文台创始人已故的帕西瓦尔·洛威尔博士的侄子。16年前，帕西瓦尔·洛威尔博士预言了X行星的存在。[……]普特南补充说，冥王星很容易用花押字母"P.L."来表示，这两个字母也是帕西瓦尔·洛威尔名字的首字母缩写形式，'将会是对他很合适的一种纪念'"（见《冥王星被选为新行星X的名字，因为他是黑暗遥远地区的神》，刊于1930年5月26日的《纽约时报》）。

部分诗都是在你眼皮底下完成创作的。让我欣慰的是，其中有一部分诗是在捍卫你。我一天之内就把样书给看完了，还试着校对——很多东西我这么多年来都没注意到——人在阅读的时候并不能完全注意吸收他所阅读的东西。这本诗集自传性质的诗占主导，书写了将近四十年的人生吧。现在我的新书中更多是表现心灵的征途。我感觉仿佛是我，或是某个人，把一切都事先写好了似的。如果我20岁的时候读了这本书，我会不会无比惊讶？还敢不敢继续读下去？

炎热的天气已经持续一个月了，仿佛自己是在美国一样，美国的内陆城市——对英国人来说，这个温度足以把冰盖给融化了。

爱你，祝安！

卡尔

附：十分期待你的8月之行。

336. 伊丽莎白·哈德威克写给罗伯特·洛威尔[①]

［缅因］卡斯汀
1976年7月5日

最亲爱的卡尔：

我坐在外面的甲板上打字。两百周年国庆日（如他们一直在说的，这是属于我们的庆祝日）已过。这些"巨轮"美轮美奂，自由女神像附近彻夜盛放着绚丽夺目的烟花，煞是壮观。虽然我身在缅因，

[①] 哈德威克写的12封信、明信片和电报之一，被收录在1982年洛威尔遗产管理公司出售给HRC的书信文稿中。

但在电视上见证了这一切。现在有一小时直飞班戈的航班了，所以我过得跟忙碌的股票经纪人似的，外出度周末。今天周一，下午我得回纽约去完成一些工作，然后再待一周时间，因为要召开民主党全国代表大会了，如果到时候有些想法的话，也许可以写一些东西①。你那首诗以乔治三世②为主题确实是个不错的主意——桂冠诗人为两百周年国庆交出了一份完美答卷。我随信附上诗歌副本和《乡村之声》③的一些剪报，内容振奋人心又不失趣味。今天早上菲利普·布斯来过了，说是要对《卡斯汀年鉴》中提到的一些事件做日期上的更新，做这些是因为他准备在《杂烩》杂志推出一期洛威尔专刊④。菲利普的用意固然很好，但我不确定他能否诠释好这样一个形象——在我看来它甚至比给予一位青年诗人的鼓励（"他自己"）这个主题要有价值得多。

让我想想——我总是有无数的事情要和你分享，无奈似乎年纪越大，就越难提起精神写信了。我想，若是现在能领养老金，我会连觉也不睡马上奔去领。然而待在家中，却无法享受到那份与人静心交流的清闲，一大堆家务在等着我去做，就好像是有一群嗷嗷待哺叫个不停的饿猫一样。

哈丽特正在学习打字，忙着完成学期论文、去哥伦比亚大学的室内游泳池游泳。她们在西108街合租了一套公寓——很不错的房子，

---

① 指《卡特问题（二）：虔诚与政治》，刊于1976年8月5日的《纽约书评》。
② 1976年7月4日，《乔治三世》作为"伟大的美国诗人"的声音首次发表在《新闻周刊》的《我们的美国》栏目（"近50位美国人与《新闻周刊》全国记者交谈"）。
③ 见迈克尔·法因戈尔德的《更古老但荣光仍在》（评美国地方剧院为两百周年国庆重新上演的《古老的荣光》），刊于1976年4月26日的《乡村之声》。
④ 见菲利普·布斯的《卡斯汀的夏季：晒印相片1955—1965》，刊于《杂烩》第37期（"献给罗伯特·洛威尔的60岁生日"），1977年春季刊。

从窗外可以看到大大小小、或高或矮的船只。她还是很瘦，但很好看，心情似乎也不错。我希望把她哄到这里来，或者把她关在这里，哪怕待一个周末也好。这里是她幼年时生活玩耍的地方啊，可是这里却没能真正擒获她的灵魂。她最深刻的记忆都在纽约，毕竟是一个在纽约长大的女孩子。而我现在只能算是一个纽约老太太了。我在报纸上看到报道说纽约现在到处都是来自伦敦、巴黎和罗马的时髦人士，便想象自己也回到了纽约。现在的哥伦布大道变得非常有趣，有点像复古版的第三大道，两旁有各种商店和餐馆；那家艺术家咖啡馆现在发大财了，做得很成功，得提前很多天才能预定到位置。第67街也有一些新消息……我现在一边晒着太阳一边打字写信，之后就出发去班戈。霍尔夫妇，也就是大卫和柏妮丝，刚刚从这里经过，他们在海滩上细细搜寻美国文物，一如既往那般多愁善感、怀古思幽。我当时说我喜欢跑来跑去，感觉这里就像长岛一样，因为我不想一直待在一个地方不动……太孤单了。她说，你不觉得你在这儿很好吗？我说，不是特别喜欢。他们就气恼地走开了。我确实很喜欢我这个家，对它一种强烈的依赖感，我喜欢这里的大海、空气，还有这里的人——不知怎的人都快走光了——一切都很美好，都是我所珍惜的，但是，心里有时还是会觉得忧伤。

我会把这封信和关于你的东西一并寄给你——那些东西都寄到我这儿了，还有一个\类似/包裹的东西很可能是鲍勃·吉鲁克斯寄的。不管怎样，我会再联系你的，你也不用写信了。我8月份来的时候想去诺兰家坐坐，不知道他们会不会因为我拒绝写那本纪念文集的要求而一改以往的友好态度。

祝安！

丽兹

337. 罗伯特·洛威尔写给伊丽莎白·哈德威克·洛威尔太太

英格兰,肯特郡,梅德斯通,贝尔斯特德,米尔盖特庄园
1976年7月12日

最亲爱的丽兹:

斯蒂芬打电话给我,让我参加国际笔会俱乐部的会议①,还要把我和你还有苏珊安排在同一个小组里,我想是这样。是你提议的吗?这将是很开心很荣耀的一件事。算起来,我们上一次同时出席这种正式场合还是在格林斯博罗,那时候兰德尔尚在人世,但那一次我们一前一后相隔了两天②。

很高兴收到那篇评论和那首诗。如今的评论似乎比对我之前那几本书要好得多——想起那个言辞犀利爱开玩笑的每日评论员——自从写完《历史》之后,大家几乎就把我和这本书紧紧联系在一起了,仿佛我就生活在它那幽暗的死后的阴间。这就是所谓的异教徒的幽冥世界吗?我确实领命写了那首纪念建国两百周年的诗,想要跳出我自己的圈子,就像有人希望通过翻译来扩大视角一样。我花了一整个周末的时间才写好,以为它永远都达不到预期的效果,一开始篇幅太短,

---

① 1976年8月23日至28日在伦敦举行的国际笔会第41届大会,主题为"想象的真相"。斯彭德在1975—1977年间担任国际笔会英国分会会长 [见约翰·萨瑟兰的《斯蒂芬·斯彭德:授权传记》(2004年)]。

② 指1964年3月17日至19日在格林斯博罗北卡罗莱纳大学(贾雷尔在那里任教)举行的第21届年度作家论坛;哈德威克于3月17日发表了题为"小说中的情节"的演讲,洛威尔于3月19日发表了题为"诗歌朗诵与评述"的演讲 [见《〈科拉迪〉:落户格林斯博罗的大学美术杂志》(1964年3月艺术论坛)]。

然后又硬生生扩展到两页——斯达克将军①自恃庄严,与我波士顿那些保守的温斯洛亲戚形成鲜明的对比。我当时很高兴大家都一头埋在了《新闻周刊》那些糟糕的散文中,没人理会我那些晦涩的诗句。你看过卡特太太说的话吗?她说不会对别人有好感。这种言辞难道不是糟糕至极吗?②

人怕是没有真正快乐的时候吧。长期以来,对写作过于专注我都是有所抱怨的,一方面是因为这样影响生活,难以关注身边的人;另一方面则是我害怕这样会让自己陷入某种程度的风格麻木,或者陷入"闷头推犁"的状态,如果有这样一个古老用语的话。我的新书马上就要寄出去了,总共70页,打字的行距比较大。这波欧洲的热浪也快消退了,我感觉所有的草都被烤焦了,半点绿色也没留下。偶尔停一停是一种智慧③,但脑袋里的打字机却还在当啷当啷敲个不停④。

我能理解你在卡斯汀那种孤独的感觉,也许就是那种当你想隐姓埋名的时候反而暴露在人前的感觉。如果是在纽约,是否想要出现于人前都取决于你自己,尽管是本色出镜。飞去班戈只需一小时已经是意想不到的进步奇迹了——我记得上次去坐的还是火车。如果没办法回到过去,我们也只有向前看了。

---

① 洛威尔母亲这边的祖先约翰·斯塔克(1728—1822)是美国独立战争期间陆军的一位少将。"新罕布什尔丹巴顿镇的那些敢于破除陈规、意志顽固的斯塔克们"(《里维尔街91号》,见《生活研究》)。
② 在《新闻周刊》(1976年7月4日)刊发的《我们的美国》中,五十个美国声音中有一个是"吉米·卡特的母亲"(莉莲·卡特),她说:"我从来没有过一个亲密的朋友。除了我的孩子,我不跟任何人亲近。"
③ 见塞缪尔·约翰生的诗句"将你的眼睛屈尊看向逝去的世界,│暂别文字,让自己变得睿智"(《人类愿望的空虚》第158—159行)。见洛威尔1970年6月14日写给哈德威克的信。
④ 见洛威尔的诗句"我听到我自己声音中的噪声"(《尾声》第5行,见《日复一日》)。

我似乎是在漫无目的地闲聊。想到你即将来访，心情就激动起来。知道这事对我有多么重要吗？但要我说出口我会觉得很难为情的。

为秋季学期做准备，我们刚在坎布里奇买了一栋房子，算得上是我们住过的最棒的房子了，足够宽敞，哈丽特和凯西来住也是没问题的。得知她心情一直不错我也很欣慰。进大学的第一年确实会遇到挺多棘手的问题，充满机遇，但也同时需要扛起许多责任，也少不了直面一些恐惧。前不久我给她写过一封信，但没指望回信，相信我们之间的默契是不需依赖于信件往来的。

你看到发给民主党议员的那些防抢劫指南了吗？小心不要被错当成民主党的议员了。

注意安全！

卡尔

338. 罗伯特·洛威尔写给伊丽莎白·哈德威克·洛威尔小姐

英格兰，肯特郡，梅德斯通，贝尔斯特德，米尔盖特庄园
1976年9月4日

最亲爱的丽兹：

我找不到合适的词语，也许是不知以何种方式来表达你这次来访是多么令人欣慰令人愉快。看到你和卡洛琳轻松（？）相处，我当时很不适应，所以现在都觉得我不该刻意提起这件事。我们身边的人似乎觉得这就是我们平时的样子，也有人怀疑我们这是在努力做出某种姿态。我想要感谢你，我知道你可能觉得很紧张但却没有表现出来。对于我，你永远是不吝赞美之词，而你能认同我所说的话，我也是满心欢喜。

再说一说苏珊吧。我反应这么愚钝，是不会提前知道她病得有多

严重的，或者说，我根本不会对她未来的健康状况起疑心。在我看来，她一直都是那么热情，待人客客气气，而且我觉得她比之前在伦敦时还要情礼周全。（有时，我觉得自己根本不会讨女性的喜欢，有时我从乡下出来，觉得自己都跟人无法交谈了，甚至跟斯彭德夫妇这样的老朋友也是如此。在同默多克、斯彭德一块吃饭的前两天晚上①，我还和他们两人一起吃过饭。当时我还暗暗祈祷了半个小时，希望最后不用去了。去了之后，起初我很难开口，跟娜塔莎一句话都没聊，后来才不那么拘束，于是娜塔莎建议我们去逛街，边逛边聊，然后她再回家。）括号里的话终于说完了。当你来到一个差不多是陌生的城市，困在那间贝尔特酒店，身边是一群身份不明、俗气的俱乐部成员，你一定会感到很孤独吧。再说回苏珊，我觉得听她说话是一件很愉悦的事，因为她之前或多或少在出版物上称赞过你，说你是美国最杰出的散文作家②，而且她也更年轻一些，不像玛丽那样到了喜欢喋

---

① 和艾丽丝·默多克和约翰·贝利一起。
② 见桑塔格的"要求在修辞上无所松懈，加之每一个论点都顺利得出一个激进的结论，使得一些女权主义者无法正确欣赏达到了三和弦——幻想着一个激进的结论，这阻止了一些女权主义者正确地欣赏最近对女权主义历史想象所作出的最突出的一份贡献——伊丽莎白·哈德威克的《诱惑与背叛》。她们对这本复杂的书还有一个更具体的指责，那就是它含蓄地捍卫了'精英主义'价值观（比如才华、天赋），这其实是与女权主义的平等主义伦理观不相容的。当里奇将女权主义运动描述为'强烈反对等级制度和独裁主义'时，我听到了这种自以为是的观点的回响"（见阿德里安娜·里奇的《女权主义与法西斯主义：一次交流》，苏珊·桑塔格的回应，刊于1975年3月20日的《纽约书评》）。桑塔格在1976年6月1日的日记中写道："从谁那里，我得到了什么样的鼓舞？首先是语言。令我受到鼓舞的人中，有约瑟夫·布罗斯基。书籍：尼采、丽兹的散文。"［见苏珊·桑塔格的《恰似意识系于肉身：1964—1980年的日记和笔记》，大卫·勒夫编（2013年）］桑塔格后来说："她的句子在我的脑子里燃烧着［……］我认为她写的句子是最美的，比任何在世的美国作家都写得美。"（参看希尔顿·艾尔斯的《一个奇异的女人》，刊于1998年7月13日的《纽约客》）

喋不休的年纪。上帝啊上帝,我一直在给艾伦·泰特和琼·斯塔福德(病得很重)写信,不知他们是否还能看到我的信。

我一定得写下这一段话。你把写比莉·哈乐黛的那篇文章用作你小说的一部分,我觉得非常有意思[1]。我之前猜不透你为什么要写这样一篇更为精致、更为诗意(?)的散文,现在我想我是明白了。暂且不要向我透露任何东西,让我猜一猜,你应该是在写一种类似于自传的东西,比起虚构的情节更接近真实的生活,但在文笔风格和章节的安排选择上会采用艺术化的手段,这样最终呈现出来的形式将格外富有实验性。不论我会以何种方式出现在书中的某个章节里,也都请你不要向我透露一星半点。请允许我这样说,只要你高兴,怎么描述我都成……即使你使用了我没见过的材料。一个多么可笑的提议啊(你且收下)。我想强调的是,你能把握的材料尽管拿去用。此时此刻,卡洛琳正在把一篇关于漏雨的爱尔兰破房子[2]的书评穿插进一部描述童年的自传体小说[3]。

我们将乘坐这个月15日的航班过来,住所地址是坎布里奇萨克拉门托街46号。可怜的兰德尔,我想赶在他去世之前还可以再见他几次,以前我纳闷他怎么可以一节课从头讲到尾——真是一位伟大的老师。现在尽管我是一个很老的老家伙了,但即使是在心情阴郁的时刻,如果能读到那些关于熟悉的旧书的新评论,我就会像加足马力一样恢复往日的活力,真的。谈论詹姆斯笔下的《美国人》[4]是多么少见啊!我上一次读詹姆斯还是在进肯庸的第一年。

---

[1] 见哈德威克的《比莉·哈乐黛》,刊于1976年3月4日的《纽约书评》。
[2] 见布莱克伍德的《爱尔兰的大房子》(评大卫·汤姆森的《伍德布鲁克》),刊于1974年12月12日的《倾听者》。
[3] 指《韦伯斯特曾祖母》(1977年)。
[4] 1877年出版。

我一直都在想着哈丽特，充满爱意，但是很生硬、很笨拙。我可以约个时间在你的公寓见见大卫①吗（？）不是想去认可什么，就是想和他认识一下。我想，之后还会有一些我现在无法预知的事情发生。但今后即使什么情况都不知道，我也安心了。（见反面②）

　　也没什么可多说的了。写这种航空信笺我总是会把最后几句话写在折页上……我选了那首你极其厌恶的十四行诗③，是因为诗的最后一行有土拨鼠，我当时没太注意，我猜，是在诗的开头吧。

　　卡洛琳说向你问好。我到了之后会尽快给你电话的。

　　祝好。

卡尔

　　附：你想见见谢里丹吗？他之前来吃早餐的时候把一口大锅盖在头上当头盔，现在那口锅的汤已经烧糊了，整个房子都是一股焦煳味，令人窒息。他在看电影，是讲一辆无人驾驶的汽车的，一部像《红气球》一样的杰作④。

　　［1976年9月15日，洛威尔因躁狂症住进伦敦绿廊疗养院。］

---

① 指大卫·格拉德。
② 信的最后一部分打印在航空信笺的背面。
③ 指诗集《海豚》中的那首《在邮件里》，入选洛威尔的《诗选集》。
④ 也许是指《金龟车大闹圣弗朗西斯科》（1974年），导演罗伯特·史蒂文森，是《万能金龟车》（1968年）的续集；《红气球》（1956年），导演阿尔伯特·拉摩里斯。

第四部分：1974—1979　　661

339. 罗伯特·洛威尔写给哈丽特·洛威尔

[电报]

[伦敦]

[1976年10月，未标日期]①

美国，纽约市，西67街15号公寓

由伊丽莎白·洛威尔转交给哈丽特·洛威尔

永远爱你这周末要出去

爸爸

340. 罗伯特·洛威尔写给哈丽特·洛威尔

[斯巴克斯街63号，马萨诸塞州，坎布里奇]②

[1976年12月13日]

亲爱的哈丽特：

我不能说选择这份礼物时经过了无限的思量，但它能给予你无限

---

① 电报背面有哈德威克手写的"回复电报哈丽特送卡尔住院1976年10月？日"。洛威尔于1976年10月27日从伦敦绿廊疗养院出院。
② 弗兰克·比达特的公寓所在地，洛威尔1976年秋天曾在那里短暂住过。见伊恩·汉密尔顿的"坎布里奇的混乱加剧了：布莱克伍德确信洛威尔仍然病着，而洛威尔确信她比自己更需要帮助。11月25日，洛威尔打电话给布莱尔·克拉克，正如克拉克所记录的那样，'卡尔·洛威尔给我打了电话，我刚给他打完电话。他在坎布里奇弗兰克·比达特的家中。他说，实际上，他离开那个家和卡洛琳一段时间，为的是想要一些平静［……］.'洛威尔在比达特的公寓待了十天（［比达特说的］'他只是满怀难以置信的感激，感觉很轻松，不用去一直身处那种十分可怕的动荡、愤怒、戏剧化、紧张的氛围中'）"（见《罗伯特·洛威尔传》）。

的选择。新的一年即将开始,祝福你和大卫。

你最亲爱的爸爸

341. 罗伯特·洛威尔写给伊丽莎白·洛威尔太太

英格兰,肯特郡,梅德斯通,米尔盖特公园
1977年1月11日

亲爱的丽兹:

要感谢你,我在美国期间你给予了我那么多的帮助——回来之后感觉这里的一切安静多了。现在最让我头痛的问题是,在新税法实施之前,如何从英国搬出去以及搬到何处去。新税法实施后,非劳动所得收入就要削减为零了,至少看起来是这样。这是一种极不民主的强制措施,我甚至怀疑我们这么多年以来是不是一直都以资本家自居而不自知。真正的大问题,不用说,自然是找个地方把孩子们安置下来,除非这件事得到解决,否则寸步难行。

我们的时间都花在写作上。借助翻译,《降福女神》已经完成一大半了。糟糕的是,埃斯库罗斯那部作品的翻译者用词华而不实、陈词滥调——直接影响到我创作的质量。不过幸运的是,今年春末,完整版的《俄瑞斯忒亚》可以在纽约的剧院上演了[①]。我所见过的最好

[①] 见弗兰克·比达特的"洛威尔希望他的《俄瑞斯忒亚》版本有朝一日能够上演。《阿伽门农》和《俄瑞斯忒亚》创作于20世纪60年代早期;《复仇女神》是在他生命最后一年加进来的,为的是在林肯中心演出整个三部曲。(《复仇女神》于1976年12月开始创作,于次年1月底完成。)但它并未排演出来。林肯中心决定单独做《阿伽门农》,而且用的是伊迪丝·汉密的译本(转下页)

的译本,是叶芝的《俄狄浦斯王》。还有庞德的《索福克勒斯》①,它是庞德早期风格和勃朗宁风格的奇妙结合。世界上具有举足轻重地位的诗歌,尤其是戏剧,基本上都不是英文写就的,也许以后也不会有。

之后有时间我一定要和你说说我们和莫斯丁-欧文夫妇一起过的那个圣诞节——韦斯特夫妇,还有我们,带着七个孩子坐了七个小时的火车,足足吃了七个小时的饭。

我这个社会主义兼无政府主义者,以半个人的工薪,将于2月1日在哈佛执教,在登斯特堂将会分到一间或几间房。

萨拉姨妈告诉杰姬②说她想见我,我才意识到这也是我心中所想。杰姬说姨妈现在健忘得很,可能会不记得说过的话。

哈丽特的工作找得怎么样了?娜塔莉娅的情况跟她差不多吧,但她现在正在为顺利进入大学而努力,也在准备一般级别的水平考试③。根尼娅的世界每时每刻都洋溢着不同的节日气氛。伊万娜现在还是个做字谜游戏的小女孩,一边收集玩偶,一边想成为一名专业演员。至于谢里丹,他本人就是力量的化身。

(接上页)尔顿未删节的译本[……]1977年1月底,他带着《复仇女神》手稿从哈佛大学返回时病倒了——他还渴望完成他的新诗集《日复一日》〔"文本按语",见罗伯特·洛威尔翻译的《埃斯库罗斯的〈俄瑞斯忒亚〉》(1978年)〕。

① 指叶芝译的《索福克勒斯的〈俄狄浦斯王〉:用于现代舞台》(1928年);索福克勒斯的《特雷西的女人:埃兹拉·庞德的版本》(1957年)。
② 指杰奎琳·温斯洛,洛威尔的大表妹。
③ 见《牛津英语词典》"一般级别,指英国普通教育证书三级考试中的最低等级[……]通常由16岁的学生参加,1988年被普通中等教育证书取代;缩写O level"。

希望尽快见面。

爱你,祝安!

卡尔

附:告诉鲍勃,一时无法给伊丽莎白写书评①,原因有很多——最重要的就是要把《埃斯库罗斯》赶在3月的最后期限完成。

[洛威尔于1977年1月17日飞往波士顿。2月1日,他由于心脏衰竭被送入马萨诸塞州总医院的菲利普斯之家,于2月9日出院。]

342. 罗伯特·洛威尔写给哈丽特·洛威尔

[马萨诸塞州,坎布里奇]
1977年3月18日

最亲爱的哈丽特:

这是一份复活节礼物,你可以把它存起来,也可以拿来买漂亮的衣物,也许是你在精品店里看上的打折衣服或配饰。我原本希望我们能很快在纽约见面,但是在我3月30日到4月10日放假的这段时间里,我要和卡洛琳一起待在爱尔兰。为什么是爱尔兰?因为卡洛琳在都柏林郊区的一幢大楼里找了两套公寓,看起来都有卢浮宫那么大

---

① 《纽约书评》的约稿。毕肖普的诗集《地理III》于1976年12月出版。

了——一套给孩子们住,另一套我们自己住①。她还总是这么说,在信里也是这么写的,说它的好处之一是方便你来玩的时候住,另一个好处就是可以不用交那么多税。

我正在教惠特曼的诗。批评家们纠结无果的问题之一是他是否是个社会主义者……是否相信税赋。常常想起你,想到你现在出落成一个温婉(让人倾慕的)美女,我就觉得很开心。5月初见面,到时候我打算在纽约待一周时间。

祝快乐!

爸爸

343. 伊丽莎白·哈德威克写给玛丽·麦卡锡

[纽约州,纽约,西67街15号]
1977年6月15日

最亲爱的玛丽:

天知道我现在多想和你聊一聊。在过去的一年甚至更长的时间

---

① 见伊恩·汉密尔顿的"洛威尔六十岁生日的当天,布莱克伍德传来消息说米尔盖特被卖掉了,她在都柏林附近的卡斯尔敦一幢巨大的乔治王朝时期的豪华住宅里租了一套公寓。这幢房子是爱尔兰乔治学会的总部,大部分场所是对公众开放的。卡洛琳女士的表兄、协会主席德斯蒙德·吉尼斯曾建议她租一间面积小的私人公寓;出于税收考虑,在爱尔兰定居对她来说是明智之举(也许对洛威尔也是如此)——而且对布莱克伍德来说,卡斯尔敦无疑是一处极为方便的临时落脚点。据朋友们说,洛威尔曾抱怨,出售米尔盖特没有跟他商量过[……]但他写信给布莱克伍德又说:'在这种建筑风格的房子里,令我印象最深的是那套少年公寓,跟卢浮官很相似(有种模糊糊的感觉,我们将作为卢浮官的皇家退休人员生活在那里,附近就是利菲河)……'"(见《罗伯特·洛威尔传》)。

里，一直都没能找到一个契机给你写一封真正的信，总是有那么多并非真正的信要写。但我现在要坐下来认认真真给你写一封信，之后再坐上飞机飞往伯克利，然后不睡觉就连夜赶回来，第二天再飞俄罗斯。很遗憾你不能同行，不过我们7月中旬可以在缅因见面。我得在劳动节之前赶回来，因为周一要去巴纳德上课，周二凌晨出发赶去康涅狄格大学上课，周四半夜才回到家。但即使是这样马不停蹄地忙着，有件事虽然都已经过去好几个月了，却还一直困扰着我。

先跟你讲讲事情的来龙去脉，我尽可能表述得清晰一点。去年11月份，卡尔去了坎布里奇，之前他一直都在住院，而10月份的时候，卡洛琳就出于某种原因逃去了坎布里奇。我和卡尔通过电话，感觉他身体没什么大碍，只是情绪很低落，也很困扰。但是事情未有好转，他又搬出去，到城市另一端的朋友①家住下，但一直有和卡洛琳见面。然后卡洛琳回了英国，卡尔留了下来，一方面因为他要等春季学期开学，另一方面也是因为卡洛琳不希望他和她一起回去。不久之后，我没办法，去了一趟波士顿，陪了他三四个小时。他在我面前哭泣，说自己会尽一切可能来保住这段婚姻，并一直在强调他对卡洛琳爱意至深。直到圣诞节前几天，卡洛琳才准许他回去过节。我同他说过他也可以来这里，住在工作室，和我们一起过圣诞节。\但是如你所知，他一得到准许又回英国了。/

他从英国回来之后，一副伤心又痛苦的样子。他患上充血性心力衰竭，在医院住了十天。我去看他，还向医生了解了情况，不过他肺部的积水终于排干，又能够正常呼吸了，于是他又回到学校继续第二学期的教学工作，在登斯特堂平静地住了一段时间。然后卡洛琳突然搬去了爱尔兰，那之前他们是计划一起搬到这里来的，他可以在这边

---

① 指弗兰克·比达特。

教书，因为她的税务出了问题，不得不搬到别的地方去。但是卡尔仍旧很苦恼，郁郁寡欢，他说他希望卡洛琳能同意他回去一起过复活节。那时卡尔的状态"很健康"，他找回了自己的情绪，待人认真，为爱悲伤（卡洛琳）。最后一刻卡洛琳终于松了口，说他可以去爱尔兰，我当时以为一切都会好起来的，因为他已恢复健康，长时间的分离让他十分伤心。他回来后说卡洛琳已经宣告他们之间的婚姻结束了，他自己也认为这是最好的结局。但是他又一次陷入悲伤，一言不发，十分苦恼。三个星期过去了，尽管卡尔给卡洛琳写了信，但一封回信都没收到。

这个时候，我对他说，如果他没有任何地方可去，可以来这里。学期也差不多结束了，他只需要再回一次学校，改试卷、登成绩。可就在卡尔来我这之前，卡洛琳又改变主意了，又说想让卡尔回去，她想要修复这段婚姻，卡尔说他认为不可能了。但卡洛琳坚持要来纽约，而且说到做到。一直以来，卡洛琳都有酗酒的毛病，患有抑郁症，多次企图自杀，她在英国和住在波士顿时的朋友都能证明这点。卡尔知道卡洛琳要来纽约时，还为她请了一位熟悉的医生，治疗持续了几周，药物逐渐减轻了她的抑郁症状，卡洛琳一生都在承受这种痛苦。他们去找那位医生看病之前，也就是卡洛琳到达的那天晚上，卡尔从勒诺克斯山医院给我打来电话，原来卡洛琳在酒店大堂昏倒了，被抬上担架送进了那家医院。但是她醒过来之后便跑出了医院，他们又回到了酒店。（我不太清楚她是否真的昏倒了——可能是药物和酒精导致的，也可能企图自杀，具体情况我不知道。）她又去看了医生，卡尔被告知一定不要让她一个人待着，所以就一直陪着她，但她不肯吃药，晚上还想喝酒，这都是不应该的。他觉得很害怕，想回工作室，其实那间工作室严格来说应该是布莱尔·克拉克的，因为我已经租给他了。卡尔回来了一个小时，因为害怕，放心不下卡洛琳，又赶回去看她。我从未见过他如此小心翼翼——至少不会像这么夸张，因为我了解他有多么粗心，但那个他似乎已经是过去式了。卡洛琳希望卡尔回到爱尔兰去，但他说这样做并没有什么意义，还说他9月在哈佛开学之前再去，他原计划就是那样。卡尔当时泪流满面，浑身发抖，每天给医生打四五次电话。他坚持要在都柏林找到一名医生，他和那位医生费了很大劲也确实找到了一位。几个星期过去了，卡洛琳一直留在纽约，最后到了学期末的最后一周，卡尔不得不返回波士顿。那段时间他一直和卡洛琳在一起，等他回波士顿时，她才回爱尔兰。从那时起，他就不停地打电话，还让他的朋友打电话，和她电话聊天，根本没心思想别的事情，担心得不得了。眼下卡洛琳至少还活着，也没有动不动就提自杀，但卡尔还是担心她会作出这种举动，毕竟这几年来他一直都被这种恐惧支配着。

这件事跟我没有任何关系。卡洛琳也从来没有跟卡尔提起过我的名字。我没有参与其中是事实，我与卡尔之间并没有旧情复燃，我们之间只是一种友情，我只是个倾听者，倾听他的忧伤。他想要的也就是和我一起待在这里，大部分时间是待在那个工作室里，一起分享这里的生活，分享那些图书、那些唱片，还有他的家居摆设（波士顿风格），跟他离开的时候差不多。那个星期，他还和我一起去缅因住了几天，我去那是为了敞开门通通风。你可以说我们"又在一起了"，但这话并没有别的什么特殊意义——只是最常用到的那种意思而已。他根本没有想过要离婚的事情，总体上感觉很平静（除非不平静的时候），而且心里念叨的全是卡洛琳、她的未来生活以及那些孩子。

就我自己而言，我孤身一人，一点也不幸福，但也常有一些愉快的时光，能投入到自己所拥有的快乐当中，但大部分时间我还是很孤独,为未来担忧①。在卡尔面前,我不会再像从前那样脆弱了,但我依然在乎他。这份感情这种人生让他领悟到了一些东西,正如他上次从英国回来时说的那样——他是"多余的"②。他从卡洛琳身上体会到的激情和悲伤,以及他对她的感情,已经让他变得和我们这些人一样了。我们两个都到了花甲之年,都在努力寻求一种让我们能好好生活下去的方式。他觉得自己配不上卡洛琳,觉得她现在这么想都是假的,比她过去几年大部分时间都不这么想更不真实。我是觉得,如果他认为卡洛琳希望他再多待一个星期,他会立即回到她身边的。

我们如今在一起的时光非常美好,虽然是自己管自己的事,但我觉得还是相互依靠的。我知道卡尔可能会再次生病,在去缅因的路上会去找麦克莱恩医生谈谈。卡尔一直与他保持着密切的联系,想要针对出现"兴奋状态"时找出最合理的控制办法。我知道这几乎是不存在的。此外,我们还试图应对心脏问题——比如不吃盐——也跟这个有关。

我把这一切都写了下来,但是漏掉了很多,也没有办法根据自己的理解去给出哪怕是最简单的描述。至于卡洛琳,卡尔认为她是当代最伟大的作家——而我确实觉得爱尔兰对她来说才是最具发展可能性的去处,我也是这样希望的。最近有一本新书我很喜欢,名叫《韦伯

---

① 见布莱尔·克拉克的"上周一,我和丽兹在艺术家餐厅共进晚餐。她似乎准备好了过某种生活,但说不上很热切,靠近卡尔但又不是完全在一起。顺带说一句,她说这将意味着中断她个人生活的某些方面,她的个人生活还不是很顺,就那样吧"("洛威尔夫妇……一本永远不会写出来的回忆录札记",1977年5月8日,"布莱尔·克拉克书信文稿",收藏于HRC)。

② 见洛威尔的诗句:"'你知道吗?|你就是个多余的孩子。'|[……]我们害怕自己没有人要,|难道这也是一种不可饶恕的罪过?|为了这个,妈妈会不会继续打扫房子,|永远打扫下去,让它无法变得居住?|究竟康复是一门艺术,|还是艺术是一种康复途径?"(《多余的》第48—56行以及第112—117行,见《日复一日》)

斯特曾祖母》①,已经快出版了。我也喜欢《继女》②这本书[。]

我听说你有一段时间工作非常辛苦,不过也听说你俩身体都很好。多么期待我们能在卡斯汀主街上相遇啊。原谅我写了这样一封信,也不要认为它奇怪。我只是觉得有必要把事情"叙述"一遍。你不用回信了,因为在去缅因之前,我几乎是不在家的。

祝愉快!

丽兹

344. 伊丽莎白·哈德威克写给罗伯特·克拉夫特

[缅因,卡斯汀]
1977年8月4日

最亲爱的罗伯特:

所以那些直筒连衣裙、宽袖长袍、晨衣、卷发器都扔上车跑得不见踪影了。最后这些物品彻底清走了,你的心情应该不会轻松吧,"阿尔弗雷达"肯定也是如此③。按你的性格,你应该是会希望双方都能够同时接受这段感情已经走到终点的事实。但是,毋庸置疑,这是不现实的。不论是谁,选择先开口说再见都必然是因为形势已经"不

---

① 1977年出版。
② 1976年出版。
③ 见罗伯特·克拉夫特的"是的,我相信它\我的意思是我[与丽塔·克里斯汀森·克拉夫特]的婚姻已经过去了/,但我很感激你一直都记着这件事"(见罗伯特·克拉夫特写给伊丽莎白·哈德威克的信,"注释伊丽莎白·哈德威克的信,日期为8月4日","伊丽莎白·哈德威克书信文稿",收藏于HRC)。"阿尔弗雷达"是威尔第的《茶花女》(1853年)中对男主角阿尔弗雷多开的一个玩笑。

可逆转"。所以才会愤怒、才会怨恨,整件事就是这样。就像老话说的那样,我希望你们两个都能好好的,也希望你们真的像双方朋友都坚信的那样,之后的日子"过得更好"。

凯瑟琳·亨廷顿——尽管我不能说我和她很熟或确信她还记得我,但是我还能很清楚地记起她的长相,因为之前在波士顿的多次会议中见过面。凯瑟琳·安妮·波特最近在《大西洋月刊》上发表的一篇关于萨科和凡泽蒂的文章①,写得很不错——再次配有爱伦·泰特之前常说的那种"暴力女孩"的精彩靓照。

听我说,首先,我的房子并不像我以前也许说过的是一个大间。我认为它很漂亮,我把原来那个大仓房改成了大厅,然后在外侧加建了一个两层楼的厢房,所以实际上有三间卧室和两间浴室。只是如果要两个人在里面工作,空间还是有点小。我一般在客房写作,客人来时就把东西收到一边——幸运的是,到目前为止,整个夏天也就只有两个晚上是这样计划的。卡尔在海滩上有一个小船屋,是那种娇小可爱的棚屋,大概隔开三栋房子那么远,考虑到写作的需要,空间是我们唯一的要求。白天我们都能各自独处。我每天都笔耕不辍,刚写完了一章,等写完这封信我就再回去通读一遍,不过还是有些不放心,想着应该要做一些修改,让内容可以更加出彩,我是说针对那些能够通过修改达到这种效果的部分。不过话说回来,今年这个夏天过得真是非常非常愉快。到了傍晚,就小酌几杯,享受美食和音乐——而且在这儿,人们基本都是七点钟刚过就起床的。

说到我的"情况"——整件事情都令人难以置信,我也不知道这一切最后到底会变成什么样子。卡尔打算9月1日去爱尔兰待上两周,15日返回哈佛任教。从电话和通信来看,他们之间的关系也没

---

① 指凯瑟琳·安妮·波特的《无尽的错误》,刊于1977年6月的《大西洋月刊》。

有那么紧张,还是很友好的样子,而且我认为,卡洛琳这次还是会为了修复婚姻而努力做点什么的,以弥补她自己上次的草率之举。不过谁又知道呢?于我而言,我之所以说难以置信,是想尽可能说清楚:现在我不觉得自己很脆弱,也不觉得自己会像从前一样被人轻易打发走,管它什么契约和承诺,我通通不想谈,也不在乎。这事说来也挺奇怪的——我们只是在一起过日子,过得还很舒心惬意。我不喜欢一个人在缅因州待那么长时间,所以有卡尔在这里陪我真是很满足。到了纽约一切就大不相同了,不过在那儿又像以前那样生活,我也很开心,如果一切又回到从前,那也没关系。我知道这种话听起来很奇怪,但是日子就这样一天天过着,倒好像事情真是如此这般。7月28日那天,卡尔和我两个人都突然放声大笑起来——若不是因为这段"间隔",那天就是我们结婚28周年的纪念日。我可不认为这么一个记录一定会是一种荣耀。所以,别担心,亲爱的,我的心情不再被他左右。

玛丽·麦卡锡此刻正在她那栋金碧辉煌的公馆里享受生活。她身材苗条,气质优雅,灵魂时时刻刻都那么有趣——真是人生赢家啊!

至于斯托尔斯,我想到这个地方的时候,脑海里就响起舒伯特的《冬之旅》[1],那感觉就像是有冰块砸到我的头上一样。我有考虑过坐飞机往返,然后每次在机场租一辆小汽车——不过在我的记忆中,这样一周应该得花上两百美元。不过最后总能解决的,几个月的时间反正过得很快,我的课程也不会得到什么好评。我会尽量抹上个性的润

---

[1] 也就是说,哈德威克从纽约去到康涅狄格大学斯托尔斯的这段行程,她将在那里执教秋季学期;又见弗朗茨·舒伯特的《冬之旅》(D.911, Op.89, 1828年)。

滑油一溜而过①。

正在读纳博科夫翻译的《叶甫盖尼·奥涅金》，译文比较古怪，然后想起那天晚上我们在歌剧院一起看歌剧②。会尽快与你当面聊的，希望劳动节过后在纽约找周末和你见见面。谢谢你的来信和卡片——一切的一切。

诚心祝愿你！

伊丽莎白

FOR LIZZIE,
WHO SNATCHED ME OUT OF
CHAOS,
WITH ALL MY LOVE
IN CASTINE AUG. 1977
Cal

《日复一日》卷首语题词："致丽兹｜让我得以抽离出｜喧嚣｜深爱你｜1977年8月于卡斯汀｜卡尔③"

---

① 见洛威尔的诗句"一种野蛮的奴性｜上了润滑油一溜而过"（《献给联邦烈士》第67—68行，见诗集《献给联邦烈士》）。
② 指亚历山大·普希金的《奥涅金：诗体小说》1—4卷，弗拉基米尔·纳博科夫译（1964年）。大都会歌剧院1977年10月15日上演了柴可夫斯基的歌剧《叶甫盖尼·奥涅金》，俄语歌词。
③ 首次引用于杰米森的《罗伯特·洛威尔：放火烧河》。

［讣告］

［纽约，1977年9月12日早间，美联社消息：普利策奖得主、诗人罗伯特·洛威尔周一在从肯尼迪机场到曼哈顿的出租车上因心脏病发作去世，享年60岁。此消息来源于洛威尔前妻伊丽莎白·哈德威克。

哈德威克女士表示，最先发现洛威尔死亡的是出租车司机。

她说："洛威尔之前在爱尔兰待了一周，去看自己的儿子，然后从都柏林动身回来。司机说他是在机场叫的出租车，途中就去世了，我想应该是这样。"

"开电梯的人打电话给我，我就下楼了，我们把他送去医院，他们说他救不回来了。我想应该是心脏病发作吧。"她说，"那个司机起初以为他睡着了，他的死亡时间应该是上车到抵达目的地的这段时间之内。"

哈德威克女士与洛威尔已于1973年离婚，据她称，诗人本计划在纽约待几天，然后前往马萨诸塞州，今年他将在那里的哈佛大学任教。

洛威尔生于波士顿，于1947年获得普利策诗歌奖，还曾获得美国艺术文学院诗歌奖、吉尼斯诗歌奖和国家图书奖。

在获得普利策奖和美国艺术文学院诗歌奖之前，洛威尔分别于1944年和1946年出版了《异样的国度》和《威利爵爷的城堡》两部作品。

洛威尔的父亲和母亲分别是罗伯特·特雷尔·斯彭斯·洛威尔和夏洛特·温斯洛。他从小在波士顿长大，1935年至1937年就读于哈佛大学，1940年以优异成绩毕业于肯庸学院。

毕业后，他曾在希德沃德出版社担任过一段时间的编辑助理。第二次世界大战期间，他坚持拒服兵役。

1947年至1948年，他在国会图书馆担任诗歌顾问，同期获得古根海姆学者奖。

洛威尔的其他作品包括：《卡瓦纳家的磨坊》，出版于1951年；《生活研究》，获得1959年国家图书奖；译著《费德拉》和《模仿集》，后者获得1962年波利根翻译奖；《献给联邦烈士》，出版于1964年；《古老的荣光》，出版于1965年；《在大洋附近》，出版于1967年；《笔记本》，出版于1969年；《历史》《献给丽兹与哈丽特》和《海豚》，均出版于1973年。

洛威尔与琼·斯塔福德于1940年初次成婚，八年后离婚；1949年与哈德威克女士再婚，并育有一女哈丽特·温斯洛·洛威尔。

在他去世之时，他的现任妻子是卡洛琳·布莱克伍德，现居爱尔兰。两人育有一子。]①

345. 伊丽莎白·哈德威克写给玛丽·麦卡锡

[纽约州，纽约，西67街15号]
1977年10月2日

最亲爱的玛丽：

卡尔去世一天或两天后你来我的公寓看我，比起那时候，我觉得自己现在仿佛苍老了一百岁。我们那天早上在波士顿举行了葬礼，时间正好和卡尔出生的时辰相呼应，我把你和吉姆送的花摆在了装饰考究的教堂里和灯塔山门口。那天，丹巴顿郡的家族墓地也被朦胧烟雨笼罩着，参天大树下是几片零落的秋叶，古老的墓碑上第一个名字是

---

① 美联社消息，1977年9月12日上午。

约翰·斯塔克将军,最后一个是我们亲爱的卡尔。墓地并不是很大,而且那一片地也早已经被卡尔的祖父捐赠给新罕布什尔历史协会。葬礼结束了,但对我来说,这却是一场噩梦的开始。为了准备追思会,卡洛琳搬来和我一起住了整整八天八夜,那段时间,我想我没有一个晚上的睡眠是超过两小时的。她那可怜的醉酒表演,无时无刻不在进行当中,日复一日,夜以继日,对我来说真是一种无以复加的折磨,想必对她本人来说更是如此吧。可悲的是,可以说是她自己把自己逼到了这种无人能助的境地,再说,如果要帮她,也只有一个办法——戒酒,至少今天不喝,明天不喝,坚持一个星期,哪怕是一个晚上。

最后,我还得回去工作,当我回到康涅狄格州的斯托尔斯,回到每周住一次的那间简易小房间时,彼时彼刻,我才得以放声大哭,才让自己接受这个事实——卡尔真的永远离开了。这感觉令人绝望。我记得你说过,我已经习惯了一个人住,你说得没错,但事到临头,我比我自己想象的要痛苦得多、孤独得多,有时还会感到惊恐。所幸今年夏天,还有之前春天的一段日子,有卡尔陪在我身边,那真是一段明媚的快乐时光。

我听说你要去伦敦纪念堂,我想你一定会有所触动的,也为你将出席那个活动而高兴。

亲爱的玛丽,我还是觉得很疲惫,只能写这么多了。但是我想和你说的话,又岂是一封信能装得下的。我真希望能到巴黎去,也许是在一月份吧;如果你愿意的话,我一直是希望你能来这儿的。我知道现在要你来应该是不太现实的。此刻,请收下我对你们俩最真挚的祝福。

丽兹

346. 伊丽莎白·哈德威克写给伊丽莎白·毕肖普

[缅因，卡斯汀]
1978 年 8 月 16 日

亲爱的伊丽莎白：

我的目光越过港口向远处眺望，想象自己在看着北港，但是今天天好，有点薄雾，可能看不到那么远。真是从来也没想到过，我竟会期望老天下点雨——下一整夜，然后早晨又出太阳——但是，就像那个一直在为我割草的师傅说的那样："我在把它们修剪掉，那些都是酷热带来的秋天的蒲公英。"那只是一块草儿所剩无几、焦干的草坪了。

弗兰克在电话里给我读了你那首优美的诗①，而当我走出房间坐下来仔细品味时，泪水这才汹涌而出。啊，北港那些迷人的细节，你描述得那么自然，那样深情，你把它们融入人类的景观，让卡尔流连难忘。你的文笔总是能够做到这一点——充满真诚、收放自如、就事论事。这首诗深深地打动了我。我刚刚听弗兰克读了一遍，希望他能尽快寄给我一份。

5 月底哈丽特来看我了，那时仿佛卡尔也在我们身边似的。发现他的红衬衫和红袜子时，简直心如刀绞。我还是不能接受他已经彻底回不来的事实，虽然我心里清楚，他确实已经永远离开了，但我就是这样矛盾。

我从 7 月初就在这里了。真奇怪，我对缅因、对这个小镇、这个安身之家，还有那些你夸赞过的变幻莫测的小岛十分依恋，那种情感

---

① 指《北港（缅怀罗伯特·洛威尔）》，后来发表在《纽约客》（1978 年 12 月 11 日）。

似乎从没有这么深刻过。劳动节那天我必须得赶回去了，其实我还是希望多住些日子的。

祝福你！

伊丽莎白（·哈德威克）

347. 玛丽·麦卡锡写给伊丽莎白·哈德威克

[巴黎75006，雷恩街141号]
1979年6月4日

最亲爱的丽兹：

我没能及时给你写信说一说我对你那本书[1]的想法，也许你会觉得困惑——或者难过，又或者两者兼有吧。毕竟到现在也已经过去有一个多月了。不用说，拿到书我当然是第一时间就读完了，其实也确实应该第一时间就给你寄一张明信片来表达自己难以抑制的倾慕之情。但是在这种时候，寄一张明信片似乎太轻描淡写了，可是出于种种原因，我又没时间把我心里的感受写下来告诉你。情况是这样的，在我从美国回来的时候，就在《费加罗报》上登了一则广告，想要找个人来代替玛丽亚，当时这么做确实有些鲁莽，谁知道竟然有180个应聘者打电话来做自我介绍。我不得不停下所有的校样工作，其他活动也全都停止了，而且那时候校样已经超出了哈考特出版社要求完成的期限。[2] 我面试了整整5天，每天都要面对25到30位女性，她们紧张地坐在沙发上等待着，最后终于选出了一位。是个名叫埃尔维拉

---

[1] 指《不眠之夜》（1979年）。
[2] 指写作《食人族与传教士》（1979年）。

的西班牙女孩，你到时候会在卡斯汀看到她的。她虽然厨艺不精，却是个熨衣能手。这事弄完之后，就是那堆等着我校对的文稿，还要写致谢。弄完这个之后，还得写一篇演讲稿，因为要参加在伦敦举行的英国笔会的活动，艾萨克·辛格去不了，我作为紧急替补必须过去。接着就要做演讲，我们赶去了伦敦。回去的路上，哈考特出版社又来了新任务，埃尔维拉又出了新状况。那时候卡门来了，我把《不眠之夜》借给她看，她对这本书很感兴趣，迟迟不肯把书还给我。参加笔会演讲完回来之后的那个周末，我又不得不去一趟洛杉矶，就顺便在贝弗利山的布伦塔诺书店另买了一本。我在书商洽谈会上待了两天，与书评家共进午餐，还参加了一场在市中心的希尔顿酒店举办的有500名书商列席的招待会，然后是《哈特福德商业杂志》名流晚宴。周日晚上离开巴黎，最后回到家中已经是周三的晚上了，那时候我昏昏沉沉，基本上处于失眠的状态，记忆一片空白，几乎什么也想不起来了。然后还得为我的书做封套——就因为有那些事情，封套一直拖着没做。现在这一切都结束了，终于迎来了一个宁静的长周末——圣灵降临节，我终于有时间能和你好好说说我对《不眠之夜》的看法了。

这是一部经典之作，丽兹。当我读完合上书的那一刻，我脑海里就是这样的感受，而且这种感受越发深刻。你做到了，你创作了一部近乎完美的作品——其实我不知道为什么我要用"近乎"这个词，也许是因为我发现了三处印刷错误。这是一件真正的艺术作品，感情细腻、表达到位——尤其是读到结尾的"一堆男人"① 时，我就像被

---

① 见哈德威克的"母亲，那些阅读时戴的眼镜，还有那场约会，就在那些紧张的教堂女士们湿腻腻、灰蒙蒙的脸庞边上进行着。然后一辈子被一堆男人爬上爬下。个人关系的折磨。除了伪装，除了多用形容词掩饰，此外就没有什么新鲜花样了。在文末被匕首刺中，岂不快哉"（《不眠之夜》）。

"七苦圣母"的剑刺中,一时怔住了——但不论是从音上还是从意上讲,都非常沉着,非常整齐。在我看来,似乎是有一种奇妙的向心力,把那些看似无关紧要、随意散乱、几乎是转瞬即逝的回忆凝聚在一起——我想,那是一种苦难的力量,被精炼到纯粹无杂质的状态,然后像块磁铁一般,把所有的小铁屑吸进它的磁场。我被震撼到了。当然,必须做到短小精悍,本质上紧凑不松散。需要多大的勇气才能做到这一点呢?我指的不是写自传的勇气——去坦率地揭露——而是文学创作上的大胆态度。你创作出了新的篇章,你的作品与以往任何东西都不相同。

我有一个想法,希望菲利普看过这本书了。他以前常说:"丽兹是很文学的。"他说这话时一直摇着头,半是赞叹半是惊叹。你已经证明了他说得没错,还让他了解到更多。你成功实现了"文学"高于生活,而要实现这一点,你只能让自己有一股不可救药的"书卷气"。跟你相比,我那本情节拖沓、半似逼真的小说更像是一台碎骨机。我在你的文字中偶然发现的问题——比如说定调太高、动不动就警句连篇——在这部作品中都不见了,甚至转而变成了我眼中可称道之处了。

不知道卡尔读了会怎么想。以他那虚荣的性子,要是知道你这本书并没怎么提到他,而读者又不可能不会注意到这点,他定会恼羞成怒。即使是他明显在场的那段时间,比如在阿姆斯特丹的那几年,也没有让他正面出场。我喜欢你说可否不把他的头发染成红色[1]这个主意——非常有趣,这表明,他的"此性",而不\仅仅/是"彼性",

---

[1] 见哈德威克的"先生今天早上好吗?乔赛特会说。先生吗?敢问我一定要把他掉得一塌糊涂的棕色头发染成红色吗?没几个人有这种发色的。裤子和夹克乱搭一气,脚塞进扯长的袜子里。和善地笑了笑,口中那两排短短的牙齿,像极了他母亲的短牙齿"(见《不眠之夜》)。

完全无关紧要①。当我在《纽约书评》读到刚开始的那部分时，还不清楚你要如何处理卡尔这个巨大的存在事实；结果你直接把他避开了，这倒是我始料未及的。这样处理在技巧上确实很出彩，不过你的用意却不止于此，他就像是一个存在于\外/太空的黑洞，可以被随意填满，这就是我们所谓的诗性正义，善恶有报：他被"形式"贬为不存在的形象——传统意义上的自传是做不到这一点的。无论如何，他都无法装出一副欣然接受的样子，在你的书面前纡尊降贵，虽然我觉得他或许会尝试表现出这种姿态。

到夏天见面的时候我们再继续细谈这本书。吉姆都已经在他的日历上做了记号："6月14日，丽兹抵达卡斯汀。"他对这本书极其喜爱，逢人便夸，他是在利用口碑"推销"它呢。你和笔下的艾达一起创造了奇迹，还有汤米·托马斯，我想我认得出是他。但我无法将亚历克斯或路易莎②与现实中的人物联系起来，除非她既欠卡洛琳又欠娜塔莎什么③。我们已经这么熟了，可是我读你这本书时却还是会对其中一些组成部分困惑不解，这也着实奇怪。甚至是对内在证据，当然，这里面确实有些很魔幻的东西。然而也会有读者坚持认为它就是一部"直白"的自传，但我却能耐心将埃莉④这样的人物的虚构与事实部分分辨清楚。事实上，虽然你尽力去掩饰去控制，但从你的文字

---

① 汉娜·阿伦特在评论邓斯·司各托斯时说过："对 *summum bonum*，对'至善'也即上帝的沉思，将会是智力的典范，这种悟性始终是建立在直觉的基础上的，把握事物在于把握它的'此性'，在这一世当中，这种把握是不完美的，不仅因为至高仍然未被参透，而且对'此性'的直觉是不完美的：'悟性……之所以求助于智力概念，正是因为它无法把握存在的此性。'"（《精神生活》，玛丽·麦卡锡［1978年］编）
② 艾达、亚历克斯和路易莎都是《不眠之夜》中的人物角色。
③ 指卡洛琳·布莱克伍德和娜塔莎·斯彭德。
④ 指埃莉·杜威维耶。

中仍可以感受到一种不断加剧的痛楚，作为你的朋友自然会为你感到担心，卡门就为此略有些担心。在我看来，这是一个\令人悲哀的/事实，很明显，这就是你脆弱内心的一个真实侧面，这样一个原本不现于人前的特质突然公之于众，读者得以见微知著，了解你的整个内心。在我看来，关键点就在于这种艺术上的胜利，它必然是会博得喝彩之声的，也就是说，大家会为你感到欣喜。这本书一定会取得成功，而且远不止于此。（顺便说一下，我还没有读过黛安·约翰逊的评论，因为我一向不喜欢她写的一些东西[1]，所以我和她或许会有意见相左之处，到时候要好好跟她辩论一番。我已经把自己的看法告诉你了，现在我倒是想去读一读她的书评了。卡门有些担心那篇评论包含了对文本的误读。）

最近也没什么值得说道的新鲜事。个税申报日期6月15日就要截止了，所以我们开始申报了。吉姆正在为我这个月21日的生日发邀请函呢，到时候可能会在乔纳森·兰德尔位于蒙马特区家中的阳台上过生日，他是《华盛顿邮报》的记者。其实我一点也不想庆祝自己即将迎来的67岁生日——只有在照镜子时我才意识到自己确实老了。

满怀爱意、瞪大眼睛致敬[2]！

附：这本书以后肯定会再版的，下面几处到时需修订：第5页倒数第二行，"fossilized"；第6页第二段，"diphtheria"；第7页第二段"sulleness"。

再附：我已经看完黛安·约翰逊的评论了，认为没什么不妥。

---

[1] 指黛安·约翰逊的《证据之外》，刊于1979年6月14日的《纽约书评》。
[2] 未签名。

写小说

伊丽莎白·哈德威克

  6月份了。这是我方才决定要用此生去做的事。我要这么做，过这种生活，我今天正在过着的这种生活。每一天的早晨，所见都是那台蓝色时钟和那个钩花床罩，还有那张电话桌，那些书和杂志，门口的《纽约时报》。即使想起莱克星顿的兰德大街和冬日门廊干燥的灰色木板上老旧的夏日摇椅，也无济于事。小说总是写于动笔当日。
  我开始了，寻求拉开适当的距离，想象或假装这样想象：
  "她常常一整天都沉浸在忧郁、清澈的无聊中。这无聊带给她的刺痛，犹如爱抚，类似柠檬或冰冷的海水给人的那种愉悦。从她眼里可以看到这种迷人的无聊，那是一双可人、空净、内敛、凝然的眼睛，就像是嵌在一个瓷质脑袋里的魔法球。这样的时候她的姿容最美，恬淡沉静，脸庞一动不动，端正和谐，仿佛面对着一台重要的摄像机。她那只瘦骨嶙峋的棕色公猫，几乎是一眼不眨地盯着她，黄灰色的眼神跟她自己的很像。她与猫四目相对，如照镜子一般，但却对对方视而不见。然后，那只猫睡着了，眼皮突然就闭上了，闭得很紧、很迅速、很奇怪。'这只猫跟我在一起七年了，从来没看过一眼电视。它们确实是不同的物种。'她心想。

"她从身上的罩衣口袋里掏出一支烟。她吸着，如同吸食鸦片一般。她体内还有一种鸦片，类似麻醉剂的无聊；就像我们被告知的那样，天堂和地狱都在自己心中。无瑕的毒品，缥缈的梦境，奶油般纯正、浓郁的被动状态。

"恍恍惚惚了一天，然后她进入自己的夜晚。她总是坚持认为，那些夜晚充满了躁动与不安，苦不堪言。她永远像一个被人盯守一整夜，处于深度睡眠的人，然而醒来时却极度疲惫，双手发抖，声称身上不舒服，不是这里疼就是那里痛。好一出难以名状、令人沉迷的失眠大戏。那些辗转反侧、你追我赶、战斗较量、抓捕与逃脱，就藏在她泛着油光的眼皮之后。讲述失眠者的告白，吟诵那些冗长而又震撼人心的史诗，她比谁都技高一筹，语速缓慢，语气庄严，很有仪式感，那催眠般的叙述像极了某个'沉浸在口头传统中'的民间诗人。'最后，我终于……有了睡意。时间已接近凌晨四点。天空现出了第一缕色彩……只不过突然醒了，彻底醒了。'

"令人厌恶的利己主义？不——仅仅是希望做自我定义，描述英雄主义，记录殉道行为。生活的图表每天早晨都必须更新。'病人时睡时醒，抱怨伤口上的缝针。手术针对的症状还在持续，使人不得安宁。也许这就是典型的残肢痛。'"

写不下去了。她，神情呆滞跟抽过鸦片似的，一个倦怠的表演明星，长着猫一样的眼睛，爱玩突然失踪，她能怎么开始，怎样继续？显然，她的结局就在眼前，来得太快。如果下一页就发现她死了，也不会有违真实。也许不是面带微笑（据说自杀者会微笑），而是一种沉思状，沉入最后的思考。她凝滞的目光是向下的，虽然她对文学一无所知，却好似在思考诗歌或哲学。

　　让我们鸣钟、跪拜、祷告，
　　诚心皈依古老的上帝！①

　　很快我就抛弃了这个毫无生气的女孩。我的心思在别处。为了能安静地写小说，我做了一次旅行。氤氲的雾气模糊了山峦的轮廓。天空脏兮兮的，令人疲惫。夏天已经快过去了。船只不久就会聚集在港内，渡船会系靠于码头。
　　新的场景：一个身形似梨的矮个子男人走上台做讲座。他写过两部奇特的小说，某种篇幅介于长篇与短篇之间、难以发表的虚构作品，还写过好些篇文艺随笔。他所有的作品都极为有趣，不同寻常。他的散文文采斐然，恣意奔放，而且跟他的小说一样，好用比喻，喜欢揶揄调侃，当然意思也更加明了，所以人们倾向于喜欢他的这类文章，而不是他那些纯粹出于想象的虚构作品。但他则有着不同的看法——他觉得自己的散文都是想象之作，可不知何故最终并未让人劳神费力。那些文章的生死都在一天之内，最多一周。橙色、黑色和黄色的意见之翼，振动发出悦耳的呼呼声，俯冲而下，又扶摇直上，然后消散殆尽，最终成就了自己的有机命运。
　　如果你对他感兴趣，这一页上仅是他的名字都会让你颤抖。跌宕起伏，扣人心弦，思想感情活动剧烈，一波三折——学识博杂，文风犀利又充满诗意。他并未享有很高的知名度。只是最好奇和最警觉的

---

① 引自歌德的诗剧《浮士德》（第二部第五幕最后）。——译注

人才在意他，但这些人又有些用力过猛。他雄心勃勃，意志坚定，志在必得，似乎不知道自己邋邋粗笨，41岁的他看上去比实际年龄要大得多，衣着穿戴简直就是丑闻。

与他一道走进大厅的妻子倒是身材苗条，脸庞俏丽，头发剪得很短。她在前排但不是最前几排的过道位置上坐了下来。她频频微笑，看起来很骄傲，但也很节制。微笑掩饰了令她眉头紧锁的尴尬，她脑子里一直都在想着那份尴尬：自己对他的才华所做的数学估算并不准确，而与之做比照的缺点——尖刻、急躁——的分值却非常精确。

这位作家开始谈他的困扰：当代小说的理论问题。生活中他是个讲理之人，不论是在自发行动时，还是在做深思熟虑的决定时，他会为因果所缚，那种敬畏的态度既轻率又真诚。有时他还会因为许多人无知或品格不好而变得脾气暴躁，然后气愤不已，坚决维护因果律，傲慢地指责人家。

小说是另一回事。于我们，于他自己，他都不会接受一个简单的、线性的动机，将其作为写小说、让人物涉入其中的适当途径。如果第一幕写了枪挂在墙上，那么落幕之前这枪就必须击发，这样的安排他是完全不同意的。不同意，因为因果关系的基础已悄然消失。混乱、突变、即兴的潮水汹涌而来，它们浑浊不堪，污染严重，使不久前还是一片宁静的海岸变得杂乱无章。紧挨着海滩的一块宅基地倒是一直都适合搭建房子。

他接受、拥抱、喜欢那些生活碎片，但研究它们时却毫不含糊。公正、严厉，说一不二。就这样他把新的、困难的、晦涩的、"非常好"的虚构内容拼放在一起。

做完讲座回家时，妻子对他说："写关于写作的故事真的OK

吗?"她在讲座的提问期间无意中听到这句小声的议论。关于小说的小说——博尔赫斯,诸如此类的问题。这种怀疑态度会令她心里一紧,但也让她异常兴奋。他绝不能答不上来,但她觉得他这个人性情乖戾,藏着掖着却还唠叨抱怨,说过要写这样的故事,又不愿兑现承诺,极其吝啬。例如,他写了一个关于她母亲、一个他鄙视的女人的故事。不知怎的,这个故事惹恼了妻子。妻子的母亲,作家心里头残酷情感的制造者,那个戒备心强、手指脏兮兮、头发染成蓝色的母亲,出场时就像一个缀满珠子的钱包,纯粹的设计品。

"现在,所有的写作都是在探讨写作,诗歌尤其如此。"他若有所思地回答,没有心生反感。毕竟这是在回答问题。他知道妻子读了很多书,但从来都不是心甘情愿去读的。她读书就类似于你是为了这个家好才去看守店铺:读他的东西,读他赞扬过并学习过的那些人,也读他严重反对的那些人。

一天晚上,他们去听一位身材高大、相貌英俊的英国诗人谈论诗歌,这位诗人在很长一段时间里都是第一流的。他从乔治王朝时期[①]一直讲到他自己出现的那一刻。对自己的作品他也做了一些零散的、迷人的评论,其中还提到弗罗斯特和兰塞姆,对他们评价很高。后来在招待会上,一个学生试图接近这位诗人。年轻学生说:"我不知道原来你特别崇拜弗罗斯特。怎么也想不到啊。"诗人说:"没有。一点也没有。兰塞姆只是个预留名字。如果你说出了一个,你就必须说出两个。既然是提到一国的文学传统,哪怕其历史再短,再不完整,单提一个名字也是行不通的。那样会引起猜疑,听起来不真诚。"作家的妻子喜欢这个回答。对似非而是的论调和不友好的评价,她还是能感觉出来的。

[①] 指英国乔治一世至乔治四世在位的这段时期(1714—1830)。——译注

奇怪的是，我把这两人——丈夫和妻子——从生活中剥离，到头来他们却与自己的真实意义不相符了。这个写作者不是骗子，而是天才，一个不知从哪里冒出来的稀有生物——实际上是从克里夫兰附近的沙克尔高地冒出的，就像哈特·克莱恩。他严肃、优秀、古怪，搅乱了我感性的看法。他的妻子和善，平易近人；但她的"实相"，她的不爱炫耀，她的简单淳朴，她戳穿虚夸的方式，都不是我所描述出来的那种狡黠的道德品性。她的那些想法与文学无关，与这部小说无关。她的丈夫做法正确，走自己的路便是。

但是，这个男人的才华要怎样才能得以展现呢——是在吃早餐或做爱时吗，在全情投入他的酷爱也即写作的时候吗？他的艺术如何在我的小说中变成真正的艺术？除了奈拉的肩膀，除了裤子、夹克衫和塞进长袜的苍老脚丫子那种令人震惊的落寞，写作者的主题是什么，他的主题曲呢？当然，女性作家对我更感兴趣，因为我是个女人。要记住圣贝乌[①]评价乔治·桑[②]时说过的话："一颗伟大的心，一种巨大的才华，一个庞大的底部。"

一个不愉快的夏天，对文学来说也不是一个好题材。很难把庸常的苦难写在纸上。我用"庸常"二字是想说，这些苦难是许多人都要经历的，是经常性的、永久性的事。个人关系的痛苦。除了讲述，除了多用形容词掩饰，此外就没有什么新鲜花样了。在文末被匕首刺中，岂不快哉？

[①] 圣贝乌（1804—1869），法国著名文学批评家。——译注
[②] 乔治·桑（1804—1876），法国著名小说家，是巴尔扎克时代最具风情、最另类的小说家。她凭借发表的第一部长篇小说《安蒂亚娜》（1832年）而一举成名。乔治·桑是一位多产作家，她一生写了244部作品，100卷以上的文艺作品、20卷的回忆录《我的一生》以及大量书简和政论文章。雨果曾称颂她"在我们这个时代具有独一无二的地位。其他伟人都是男子，唯独她是伟大的女性"。——译注

福禄考开花了，颜色淡紫；山坡上，松姿挺拔。拱廊下，礼品店里，都是外国人。旅行的时候，你最大的发现就是你不存在。很长一段时间，我都有写一种短波自传的想法，它淡入淡出，陌生人那抑扬顿挫的腔调混入本地人的声音，有静电干扰似的神秘音效。真实应该得到强化，虚假应该加以修饰，打扮得像合群的事实。然而，回忆录，自白书，并非表面看起来那么容易。一部自传没有必要"活过一场"——这点我们现在都接受。帕斯捷尔纳克有句诗言：度过一生绝不同于走过一片田地。"绝不"这个字眼让我倍感困惑。难道生活要被视为爬山？这点我们能够同意，是因为攀登的过程非常紧张，而且山顶有许多和山下那块地里一样的野花。

那个杀气十足的德国女孩，手拄登山杖，脚蹬登山靴，朝着那个老建筑师喊道，再高些，再高些！他摔死了，这就是易卜生对男人轻浮的厌恶。至于他自己，当热情似火的年轻女孩们认为他更笨时，他扶了扶无框的眼镜，拉下了嘴角。回忆录中的麻烦事既大又小。还活着的人不会一味地犹豫，迟迟不做决定。我相信人想要树敌才会去树敌。这种需要有时非常迫切，而解脱却未能如愿以偿。不，麻烦不在亲戚、恋人、名人身上，因为看待他们的角度时在变。那些麻烦都在你自己身上，因为看待自己只有一个角度，是你自己被诽谤被污蔑了。

回忆录：书页上若都是指责别人是真的有错，说自己的不忠只是情迷意乱，是不寻常的愚蠢行为，是一时兴起而非卑鄙，说那种不安分就像风神的风一样诱人，说无节制、虚荣和纵欲是人之所慕，那样的书罪大恶极。我想过把我的这本书取名为《活着与部分活着》。但我不满意"部分活着"。对枯燥的现代生活，对没有传统的沮丧的普通民众，对那些死去的神明和那个被驱逐的上帝，这本书太过苛求，似乎不符合当下的精神和心境，我此时的心境，就好比一只鸽子在享用它看不见的手指上掉下来的面包屑一样。

女人有可能写回忆录吗？她们写出来的东西往往没有什么趣味，里面没有足够的性，甚至没有足够的对圆满的渴望。年轻的中尉头发顺滑，他那冷酷迷人的目光中透露出一丝娇媚，我们能否严肃地谈谈他？女人不喜欢讲私生子的事，不喜欢讲汽车后座上粗暴的抚摸，不喜欢讲一辈子被一堆男人爬上爬下的生活。那不会让你成为书中的女主角，甚至不会成为一个角色。我们的问题是，我们在爱情中是否经历过征服或投降——或是两者都没经历过。受虐待时勇敢不屈是女人的主题，生命主题，还有点意思，但如果两者都太多的话，就味同嚼蜡。

也许那些影子可以满足需要——光和影。想象你自己仿佛置身于阿波利奈尔的那首诗[①]中：

> 你人在马赛，四周都是西瓜，
> 你人在科布伦茨的杜格安特酒店。
> 你人在罗马，坐在一棵日本枸杞树下。
> 你人在阿姆斯特丹。

最亲爱的M：

我人在波士顿，在万宝路大街239号。我正看着外面的一场暴风雪。它如同一份伟大的停战协议，从天而降，结束了所有的争斗。人们在风雪中漫步，身着华美的服饰——带毛皮领子的旧

[①] 指阿波利奈尔的《城中村》。——译注

大衣、羊毛帽、围巾、靴子、锃亮的皮质登山鞋。在街灯的黄色灯光下，你开始想象四五十年前的情景。这寂静，这敞开的白——怀旧和浪漫的氛围弥漫在清澈、宁静、白色的空气中……

差不多在这栋漂亮的房子里安顿下来了。定做印花窗帘，裁剪楼梯的地毯，摆放书架，准备壁炉烧的木头。在五层楼的房子里爬上爬下，会让你觉得自己就是这栋房子的主人了——也许吧。它可能是你的，但这房子，这家具，都努力使自己成为那种普遍的存在，而且很快就会读起来像舞台指导：背景——波士顿式的。规则会被遵守。衣柜、桌子、碗碟、居家习惯，全都一个调调。

大理石装饰的壁炉——新希腊风格的设计，淡黑搭配浅绿。"值整栋房子的价钱"——卖方的花言巧语，也就只能听信一次。但我脑子想的不只是这个漂亮的壁炉，而是整栋房子。二楼有两个客厅。气派不假，但239号不是没有缺钱之处，不是没有俗气的角落。它仍然是一个背景。

在这里，我和我的木槿花同时盛开在海湾的窗口。另一间客厅面向万宝路大街和比肯大街之间的那条小巷。那里有个白痴一样的男人用链子拴住一条狗，日夜都不撒手。单身汉的垃圾、腐朽和困惑，堆积在那人身边。我觉得他曾经有一个家庭，但是他的家人已经离开了。我想，如果他的孩子们来看望他，他会说："来看看这条拴着链子的狗，是礼物。"为了那条狗的利益，我打电话叫来警察。那人不安地抬头看看我的窗户，想知道自己做错了什么。达尔文曾在某个地方写到过，低等动物长期以来所遭受的痛苦是他无法想象的。

你最亲爱的

伊丽莎白

1954年

难道这封信写出来就是为了尘封在档案馆里吗？是谁在诉说？描述与风景，就像一层层内衣。词语加韵律，合成瀑布似的句子，蓝色和银色的灯光，琥珀色的眼睛，下面的大海仿若一个燃烧着的湖泊。一切都已时过境迁。文字的威力，年迈的暴君，已受到质疑；绘成的风景，就像乘长途火车去救急。有谁能记得小说中一张脸的样貌？完美的尖下巴，眼睛和耳朵像紧张的小狗一样警觉。一绺绺乌黑的秀发，波光潋滟——丰盈浓密似多刺的森林，热辣如地中海黎凡特式的风情。那些身姿婀娜、美目流盼的女主角，高傲的眼眸颜色似半宝石，还有谁能记得她们的模样？记忆中只剩下一个面部特征：《战争与和平》的开头几页中所描写的博尔克斯卡娅公主嘴唇上稀疏的胡子。

最亲爱的 M：

我人现在纽约，在第 67 街的某个地方，这栋建筑高耸峭拔，窗户又长又脏。傍晚时分，在冬日昏暗的灯光下，我有时会把这里想象成上世纪 90 年代的爱丁堡。我从未去过爱丁堡，但我喜欢大小适中的城市，省会城市。尽管如此，这里依然是纽约，脚底和头顶都是。穿过这座城市可不是一件容易的事，那就跟横渡大西洋似的，或是像带着你的全部家当，赶着马车翻山越岭横穿这个国家一样。可以说，面对突如其来的流亡和政府更迭，搁板桌和高脚抽屉可不是什么好行囊——在某种程度上，这就是在说我自己。好吧，烟熏橡木餐边柜搁在角落里，柜顶上放着瓶子和冰桶。五个印有海军学院字样的盘子裂了。时钟已寿终正寝，再不知生命为何物。旧衣橱立着一动不动，蒙羞受辱，还缺了一个角。

错置的东西和流离失所的老人们,身子僵硬,拖着曲张的静脉和堵塞的动脉,带着拇指的囊肿和断裂的足弓,以及稀疏的头发和摇晃的记忆,翻过喀尔巴阡山脉,走出长沼——圣城这里就是这么个情况。洛特姑妈的肖像再也不会被拆开。她找到了安息之处,她的箱子坟墓就在地下室,安魂曲是第七大道嗡嗡的地铁声。我在我的新 KLH 音箱播放《沃泽克》[①],在曼哈顿西区这些老旧的房间里,音响效果却好得出奇——至少对于留声机唱片来说是如此。

爱你,祝安!

伊丽莎白

1962 年

歌德说:"万事开初总宜人,门槛还做顿留处。"但如果说你住在哪里并不重要,说你在哈特福德或达拉斯是一回事,那就不对了。因为从一个地方搬到另一个地方,一切来到我身边,然后又都被夺走了。青春和希望留在了波士顿,但纽约是我最不希望待的地方——明智。连衣长裙、傲慢、女人欺骗不诚实之人的更多机会、知心话、长时间的电话交谈、信用卡。但是,亲爱的 M,我应该告诉你哪一部分的真相呢?我应该选今天发生的那些趣事讲呢,还是在面对失了意见的耻辱时,尽可能真实地讲述我当时的感受和想法?讲讲那个剪成荷兰波波头的棕发女孩?

[①] 奥地利作曲家阿尔班·伯格(1885—1935)的第一部歌剧作品。——译注

最亲爱的 M：

　　我已经把缅因州的大房子卖掉了，打算在那里建一个新住处，就建在水上那个旧谷仓上。建筑师的图纸上标明那是个"现存的谷仓"。但是我害怕质变，害怕物种的变化过程。那个谷仓，或者我想象中所有的谷仓，曾经是牛舍和存放干草的地方。后来它就变成了——好吧，一个住处。（我不想说什么。说太多会破坏页面的效果，就像行内有太多的大写字母，或是令人讨厌的感叹号。不管怎样，你懂的。）

　　那个谷仓会同意变成我决定的样子吗？我不知道。有时我确信，我是在为一个来自班戈的轮胎销售员建这么个地方，他的妻子可不会善待这样一栋建筑的神圣伤口——那些诉求，原谷仓的哭诉，被弃之于地的种种记忆。莱特奥利尔[①]照明灯、"设计研究"、土耳其地毯的那些主张和呼声。至于另一栋懒得处理的房子，我为其哀悼，感到非常遗憾。多年前的那些夜晚，与 H. W. 在一起赏听她收藏的那张 78 转唱片，是爱丽丝·拉沃[②]在格鲁克[③]的歌剧《奥菲欧》中的倾情演唱。仿佛那音乐还在耳边回响，H. W. 还在眼前，身材高挑，年华虽已老去，却依然美如少女一般，令人心动。外面雨声滴答，树叶散发着清香味道，室内炉火燃得正旺，处处摆放着碗一般大的旱金莲，炉台上方挂着橘黄色的摩洛哥布艺。真是莫大的损失。也许是我的记忆太善良，它背叛了我，漂白了那些黑暗的场景以及夜晚的躁动。我和其他任何人一样，对于负面的东西十分敏感，知道它有吸引力，富有戏剧性。好吧，我们从一具雕像走到另一具雕像，你想说什么就说

[①] 美国一家生产和销售各种照明设备的公司，创办于 1904 年。——译注
[②] 爱丽丝·拉沃（1884—1951），法国著名女低音歌唱家。——译注
[③] 指德国歌剧作曲家克里斯托弗·格鲁克（1714—1787）。——译注

吧，每栋房屋都是一个神龛。

与此同时，在纽约，我刚看到一匹马和骑手穿行在危险的出租车当中。的确，这人骑马像在开出租车，紧张、愤怒、直视前方，守着自己的车道，单向行驶，固定在交通运输带上，只需某种马角样的东西去表明，人在纽约可能会把马变成一辆道奇牌汽车。

我刚来的时候，对面的房子是个马厩。一座漂亮的砖房，涂着一层灰蒙蒙的芥末色，就像是意大利风格的别墅。有时，旧建筑似乎又回来了，从午后的薄雾中，从水泥之海中升起。但回来对其本身，对我，又有什么好处呢？我不会回头的。那匹马和骑手逃到了公园。旧马厩所在的地方如今是一个停车场。在午后的阳光下，有一百辆漂亮的四轮战车停在那里。晚上，有时我认识的某个人把车停在那里独坐，等待着，午夜已过去很久、很久。

一如既往地爱你，祝安！

伊丽莎白
1972年

噢，M，我何时想起已经被我埋葬的人们。"森林里被杀害的男人们发出的惨叫"又怎样？告诉我，亲爱的M，为什么我们不能让讽刺的语调这不小心发出的叮当声保持一定距离？我试过某种语气轻快的句子，其中很多都与重大事件、动乱、破坏有关，它们曾令我像个孩子一样号啕大哭。有些切除永远都无法恢复，我和其他人一样，是一个截肢者。（为什么要加上"和其他人一样"呢？我是担心如果我说自己是一个截肢者，比其他任何人都更像是这么回事，我会感到尴尬，觉得自己过分。但在我的心里，我的确认为，我所受的伤害比大多数人都更深。)

> 啊，你岂能知
> 如此匆匆飞逝
> 无人预见——连我也不曾——
> 令我多么悲痛欲绝！①

我讨厌术语汇编，讨厌那些关于我真实生活的真相的词语索引——它们就像额外戴了一副眼镜。我的意思是，这样的事实对我来说是个写作障碍。否则，我喜欢被我所关心的人了解，因此我总是在打电话，总是在写信，总是一醒来就跟 B、D 和 C 掏心掏肺——这些人我只有到早晨才敢打电话叨扰，但却必须与他们彻夜交谈。

现在，我的小说开始了。不，现在我开始写我的小说了——但我不能决定是该称自己为我还是她。

---

① 引自托马斯·哈代的诗《伤逝》。——译注

工作及其他时候的卡尔

伊丽莎白·哈德威克

卡尔的恢复能力几乎和他的病态发作一样,很是令人震惊。也就是说,知道他受困于疾病的枷锁之中时,你一时间想象不出他还会有其他情形出现。神奇的是,他病好之后一切又恢复原样,过去的个人天赋和艺术才华还在,完好无损,仿佛病魔来袭时,它们就被藏于某个安静又安全的盒子里。如此一来,可怕的袭击似乎不再可能将他击溃。

他"清醒了",便悲从中来,忧心忡忡,总是感到羞愧难当,满怀恐惧。然而,他就是他,这具独特的灵魂着实让人心疼不已。他的宿命是如此不同寻常,仿佛冥冥中被两台发动机牵引着,一台奔向毁灭,另一台奔赴救赎。出院后,他又回到原先正常的生活,一早起床,到自己办公室或是一处单独的地方工作。他整天都支着一个胳膊躺在床上。这就是他的生活,读书、学习、写作。纸稿堆在地板上,书堆在床上,牛奶瓶堆在窗台上,烟灰缸里装满了烟灰。

他看上去跟惠特曼一张照片上的样子很像,那张伟大的照片是托马斯·埃金斯拍摄的——惠特曼穿着软绒拖鞋,披着披肩,身子周围一大堆纸稿,几乎堆到了他的膝盖边。卡尔几乎每天都要工作一整天,如果我们身边都没有别的人,他吃完晚饭就会回家。他根本不是一个自然天成的诗人,不是那种诗人。如果有那种诗人的话,美丽的诗句会随才华之雪一起翩然而降,辛苦耕耘则是残忍之事。自律、敬业、无休止的修订、不断通过阅读和学习来增加写作储备,所有这一切在我看来,都富有英雄气概。

幸运的是,生活中卡尔的状态更多时候是"正常的",否则,他很难创作出那些卷帙浩繁的作品。

他躁狂症发作时就跟得了"脑热病"似的,如同你在19世纪的小说中读到的那样。他的脑子确实热得很,晕乎乎的,但即使是这样,那也还是他的脑子,尽管发烧了,烧歪掉了,没个正形。我去医院探视他时,发现别的患者显然没有几个能承受这样的热度,不管它是怎么造成的。他总是一本正经地下命令,要我们将维吉尔、但丁、荷马、伊丽莎白·施瓦茨科普夫的唱片带过去。当然,他并不是真的"冷静"了,能够阅读或听音乐了,这才是问题所在。他可以让病友去听他东读一段西诵一节。多数时候我得到的是这样一种印象,那些病友并不介意,虽然听得茫然无绪,但嘴上却咕哝着他们自己应和的叠句……

最后,那些书都被带回家中,袜子都贴上名条,像是为参加夏令营而收在一起。就这样,余下的只有悲伤,但实际上是命运的不公。

卡尔爱与人交往,好奇心重,喜欢很多的人——否则也就不会有那么多关于他的"证言"。除了文学,他还对历史很感兴趣,知之甚多。他喜欢音乐,也喜欢听音乐,但我从来不觉得他会像对待绘画那样对待音乐,他对绘画的喜爱非常强烈,爱得细致,爱得周全。在欧洲游览时，我常常半途作罢，到路旁的咖啡馆里歇息，但他绝不放弃任何一样东西、任何一座教堂，似乎永远也看不够，永远不会疲倦。

关于他的一切都是超乎寻常的：他的学识，他对工作的耐心，他的敬业精神，以及他这种坎坷的人生。我认为，诚如他所说，他这几十年体会到很多幸福，幸福就是他幸运地拥有这么长的创作时间，拥有这么长的"他自己"的私人时间。

伊恩：我插写这段相当枯燥的关于喜欢绘画和爱与人交往的话，以备某个时刻能用得着，可以帮你从一件事过渡到另一件事。至于其余部分，我认为成不了一篇完整之作，但或许可拆开来用在各处，让人们了解，一次又一次回归写作是怎么回事。所有这些时刻，我都有强烈的感觉，尤其是他病好的时间有多长，与之相反的时间又有多长。

奇怪哟，关于工作习惯，康复出院，我写出来的都不是什么新鲜事，都是我早先写在"笔记本"上又撕掉的东西，那时似乎还没有一个合适的情形来做这样的思考。原来，一个人到最后都不怎么去想这些事了，这些年来，我在给朋友们的信中或多或少写过相同的东西，也包括我对卡尔种种行为的苦恼。[……]

致　谢

首先，怀着爱戴与尊敬，我要感谢伊丽莎白·哈德威克和罗伯特·洛威尔，正是有赖于他们的这份回忆以及所做出的努力，也有赖于来自各方的诸多相助，才使得这本书得以面世。本书在出版过程中得到了哈丽特·洛威尔、谢里丹·洛威尔以及叶夫根尼娅·契考维茨和伊万娜·洛威尔的支持。哈丽特·洛威尔和叶夫根尼娅·契考维茨以认真、坦率、幽默和周到的态度，在准确度方面进行了全面而细致的把关。

还要感谢以下人士在提供信息以及其他大大小小的问题上慷慨付诸的宝贵时间和建议，他们是：巴希尔·阿布-曼内、伊莎贝拉·阿利蒙蒂、希尔顿·阿尔斯、亚历克斯·安德里斯、朱迪思·阿伦森、托马斯·奥斯汀菲尔德、史蒂文·阿克塞尔罗德、理查德·J.伯恩斯坦、帕勃罗·康拉德、邦妮·科斯特洛、西奥·库夫、克里斯蒂娜·戴维斯、罗纳德·德沃金、尼尔·埃尔哈特、雷切尔·艾森德拉斯、詹姆斯·芬顿、詹妮弗·福米切利、菲利普·弗莱、玛丽莲·高尔、格蕾·高里、妮蒂·高里、乔里·格雷厄姆、伊丽莎·格里斯伍德、贝丝·古铁雷斯、杰弗里·古铁雷斯、罗伯特·哈斯、菲利普·霍恩、玛德琳·特·霍斯特·米斯、米歇尔·特·霍斯特、范妮·豪、詹娜·伊斯雷尔、玛丽娜·克利莫娃、杰罗姆·科恩、简·克莱默、索菲·兰布雷森特·霍斯特、凯蒂·李、杰里米·利弗、戴尔·洛伊、弗兰克·洛伊、本·马泽、吉姆·麦库、安娜·梅斯特、爱德华·门德尔森、沃伦·迈尔斯、索菲亚·尼豪斯、迪德里克·奥斯特戴克、凯蒂·彼得森、保罗·波多尔斯基、爱丽丝·奎因、梅丽莎·雷恩、劳埃德·施瓦茨、罗伯特·西尔弗斯、大卫·斯坦、科尔姆·托宾、托马斯·A. 特雷尔、托马斯·特拉维萨诺、艾莉莎·瓦勒斯、艾莉森·瓦努斯、玛格·维斯库西、黛安·维斯特、菲奥娜·威尔逊。同时也要感谢弗兰克·比达特的情谊以及帮助，以及他对洛威尔作品的贡献。感谢波士顿大学编辑研究院的阿奇·伯内特教授、其他同仁以及同学们，在处理本书信件的内容、文本以及传记格式框架等问题时提供的帮助。凯·雷德菲尔德·贾米森针对洛威尔的病情以及性格提供了深入的分析。克里斯蒂娜·埃尔斯伯格、艾米丽·克雷默和玛德琳·沃克阅读了信件并提供了细致而深入的见解。

感谢巴纳德学院的以下同仁在本书信件上所付出的努力和时间：克里斯托弗·巴斯韦尔、琳达·A. 贝尔、莱斯利·考利、丽莎·戈迪斯、玛丽·戈登、罗斯·汉密尔顿、拉肖恩·凯瑟、艾玛·默多克、莎拉·帕萨迪诺、里奥·桑蒂斯塔班-爱德华兹、蒂玛·斯泽尔；以及丹妮尔·巴里、爱丽丝、洛瑞·贝斯、雅斯敏·贝格姆、夏延·格里森、萨沙·古塞纳列娃、凯蒂·李、乔治·斯蒂帕尼亚斯。在此也十分感谢我的所有家人在本书成书过程中给予的所有帮助：安德鲁·汉密尔顿、克劳迪娅·汉密尔顿、艾玛·汉密尔顿、约翰·汉密尔顿、朱莉娅·汉密尔顿，克莱尔·胡根霍兹-魏尔德、伊莉斯·胡根霍兹、保尔·胡根霍兹、莱克·卡格纳尔、弗朗西斯·奥尼尔、贝琳达·拉斯本、伊莉莎·拉斯本、阿伦特·凡·瓦生纳尔、亚历山大·凡·瓦生纳尔、迪德里克·凡·瓦生纳尔、吉尔特鲁伊德·凡·瓦生纳尔、路易斯·凡·瓦生纳尔-魏尔德、伊莉斯·魏尔德、贾斯特·魏尔德。除此之外还有一些给予帮助的朋友,在此不一一列出。

感谢以下单位的图书管理员以及工作人员所付出的努力:巴纳德学院图书馆及档案馆(特别感谢詹妮弗·格林、瓦尼·纳塔拉简和玛莎·坦尼),哥伦比亚大学巴特勒图书馆,瓦萨学院的凯瑟琳·佩尔顿·达雷尔25号档案室及特别收藏图书馆(迪安·M. 罗杰斯和罗纳德·D. 帕特库斯),索斯比拍卖行的塞西尔·比顿工作室档案管理员艾玛·尼古拉斯,普林斯顿大学费尔斯通图书馆,得克萨斯大学奥斯汀分校哈里·兰瑟姆中心(里德·埃科尔斯和理查德·B. 沃森),哈佛大学霍顿图书馆(苏珊·哈尔佩特和莱斯利·A. 莫里斯),纽约公共图书馆文献与手稿部(约翰·科尔多维兹、卡拉·德拉特、纳西玛·哈斯纳特、托马斯·兰农、梅雷迪斯·曼、塔尔·纳丹、维克托·欧、大卫·佩德雷罗、尼古拉斯·斯威哈特、特德·特奥多罗、凯尔·特里佩特),波士顿大学克拉格纪念图书馆(布伦丹·麦克德莫特)。

对于FSG出版社,我要感谢斯科特·奥尔巴赫、卡罗莱纳·拜赞、莫林·毕晓普、大卫·艾姆克、维多利亚·福克斯、罗宾·戈尔德、苏珊·戈德法布、黛布拉·赫尔方、罗根·希尔、斯宾塞·李、乔纳森·D. 利平科特、凯蒂·利塔克、德文·马佐尼、波林·波斯特、劳伦·罗伯茨、杰夫·赛罗、伊恩·范·怀和莫莉·沃尔斯——尤其要感谢的是乔纳森·格拉西,他对于历史事件有着敏锐洞察力以及深入的理解,在他的指引下,本书在措辞以及表达方面得以不失优雅和精准。

《牛津英语词典》的编辑们在注释"感谢"一词时指出,"感谢"

本身就是一种需要表达的情感，所以"有'谢就要'感'"。因此，在本书的编辑工作中，我要感谢以下同仁给予的高度理解、耐心陪伴，以及其贡献的智慧：凯瑟琳·巴奈特、詹姆斯·芬顿、保罗·基冈、达瑞尔·平克尼、克里斯托弗·瑞克斯、克劳迪娅·兰金、约翰·赖尔、梅格·泰勒，以及最重要的卢西恩·汉密尔顿。

THE DOLPHIN LETTERS, 1970–1979: Elizabeth Hardwick, Robert Lowell, and Their Circle
by Elizabeth Hardwick and Robert Lowell, Edited by Saskia Hamilton
Writings of Elizabeth Hardwick copyright © 2019 by Harriet Lowel.
Writings of Robert Lowell copyright © 2019 by Harriet Lowell and Sheridan Lowell.
Compilation, editorial work, and introduction copyright © 2019 by Saskia Hamilton.
Published by arrangement with Farrar, Straus and Giroux, New York
Simplified Chinese translation copyright © 2022 by Guangxi People's Publishing House Co., Ltd.
All rights reserved.

桂图登字：20-2021-252

图书在版编目（CIP）数据

海豚信：1970—1979：上、下册 /（美）罗伯特·洛威尔,（美）伊丽莎白·哈德威克著；（美）萨斯基娅·汉密尔顿编；程佳，余榕译. —南宁：广西人民出版社，2022.10
（洛威尔系列）
书名原文：The Dolphin Letters，1970—1979
ISBN 978-7-219-11386-8

Ⅰ.①海… Ⅱ.①罗…②伊…③萨…④程…⑤余… Ⅲ.①书信集—美国—现代 Ⅳ.①I712.65

中国版本图书馆 CIP 数据核字（2022）第 092147 号

海豚信：1970—1979（上、下）
HAITUNXIN: 1970—1979（SHANG, XIA）

[美]罗伯特·洛威尔、伊丽莎白·哈德威克/著
[美]萨斯基娅·汉密尔顿/编　程佳、余榕/译

策　　划	白竹林
执行策划	吴小龙
责任编辑	唐柳娜　许晓琰
责任校对	周月华　文　慧
装帧设计	郑元柏
责任排版	李宗娟

出版发行	广西人民出版社
社　　址	广西南宁市桂春路6号
邮　　编	530021
印　　刷	恒美印务（广州）有限公司
开　　本	889mm×1194mm　1/32
印　　张	22.25
字　　数	573千字
版　　次	2022年10月　第1版
印　　次	2022年10月　第1次印刷
书　　号	ISBN 978-7-219-11386-8
定　　价	128.00元（上、下）

版权所有　翻印必究